Jennifer Benkau · Marmorkuss

Jennifer Benkau bei script5:

Dark Canopy
Dark Destiny

Himmelsfern

Marmorkuss

Jennifer Benkau

MARMOR *Kuss*

Roman

script 5

FSC
www.fsc.org
MIX
Papier aus verantwortungsvollen Quellen
FSC® C083411

ISBN 978-3-8390-0166-0
1. Auflage 2014

script5 ist ein Imprint der Loewe Verlag GmbH, Bindlach
Dieses Werk wurde vermittelt durch
die Literarische Agentur Thomas Schlück GmbH, 30827 Garbsen.
Umschlagmotive: © orangeberry; Armin Staudt/Shutterstock.com
Umschlaggestaltung: Franziska Trotzer
Lektorat: Kerstin Kipker
Printed in Germany

www.script5.de

TEIL I

Es war einmal …

KAPITEL 1
Fotostrecke

Pisseflecken an grauer Betonwand. Eine umgeworfene Bierflasche; ihr auslaufender Inhalt mischt sich mit Schneetau, der aus dem Profil von Springerstiefeln rinnt. Selbst gedrehte Zigarettenstummel saugen sich voll. Mittendrin zwei Punks, einer mit Iro und rasierten Augenbrauen; er sitzt halb auf dem Schoß eines Typen, dessen Haar wohl mal blau war und nun zu grauem Mischmasch verblasst ist. Eine Hand mit bis aufs Fleisch abgefressenen Nägeln über einer aknenarbigen Wange. Mit tief hängenden Augenlidern sehen sie sich an, zögern noch einen Moment. Noch einen.

Jarno drückte nicht ab. Noch nicht, noch eine Sekunde wollte er warten, nur noch eine. Er riskierte viel; er spürte die Grenze zu »zu viel« näher kommen und schimpfte stumm mit sich selbst.

Nicht so viel Vernunft, Jarno – weg mit dem Verstand.

Es brauchte bloß Gefühl. Das perfekte Foto.

Er wollte den Kuss nicht im Bild einfrieren, er wollte die Millisekunde davor. Den Moment, in dem die Jungs die Wärme der Lippen des anderen schon auf den eigenen spürten, ohne dass sie sich berührten. Wärme war es, was diese Jungs wollten, und Jarno verlangte ein Bild von dem Augenblick, an dem sie sie am meisten brauchten. Das perfekte Foto.

Taubenflügelflattern von irgendwo schräg oben. Eine Leuchtstoffröhre sirrt. Auf einem Gleis am anderen Ende des U-Bahnhofs fährt einer der wenigen Nachtzüge ein und treibt einen Windstoß vor sich her, in dem Papierfetzen und Blätter umherwirbeln. Die Punks sehen auf. Beschämtes Grinsen, der oben sitzende rotzt an die Wand.

Hastig verbarg Jarno sich hinter der Mauerecke. Wenn sie ihn jetzt erwischten, konnte er sein Foto knicken. Er ließ die verspannten Schultern kreisen, dehnte den Hals nach links und rechts und lehnte sich an die Wand. Der darin gespeicherte Frost kroch ihm augenblicklich durch die drei Jacken, die er übereinandertrug. Sweatjacke, Fleecetroyer, Jeansjacke. Wer hatte ihm den Mist vom wärmenden Zwiebellook erzählt? Seine Mutter? Sie musste es ja wissen; im Wohnzimmer, das sie nicht mehr verließ, waren konstante dreißig Grad. Ihre Weisheiten hatte sie alle aus dem Fernsehen.

An der Oberfläche schneite es vermutlich noch immer. Jarno fror so sehr, dass seine Hände zitterten. Tödlich für ein gutes Foto, daran änderte auch der Autofokus nichts. Das neue Glas lieferte keine IS-Bildstabilisierung und machte die Canon unter anderem dadurch nicht nur zu einer Göttin der scharfen Bilder, sondern auch knapp doppelt so schwer, wie sie mit dem alten Objektiv gewesen war. Für gewöhnlich waren seine Hände ruhig, aber das neue Glas war noch ungewohnt. Und Jarno war nie etwas gut genug. Er lugte erneut um die Ecke.

Sie lächeln, irgendwie scheu. Typen von der Art, die ja überhaupt nicht schwul sind – nee, Alter, auf gar keinen Fall –, heute Nacht aber einfach mal darüber hinwegsehen. Weil es kalt ist, so schrecklich kalt.

Ein schönes Bild.

Aber Jarno wollte ein anderes. Er brauchte den Moment der Sehnsucht nach der Wärme des anderen. Jetzt abzudrücken, würde ein gutes Bild bringen, aber auch ein zu großes Risiko, kein besseres zu bekommen. Wenn sie ihn hörten, war er geliefert und das Foto nur noch Fantasie.

Der Typ, der dem anderen auf dem Schoß sitzt, bewegt die Beine. Im Gesicht des Untensitzenden regt sich etwas. Seine Lider zucken, sicher würde er jetzt seufzen, wenn ihm das nicht peinlich wäre. Erneut nähern sich die beiden Gesichter einander an. Das leere Loch im Nasenflügel sieht aus wie selbst gestochen und hinter sich öffnenden Lippen kommt eine Zahnlücke zum Vorschein, durch die man einen Euro quer reinschieben könnte. Näher kommen sie, näher, und das Bild wird schöner und schöner. Eine Sekunde noch, nur eine.

Klick.

Shit! Er hatte einen Bruchteil der verdammten Sekunde zu lang gewartet. Auf dem Display erscheinen die Punks. Gestochen scharf, das sah Jarno, ohne vergrößern zu müssen. Man entwickelt ein Auge für so etwas. Aber ihre Lippen berührten sich bereits. Da war nichts von Sehnsucht nach Wärme in dem Bild, es zeigte einfach nur einen bescheuerten, stinknormalen schwulen Kuss.

Die Punks stießen sich gegenseitig weg, stolperten über ihre eigenen Beine, landeten mit dem Hintern in Schneematsch, Bier und Urin.

»Mann, der Penner fotografiert uns. Der fotografiert uns!«

»Was soll das, du Proll? Bist du pervers, oder was?«

»Ey, das geht nich, den kauf ich mir, Mann, den kauf ich mir!«

Jarno glaubte ihnen sofort. Der Hauch von Idee, den Jungs anzubieten, das Foto zu löschen oder ihnen die Speicherkarte auszuhändigen, verlor sich, als er den Baseballschläger bemerkte, den ihre Körper zuvor verdeckt hatten. Ein Schlagring blitzte.

»Hey!«, rief er rüber, seine Stimme hallte durch die nachtstillen U-Bahn-Tunnel, verlor sich in ihnen. »Alles klar, lasst euch nicht stören, ich wollte euch nicht nerven. Bin schon weg.« Während er sprach, drehte er bereits ab, machte ein paar zügige Schritte und begann zu rennen. Hinter ihm donnerten zwei Paar Springerstiefel mit solchem Krawall über den Boden, als folgte ihm ein berittenes Regiment. Ein gebrülltes »Den kauf ich mir!« schien ihn beinah im Nacken zu berühren. Ihm war keine Zeit geblieben, die Canon zurück in ihre gepolsterte Tasche zu stecken, stattdessen presste er sie wie einen Football zwischen Achsel und Brust, beide Hände darum geschlossen, obwohl er so langsamer vorankam. Er musste das neue Objektiv schützen, in seiner Eile hatte er nicht einmal den Deckel auf das Glas stecken können. Wie die Punks drauf waren, würden sie die dreieinhalbtausend Euro teure Kamera kurzerhand mittels ihrer Stiefelsohlen in ihre Einzelteile zerlegen und später reichlich Alkohol auf den Frust kippen, sie nicht verhökert zu haben.

Sein Vorsprung schrumpfte. In seinen Lungen brannte schon die Kälte. Seine Kondition war mal besser gewesen. Alles an ihm war mal besser gewesen.

»Bleib stehen, du Spanner!«, keuchte einer der Punks hinter ihm. Verdammt, waren die nah! Jarno unterdrückte es, sich über die Schulter umzusehen. Er hastete die Treppe hoch, nahm immer drei Stufen auf einmal und jagte durch die Bahnhofshalle, vorbei an Mülleimern, Ticketautomaten und einem verrammelten Hotdog-Stand, neben dem ein Obdachloser auf Styroporplatten im Sitzen schlief, den von mehreren Wollmützen geschützten Kopf an die Würstchenbude gelehnt. Kleingeld flog Jarno aus den Taschen der Jeansjacke. Drei Tauben stoben vor ihm auf. Ein jugendliches Pärchen kam ihm entgegen, Jarno machte einen Bogen. Die Punks nicht, einer schubste das Mädchen. Der Junge rief: »He! He, was soll denn das?«

Aktion: Rette die Canon – das soll das!, dachte Jarno, weil er an nichts anderes denken konnte. Rette die Canon. Sie war – von dem schrottreifen Polo abgesehen, den er hasste, aber für seinen Job brauchte – sein einziger Besitz. Er hatte die Bahnhofshalle fast durchquert, die Punks waren knappe zehn Meter hinter ihm. Doch nun versperrte die Glasfront seinen Weg nach draußen. Alle drei Türen waren zu und als er hergekommen war, hatte er sich nicht gemerkt, welche davon nicht abgeschlossen war. Die mittlere? Er warf sich aus vollem Lauf mit der linken Schulter dagegen und klatschte vor eine unnachgiebige Wand aus Sicherheitsglas. Sein Kopf knallte durch die Wucht des Aufpralls gegen die Scheibe und er fühlte sich, als hätte man neben ihm eine riesige Glocke angeschlagen. Wwwronnng. Beinah hätte er die Kamera fallen gelassen. Sein Blick schoss zu den Punks, während er sich taumelnd gegen die nächste Tür warf. Sie hatten ihn fast, waren so nah, dass er die weiße, getrocknete Spucke in ihren Mundwinkeln sah. Die zweite Tür ging schwerfällig nach außen auf, eine dicke Gummilippe schabte über den Boden. Jarno quetschte sich nach draußen, presste die Tür zu und gab Fersengeld. Zwischen Graffiti auf Backstein und dem heruntergekommenen Bikeport aus gewelltem Kunststoff rannte er die Treppen hinab. Streusalz knirschte unter seinen Chucks, dennoch glitten seine Schritte über die vereisten Stufen wie nackte Füße über eingeölte Badfliesen. Er nahm eine Hand von der Kamera, um sich am Geländer festzuhalten, doch das kostete wieder Zeit. Die Punks hatten den Kopf der Treppe bereits erreicht. Jarno sah sie als Schemen hinter sich aufragen. Einer folgte ihm die Stufen herab, der andere blieb stehen, spuckte nach ihm und brüllte atemlose Drohungen, die mit Darmentleerungen und Nahrungsaufnahme zugleich zu tun hatten. Jarno kümmerte sich nicht darum, sondern floh durchs Licht gelblicher Straßenlaternen und vorbeifahrender Autos, verfolgt von einer ganzen Meute Schatten.

»E-len-der Feig-ling!«, röchelte der zweite Typ, der verbissen wie ein Terrier hinter ihm blieb. Jarno rannte weiter. Es war ihm egal, was ein schwuler Punk von ihm dachte, und es wäre ihm auch egal gewesen, diesem seine selbst gepiercte Nase nach innen zu dreschen. Wichtig war einzig und allein seine Canon.

»Ich – will bloß – die Kamera!«, bellte der Typ ihm nach.

Genau da liegt unser Problem, du Schmock.

Instinktiv trugen ihn seine Schritte in Richtung Zuhause, aber er besaß trotz des Gefühls von Magensäure in den Atemwegen noch die Geistesgegenwart, nicht in seine Straße einzubiegen. Typen, die in Winternächten in U-Bahnhöfen knutschten, war es zuzutrauen, dass sie einen Bruch begingen. Wenn es außer der Canon noch etwas Schützenswertes für Jarno gab, waren es seine beiden türkischen Mädels. Keine von beiden wäre erfreut, fortan von einer Horde schwuler Punks belagert oder gar ausgeraubt zu werden. Er rannte nach rechts statt nach links, an der nächsten Möglichkeit wieder rechts und direkt auf das überdimensionale »M« zu, das die Altbauten des Viertels wie ein beschützender Kirchturm überragte. Die McDonald's-Filiale lag im Bahnhofsviertel – und somit mitten im Revier der Punks, das er mit einem simplen Foto angepinkelt hatte –, aber sie erschien ihm vorerst sicher. Für die Mitarbeiter waren Schlägereien nichts Neues, sie galten als eilig darin, die Polizei zu rufen, am liebsten bevor Blut floss oder Zähne flogen, weil sie ansonsten später aufwischen mussten. Das weit in alle Richtungen leuchtende »M« bot Asyl. Für die Canon würde Jarno sich sogar wie ein Mädchen auf dem Klo einschließen, wenn es nötig war.

Bevor er den Burger-Clown erreicht hatte, merkte er, wie sein Vorsprung größer wurde. Hundert Meter später hörte er keine Schritte mehr hinter sich und sah nur noch seine eigenen Schatten über den Asphalt zucken. Er wagte einen Blick über die Schulter. Der Punk stand vornübergebeugt auf dem Gehweg, eine Hand auf den Oberschenkel gestützt, die gegenüberliegende Schulter gegen die Hauswand gelehnt. Er keuchte wie die Schwangeren in Daily Soaps, wenn gerade die Fruchtblase geplatzt war.

Und er heulte.

Jarno blieb stehen und drehte sich um. Der Punk schimpfte vor sich hin, aber mehr als ein paar Beleidigungen verstand Jarno nicht. Sein Gesicht war verzerrt vor Wut, Scham und Verzweiflung und sein runder Rücken zitterte. Der lange, schlaksige Kerl sah verloren aus, wie ein Fragezeichen, das jemand aus seiner Form geprügelt hatte. Jarno zögerte, er konnte nicht einfach abhauen. Es wäre so einfach, dem Jungen die SD-Card hinzuwerfen. Er konnte das Foto ohnehin nicht verwenden, es war vielleicht gut, aber nicht das, was er brauchte. Es verfehlte das Thema um den Bruchteil einer Millisekunde, was in der Kunst eine ganze Welt bedeutet. Sollte der Typ mit dem schwulen Bild doch machen, was er wollte. Während er überlegte und in seinem Kopf bereits die Karte aus der Schnittstelle zog, entwickelten seine Hände an der Kamera ein bösartiges Eigenleben. Sein Daumen strich beiläufig über den kleinen Hebel und brachte ihn in die On-Stellung. Während er das Gerät von der einen in die andere Hand übergab, aktivierte er den Blitz, drehte eine Winzigkeit an der Blende. Er hob die Kamera nicht an, sah nicht ins Display. Das Objektiv musste er nach Gefühl in die richtige Position drehen, reine Intuition.

Weinender Punk, erwischt beim Knutschen mit einem Kumpel und nicht in der Lage, die miese Ratte zu verdreschen, die ihn angenagt hatte, in genau dem Moment, als er glaubte, sicher zu sein.

Sicherheit, zertreten. Ein schönes Bild.

Klick.

* * *

»Schau dir diese Katharina von Lindberg an.« Wilhelmine, liebevoll »das Minchen« genannt, stößt mich mit dem Ellbogen in die Seite und deutet über das bunte Blumenmeer des Schulgartens zur Straße. »Lässt sich mit dem Automobil abholen, tzz. Wir sollen alle sehen, was sie hat, nicht wahr?«

»Minchen!« Ich ziehe die Holztür hinter uns zu und sehe mich nach ungebetenen Zuhörerinnen um. Zum Glück sind wir allein. »Wie ungerecht von dir! Wenn Katharina eines nicht hat, dann ist es die Entscheidungskraft über ihr Auftreten.«

»Du meinst, ihr Herr Vater beschließt, dass sie mit Tamtam und Brimborium durch die Straßen fährt, damit alle sehen, was er als Stadtrat verdient?«

Ich nicke und gebe mir Mühe, das qualmende Automobil nicht anzustarren, während wir die gewundene Treppe hinabgehen. Durch die Hecke, die das Internat eingrenzt und über die man nur von den obersten Stufen an der Eingangstür hinwegschauen kann, entschwindet die Straße nach wenigen Schritten unseren Blicken.

»Das behauptet zumindest mein Vater«, flüstere ich dem Minchen zu und dieses nickt interessiert. »Der trinkt hin und wieder Cognac mit dem Herrn Stadtrat und wenn der erst genug getrunken hat, wird er leutselig. Neulich soll Katharina sich seiner Kleiderwahl widersetzt haben. Der Herr Stadtrat war empört über dieses unbändige Benehmen.«

Das Minchen versteckt sein Lächeln hinter einer Hand. »Da muss unser Fräulein von Lindberg wohl vorsichtig sein, sonst verheiratet Herr Papa sie am Ende doch noch mit einem, der ihr die Flötentöne beibringt. Ich frage mich ohnehin, warum sie das Lehrerinnen-Seminar macht. Glaubst du, die einzige Tochter des Stadtrats würde nicht vor dem Altar enden?«

Ich verkneife mir ein Seufzen. »Man endet kaum, nur weil man heiratet.«

»Na, da erzählt dir meine Mutter aber etwas anderes. Warum sonst hat sie mir zur Beerdigung der Großmutter ein schwarzes Frauenkleid schneidern lassen, obwohl ich erst vierzehn war? Damit es mir bei meiner Hochzeit passt, weil dann nämlich das kleine Mädchen zu Grabe getragen wird. Das waren ihre Worte. So und nicht anders.«

Meine Meinung dazu ist eine andere, doch das weiß das Minchen bereits. »Deine Mutter kauft Kleider auf Vorrat, weil sie ein wenig geizig ist, so sieht es aus.« Von Hochzeiten oder eben keinen Hochzeiten mag ich für den heutigen Tag nicht sprechen.

Warum muss bloß alles im Leben endgültig entschieden werden? Sogleich entsinne ich mich an Johans Worte: Weil nur eine Entscheidung, die wir für immer treffen, eine wohlüberlegte ist, da wir ansonsten immerzu alles ändern, was wir ändern können.

Ich erlaube mir nun doch einen Seufzer und wünschte, ich …

* * *

»… könnte es ändern, aber das kann ich nicht. Ein besseres hab ich nicht.«

»Es gibt Fotografen und es gibt Leute, die Fotos knipsen«, sagte Seval und lehnte sich von hinten über Jarnos Schulter, damit sie das kritisierte Bild besser betrachten konnte. Ihr Haar streifte seine Schläfe. Es war vom Duschen noch feucht und er atmete unauffällig ein, um den blumigen Duft ihres Shampoos in sich aufzunehmen. »Du bist ein Fotograf, aber das da«, sie tippte auf den Bildschirm und hinterließ einen Fingerabdruck, »ist geknipst. Das sehe sogar ich mit meinem verkümmerten Kunstverstand.«

Jarno stützte die Ellbogen vor der Tastatur auf den Tisch und lehnte den Kopf auf die Fäuste, sodass ihm seine Fingerknöchel die Augen in die Höhlen drückten. Vielleicht konnte er die Fantasie, ihr Haar auf der Innenseite seiner Schenkel zu spüren, aus dem Kopf herausdrücken. Sie hatte recht. Das Bild von dem heulenden Punk war nichts weiter als ein Schnappschuss. Originelles Motiv, aber schlampig umgesetzt. Geknipst. Die Beleuchtung hatte er völlig versemmelt, das Rauschen an den Bildrändern glich einer Beleidigung an die Canon, die es selbst in der Hand eines Anfängers besser konnte, und ein schlechtes Bild am Rechner nachzubearbeiten, war möglich, verstieß aber gegen seine Prinzipien.

Seval rieb ihm über beide Schultern, was aller Zärtlichkeit zum Trotz leider nicht viel mehr als eine freundschaftliche Aufmunterung war. »Na komm, du wirst es überleben, auch mal ein schlechtes Bild gemacht zu haben. Morgen machst du ein besseres. Die Ausschreibung läuft bis Ende Februar, du hast noch lange Zeit.«

Er sah nicht zu ihr auf, weil er noch nicht einmal die Zähne geputzt, geschweige denn geduscht oder sich rasiert hatte. Jeden Morgen zog er einem beschämenden Ritual gleich dieselbe Runde: in Jeans und T-Shirt barfuß erst zum Klo, dann zur Kaffeemaschine. Einen Schlenker ins Wohnzimmer an seinen PC. Tasse abstellen, Knopf drücken. Während der Rechner gemächlich hochfuhr, schlurfte er eine Etage durchs Treppenhaus nach unten, rauchte die erste Zigarette, fror sich die Füße blau und nahm auf dem Rückweg die Briefpost mit. Dann rief er seine Mails ab und lud die Bilder der letzten vierundzwanzig Stunden hoch. Waren gute dabei, erkaltete der Kaffee, da er in diesem Fall bis zum Mittag arbeitete, ohne die Finger einmal von Maus und Tastatur zu lösen. Waren es nur schlechte, rannte er nach jedem einzelnen vor die Tür zum Rauchen.

Seval hatte sich längst an den Zustand gewöhnt, Jarno nicht.

»Ich suche schon seit zweieinhalb Monaten nach dem Bild«, sagte er und klickte die vorherige Aufnahme an. »Letzte Nacht hätte ich es fast gehabt. Es war da, weißt du? Ich hab es gesehen, direkt vor meinen Augen.« Kurz und dunkelrot schwoll der Impuls an, gegen den Monitor zu boxen. Er bezwang ihn, aber das kostete ihn sämtliche Energie und ließ matte Leere zurück. »Ich hab es gehen lassen. Um eine halbe Sekunde verpasst. Ist doch Scheiße.«

»Das Motto? ›Sehnsucht nach Wärme‹ hieß es, oder? Gibt viel her. Gerade jetzt im Winter, wenn es so kalt ist, kannst du das doch bestimmt an jeder Ecke finden.«

»Hm«, machte Jarno. Das dachte sie vielleicht. Er starrte die knutschenden Punks an. Handwerklich war das eine einwandfreie Aufnahme, wirklich gute Arbeit. Das Bild verhöhnte ihn, weil es ihm so dramatisch zeigte, was er verpatzt hatte. Eine halbe Sekunde bloß, vielleicht auch nur eine viertel, und die Stimmung war vollkommen umgeschlagen. Wie bei einem Kaleidoskop. Man neigt es nur ganz leicht, ein My Drehung genügt und schon rieseln die Teilchen durcheinander und formieren sich neu. Das Bild aus der Sekunde zuvor ist unwiderruflich verloren, sooft man auch daran dreht.

Mit einem unausgesprochenen Fluch klickte er auf das Mülleimer-Icon. Ein Fenster sprang auf.

Wirklich löschen?

Ja, Blödmann, wirklich löschen.

»Ich finde es ohnehin ziemlich mies von dir, Leute heimlich zu fotografieren«, sagte Seval, während sie zur Couch ging, auf der ihr Laptop stand. Sie schob die Katze beiseite, die sich an die Lüftung gekuschelt hatte wie an einen Kachelofen. »Hallo, Katze, tut mir leid, wenn ich störe, aber du haarst mir alles voll.«

Katze antwortete mit einem gleichgültigen *Mrrw?* und drehte sich auf den Rücken.

Seval seufzte ergeben und kraulte den milchweißen Bauch. »Jarno, ich meine das ernst. Was, wenn die dich erwischt und vermöbelt hätten?«

Er zuckte mit einer Schulter. Daran hatte er nicht mal gedacht, bis sie aufgesehen hatten. Es war bei der Flucht bloß um die Canon gegangen, um nichts anderes. »Dann hätte ich es wohl verdient gehabt.«

»Ooh«, gab Seval höhnisch zurück. »Eine Runde Bedauern. Das Selbstmitleid solltest du dir sparen, das steht dir nicht. Wann hast du eigentlich deine Katze das letzte Mal gebürstet? Die Haare kleben überall, selbst in meinem CD-Laufwerk sind welche.« Sie pustete über ihre Tastatur und konzentrierte sich auf ihren Monitor. Jarno erkannte bunte Balkendiagramme, sie arbeitete offenbar immer noch an der Statistik über die Wahlbeteiligung der Arbeiterklasse in Absurdistan. Das Land gab es genauso wenig wie die Arbeiter, ihre ganze Arbeit war ein Fake. Seval nannte es Studium der Politikwissenschaften. Um dieses durchzuziehen, hackte sie nächtelang auf ihr 10-Zoll-Aldi-Laptop ein und stand sich tagsüber zur Finanzierung bei H&M als Verkäuferin die Beine in den Bauch. Sie hatte diesen verrückten Traum. Sie wollte die Frauenrechte verbessern – nicht in Deutschland, nein, für Seval durfte es gern ein Level komplizierter sein. Ihr Interesse galt der Türkei. Dafür studierte sie Politik, machte Praktika und bewarb sich auf Volontariate in jeder erdenklichen seriösen Presseredaktion, um Kontakte zu knüpfen, die ihrer Meinung nach die halbe Miete waren. Fertig ausgebildet wollte sie sich aufmachen und ein Land verbessern, das ihre Großeltern verlassen hatten und dessen Sprache sie in der deutschen Abendschule perfektionieren musste, weil sie, von zwei Urlauben abgesehen, nie dort gewesen war. Warum sie das wollte, war simpel: Es war ein kompliziertes Unterfangen. Schwierig, fast unmöglich. Und Seval wollte beweisen, dass sie es konnte.

So lächerlich er das alles fand, Jarno beneidete sie. Seval hatte eine Vision. Was hatte er? Unter einem Kaufland-Werbeblatt lag die neueste Absage versteckt, damit Seval sie nicht sah. Ein Standardschreiben, aber von der freundlichen Art.

Vielen Dank für das in unseren Betrieb gesetzte Vertrauen, blah. Bitte nicht als Wertung der persönlichen Qualifikationen betrachten, blah. Bei der Vielzahl der Interessenten und da bedauerlicherweise nur ein Ausbildungsplatz vergeben werden kann, blah … leider für einen anderen Bewerber entschieden. Blahblahblah.

Einen Traum hatte er auch, so war es nicht. Aber seiner war ein Luftschloss in den Wolken und die Leitern, die er zu bauen versuchte, trugen sein Gewicht nicht. Nie.

»Vielleicht sollte ich den Wettbewerb vergessen«, sagte er, mehr zu sich selbst als zu Seval, die ohnehin abwesend schien. »Weißt du, wie viele Ausbildungsplätze zum Fotografen in dieser Stadt im letzten Jahr vergeben wurden? Keiner. Und im vorletzten Jahr? Einer, aber im Jahr davor wieder kein einziger. In den umliegenden Städten sieht es nicht anders aus. Das heißt, bei diesem bescheuerten Wettbewerb werden Tausende von Bildern eingehen. Wie komme ich darauf zu glauben, meins wäre das eine, hm?«

»Weil du gut bist«, erwiderte Seval. Ihre Finger flogen ohne ein Zögern über die winzige Tastatur. Ein Fensterchen ploppte hoch, der Facebook-Chat. Es wunderte ihn nicht, dass sie trotzdem mit ausreichend Aufmerksamkeit bei ihm war. Im Multitasking machte dieser Frau niemand etwas vor. »Und weil du es willst. Mehr können die anderen auch nicht bieten, es gibt also keinen Grund, warum du nicht das beste Bild abgeben solltest.«

»Warum ich?«

»Warum ein anderer?«

Mit der Einstellung betrachtete Seval jede Herausforderung. Warum sollte man nicht der sein, der die Welt rettet? Sie sollte sich mit Statistiken besser auskennen, aber sie sagte immer, dass die Quote unerheblich sei, selbst die winzigste. Für den einen Fall, der die winzige Quote darstellte, bedeute es hundert Prozent.

»Du verlierst nichts, wenn du weiter Fotos machst«, fuhr sie fort. Ihre Finger machten *klackerdiklackerdiklack*. Jarno brauchte schon seine ganze Konzentration, um ihr zuzuhören. »Auch wenn du nicht gewinnst, hast du immer noch die Bilder. Du hast Zeit und mehr als Bewerbungen zu schreiben und zu jobben, kannst du ohnehin gerade nicht tun. Füllt dich das aus?«

Um ehrlich zu sein, füllte ihn schon lange nichts mehr aus. Woran sie kein Quäntchen Schuld trug und doch gewichtig beteiligt war, was er ihr allerdings niemals sagen würde. Sie wusste es auch so, seitdem sie ihn abgewiesen hatte, freundlich, aber bestimmt, wie es ihre Art war. Seitdem bestand das stillschweigende Agreement, Jarnos nicht existentes Liebesleben unter keinen Umständen zu thematisieren.

»Gib die Chance nicht auf, auch wenn sie klein ist. Vielleicht erkennen sie dein Talent in diesem Wettbewerb und du bekommst endlich deinen Ausbildungsplatz. Du hast ein Dutzend Fotos, die gut genug sind und zum Thema passen würden. Such dir eins aus und schick es ab.«

»Keins davon ist das eine, das perfekte Foto.«

Sie ignorierte seinen Einwand. *Klackerdiklack.* »Den Rest lädst du auf Foto-Communitys und auf deiner Homepage hoch. Auch so sind schon Künstler entdeckt worden.«

Er brummte einen Laut, der mit Fantasie als Zustimmung durchgehen würde. Sie hatte recht.

Es war nur schwer, optimistisch zu bleiben, wenn …

* * *

… die Aussicht, einen Traum zu verwirklichen, an so vielen Fäden hängt, von denen einige nicht von mir selbst gehalten werden und andere so radikale Einschnitte in mein Leben bedeuteten. Wer Lehrerin sein will, darf keine Familie haben; wer Familie will, darf nicht Lehrerin sein. Warum begehrt nicht endlich jemand gegen diese Ungerechtigkeiten auf?!

»Lass uns über etwas anderes reden«, bitte ich das Minchen. »Kannst du Manfred irgendwo sehen?«

Wir treten durch das schmiedeeiserne Tor des Mädcheninternats und schirmen unsere Augen gegen die Strahlen der Nachmittagssonne ab. Kutscher helfen den Seminarteilnehmerinnen, die nicht im Internat leben, in die Wagen und fahren nacheinander los, sich letzte Grüße zurufend. Bloß Manfred, unser Fahrer, der auch das Minchen mit nach Hause nehmen soll, ist noch nicht da. Unter meinem hohen Kragen bildet sich Schweiß. Die strenge Kleiderordnung ist das Nächste, wogegen dringend jemand aufbegehren muss. Wenn die Schuljungen und Mädchen in flatternden Kleidchen oder bequemen kurzen Hosen in die Schule laufen und Luft um ihre aufgeschlagenen Knie weht, muss ich die dunkle Bluse hochschließen und dem Anstand zuliebe einen Unterrock und lange Strümpfe tragen. Schon jetzt ist es viel zu warm dafür, dabei ist es erst Mai und die Temperaturen noch angenehm. Nur in Gedanken lege ich die einengende Kleidung ab, schlüpfe in ein Straßenkleid und fahre mit dem Fahrrad durch den Park, um eine Stunde lang die Abendsonne zu genießen und den heutigen Vortrag mit dem Thema »Nötige Züchtigung des Schülers« von Oberstudienrat Schlauber möglichst schnell zu vergessen. Der Mann macht mir Albträume mit seinen antiquierten Ansichten und den stechend blauen Augen. Wenn er mich ansieht, bekomme ich das Gefühl, er wäre ein Späher des Leibhaftigen und würde jede meiner Sünden entdecken und mit Freude an meiner Scham aller Welt verraten.

»Olle Petze«, murmle ich.

»Was sagst du?«, fragt das Minchen irritiert. »Meinst du mich?«

»Nein, schon gut. Ich habe laut gedacht.«

»An den alten Schlauber, was? Wie sehr er meine Nerven strapaziert! Für ihn sind unsere Seminare nichts als eine Albernheit, mit der wir uns die Zeit vertreiben, bis geheiratet wird. Ehrlich, ich verstehe nicht, warum er Vorträge vor Frauen hält, wenn er doch ständig betonen muss, dass wir ohnehin nur Lehrer zweiter Klasse werden.«

»Minchen«, flöte ich. »Du stehst mitten auf der Straße.«

»Aber es ist wahr.« Sie schmollt, senkt aber die Stimme. »Warum erfüllt ein pensionierter Mann eine Aufgabe, die ihm so widerstrebt? Um seine Frustration an uns auszulassen?«

»Was glaubst du denn? Womöglich braucht er auch nur Geld.«

»Wozu, denkst du, sollte er das benötigen? Er lebt recht bescheiden, heißt es.«

»Denk doch nach.« Ich kämpfe gegen das Kichern und wage nur noch zu flüstern. »Immerzu betont er, wie wichtig eine brave Ehefrau sei. Aber er hat nie eine geheiratet. Könnte doch sein, dass er stattdessen für den ein oder anderen Frauendienst mit Geld bezahlen muss.«

Minchens Ohren färben sich rosa. »Meine liebe Klara, endlich blickst du mal hinter die männliche Fassade. Wie kommt das? Hat das mit dem jungen Herrn Kaufmann zu tun, der dich Samstag für Samstag vernichtend beim Tennis schlägt?«

Hitze steigt mir in den Kopf. Es ist selten eine kluge Idee, das Minchen herauszufordern. Sie zahlt es dreifach zurück und gibt großzügig Bonus, ungeachtet der Tatsache, dass ihr Vater bei der Bank arbeitet und sie von Kindesbeinen an die Sparsamkeit gelehrt hat.

»Ach, bitte frag nicht«, komme ich weiteren Äußerungen zuvor.

»Oh, wenn du so etwas sagst, dann magst du ihn.«

Natürlich! Aber natürlich mag ich den Johan. Wie kann überhaupt ein Mensch Johan nicht gernhaben? Er sagt immer, man könne besser über Dinge grübeln, nachdem man zunächst darüber gelacht hat. Oft genug lache ich über die Tatsache, dass eine Heirat das Ende meines nicht einmal begonnenen Lehrerinnendaseins bedeuten würde. Aber stets bleibt daraufhin dieser saure Geschmack im Mund zurück wie ein übles Aufstoßen. Es ist so ungerecht, dass Männer alles haben dürfen: Heirat, Kinder, Arbeit. Frauen müssen sich entscheiden.

Ein Motorrad knattert vorbei, der Fahrer winkt uns zu und fährt übermütige Schlangenlinien. Das Minchen hält sich lachend die Ohren zu.

»Hoffentlich ist Manfreds alter Zosse nicht vor Schreck tot umgefallen, als das Motorrad ihn überholt hat!«, ruft sie, als der Lärm abebbt.

»Beschrei es nicht. Letzte Woche ist die neue graue Stute, die Vater in England gekauft hat, vollkommen toll geworden, als ein solches Gefährt an ihr vorbeischoss. Manfred hat die Kutsche nur mit Mühe und Not auf der Straße halten können. Er sagte, er sah das Pferd schon mit gebrochenen Beinen im Graben liegen und hat noch Tage danach über diese neumodischen Dinger geschimpft. Aber horch mal, ich glaube, da kommt er.«

Wir drehen uns in die Richtung, aus der wir Hufschlag auf dem Pflaster hören. Da fällt mein Blick auf eine zartgliedrige hellblonde Frau, die auf der anderen Straßenseite steht und zu uns herübersieht. Wie seltsam, wo mag sie so plötzlich hergekommen sein? Ich grüße sie mit einem Nicken, aber die in ein lindgrünes und beinah verboten modernes Kostüm gekleidete Frau reagiert nicht. Sie steht an dem schmiedeeisernen Gartentor einer Villa. Ich kenne die Familie, die dort lebt, doch diese Frau gehört nicht dazu. Womöglich eine entfernte Verwandte auf Besuch? Sie sieht mich an, ohne eine Miene zu verziehen.

»Kennst du die Dame dort?«, frage ich das Minchen. Sie vergisst wie so gern jede Etikette und stiert mit gerecktem Hals über die Straße.

»Ich habe sie nie zuvor gesehen. Aber du musst sie kennen, Klara, so wie sie dich anschaut.«

»Nein.« Ich entscheide, es darauf ankommen zu lassen. »Schönen guten Tag!«, rufe ich über die Straße. Immer noch regt die Dame sich nicht. Wie seltsam.

»Höflich ist sie nicht gerade«, raunt das Minchen. »Aber mach dir nichts draus. Komm, wir tun so, als wäre sie Luft. Was sie kann, können wir auch. Schau! Da kommt ja Manfred mit der Kutsche.«

Beim Einsteigen verspüre ich den dringenden Wunsch, mich nach der Frau umzudrehen. Es prickelt zwischen meinen Schulterblättern, mir ist unbehaglich und ich könnte schwören, es liegt daran, dass die Fremde mir nachblickt. Langsam rollt unser Wagen die Straße entlang und biegt um die erste Ecke. Das Internat, die Villa gegenüber und die fremde Frau auf der Straße verschwinden. Nur die ungestellten Fragen, wer sie wohl ist und was sie will, fahren mit. Ich habe ein böses Gefühl im Magen und …

* * *

… dieses Gefühl hatte Jarno nie getrogen, auch nicht damals, als seine Welt von einer Explosion erschüttert worden war.

Die ersten eineinhalb Jahre der Ausbildung zum Groß- und Außenhandelskaufmann hatten hinter ihm gelegen und er war stolz gewesen auf das, was er erreicht hatte. Er besaß ein Auto – gut, es war nur eine kleine Rostlaube, aber immerhin schuldenfrei selbst finanziert –, seine Canon sowie zwei der besten Objektive, die man für Geld kaufen konnte, und lebte in einer Mietwohnung. Nicht viele Neunzehnjährige konnten das vorweisen, vor allem nicht ohne finanzielle Unterstützung der Eltern oder des Staates. Er fühlte sich sicher, geerdet. Er hatte sein Leben im Griff.

Und dann passierte es.

Die Firma, in der er arbeitete, handelte mit Oberbekleidung. Mit Restposten, Produktionsüberschüssen sowie mängelfreien Fehlproduktionen, das waren zum Beispiel T-Shirts, deren Farbe oder Schnitt vom Vereinbarten abwichen. All das wurde aufgekauft, bekam das eigene Label verpasst und wanderte als gute Qualität zu kleinsten Preisen in den Einzelhandel. Alles lief gut, bis das Finanzamt nachhakte. Der Geschäftsführer – Jarno hatte auf einer Weihnachtsfeier mit ihm beschwipste Bratäpfel gegessen und über den Bundesliga-Herbstmeister diskutiert – wanderte in den Bau. Jarno erinnerte sich noch genau an seine Worte zwischen Schrottwichteln und satirischem Christkindchengedicht: »Du kannst in Deutschland einen Mann auf offener Straße niederschießen, mein Junge, und kommst auf Bewährung frei. Aber unterschlag mal hundert Euro an Steuern, da buchten sie dich gleich ein. Ha-ha.«

Leider war es genau das, was ans Licht gelangt war: Steuerhinterziehung und Geldwäsche. Ha-ha. Es waren deutlich mehr als hundert Euro gewesen. Innerhalb weniger Stunden hatte die Firma nur noch auf dem Papier existiert und siebenundvierzig Menschen standen ohne Arbeit vor dem Gebäude und sahen einander ratlos an. Die Wut kam bei den meisten erst hinterher, es soll einen kleinen Aufstand gegeben haben mit Randale, Sachbeschädigung an Firmeneigentum und einer Schlägerei. Da war Jarno allerdings längst weg gewesen. Auf Jobsuche, denn der Vermieter seiner vier Wände würde sich mit nichts anderem zufrieden geben, außer der kompletten Monatsmiete pünktlich am Ersten.

Aktuell fuhr er Pizza aus. Das wurde pro Stunde dreißig Cent besser bezahlt als das Kistenschleppen im Getränkemarkt und galt als relativ sicher. Bier und Fastfood waren die letzten Dinge, auf die die Menschen in diesem verhärmten Städtchen verzichten würden. Jarno war da keine Ausnahme, über seinem ehemaligen Sixpack hatten sich bereits kleine Dellen breitgemacht. War das ein Wunder, wenn es das Essen umsonst gab? Trotzdem blieb der Job nur eine Maßnahme, um die Zeit zu überbrücken. Wo würde man schon enden, wenn man ohne abgeschlossene Ausbildung und mit einem mittelmäßigen Realschulabschluss Pizza ausfuhr? Vermutlich in der Kneipe, in der auch sein Vater täglich anzutreffen war; da, wo man sich gegenseitig auf Schultern und Plauze klopfte und als einzig Schönes das BILD-Mädchen auf Seite eins zu sehen bekam. Das dafür täglich.

Nein, keine Option.

Irgendwann würde eine Bewerbung positiv beantwortet werden. Im besten Fall die, bei der es in der Ausschreibung hieß:

»Arschkalt hier!

Schick uns Dein bestes Bild zum Thema ›Sehnsucht nach Wärme‹ und wir machen einen Fotografen aus Dir!«

»Du solltest das alles nicht so ernst sehen«, sagte Seval und unterbrach damit seine Gedanken. »Du bist neunzehn Jahre alt, Jarno, und wirkst gerade so müde, als müsstest du dich schon neunzehn Jahre lang mit Jobs durchmogeln. Das bleibt doch nicht dauerhaft so.«

Seine Schultern zuckten ohne sein Zutun. »Ich mach die Dinge eben lieber richtig, Sev. Nicht fehlerfrei, sondern richtig.« Und das, was aktuell geschah, das war nicht richtig.

»Schon klar. Und jetzt hängst du richtig durch, ja?«

»So ungefähr.«

Klackerdiklackerdiklack. »Wer es braucht.«

»Was ich brauche, ist eine Zigarette, Sev.« Nein, ich brauche …

* * *

»… ein klein wenig mehr Übung und ich gewinne, du wirst schon sehen!«

Ich raffe den Rock und hebe mit der anderen den Tennisschläger. Der Wind bringt den Duft der blühenden Linden mit sich. Im Vereinsheim des Tennisklubs gehen heute viele Leute ein und aus; Johan und ich sind nur zum Spielen hergekommen, das ist schön. Der Tag ist so herrlich, dass ich mich insgeheim frage, ob das nicht nur ein schöner Traum ist.

Auf der anderen Seite des Netzes neigt Johan seinen Schläger, um eine Hummel, die sich im Gras niedergesetzt hat, daraufklettern und dann fliegen zu lassen. Er kann nicht einmal ohne Schuldgefühle auf ein Insekt treten. Ich habe ihm Unrecht getan, denke ich und verbiete mir die Gedanken mitsamt allen Erinnerungen gleich wieder.

»Schlag schon auf, Johan, bevor ich Wurzeln schlage!«

»Wirst du übermütig, weil du ein einziges Spiel gewonnen hast? Den Satz führe immer noch ich an.«

»Ja, ja. Weil du mich in Grund und Boden diskutierst und alles, was so kreucht und fleucht, vorschickst, sobald du eine Pause brauchst. Würdest du mehr spielen und weniger reden …« Weiter komme ich nicht mit meinen Neckereien, denn der harte Filzball kommt auf mich zugeschossen und ich muss einen Sprung zur Seite machen, um nicht getroffen zu werden. Meine Rückhand gerät unelegant, aber ich bekomme den Ball über das Netz. Johan nimmt ihn mit einem spöttischen Lächeln an und spielt ihn gönnerhaft zurück.

Na warte, du!

Ich hebe den Rock ein Stückchen höher, als es anständig ist, und schmettere den Ball mit aller Kraft quer über das Spielfeld. Johan jedoch lässt sich nicht ablenken. Er rennt hinterher, kleine Krater im Rasen hinterlassend. Seine Schlägerkante trifft den Ball, trotzdem jagt dieser so schnell auf meine Seite zurück, dass er die Luft mit einem Pfeifen teilt. Ich spurte los, aber mit der glatten Ledersohle meiner Leinenschuhe geraten meine Füße ins Rutschen. Vielleicht hätte ich mich durch einen weiten Ausfallschritt abfangen können, wenn nicht die langen Röcke im Weg gewesen wären. Ich trete auf den Saum und falle ins Gras.

»Klara, hast du dich verletzt?« Johan kommt sofort herbei, vergessen scheint sein Ehrgeiz, sein Gesicht ist voller Sorge.

Beinahe muss ich lachen, obwohl mein Handballen schmerzt. »Es ist nichts passiert, ich bin doch bloß gestolpert.«

Er hilft mir auf die Beine und mustert mich kritisch. »Himmel, Klara, kannst du denn nicht besser aufpassen? Wie du aussiehst!«

Giftgrüne Flecken verunstalten mein cremefarbenes Sommerkleid. Auch mein Handballen ist grün, darunter verstecken sich ein paar oberflächige Kratzer. Wenn Vater das sieht, macht er mir sicher Vorhaltungen. *Du bist doch kein Kind mehr*, sagt er immer – und als ich ein Kind gewesen war, hatte es geheißen: *Du bist doch kein Junge.* Irgendetwas ist immer falsch an mir.

»Daran sind nur diese Röcke schuld. Der Stoff ist überall im Weg. Beim Fahrradfahren, beim Tennisspielen. Vom Reiten will ich gar nicht erst anfangen.«

Johan drückt meine Hand, streift meine Fingerknöchel mit dem Daumen. »Du würdest mir gut gefallen in diesen Frauenhosen.«

»Ja«, seufze ich. Die unverbindliche Berührung fühlt sich schön an. Schöner als … »Ich mir auch. Das Minchen hat mir eine Frauenzeitung gegeben, die sie aus Berlin geschickt bekommt. Darin waren Fotografien von einer Frau aus Belgien, Hélène Dutrieu heißt sie. Sie ist berühmt, Johan, berühmt, weil sie Fahrrad fährt wie keine andere. Sie tritt im Varieté mit ihrem Fahrrad auf.« Vor Begeisterung schießt mir Hitze ins Gesicht. »Sie haben sie vor ihrem Haus abgebildet, in weiten Hosen, wie die Orientalen sie tragen, aber nur bis zum Knie. Dazu hatte sie geschnürte flache Stiefel an. Sie sieht wunderschön aus. Es waren Schnittmuster in der Zeitung, um die Frauenhosen nachzuschneidern.«

Johan schüttelt den Kopf, aber er lächelt dabei. »Das hier ist aber doch nicht Berlin oder Brüssel, meine Liebe. Und bei den Orientalen sind wir auch nicht.«

»Aber es könnte doch sein wie in Berlin! Oder wie in Paris! Wenn eine Frau beginnen würde, dann würden alle anderen es nachmachen, so war es in Berlin auch und zuvor in Paris.«

»Nein, meine Liebe, das denkst du dir zu einfach. Hierzulande tut es dem Ruf einer Frau nicht gut, in Männerhosen zu stolzieren. Denk doch an deine Schüler später. Was sollen sie von dir halten? Und deren Eltern erst.«

Die sollen mich für eine kluge, tüchtige und freundliche Frau halten und sich nicht um meine Kleidung scheren, ist alles, was ich denke.

»Dein Ruf, kleine Klara, ist das Allerwichtigste als Lehrerin. Riskiere ihn nicht für frauenrechtlerische Spielereien. Der Preis ist zu hoch. Das ist es doch nicht wert.«

»Aber wie albern ist das denn, Johan? Wer modern sein will, muss genau das verstecken, um nicht zu scheitern? Das ist doch nicht richtig.«

»Und fordere auch deinen Vater nicht mit Albernheiten heraus«, spricht er weiter, als hätte er mir gar nicht zugehört. Für einen Augenblick bin ich nicht mehr sicher, ob ich laut gesprochen oder bloß gedacht habe.

»Er ist so ein guter Mann, du solltest wirklich dankbarer sein.«

Ich betrachte die Grasflecke auf meinen hellen Schuhen. Dankbar muss ich tatsächlich sein, weil zumindest Vater keine Steine vor meine Füße legt. Keine großen.

»Mein Vater würde nur lachen, wenn meine Schwestern auf die Idee kämen, Lehrerinnen werden zu wollen«, fährt Johan fort und lacht selbst dabei. Ihn zu verletzen, wäre falsch, daher unterbreche ich ihn nicht, als er von den Heiratsplänen seiner jüngeren Schwester berichtet und mich dabei fortführt, obwohl unser Tennisspiel überhaupt noch nicht beendet ist. Er hält meine Hand, das ist das kleine Opfer sowie ein Schweigen wert, denn das tut er selten in der Öffentlichkeit.

KAPITEL 2
Urban Exploration

Der Himmel hing tief und hatte die Farbe von uralten Tennissocken, die man ständig mit Jeans zusammen gewaschen hat. Schneeregenfarben. Jarnos vom Joggen abgehackte Atemstöße gefroren in der Luft. Er musste wirklich wieder mehr für seine Kondition tun.

Als er zum Treffpunkt kam, dem Hinterhof einer verrottenden Autowerkstatt, zelebrierte Ben bereits die ersten Korbwürfe. Jarno steckte sich eine Zigarette an und beobachtete seinen Freund, ohne auf sich aufmerksam zu machen. Ben schmiss nie einfach den Ball durch das dafür vorgesehene Gitternetz, sondern machte ein Kunstwerk aus jedem Wurf, in dem nicht nur gewonnene Punkte von Bedeutung waren, sondern auch, ob seine Rastas beim Wurf flogen und sein Gesichtsausdruck stimmte. Er war der Auffassung, dass selbst Kobe Bryant ohne sein gutes Aussehen nie zu Ruhm gekommen wäre. Und was Kobe konnte, konnte Ben erst recht. Dachte er. Die Tatsache, dass er statt in einer Basketball-League auf dem Hinterhof einer Autowerkstatt spielte, tat nichts zur Sache. Man wusste ja nie, wann man den großen Wurf landete.

Jarno kratzte gefrorenen Putz von der Garagenwand, golfballgroße

Stücke bröckelten herab. Die Gegend verfiel in den letzten Jahren immer schneller. Wer es sich leisten konnte, zog fort. Die übrigen Menschen winkten zum Abschied, schnäuzten in ihre Taschentücher und warfen sie zu all dem Müll am Boden, aus dem sie so gerne herausgekommen wären. Die Stadt war ein steingewordener Abschiedsschmerz, an jeder Ecke schnitt man sich an zerbrochenen Träumen.

Ben und Jarno waren hier aufgewachsen, die alte Werkstatt war für sie Spielplatz, Klassenzimmer und Rückzugsort zugleich gewesen. Die Mechaniker hatten sich von ihnen die Werkzeuge anreichen lassen und sie zum Kiosk oder zum Zigarettenautomaten geschickt. Als Lohn durften die Jungs in den Autos sitzen und zwischen den Garagen Fußball spielen. Zu Weihnachten, als Ben neun und Jarno bereits zehn gewesen war, hatten die Männer einen Ball spendiert, einen Korb angebracht und Kreidelinien auf den ölfleckigen Boden gemalt.

Die Linien sowie die Mechaniker waren im Laufe der Zeit erst spröder und dann weniger geworden und schließlich verschwunden. Zurück blieben ein paar an die Garagenwände gelehnte Autotüren sowie Blechreste, alte Reifen, ausgetrocknete Ölkanister und jede Menge zertretene Bierdosen, mit denen man kicken konnte. Außerdem der ausgeweidete Leichnam eines rostigen Audis. Vor vielen, vielen Jahren hatte Jarno, auf der Motorhaube sitzend, seine erste Zigarette geraucht und vor nicht ganz so vielen, aber immer noch *zu vielen* Jahren den ersten Sex auf den schimmelnden Rücksitzpolstern gehabt. An einer Innenscheibe fanden sich noch Reste eines mit Lippenstift gemalten Herzchens. *Janine + Jarno.*

Hübsch klang das, aber ergeben hatte es hässlichen Krach und mehr nicht.

Nach ihr hatte er mit zu vielen Mädchen zu viel Sex gehabt, was ohne erkennbaren Übergang in eine Phase geglitten war, in der er überhaupt keinen Sex mit überhaupt keinem Mädchen mehr hatte (und auch sonst mit nichts und niemandem). Und dann war Sev gekommen und mit ihr der Wunsch, nur noch mit ihr Sex zu haben. Ben, gescheiter Knabe und Hobbypsychologe, meinte, dass Jarno Seval nur wollte, weil sie die Letzte war, die er kriegen würde. Selbstzerstörerischer Drang, das Unerreichbare zu erreichen, nannte er es. Jarno widersprach nicht. Es klang realistisch, doch gleichzeitig viel zu pathologisch, um es glauben zu wollen.

»He, Toffee!«, rief Jarno Ben zu und rauchte den letzten Millimeter Zigarette vor dem Filter, ehe er die Kippe auf den Boden warf. Die Dinger waren teuer und er schon wieder fast blank. Das Gitternetz klimperte, als der Ball hindurchglitt. Er tippte auf, sprang auf dem unebenen Asphalt zur Seite und prallte gegen ein durchgerostetes Garagentor, sodass es rotbraune Stückchen rieselte.

Ben kickte den zurückrollenden Ball mit dem Fuß hoch und fing ihn auf. »Hey, Jarno. Musst du dich so anschleichen?« Er sprach seinen Namen englisch und mit lang gezogenem O aus (was Jarno nervte), bewegte sich in breitbeinigen Schritten und mit schlenkerndem Arm auf ihn zu und spielte den Gangsta, der er nicht war. Ben konnte mit der Masche Leute dazu bringen, die Straßenseite zu wechseln, und hatte einen Ruf in der Stadt, der dafür sorgte, dass ihm nie jemand zu nahe trat. Woher er den hatte, war Jarno unklar. Der ein Meter neunzig große Schwarze mochte aussehen wie jemand mit reichlich Strichen auf dem Kerbholz, aber sein Gewissen war weiß wie Schnee. Der frisch gefallene, nicht der, der die bösen Jungs reich machte.

Jarno boxte ihn zur Begrüßung spielerisch vor die Brust. Verdammt, Bens Stirn sah aus wie frisch gepudert, dabei trainierte er sicher schon eine halbe Stunde. Jarno japste schon vom Joggen.

»Was macht die Kunst?«, fragte Ben und wechselte wieder in einen normalen Tonfall und die dazu passende Körperhaltung.

»Reden wir nicht drüber.«

»Alles klar, Sissy. Hey, ich hab was für dich.« Ben zog ein zerknülltes Stück Papier aus der Hosentasche und reichte es ihm. Eine Telefonnummer stand darauf, mehr nicht.

»Was ist das?«

»Kommt von einer Braut, die scharf auf dich ist.« Bens Lachen erinnerte an Will Smith, wenn er unfreiwillig komisch mimte. »Nee, Quatsch, ich weiß ja, dass du noch nicht über Seval weg bist. Was im Übrigen kein Wunder ist, wenn ihr zusammen wohnt. Du solltest sie rauswerfen, echt. Sie tut dir nicht gut.«

»Deine Mutter tut dir auch nicht gut und du schmeißt sie nicht gleich raus.« Jarno feixte. »Aber die wäscht ja auch deine Unterhosen. Seval lässt mich ihre waschen.«

»Veralber mich nicht, ich meine das ernst. Du machst dir noch Hoffnungen, stimmt's?«

Ja. »Nein.«

»Lügner.«

»Wir sind Freunde und teilen uns die Bude. Außerdem wäre es ungerecht, sie rauszuwerfen, nur weil ich scharf auf sie war. Und ihren Mietanteil brauche ich, ohne ihr Geld geht es nicht.«

Ben verschränkte die Arme, legte den Kopf schräg und sah die zehn Zentimeter auf Jarno herab, als wäre er der große Bruder statt der sechs Monate jüngere Kumpel. »Drei Argumente zusammensuchen zu müssen, heißt, dass man kein einziges hat, das einen selbst überzeugt.«

Leider, leider traf Ben nicht nur beim Basketball so effizient. »Ach, rede keinen Blödsinn.« Halt vor allem den Mund, wenn du recht hast.

Jarno hob den zwischen Zeige- und Mittelfinger geklemmten Zettel an. »Was ist das für eine Nummer?«

»Von meinem Chef«, antwortete Ben, als wäre es nebensächlich, aber irgendwo in seinem Augenwinkel hockte ein Hinweis, dass dem nicht so war. »Der will für den Club neue Flyer drucken lassen. Hochglanz, schickes Motiv, irgendwas Edles. Ich hab ihm gesagt, dass du so was kannst. Sollst dich ruhig mal melden.«

Jarno hatte das unbestimmte Gefühl, dass mehr dahintersteckte als ein paar Euro unter der Hand fürs Werbedesign, aber Ben drehte sich bereits weg und positionierte sein Handy auf dem Dach der Autokarosse, damit sie während des Spielens Musik hören konnten. Tupac und Ähnliches; sein Image galt schließlich gepflegt zu werden. Dass der Typ Adel Tawil und Tim Bendzko auf seinem iPod hatte, wusste niemand außer Jarno.

»Ruf ihn an, okay?«, bat Ben leise, ohne ihn noch einmal anzusehen. Jarno konnte es nicht definieren, aber irgendein Nerv saß nicht ganz behaglich in seiner Nische. Etwas roch faul und Probleme waren das Letzte, was er gebrauchen konnte. Andererseits gab er nicht viel auf Intuition, zumindest nicht, wenn es seine eigene betraf, und anzurufen schadete ja nicht.

»Mach ich. Aber jetzt lass uns spielen. Wie lang hast du Zeit, Toffee?«

Ben sah aufs Handy. »Ich muss um sechs bei der Arbeit sein.« Er jobbte in einem Nachtclub als Kellner, manchmal half er auch bei der Security aus. Die meisten glaubten, das sei nur ein Vorwand, um an Kunden zu gelangen und Geschäfte abzuwickeln. Drogen,

Frauen, Waffen. Glaubte man den Gerüchten, müsste Ben längst Millionär sein. Er ließ sie in dem Glauben – und sie ihn in Ruhe.

»Bestens, ich ebenso«, erwiderte Jarno, schälte sich aus den obersten zwei Jackenschichten und warf sie über einen Stapel alter Felgen. »Dann hab ich noch zwei Stunden, um dich fertigzumachen. Kannst du danach überhaupt noch arbeiten?«

Ben grinste. »Wovon träumst du denn nachts, Sissy?«

Jarno nahm ihm den Ball ab, dribbelte drei Schritte Richtung Korb, warf, versemmelte einen Dreier und verfluchte den Winter. Er hasste diese …

* * *

… Kälte.

Plötzliche Kälte überkommt mich wie aus dem Nichts, als hätte sich eine Wolke vor die Sonne geschoben. Etwas brennt eisig in meinem Nacken. Hat mich ein Tier gestochen? Nein, da ist nichts, nur dieses Kribbeln, das meine Wirbelsäule entlangkriecht. Aus einem Impuls heraus drehe ich mich um und beinah muss ich schreien.

»Klara, was hast du?«, fragt Johan besorgt. »Hast du dich eben doch verletzt?«

Ich zwinge mich, den Schreck zu verbergen. Zehn Meter hinter uns zwischen den duftenden Linden, die ich so gern mag, steht die Frau im grünen Kostüm. Sie starrt mich an.

»Johan, bitte dreh dich nicht um«, flüstere ich im Weitergehen. »Da ist eine Frau, die schaut mich immerzu an. Ich habe sie schon einmal gesehen, das kann kein Zufall mehr sein.«

Johan entzieht mir seine Hand, langsam, aber bestimmt. »Glaubst du, sie beobachtet uns?«

Mein Hals schwillt nach innen an, ich kann kaum sprechen. »Kann möglich sein. Gestern stand sie beim Internat, als ich aus dem Seminar kam. Und heute Nacht …« Ich kann nur noch wispern und habe dennoch das Gefühl, dass die fremde Frau mir lauscht. »Vermutlich ist es albern, daher hab ich es auch gleich als Traum abgetan. Aber letzte Nacht bin ich aufgewacht und fühlte mich seltsam. So als hätte mich jemand beim Schlafen angesehen. Oder gar … berührt.«

Johan räuspert sich, ich fahre fort. »Ich bin zum Fenster gegangen, weil ich dachte, frische Luft würde helfen. Und dann sah ich, wie jemand hinter dem Rhododendron verschwand. Johan, lach mich bitte nicht aus, aber ich glaube, dieses grüne Kleid erkannt zu haben.«

»Ein grünes Kleid? In der Nacht?«

»Vielleicht war es auch blau, Herrgott, aber es war ein Kleid. Wer läuft nachts im Kleid durch unseren Garten?«

»Reg dich nicht auf«, raunt er. »Lass uns überlegen. Ich kann mir vorstellen, dass sie von uns weiß. Mehr, als gut ist. Vielleicht sollte ich mit ihr reden.«

»Bitte nicht«, flüstere ich und weiß selbst nicht, warum. »Wenn ich mich nun geirrt habe? Das wäre so peinlich.« Mein Puls geht hastig, dabei kann von der Frau doch wirklich keine Gefahr drohen, nur weil sie mich ansieht. Und wenn doch: Warum fühle ich mich in Johans Nähe nicht sicher, sondern noch ängstlicher?

»Womöglich«, sagt er, als bereite ihm das Wort Schmerzen, »ist es besser, wenn wir uns vorerst nicht mehr sehen. Nicht allein, verstehst du?«

Nein – ich verstehe nicht. »Was soll das heißen?«

»Klara, vielleicht will diese Frau mir Schaden zufügen. Sie könnte uns verraten. Du weißt, wohin das führen würde. Denk an dein Ansehen, an deine Seminare. Und denk auch ein einziges Mal an meinen Ruf. Die Ehre einer jungen Frau beschmutzt zu haben, kann auch mich teuer zu stehen kommen.«

Mir wird flau, aber meine Schritte bleiben sicher wie die eines laufenden Spielzeugs, das mittels einer Schraube am Rücken aufgezogen wird. Meine Ehre beschmutzt ... so nennt er es? »Du willst mich nicht mehr treffen, weil eine Frau –«

»Es war deine Entscheidung, Klara!« Mit einem Mal wirkt er aufgebracht. Eine zornige Falte frisst sich zwischen seine Augenbrauen. »Jeden Tag will ich dich sehen, will dich berühren, dich endlich ganz besitzen, ohne mich verstecken zu müssen. Das weißt du genau. Es war dein Wunsch, unsere Verlobung geheim zu halten. Allein deiner. Ich leide, Klara. Bloß, damit du deinen Willen durchgesetzt bekommst.«

»Meinen Traum«, korrigiere ich, aber es klingt hohl in meinen eigenen Ohren. »Würdest du denn deinen Beruf aufgeben, wenn wir nur dann heiraten dürften?«

»Ich würde alles aufgeben.«

Das sagt sich sicher leicht, wenn man keine Taten folgen lassen muss.

»Aber das ist auch etwas vollkommen anderes!«

Ich wage einen Blick über die Schulter. »Johan, sie ist fort.«

»Gut.« Er nickt, hart wie ein Soldat. »Dennoch bleibt es dabei, dass wir uns vorerst nicht mehr allein treffen, bis das geklärt ist. Wir sehen uns ja morgen in der Kirche.«

In der Kirche ... nun ja, das ist besser als überhaupt nicht. »Natürlich.«

Wir gehen an den Ligusterhecken vorbei, die Straße ist schon zu erkennen. Nach dem letzten Treffen hatte Johan mich im Schutz dieser Hecke geküsst. Der Kuss war fast schmerzhaft leidenschaftlich gewesen, ich hatte noch Stunden später befürchtet, man müsste ihn mir ansehen, so sehr hatten meine Lippen gebrannt.

Diesmal geht Johan an der Hecke vorbei, ohne nur zu blinzeln. Über uns, in den Ästen einer Rotbuche, sitzt ein großer Vogel, ein Wanderfalke. Die kommen selten in die Stadt. Vielleicht ist er vom Weg abgekommen.

Atschik! macht der Falke. Es klingt wie eine Frage.

»Du musst mich nicht nach Hause begleiten.« Die Enttäuschung liegt wie ein Klumpen in meinem Mund. »Ich möchte das kurze Stück allein gehen.«

»Wie du willst.« Kein Kuss, nicht der winzigste. Nicht einmal eine Berührung folgt. »Ich sehe dich dann morgen.«

»Auf Wiedersehen, Johan.« Ich wende mich ab und bilde mir ein, an seinen steten Schritten zu hören, dass er mir nicht nachsieht. Ein Wagen zockelt unter Rumpeln vorbei, zwei dünne Pferde sind davorgespannt, weitere Reiter folgen ihm. Sie sind schwer bepackt. Ob das Zigeuner sind? Es scheint so, die anderen Passanten sehen ihnen misstrauisch hinterher. Ich bereue, Johan fortgeschickt zu haben, als einer der jungen Reiter mir anzüglich zugrinst. Ein anderer pfeift. Doch dann beachten die Fremden mich nicht länger, sondern fahren ihres Weges. Der Falke erhebt sich mit lauten Flügelschlägen aus dem Geäst und fliegt über den Park davon. Angesichts der Leichtigkeit, mit der er in den Wolken spielt, fühle ich mich plump und schwerfällig. Ich bin …

* * *

… bemitleidenswert schnell außer Puste. Jarno musste das Rauchen aufgeben, wenn er weiterhin mit Ben mithalten wollte, aber in dieser Hinsicht machte er keine Pläne. Zu groß war die Aussicht, dass sie scheitern würden, und das Scheitern fiel Jarno schwer.

»Ich glaub, dein Handy pfeift!«, rief Ben beim Versuch, ihn zu blocken.

»Dein Schwein pfeift wohl eher.« Jarno ließ sich nicht ablenken und warf, aber der Ball kam zu ungenau und ging daneben. Im Hintergrund vernahm er nun tatsächlich den *Whistle Song* aus *Kill Bill*. Ein netter Klingelton, aber er begann so leise, dass er ihn ständig überhörte.

»Kurze Pause«, schnaufte er, fischte das Handy aus der abgelegten Jacke und lehnte sich gegen die Motorhaube des alten Audis. Das Display zeigte den Namen seiner Mutter. Na prächtig.

»Hallo, Mutter.«

»Jarno, hast du deine Schwester gesehen? Ist sie bei dir?«

»Dir auch einen schönen Tag.« Er rollte mit den Augen. »Was ist mit Lisa?«

»Sie war nicht in der Schule.«

»Ist das was Neues?« Er schämte sich für die Worte, kaum dass er sie ausgesprochen hatte. Seine kleine Schwester hatte schon mal geschwänzt, aber sie tat es nicht notorisch. Seltener als er damals. »Tut mir leid, das war ungerecht. War sie denn heute Nacht zu Hause?«

»Natürlich war sie das!«

»Sicher? Hast du sie gesehen?« Sie übersah durchaus mal ein Kind oder bemerkte nicht, dass jemand fehlte, wenn der Fernseher all ihre Aufmerksamkeit für sich beanspruchte.

»Heute früh«, blaffte seine Mutter, »hab ich noch mit ihr gesprochen.«

Vermutlich eher gestritten, dachte er und stöhnte leise. »Ich schau mal, ob ich sie finde, okay?«

»Tu das.« Ihre Stimme klang gereizt, als wären alle Probleme, die sie mit Lisa hatte, ganz allein Jarnos Schuld. »Auf dich hört sie wenigstens.« Mit dieser Anklage legte sie auf.

»Mach ich doch gerne, nichts zu danken, dir auch noch einen schönen Tag«, erzählte Jarno dem Tonsignal und rang mit dem Wunsch, das Handy an der nächsten Wand zu zerschmettern. Hinter den Garagen jaulte die Sirene eines vorbeifahrenden Polizeiwagens, in der Nachbarschaft begann ein Hund zu kläffen. Jarno atmete sehr langsam die brennend kalte Luft ein.

»Ben, ich muss los.«

»Was ist denn?« Ben gab sich die seltene Blöße, in seine Hände zu hauchen, um sie aufzuwärmen.

»Meine Mutter vermisst mein kleines Lästerschweinchen. Lisa war heute nicht in der Schule.«

»Da macht sich deine Mom bestimmt Sorgen«, meinte Ben, Jarno sagte »Ja, große« und keiner von beiden hatte es nötig, seine Ironie in der Stimme durchklingen lassen, damit der andere sie hörte. Irgendwann verstand man sich …

* * *

… ohne etwas zu sagen.

Dachte ich zumindest immer. Warum verstehe ich Johan diesmal nicht?

Die Dämmerung hat sich über den Garten gesenkt und die Mücken werden aufdringlich. Mit meinem wollenen Schultertuch friere ich nicht, aber ich muss das Buch nun nah vor mein Gesicht halten, um die Buchstaben noch lesen zu können. Ich kann mich kaum auf die Worte konzentrieren. Nervös bin ich, bei jedem Geräusch zucke ich zusammen. Der Streit mit Johan muss schuld sein, er umschattet mein Herz. Ich muss mit ihm sprechen, versuchen, ihn besser zu verstehen. In meinem Roman basiert der Konflikt zwischen den Liebenden auf Missverständnissen – vielleicht ist dies in unserem Leben ähnlich. Johan hat doch nur mein Bestes im Sinn. Ich sollte weniger patzig sein, wenn er sich sorgt. Das sollte ich doch, oder?

Am Ende des Gartens bewegt sich meine alte Schaukel sanft im Wind, die Taue knirschen leise. Als ich ein Kind war, hat Vater mich darauf hoch in den Himmel geschleudert. Zunächst so hoch, bis ich kreischte – und dann noch höher. So hoch, dass meine Stimme zu feig war, um sich aus meinem Mund zu wagen, und mein Atem stillstand. Doch innerlich hatte ich gerufen: Höher, Vater. Höher. Die Mamsell war oft herausgeeilt und hatte gerufen, er solle doch vorsichtig sein. Das Kind sei schwächlich und kein strammer Bub, mit dem man so was machen kann. Aber Vater hatte bloß gelacht und zurückgerufen: »Bub oder Mädchen – was macht das schon! Wenn sie fliegen will, dann soll sie fliegen!«

Damals hab ich gedacht, ich sei frei und meine Welt so unendlich wie der Himmel. Ich ahnte nicht, dass ich das Ende des Freiseins mit meinen kleinen Kinderschritten einfach noch nicht erreicht hatte. Ich hatte nicht gewusst, dass ich eines Tages Unerreichbares begehren würde, und wenn ich es geahnt hätte, dann hätte ich angenommen, mir würde schon noch ein Kniff einfallen, wie ich es doch erreichen könne. Tatsächlich aber …

* * *

… war es leichter, Lisa zu finden als eine IKEA-Filiale in der Nähe der Autobahn. Sie hatte sich unsterblich in einen Musiker verliebt, der oft in einem Café am Kanal anzutreffen war und für ein bisschen Kupfergeld auf der Gitarre spielte. Lisa und ihre Freundin verbrachten jede freie Minute dort, immer in der Hoffnung, dem Jungen »rein zufällig« über den Weg zu laufen. Jarno war sicher, die kleine Traumtänzerin auch heute dort zu finden. Er machte sich nicht die Mühe eines Umwegs, um zu Hause frische Kleidung anzuziehen oder das Auto zu holen, sondern ging die knappen drei Kilometer zu Fuß zum Café. Passend zur Lage am Gewässer hatte man es vor gefühlten hundert Jahren maritim eingerichtet. Wenn im Winter die Fenster geschlossen blieben und der faulige Spülwassergestank des Kanals ausgesperrt wurde, ging es als gemütlich durch. Die Wände waren mit künstlichem Seetang, verstaubten Muscheln und löchrigen Fischernetzen verziert und an der Bar saß eine zur Meerjungfrau umgestylte Schaufensterpuppe, der ein Arm fehlte. In den Nischen an der Fensterfront ersetzten Picknickdecken und Sitzkissen die Tische. In der hintersten Ecke auf einer der Decken entdeckte er Lisa. Ohne Freundin, geschweige denn ihren Musikus, dafür umringt von drei Jungs, die beim ersten Anblick den aggressiven Teil in Jarno kitzelten, den er für gewöhnlich fest im Griff hielt. Die Bedienung begrüßte ihn übertrieben freundlich, aber er bedachte sie bloß mit einem Nicken und eilte an ihr vorbei zu seiner Schwester. Sie saß so eng an die Wand gepresst, als wolle sie durchs Mauerwerk verschwinden. Furcht stand in ihren Augen. Die drei Jungs hingen wie Blutegel an ihr, einer links, einer rechts, der dritte gegenüber und ihr so weit zugeneigt, dass sie vermutlich seinen Atem ins Gesicht bekam, wenn er redete. Jarno kannte die Jungs nicht, aber rein äußerlich zählten sie zu jenen Typen, die Vorurteile gegen Ausländer hegen, aber so reden, als wären sie selbst welche. Typen, mit denen man nicht diskutierte. Man machte ihnen klar, was man von ihnen wollte, und sie spurten. Oder man bekam was aufs Maul.

Jarno verschaffte sich einen Überblick. Es war immer dasselbe: Zwei der Jungs waren das Gefolge, einer der Boss. Der verriet sich durch einen herausfordernden Zug um den Mund und ein wenig Stress in den Augen, während die anderen beiden – für die der Boss glaubte, verantwortlich zu sein – abfällig und von oben herab amüsiert wirkten. Flachpfeifen ohne Führungsqualitäten, die dem nachrannten, der den weitesten Bogen pinkeln konnte. Jarno trat näher und ließ sich neben dem Boss auf ein Sitzkissen fallen, ohne dem Typen Zeit für eine Reaktion zu bieten. Er spannte die Muskeln an und streifte den Jungen wie versehentlich. Ein kurzes: Hallo, hier bin ich und was hast du ansonsten für Sorgen?

»Was gibt's?«, fragte er herausfordernd; nicht in die Runde, sondern allein an den Boss gewandt. Der trug ein Basecap viel zu hoch auf dem Kopf, sodass er aussah wie ein Conehead.

»Nix gibt.«

»Das sehe ich anders. Das Mädchen hat keinen Bock auf deine Anmache. Hast du vielleicht noch nicht gemerkt, daher sage ich es dir, ich helfe jedem gerne, der sich minderbemittelt zeigt.«

»Hast du was am Kopp, Alter? Die Bitch kann mir das selber sagen.« Speicheltröpfchen benetzten Jarnos Gesicht. Im Augenwinkel sah er seine Schwester, die sich offenbar nicht entscheiden konnte, ob sie erleichtert war, ihn zu sehen, oder nun noch mehr Angst bekam. Sie zog die Beine enger an sich und Jarno hätte sie am liebsten geschüttelt, weil sie so sehr einen auf Opfer machte!

»Ich bin sicher, das hat sie. Und jetzt sag ich es dir noch einmal.« Er kippte den Kopf Richtung Tür. »Abgang.«

»Verpiss dich!« Conehead legte die Hand auf Lisas Knie und damit den Finger auf eine von Jarnos wunden Stellen. In seinem Kopf begann etwas gefährlich zu kratzen. Raubtierpranken an Papier.

»Du solltest jetzt gehen«, sagte er leise, »sonst geh ich. Und ich nehm dich mit.«

»Hat der noch alle Latten aufrecht?« Der Einwand kam mit einem Schubs von schräg hinten, aber Jarno ignorierte das Gefolge. Mitläufern demonstrierte er grundsätzlich, dass sie für ihn nicht mehr als Kulisse waren, und genau dadurch blieben sie es auch. Sie nahmen sich selbst nicht ernst, warum sollten andere es tun?

Coneheads Finger rutschten auf die Innenseite von Lisas Oberschenkel und Jarnos Handflächen juckten. Unter seinem Schädel brannte es, als streute ihm jemand Pfeffer und Salz aufs Hirn. Wut schwoll an. Alles in ihm sehnte sich nach einem befreienden Ausbruch. Nach Blut auf seinen Händen. Die winzige Vernunft hielt den Rest von ihm zurück. Ein hilflos dürres Strichmännchen, das ein Pferd bändigen musste.

Lisa gab sich lässig, als sie von dem Typen wegrutschte, soweit der Platz es zuließ. Sie versuchte, sich nichts anmerken zu lassen, aber ihre ineinandergekrallten Hände zitterten. Jarno wandte sich um, stieß sich vom Boden ab, als wolle er sich zurückziehen. In der Drehung bemerkte er Coneheads höhnisches Grinsen. Es fiel ihm schwer, es nicht zu erwidern. Denn nun drehte er sich blitzschnell zurück, nahm den Schwung aus der Bewegung mit und setzte Conehead – der damit nicht gerechnet hatte – einen Handballenschlag vor die Brust. Der Junge krachte auf den Rücken und zappelte einen Moment hilflos mit den Beinen wie ein Käfer. Für eine Sekunde war es totenstill im Café, dann hantierten die anderen Gäste wieder mit ihren Tassen und Gläsern, als wäre nichts geschehen.

Jarno setzte einen kurzen, heftigen Tritt an Coneheads Oberschenkel nach und erntete ein Aufheulen. Es war bloß ein ungefährlicher, aber schmerzhafter Pferdekuss; eine Erinnerung, nicht die falschen Mädchen anzumachen. Immer noch ignorierte er die Gefolgsjungs, die sich hinter ihm aufplusterten, Drohungen murmelten und Schubser wagten. Er konzentrierte sich darauf, fest stehen zu bleiben, den Blick auf Conehead, die Wut am kurzen Zügel.

»Abgang«, wiederholte er so leise, dass der andere die Ohren spitzen musste, um es zu verstehen. Conehead rappelte sich auf und humpelte unter vielen gemurmelten Schimpfereien davon, wobei er seine Jacke zurechtzupfte. Seine Jungs folgten ihm. Erst als der Boss die Tür erreicht hatte, erwiderte er Jarnos Blick noch einmal. »Wir sehen uns noch, Spacko.«

»Und dann gibt's eins in die Fresse!«, wagte sich Gefolgsmann eins hervor.

Der zweite schlug seine Faust in die andere Handfläche. »Freu mich schon.«

Jarno wandte sich ab und drehte allen dreien den Rücken zu.

»Netter Umgang, den du pflegst.« Es kam viel schärfer als beabsichtigt, aber seine Wut ließ sich nur zügeln, nie ganz beherrschen.

Lisa stützte die Ellbogen auf die Knie. »Ich hab denen gesagt, dass die mich in Ruhe lassen sollen.«

»Zu leise«, sagte er zu laut und sie zuckte zusammen. Lisa sprach immer zu leise. Es machte ihn fertig, sie so verloren zu sehen, und diese Verzweiflung war noch viel schwerer zu kanalisieren als Wut.

Die Kellnerin kam angetänzelt, beugte sich weit zu ihnen herab, was einen tiefen Blick in den Ausschnitt ihrer Matrosenbluse erlaubte. Lyndie stand auf ihrem Namensschild, das irgendwo neben den Brüsten zu lesen war. »Gab es Probleme?«, zwitscherte sie. Sie mied Jarnos Blick und sah knapp an ihm vorbei, als sei er das Problem.

»Nein, alles in Ordnung«, antwortete Lisa. Schnell und leise.

»Ein ziemliches«, entgegnete Jarno und strafte das aufgesetzte Lächeln der Kellnerin mit einem langen, bösen Blick. Das schien ihr unangenehm. Gut so. »Lyndie, meine Schwester ist sechzehn Jahre alt und wurde in eurem Laden – direkt vor deinen Augen – von drei Kerlen belästigt. Warum fragst du jetzt, da sie weg sind, ob ein Problem besteht?«

»Ich …« Lyndie verstand sich offenbar nicht auf große Worte und wurde als Ersatz rot.

»Warum hast du nicht vor fünf Minuten gefragt?«

Sie nestelte an ihrer Bluse. »Muss ich wohl … übersehen haben.«

»Okay.« Er zwang sich, die immer noch geballte Faust zu öffnen, und rieb sich das Kinn. »Du weißt also, wo das Problem liegt, ja? Du und deine Kolleginnen haben weggesehen.« Er sprach lauter, auch wenn sich das eigenartig anfühlte, wenn man auf dem Boden hockte. »So wie alle anderen hier auch weggesehen haben.«

An den näheren Tischen wurden ein paar Köpfe gesenkt, ein älterer Mann nickte begeistert und sagte »Hört, hört!«, obwohl auch er nur gegafft hatte.

»Das tut mir leid«, murmelte Lyndie, aber ihr einziges Interesse bestand eindeutig darin, diesen lästigen Gast rasch ruhigzustellen. »Darf ich euch als Entschuldigung etwas zu trinken bringen? Geht aufs Haus.«

Lisa schüttelte den Kopf, knallrote Schamflecken prangten ihr im Gesicht.

Irgendwie besänftigte dies Jarno, denn diese Flecken bekam er auch manchmal. »Wir nehmen eine Cola und ein Pils.«

»Danke, kommt sofort«, rief Lyndie, als wäre ihr eine große Gnade zuteilgeworden. Sie trippelte davon.

Lisa seufzte und betrachtete ihre Chucks. »Ich will keine Cola.«

»Dann kipp sie in die Blumen.«

»Die sind künstlich.«

»Cola auch.«

Draußen fuhr ein Schiff am Fenster vorbei und im Radio schwärmte Bruno Mars in hohen Tönen von einem Mädchen.

»Jarno? Was sollte das gerade?«

»Ach, bedank dich nicht, Schwesterchen, keine Ursache, hab ich gern gemacht.«

Sie versuchte, nicht zu grinsen, tat es am Ende aber doch. »Danke.«

Angesichts ihrer hellen Flüsterstimme unterdrückte er ein Seufzen. Er hatte ihr oft genug gesagt, dass sie sich damit jenen anbot, die ein leises Opfer suchten. Leise Opfer wurden von denen bevorzugt, die ihre Schwäche überspielten, indem sie andere Menschen tyrannisierten. Lisa wusste es und kam trotzdem nicht aus ihrer Haut. Konnte er ihr daraus einen Vorwurf machen, wenn genau das – sich einer Schwäche bewusst zu sein und sie dennoch nicht abstellen zu können – auch sein Problem war? Lisa war ihm so ähnlich, dass es wehtat. Ihr Haar besaß die gleiche Farbe wie seines: unterschiedliche Brauntöne, altem Naturleder ähnlich. Er bekam einen sehr kurzen Pferdeschwanz damit zustande, ihr Zopf ging fast bis zum Po. Ihre Augen waren hellbraun wie seine, nur wenn sie ihre Lesebrille trug, wirkten ihre noch heller, fast ockerfarben. Die schlimmste Ähnlichkeit war aber die emotionale: eben diese gemeinsame Macke, grundsätzlich zu wissen, was man falsch machte, und doch nicht anders handeln zu können. Jarno brauchte eine Zigarette, und zwar dringend. Verdammtes Rauchverbot.

Lyndie kam, stellte die Getränke auf den Tisch und huschte wieder davon. Lisa betrachtete ein Schaumflöckchen, das außen am Bierglas herabglitt.

»Musst du nicht noch fahren?«, fragte sie.

Erst am Abend, da würde eines schon gehen. Aber er wollte sie provozieren, wollte sie laut werden sehen, nur ein einziges Mal. Er nahm das Glas, trank es zur Hälfte leer, wischte sich mit dem Handrücken über den Mund, stieß auf und sagte: »Muss dich das kümmern?«

Sie ließ seine Worte so stehen.

Sie sagte auch nichts, als er ein zweites Bier bestellte, und so gab er die Provokation als gescheitert auf und schüttete das Zeug in die Blumen, auch wenn sie noch so künstlich waren.

»Wie geht es den Jungs?«, fragte er, als das Schweigen zu dick wurde, um es zu atmen.

»Das Übliche. Lars züchtet heimlich Schnecken.«

»Oh. Im Kühlschrank, im Salat?«

»Nein. Zwischen seinen Socken. Und Malte hat Läuse und verweigert die Behandlung mit Verweis auf das Tierschutzgesetz. Er sagt, sie tun ihm leid und es sei unmoralisch, sie zu töten.«

»Klingt, als wollte er nicht in die Schule.«

»Blitzmerker!«

»Du warst auch nicht in der Schule«, sagte er, nachdem sie ein weiteres Mal lange geschwiegen und die Schiffe hinter den schmutzigen Scheiben beobachtet hatten. In der Nähe der Fensterrahmen säumten zart gezeichnete Eisblumen den Ausblick, Lisa hauchte dagegen und beobachtete ihr Verwelken.

»Ich hatte die Deutsch-Hausaufgaben vergessen«, murmelte sie. »Und mir war nicht nach Stress.«

»Und deshalb schwänzt du den ganzen Schultag?«

»Ach, hör auf daherzureden, als wärst du unser Vater.« Was andere Teenagermädchen gekeift oder gefaucht hätten, flüsterte Lisa. Ob sie wusste, wie viel schärfer leise Worte schneiden konnten? Dem abfälligen Blick auf sein Bierglas zufolge wusste sie es genau.

»Besser mein väterlicher Rat als gar keiner.«

»Von wegen. Ich brauche keinen Rat vom weisen großen Bruder, dessen Noten auch nicht gerade toll waren.«

»Stimmt.« Stimmt, du mieses, kleines Biest, ich hab sogar weit häufiger geschwänzt als du! »Und ich bekomme gerade die Quittung. Ich würde dir gerne ersparen, meine Fehler zu –«

»Das musst du aber nicht«, unterbrach sie ihn und malte mit dem Finger im Beschlag der Scheibe. »Das ist nicht deine Aufgabe. Kannst du mir nicht einfach vertrauen, dass ich schon das Richtige tue? Wenigstens du?«

»Wenn du es so sagst. Also eigentlich … nein.« Er gab sich sehr viel Mühe, ernst zu bleiben, aber sie lachte trotzdem.

»Du bist der Beste, Jarno.«

Wenig später standen sie mit hochgeklappten Kragen an der Bushaltestelle und stampften synchron mit den Füßen, um die Zehen warm zu halten.

»Soll ich wirklich nicht mitkommen und mit Mutter reden?«

Lisa schüttelte energisch den Kopf. »Ich brauch keine Knautschzone, aber genau dazu würde sie dich machen. Glaub mir, ich regle das lieber allein. Musst du nicht ohnehin zur Arbeit?«

Er zog mit tauben Fingern das Handy aus der Tasche. »Mir bleibt noch Zeit. Aber in der Nähe liegt eine interessante Gegend, die ich mir anschauen wollte. Ich hab die Kamera zwar nicht dabei, aber vielleicht finde ich ein Motiv und kann wiederkommen.«

»Machst du etwa immer noch Urban Exploration?«

»Klar. Solange es in der Stadt noch etwas zu entdecken gibt. Wie wäre es, willst du nicht mal wieder mitkommen? So wie früher?«

»Solange du mich nicht noch einmal durch alte Abwasserkanäle scheuchst, in denen knietief die Scheiße steht, oder durch Gruften, in denen die Leichen noch nicht ganz verwest sind, überleg ich mir das vielleicht.«

Jarno wiegte den Kopf. »Kann ich nicht versprechen. Seit wann bist du so zimperlich? Das ist doch aufregend!«

»Unsere Auffassung von guter Abendunterhaltung ging immer schon etwas auseinander.«

Jarno pfiff den Jingle von *Deutschland sucht den Superstar* und verdrehte die Augen.

»Blödmann«, lachte sie. »Da hinten kommt der Bus. Sag mal, willst du statt alter Mauern nicht mal Menschen fotografieren? Porträts oder so was?«

»Nee, lass mal. Das werde ich machen müssen, wenn ich den Ausbildungsplatz bekommen sollte. Aber solange mich keiner zu was anderem nötigt, mache ich meine eigenen Bilder. Stadtvisagen, die sagen mehr als die von Menschen.«

Sie presste kurz die Lippen aufeinander, was etwas Bitteres in ihre Mundwinkel legte. »Ach so. Verstehe. Dann bis bald, Jarno, komm mal wieder zu Hause vorbei, ja? Die Jungs fragen ständig nach dir.«

»Sicher!«, rief er ihr nach und bedauerte das Versprechen schon, während sie einstieg und ihr Ticket vorzeigte. Seine kleinen Brüder Lars und Malte fehlten ihm, aber während der Besuche bei seiner Mutter ging immer etwas schief und oft auch zu Bruch. Schuldgefühle, wieder einmal alles falsch gemacht zu haben, wogen schwerer als das Vermissen seiner Brüder und das war es, was das größte Schuldgefühl verursachte.

Lisa schlurfte in die hinterste Reihe, der Bus fuhr los und sie winkte ihm im Vorbeifahren zu. Wie immer saß sie eng an die Wand gepresst, so, als wäre sie am liebsten viel kleiner, im besten Fall so mäuschenklein, dass niemand sie sah. Viel zu spät fiel Jarno ein: Vielleicht wollte sie ja gar nicht, dass er *irgendwen* porträtierte. Sondern dass er *sie* porträtierte.

KAPITEL 3
Dornröschens Hecke

Mit tief in die Hosentaschen gegrabenen Händen zählte Jarno die letzten Münzen zwischen seinen Fingerspitzen. In der hinteren Tasche steckte ein platt gedrücktes Päckchen Zigaretten, der Inhalt würde noch für den heutigen Abend reichen, das Geld aber nicht mehr für neue. Er würde Silvio um einen Vorschuss bitten oder sich aufs Trinkgeld verlassen müssen – was meist in die Hose ging. Wie sollte man auch heiße Pizza ausliefern, wenn man sie schon kalt in Empfang nahm? Eine Mikrowelle auf den Beifahrersitz stellen und über den Zigarettenanzünder mit Strom versorgen? Silvios Planung war so desaströs wie sein Mund voller schwarzer Katjes-Kätzchen statt Zähnen. Leider ließen die Kunden ihren Frust an Jarno aus, statt Silvio mit Beschwerden zu bombardieren.

Er trottete den Kanal entlang. Graues Zwielicht senkte sich über die Stadt und saugte ihr die letzten Farben aus. Der Wind pfiff Jarno um die Ohren. In seiner Tasche fand er zwischen etwa einem Euro zwanzig einen Streifen Kaugummi. Es schmeckte nach Kupfer und Waschmittel und er verbot sich die Überlegung, wann er eigentlich zuletzt Kaugummi gekauft hatte.

An der Eisenbahnbrücke bog er ab, ließ den Kanal hinter sich und folgte einem Weg, der nur von einem unkrautüberwucherten Streifen und einer Art Leitplanke von den Schienen getrennt wurde. Wenn der Intercity hier entlangbrauste, konnte einem der Luftzug den Hut vom Kopf reißen. Vermutlich war der Lärm der einzige Grund, warum die Villa linker Hand leer stand, seit Jarno denken konnte. Er hielt inne und sah über den Hanikelzaun zum Haus. Der Garten war riesig und wer Geld für ein zweistöckiges Haus mit Fresken über den Bogenfenstern besaß, konnte doch sicher eine Lärmschutzmauer bauen. Ob es andere Gründe gab, aus welchen hier niemand mehr wohnte? Jarno tastete den Zaun ab, rüttelte daran und suchte nach einer Stelle, an der er darüber hinwegflanken konnte. Die Höhe war nicht das Problem, die Planken reichten ihm nur knapp über den Nabel. Doch das Holz war morsch und von gefrorenem Schimmel überzogen, es würde unter seinem Gewicht brechen. An einer Stelle waren die Latten in derart schlechtem Zustand, dass es nicht viel mehr brauchen würde als einen versehentlichen Stoß …

Kurze Blicke den Weg rauf und runter ergaben, dass die Luft rein war. Ein Fußtritt genügte und die Planken brachen ab wie Streichhölzer. Er konnte bequem darübersteigen. Das Gras im Garten war hoch, Frost ummantelte jeden Halm, sodass Jarnos Schritte knirschten. Er trat durch die Schatten mehrerer Kirschbäume, die Kerne mehrerer Jahre lagen wie Kiesel auf dem Boden. Vor ihm knisterte etwas in dem Gestrüpp, das das Haus umringte wie ein enger Schal und sich langsam die Mauern hocharbeitete. Eine Taube auf Nahrungssuche. Mit einem *Grru* flatterte sie auf und hockte sich in einen der Kirschbäume, von wo aus sie Jarno beäugte. Er ging weiter und sah die Fassade hoch. Hinter den blinden Scheiben erkannte er Pressholzplatten, mit denen jemand die Fenster von innen verrammelt hatte. Er hatte sich schon durch massivere Widerstände geschlagen, aber warum etwas zerstören, wenn es einen besseren Weg gab? Auf der Westseite der Villa waren die Fenster höher und kein Eindringen möglich, aber an der Vorderseite, wohin ihn eine verwitterte Pergola führte, fand er, was er suchte. Schräg über der zweiflügligen, von Säulen flankierten Eingangstür war im ersten Stock eine Scheibe geborsten. Anhand der Backsteinstücke, die in geringem Abstand vor dem Fenster lagen, konnte er sich vorstellen, was passiert war: Vandalen hatten das Fenster von der Straße aus eingeworfen und dabei auch tiefe Macken in die Steinsäulen geschlagen. Die Sperrholzplatte hinter dem zerstörten Glas war noch intakt, würde ihn allerdings nicht lange aufhalten. Ein Kletterrosenstrauch reichte bis in den ersten Stock. Das Gestrüpp trug natürlich keine Blüten, stattdessen eine Myriade Dornen. Schockgefrostete Spinnnetze hingen zwischen den Ästchen, Tautröpfchen glitzerten darin. Aber wenn er die Ärmel seiner Jeansjacke über die Hände stülpte und sich nicht anstellte wie eine Sissy, dann sollte er hindurchgreifen und an die Rankhilfe gelangen können, die an der Hausfassade befestigt war. Und mit noch ein wenig mehr Glück hätte er sogar eine Leiter …

»Ja«, flüsterte er, als er gedrehtes Metall ertastete. Es war ein massives Gitter, das den Röschen den Weg erleichterte, und was Rosen recht war, war Jarno nur billig. Ein beherzter Versuch, daran zu ziehen, ergab, dass das Metall stabil genug war, um ihn zu tragen. Beobachtende Nachbarn gab es nicht, um das Haus lagen außer Schienen nur Felder, ein Wäldchen und eine Fabrik in einem halben Kilometer Entfernung. Die Straße war fast ausgestorben. Was wollte man mehr?

Er stieß sich vom Boden ab und kletterte die Rankhilfe empor. Wie immer wisperte ein Anflug von schlechtem Gewissen in seinem Kopf von Hausfriedensbruch, aber er brachte die Bedenken zum Schweigen. Hier lebte seit Jahren kein Mensch mehr. Die Villa war Niemandsland und bettelte geradezu danach, neu entdeckt zu werden. Er beeilte sich, um nicht von jemandem gesehen zu werden, der zufällig die Straße entlangfuhr. Am Fenster angekommen, brach er vorsichtig die verbliebenen Glaszacken ab und schaffte einen sicheren Einstieg. Hinter dem Haus rollte leiser Donner heran und kurz darauf schoss ein Zug vorbei. Jarno nutzte den Lärm, hielt sich mit der einen Hand am Fenstersims fest und drosch mit der anderen gegen die Spanplatte. Zwei, drei Versuche brachten das Holz zum Wanken, lösten es aber nicht aus seiner Verankerung. Shit. Er schlug noch einmal mit Schwung und legte alle Kraft in den Schlag. Unter einem Wahnsinnsgepolter krachte die Platte auf den Boden. Das Echo des Aufpralls hallte hundertfach durch das Haus; verdammt, sicher war es durch die halbe Stadt zu hören. Nicht gut, gar nicht gut! Jarno sprang ohne ein Zögern durch das offene Fenster und lugte hinaus. Nichts. Der Abend …

* * *

… bleibt ruhig, bis Hufschlag und das Knarren der Kutschräder auf der Straße verraten, dass Vater heimkehrt. Ich höre ihn freundliche Worte mit Manfred wechseln, dann taucht seine schlanke Silhouette zwischen den Hecken auf, die das Grundstück wie eine Mauer umgeben.

»Nanu, Klara!«, ruft er mir zu. »Du bist noch nicht im Haus?«

Ich gebe ihm einen Kuss auf die Wange. »Ich wollte noch ein wenig im Garten lesen. Die Mutter vom Minchen hat mir einen Roman geliehen, sie möchte ihn sicher bald zurückhaben.«

»So? Zeig mal her.« Er nimmt mir das Buch aus der Hand, während wir zum Haus gehen, und hält den Leineneinband in den Schein der Gaslampe neben der Tür. »Caroline Auguste Fischer? Schreibt sie nicht diesen miesepeterigen Unsinn von einem halben Dutzend Scheidungen und der Liebe, die nur Wahnsinn ist?«

Selbst unter dem Verdruss in seinem Gesicht verbirgt sich noch ein Schmunzeln. »Ich wusste nicht, dass du die Romane von Frauenrechtlerinnen liest, Vater.«

»Das tue ich nicht, aber man hat ja Ohren.«

Leider. An meinem Lesestoff hat er grundsätzlich etwas auszusetzen. Das eine ist ihm zu depressiv, das Nächste zu trivial und wieder etwas anderes zu vulgär – oder es ist zu anspruchsvoll für mich, zu amerikanisch oder zu französisch. Zugutehalten muss ich ihm, dass er mir nie ein Buch verboten hat. Er rümpft bloß die Nase.

Vater hält mir die Tür auf und wir treten ins Haus.

»Bleib nicht mehr so spät im Garten, hörst du? Manfred behauptet, Zigeuner gesehen zu haben. Es wäre mir lieb, wenn du nicht allein spazieren gehen würdest. Man weiß nie.«

Er hat recht, man weiß nie. Ist sein Haar schon wieder heller geworden? Bald ist er ganz grau. »Ich habe Lene schon freigegeben«, sage ich. »Das Essen steht auf dem Herd und den Abwasch übernehme ich, sobald du fertig bist.«

»Gutes Klärchen.« Vater lässt sich im Esszimmer auf einem Stuhl nieder. Ich bringe ihm ein feuchtes Tuch, damit er seine Hände reinigen kann, und trage das Essen auf. Er sieht müde aus.

»Du arbeitest zu viel, es wird immer mehr.«

Er schmunzelt bloß.

»Das ist mein Ernst, Vater. Seid ihr mit der Entwicklung eures Apparats denn wenigstens zufrieden, sodass sich all die Arbeit lohnt?«

»Nun ja, das wird noch eine Weile dauern, bis die Filme in jedem Haus anzusehen sind, wie ich es dir versprochen habe.«

»Wie in den Varieté-Theatern, *das* hast du versprochen.«

»Ach, wir schaffen das noch besser. Im Prinzip müsste es wie die Nipkow-Scheibe funktionieren, die das Licht in hell und dunkel trennt wie bei einer Fotografie. Aber der Weg ist noch lang. Wir haben da durchaus noch Arbeit vor uns. Professor Hanser will es mit der Braunschen Röhre versuchen, aber der Vorstandsvorsitzende hat schon mit dem Erfinder gesprochen und der sagt, es sei vollkommen ausgeschlossen, dass dies ...«

Unbeabsichtigt gleiten meine Gedanken davon. Ich lausche meinem Vater für mein Leben gern, wenn er von seinen physikalischen Experimenten und den Forschungsergebnissen berichtet. Aber heute muss ich ständig an Johan, an den fliegenden Wanderfalken und nicht zuletzt an den teuren Wollrock denken, den ich ruiniert habe bei dem Versuch, ein modernes Beinkleid daraus zu nähen. Ich hätte doch Lene, unsere Mamsell und gute Seele des Haushalts, um Hilfe bitten sollen. Durch meinen Selbstversuch habe ich nun zwar eine Frauenhose, aber die ist so schlecht geschnitten, dass ich mich schämen müsste, ginge ich damit aus dem Haus.

»Letztlich«, sagt mein Vater, »darf man nichts überstürzen. Rom wurde auch nicht an einem Tag erbaut. Lassen wir den Dingen ihre Zeit. Wie sagte dein Großvater immer? Morgen kommt der Durchbruch.«

Ich seufze. Ein Durchbruch, ja, das wäre gut. »Wenn nur schon morgen wäre. Geduld ...«

* * *

… war nicht Jarnos Stärke. Er ließ keine Zeit verstreichen, um zu lauschen, sondern hob rasch die Holzplatte an und stellte sie aufrecht hin, sodass sie zwei Drittel der Fensterfront bedeckte und nach außen nicht alles sofort nach Einbruch schrie. Wer sah schon näher hin? Als die Dunkelheit beinah wiederhergestellt war, atmete er durch, zog seine Zigaretten aus der Tasche und zündete eine an, bevor er sich umsah. Der Luftzug ließ die Flamme seines Feuerzeugs tanzen und riss den Rauch mit sich. Wind züngelte durch das Haus, Geräusche verursachend, als versuche jemand, durch die Zähne zu pfeifen. Das Zimmer war leer, aber die hellen Flecken an den Tapeten boten einen Eindruck vom Anblick, den man hier früher gehabt haben musste. Kommode mit rundem Spiegel an der einen Wand, Kleiderschrank und Schränkchen an der anderen. Über dem bleichen Schatten, der den Standort des Kopfelements des Bettes verriet, zeugte ein wenig Schmer an der Tapete davon, dass der ehemalige Bewohner hin und wieder aufrecht im Bett gesessen und den Kopf an die Wand gelehnt hatte. Jarno sah sogar noch, wo hier einst Teppiche über dem Parkett gelegen hatten. Die Tapeten – verblasste Blümchen auf cremefarbenem Grund – schätzte er auf Siebzigerjahre. Er ging zur Tür, drückte die Klinke herab. Sie quietschte, im Dach ächzte das Gebälk eine Antwort. Im nächsten Moment wurde ihm die Tür aus der Hand gerissen, schlug nach außen auf und donnerte gegen die Wand.

»Scheiße«, entwich es ihm. Sein Herz jagte, ein nervöses Lachen drang durch seine Gurgel, die sich anfühlte wie zugeschnürt. Es war nur der Wind gewesen. Verdammt, er war doch kein Anfänger mehr, der sich bei jedem Geräusch in die Hosen machte!

Dunkel lag der Flur vor ihm, das graue Dämmerlicht von draußen reichte nicht, um hier mehr als die Hand vor Augen zu sehen. Sein

Handy verfügte über eine Taschenlampe, in ihrem Lichtkegel zeigten sich holzvertäfelte Wände und viele verschlossene Türen. In den Spinnweben hatte sich Staub gefangen, wie Fliegenfänger hingen sie in Fetzen von der Decke. Ohne den Grund benennen zu können, schlich Jarno den Korridor entlang und ging, dem Mief von Taubendreck folgend, die Treppen hinab ins Erdgeschoss. Der Flur war weitläufig wie eine Halle. Es wirkte, als hätte man diesen Teil des Hauses hastig verlassen, ohne irgendetwas mitzunehmen. Es gab einen Schuhschrank, ein kleines Regal und eine Kommode. Ölgemälde hingen an den Wänden, geschmacklose kleine Porträts von Dackeln und Kätzchen mit großen, menschlichen Augen, erdrückt von dunklen Holzrahmen. Ein breiter Durchgang war von ehemals dicken Samtvorhängen halb bedeckt. Die Löcher waren zu groß, um allein von Motten zu stammen. Jarno hatte kein Problem mit Ratten, aber als aus dem Raum dahinter ein Kratzen zu hören war, kribbelte es ihn dennoch im Genick. Lautlos näherte er sich, schob den Vorhang ein Stück zur Seite und zuckte zusammen, als Staubflocken rieselten und ein großer toter Nachtfalter aus dem Stoff fiel. Jarno rieb sich den Flügelpuder vom Handrücken.

Und dann sah er sie.

Sie wandte ihm den Rücken zu. Im Licht seines Handys warf sie einen langen, verzerrten Schatten an die Wand. Wie in Gedanken versunken blickte sie …

* * *

… in Richtung Kirche. Ich bin allein gegangen und nicht begeistert darüber. Vater begleitet mich immer seltener zum Gottesdienst und ich bin es leid, dem Pfarrer seine Ausreden zu überbringen. Nicht an die Bibel zu glauben, ist die eine Sache, aber sich in diesem Dorf öffentlich dazu zu bekennen, eine andere. Dass meinem Vater die Predigt gestohlen bleiben kann, bleibt unser Geheimnis.

Die Glocken läuten, die meisten Menschen haben sich vom Vorplatz schon in die Kirche begeben. Nur zwei Personen sind den rufenden Glocken noch nicht gefolgt. Mein Körper reagiert, bevor mein Verstand das Bild, das sich mir bietet, verarbeitet hat. Reflexartig tue ich einen Schritt zurück, ducke mich und luge durch das Geäst der Haselnusssträucher. Die beiden Personen stehen in einer Mauernische zwischen Pfarrhaus und Kirchenschiff. Die Frau erkenne ich sofort. Es ist die Dame in Lindgrün. Selbst zum Kirchenbesuch trägt sie ihr blondes Haar offen, es hängt ihr in Kaskaden um die Schultern. Der Mann wendet mir den Rücken zu, aber ich brauche meinem Johan nicht ins Gesicht zu sehen, um ihn zu erkennen. Er ist es zweifelsfrei, der Knick in seinem Hut, für den ihn sein Vater rügt, ist mir zu vertraut und dieser Hut lässt außerdem seine scharf konturierten Koteletten frei. Und noch etwas erkenne ich. Seinen Ring an der Hand auf dem Oberarm der fremden Frau. Das Lächeln, das sie ihm schenkt, spricht von Glück.

»Haben Sie etwas verloren?«, krächzt eine Stimme hinter mir und ich fahre erschrocken herum. Um ein Haar wäre ich auf dem Hinterteil gelandet, doch die Passantin, die mich angesprochen hat, packt beherzt zu und zieht mich in die Senkrechte. Sie lässt mich nicht los. Es ist eine alte Frau, sie kneift die Augen zusammen und beugt sich herab, bis ihr Rücken rund ist wie ein Buckel. Mein Herz schlägt vor Schreck …

* * *

… bis zum Hals.

Denn es wurde hell. Hell ohne Licht.

Die Vorhänge an der Tür und an jedem Fenster, die Bretter, die die Scheiben schützten, sowie die dicken Teppiche, überwuchert von Staub, hätten das Licht schlucken müssen. Aber für den Moment schien alles hell. Selbst in ihrem Schatten – der wie eine Schwester bei ihr stand und Jarno entgegensah, als wolle er ihm etwas sagen, ihn um etwas bitten –, selbst dort war diese lichtlose Helligkeit.

Jarno umrundete die Statue. Das Display seines Handys richtete er auf ihre Füße, um ihr nicht ins Gesicht zu leuchten. Da sie den Kopf ein winziges Stück in den Nacken gelegt hatte, blieben die Augen im Schatten ihrer scharfen Wangenknochen verborgen. Vielleicht war das besser so. Es wäre ihm seltsam vorgekommen, sie unvermittelt anzusehen und ihr direkt in die Augen zu blicken. Manchmal überkam ihn das, dieses Bedürfnis nach Höflichkeit und ein wenig Distanz, obwohl außer ihm niemand im Raum war. Manchen Fotografien gegenüber verspürte er diesen Respekt. Man zeigte nicht mit dem Finger darauf und glotzte sie nach Möglichkeit auch nicht auf plumpe Weise an, sondern betrachtete sie behutsam. Denn wenn man Gefühle allein durch Optik einfangen und konservieren konnte, dann war es doch nicht ausgeschlossen, dass sie durch brutales Gaffen auch wieder verjagt wurden.

Sie war nicht anders als eine Fotografie. Eine dreidimensionale Fotografie aus Stein. Marmor. Milchweißer Marmor, der aus seinem Inneren heraus zu leuchten schien.

Schmale Schuhe mit Schnallen lugten unter einem fast bodenlangen Rock hervor. Sie trug eine taillierte Jacke, dort, wo das Revers offen stand, war eine Bluse zu erkennen und an den Ärmeln quoll ein wenig hauchfein in den Stein geschlagene Spitze hervor. Sie hatte zarte Hände mit langen Fingern und kurzen, matt geschliffenen Nägeln. Eine Hand lag beinah an ihrer Brust, als wollte sie sich gerade ans Herz greifen. Die andere streckte sie nach vorne, die Finger leicht gespreizt. Unmöglich zu entscheiden, ob sie nach etwas griff – nein, *tastete* – oder jemanden berühren – nein, abwehren – wollte. Um das zu erfahren, müsste er ihr ins Gesicht schauen. Er schob es noch ein wenig vor sich her. Sie würde nicht weglaufen, ihr Eindruck würde bleiben, die Stimmung war konserviert. Zuerst betrachtete Jarno die zauberhaft gearbeitete Kleidung. Alle Falten fanden sich dort, wo der Stoff sich bei einer natürlichen Bewegung wellen würde. Der Bildhauer hatte hervorragend beobachtet und jeder Winzigkeit Respekt entgegengebracht. Jarno durchfloss eine Bewunderung, die Neid touchierte.

Die Jacke, die beim Modell aus grobem Leinen gewesen sein musste, zeigte sogar die Struktur des Stoffes. Als könnte man ihn bewegen, ihn knautschen. Oder von ihren Schultern streifen. Er umkreiste sie langsam und fand ein weiteres witziges Detail: An der seitlichen Hüfte hatte der Künstler einen Riss im Stoff nachgebildet. Sie musste einen eigenwilligen Humor gehabt haben, denn welche Frau ließ sich schon in kaputter Kleidung abbilden, geschweige denn in Stein hauen? Frauen verlangten in der Regel, dass man solche kleinen Makel versteckte oder nachträglich unsichtbar machte. Dieser Bildhauer hatte frontal draufgehalten. Am Kinn zeigten sich sogar ein paar klitzekleine Pickel wie winzige Tupfen. Am Nacken der Marmordame sah er unter dem Kragen eine dünne Kette. Gold oder Silber? Was mochte sie bevorzugt haben? Schade, dass der Marmor keinen Aufschluss zuließ. Vielleicht gab es sogar einen Anhänger – die züchtige Kleidung ließ ihn ein Kreuz vermuten –, aber auch das würde ihr Geheimnis bleiben. Ihr Haar war zu zwei Zöpfen geflochten und hochgesteckt, es erinnerte Jarno ein wenig an Prinzessin Leia. Er trat das letzte Stück um sie herum und sah ihr ins Gesicht.

Erstaunlich.

Tastend oder abwehrend?

Neugier oder Misstrauen?

Angst oder Überheblichkeit?

Es war nicht zu erkennen. Sie hielt das Kinn erhoben. Die Lippen waren geöffnet, die Nasenlöcher leicht gebläht, als holte sie tief Atem. Die Augen starrten durch ihn hindurch, die Sprenkel in jeder Iris angedeutet, aber ohne einen Hinweis auf die Farbe. Helle Augen, eindeutig. Auf ihrer Stirn zeichneten sich der Jugend zum Trotz horizontale Linien ab, dünne Denkerfalten. Eine junge Frau, der man ansah, dass sie ein wenig mehr grübeln musste, als sie gern würde. Jarno fragte sich, wie lange sie wohl Modell gestanden hatte. Sie musste eine unermüdliche Geduld gehabt haben; er bedauerte, dass sie nicht sein Modell gewesen war, nie in seine Augen gesehen hatte.

Seine Canon. Die verwunschene Villa. Im Zwielicht tanzender Staub. Es kribbelte in seinem Magen. Und vor ihm stand eine junge Frau mit schier ewig andauernder Zeit …

Zeit?

Oh verdammt! Er musste blinzeln, als er das Handy so drehte, dass er auf das erleuchtete Display schauen konnte. Für einen Moment war es zu hell und die Ziffern tanzten darin herum, spielten ihm etwas vor. Es konnte doch unmöglich schon zehn vor sechs sein! Er rieb sich die Augen und die Zahlen veränderten sich. Leider nicht zu seinen Gunsten. Neun vor sechs.

»Fuck!«

Jarno warf der Marmorfrau einen letzten Blick zu und hetzte aus dem Zimmer. Schmutz wirbelte auf, etwas knirschte unter seinem

Schuh und er wurde sich bewusst, dass er auf den toten Falter getreten sein musste. Abscheu prickelte in seinem Nacken. Und er ahnte bereits, dass dieser Abend …

* * *

… hässlich werden würde.

»Sagen Sie schon, Frollein, kann ich Ihnen helfen?« Endlich lässt sie meinen Arm los, ein dumpfer Schmerz bleibt da zurück, wo eben noch ihre Finger gewesen waren. »Haben Sie was verloren?«

»Ich fürchte schon«, antworte ich und stelle sicher, dass Johan und die Fremde mich nicht sehen können. »Das heißt, ich weiß es nicht. Es fühlt sich so an. Aber auf dem Boden werden Sie es nicht finden.«

»Man findet aber vieles auf dem Boden«, erwidert die Alte. Ihr Lächeln zeigt Zähne in den absonderlichsten Farben. Manche gelb wie Klaviertasten in Rauchsalons, ein Schneidezahn dunkelgrau, andere bläulich wie vom Mond beschienen, obwohl helllichter Tag ist. Die Glocken verstummen, hinter ihrem Nachhall glaube ich, ein Lachen zu hören.

»Du bist das also«, sagt die alte Frau, ich erkenne keinen Sinn in dieser Aussage.

»Verzeihen Sie, aber kennen wir uns?«

»Naa, ich bin bloß auf der Durchreise.« Eine Zigeunerin also. Das habe ich mir gedacht. Die Frau trägt offenbar alles, was sie an Kleidung und Schmuck besitzt, wahllos übereinander, als habe sie Angst, jemand würde es ihr aus ihrem Wagen stehlen. Ihr Haar hängt in grauen Strähnen, die an Wolle erinnern, unter einem speckigen Tuch hervor und an den Füßen trägt sie zwei verschiedene Schuhe. »Ich komme vom Zirkus, du hast uns schon gesehen, nicht wahr?«

»Sie wollen sicher nicht zur Kirche?«, frage ich und plane, mich der Alten mit dieser Begründung ohne eine grobe Unhöflichkeit entziehen zu können.

»Naa. Du denn, Frollein? Ich glaub nicht dran.«

»Was meinen Sie?«

»Wen hast du da beobachtet? Wer ist denn das? Diese schöne unheimliche Dame?«

Der Schweiß bricht mir aus, dabei streicht die Morgenluft angenehm, keinesfalls heiß, über mein Gesicht. Mein Atem fließt tranig durch meine Lungen, beschwert vom grässlichen Geruch der Alten. »Ich weiß es nicht«, flüstere ich. »Sie?«

»Du kennst sie wirklich nicht?« Die Alte scheint nicht verwundert, sie schmatzt mit leerem Mund, als würde sie einen unbekannten Geschmack kosten. »Weißt nicht, wo sie wohnt oder wie sie heißt?«

Selbst wenn ich es wüsste, würde ich es dieser Frau gewiss nicht sagen. Sie ist mir unheimlich, unauffällig bringe ich mehr Abstand zwischen uns. Zwei kleine Jungen rennen mit einem Hündchen an einem Strick vorbei. Sie gaffen und ich scheuche sie mit einer energischen Geste davon.

Die Alte sieht mir forschend ins Gesicht. »Den jungen Mann, den kennst du aber.«

Ich möchte abwinken, etwas Unverbindliches entgegnen, damit sie mich nur endlich in Ruhe lässt. Es fehlt nicht mehr viel und ich gehe, aber das wissende Grinsen im Gesicht der Frau hält mich zurück.

»Ja, du kennst ihn gut. Dein Liebster, wie?« Die Alte kommt einen Schritt näher. »Aber eure Liebe steht unter keinem guten Stern. Wer ist dagegen, mein Schätzchen, hm? Deine Familie? Nein, ich glaub nicht dran – das ist ein ordentlicher Herr, da hat kein Vater was dagegen. Ist es seine Familie?«

Ich senke den Kopf. »So ist es nicht.«

»Ah, aber nein, natürlich nicht. Bist Lehrerin, nicht wahr, mein Schätzchen, nicht wahr?«

Ein Kloß, der eben noch schwer in meinem Magen gelegen hatte, steigt mir in der Kehle hinauf. Woher weiß diese Frau das?

»Ich weiß so einiges«, sagt die, als hätte sie meine Gedanken belauscht. »Wir haben unsere Wege, mehr zu sehen als das Auge. Wir Fahrenden, wir gehen viele Wege, die ihr nicht kennt, das glaubst du mir doch, Schätzchen?«

Ich bleibe skeptisch. Vielleicht hat die Alte sich gut umgehört. Dass ich Lehrerin werden will, weiß jeder in der Gemeinde und die Zuneigung zu Johan musste sie in meinem Blick bemerkt haben. Dennoch steckt dieser Splitter im Fleisch der Vernunft und juckt mich: Neugier. Bedauerlicherweise ist der Zirkusfrau genau das nicht entgangen. Ihre nachtblauen Augen blitzen.

»Manche Wege kann man noch nicht gehen«, fährt sie fort, »aber man kann sie entlangblicken. Ein paar Schritt vorausschauen, was einen erwartet.«

So ist das also. Die Alte will mir die Zukunft lesen – und das gewiss nicht umsonst. »Ich muss Sie enttäuschen, gute Frau«, sage ich und wende mich ab, um wieder nach Hause zu gehen. Ich würde behaupten, Kopfschmerzen gehabt zu haben, auch wenn Johan das später wieder auf meine Studien schieben würde. »Ich habe kein Geld, Sie zu bezahlen, Frau Wahrsagerin, und ohnehin kein Interesse an dem Gewäsch, das Sie mir verkaufen wollen. Sie wissen doch sicher auch, dass mein Vater Wissenschaftler ist. Gehen Sie zu Ihrem Zirkus zurück.«

Die Alte bleibt stehen. »Ach, aber nein!«, ruft sie, es klingt auf dunkle Weise amüsiert. »Ich bin doch keine Wahrsagerin. Ich bin die letzte Hoffnung, die dein schöner junger Mann noch hat!«

Abrupt bleibe ich stehen. »So ein Unsinn!« Doch aus irgendeinem Grund drehe ich mich erneut der Alten zu. Niemand außer uns ist auf der Straße. Die Bürger sind sicher alle in der Kirche, diese braven Leute. Ich bin allein mit der Zirkusfrau. Diese grinst breit. Da ist etwas bläuliche Farbe an den Innenseiten ihrer Lippen; die Zähne der Alten wirken plötzlich viel weißer.

»Was wollen Sie?«, frage ich leise. »Wer sind Sie?«

Als die Frau mit sonorer Stimme »Eine Jägerin, das bin ich« murmelt, rieselt ein spiralförmiger Schauder meinen Nacken herab. »Eine alte Jägerin, mag sein. Aber meine Augen sind scharf wie mein Verstand und meine Söhne kräftig wie junge Pferde.«

»Wen jagen Sie?«

Die Zirkusfrau – wenn sie denn ist, was sie vorgibt zu sein – wiegt den Kopf. »Du solltest besser fragen, *was* ich jage.«

Irgendwo singt ein Vogel, es ist ein lautes, fast verzweifeltes Zwitschern, mit dem er gegen die Stille ankämpft.

»Und was jagen Sie?«

»Eine Zauberin, mein Schätzchen. Eine Herrin über böse Magie.«

»Was wollen Sie von mir?«

»Die Frage ist, was sie von dir will.«

»*Sie?*« Ich versuche zu schlucken, aber mir ist, als wäre Sand in meinem Mund, den ich nicht die Kehle hinunterbekomme. »Die … die Frau im grünen Kleid?«

»Ah. Du begreifst.«

»Ich kenne sie nicht!«

»Nein.« Die Alte senkt den Kopf. »Aber sie kennt dich.«

»N-nein.« Nein! Das konnte nicht wahr sein! Mein Blut scheint zu Säure zu werden. Die Angst fühlt sich an, wie es schmeckt, in eine bittere, unreife Frucht zu beißen.

»Nimm deinen Liebsten, mein Schätzchen, und geh mit ihm fort. Will er dir nicht folgen, so gehst du allein. Wir wollen sie – und wir werden sie bekommen. Doch du bist die, die *sie* will.«

»Warum ich? Warum sie? Was hat sie getan? Was habe ich ...«

Die alte Frau schließt die Lider. Sie haben eine tiefviolette Farbe, als würde die Frau kaum schlafen. Doch vielleicht ist auch das nur Fassade wie die bemalten Zähne, die sie harmloser erscheinen lassen, als sie ist. Oder ist es genau das, was ich glauben soll – womit ich verwirrt werden soll?

Die Alte murmelt ein einziges Wort, das meine Welt für einen Sekundenbruchteil aus den Fugen zerrt, in der Mitte zerbricht und mit einem tiefen Riss versehen wieder zurückschiebt, als sei kaum etwas gewesen.

»Tot geboren.«

Nein.

Unmöglich. Es ist unmöglich, dass sie davon weiß.

Niemand außer Vater und mir selbst weiß, dass nicht nur meine Mutter bei der Geburt verstorben war, sondern auch mein Herz stillgestanden hatte, als ich aus dem sterbenden Leib meiner Mutter gezerrt worden war. Die Hebamme hatte versucht, meine inneren Organe in den Brustkorb zu quetschen, auf dass das Herz durch den Druck zu schlagen begänne, und mein Vater hatte mir gleichzeitig Luft in die Nase geblasen und diese durch Druck auf die Arme wieder aus meinem Brustkorb gepumpt. Er hatte mir Jahre später berichtet, die abergläubische Hebamme hätte mich – das dem Tod entrissene Kind – als großes Unglückszeichen gewertet, von dem niemals eine Menschenseele erfahren durfte. Erst nach dem Ableben der Hebamme hatte er mir von meinem steinigen Weg ins Leben erzählt, um mir zu beweisen, dass alles möglich ist.

»Was wollen Sie von mir?«, höre ich eine Stimme schreien und komme erst kurz darauf zu der Erkenntnis, dass es meine eigene ist.

»Sie will dich haben, mein Schätzchen«, wiederholt die Zirkusfrau. »Du musst dich von ihr fernhalten, sehr fern, denn ihre Macht kannst du dir nicht vorstellen!« Sie greift nach meiner Hand, in Panik und mit trommelndem Herzen entreiße ich sie ihr wieder. Die Alte packt mich am Mantel, greift nach der Manteltasche. »Dummes Ding! Bleib stehen!«

»Hilfe!« Ich schreie und zerre am Stoff. Wären nicht die vielen Knöpfe geschlossen, hätte ich mich aus dem Kleidungsstück gewunden und wäre ohne es davongerannt. Ich werde so abrupt losgelassen, dass ich beinah stürze. »Hilfe, Diebe!«, rufe ich, so laut ich kann; denn was sollte die Zirkusfrau sonst an meiner Tasche gewollt haben, wenn nicht mein Geld?

Ich werfe mich herum, renne und gebe nichts mehr auf das leiser werdende Gekeife der Alten. Tränen verschleiern die Welt. Warum lasse ich mich derart verstören? Diese schreckliche Vettel hat mir bloß Schauermärchen erzählt, um mich zu ängstigen und leichter an mein Geld zu gelangen. Fast hätte ich ihr geglaubt – nur um beinah beraubt zu werden. Was gibt es doch für garstige Menschen!

Aber nicht mit mir!

Ich laufe an der Schule, am Bäcker und am Fleischer vorbei. Plötzlich weiß ich genau, wohin ich muss. In der Nähe der Hufschmiede, am Fuß des Berges, an den die Stadt sich schmiegt, wohnt der Polizist Herr Willmann, ein guter Freund meines Vaters. Gewiss ist auch der nicht zur Kirche gegangen, sondern erholt sich von seiner Arbeit, vermutlich noch in Nachtrock und Pantoffeln. Aber das ist nicht mein Problem. Ich würde ihn notfalls auch aus dem Bett klingeln und eigenhändig seinen Nachttopf leeren, damit er die Zirkusleute vertreibt.

Die Straße zu seinem Haus windet sich in einer weiten Biegung den Hang hinab. Um ihr nicht auf ganzer Länge folgen zu müssen, nehme ich die Abkürzung, eine steile Treppe runter. Ich renne mit hochgerafften Röcken und gebe nichts auf zwei Mägde, die mir verdattert nachstieren. Ich muss mich sputen, ehe die alte Frau ihr Heil in der Flucht sucht. Die letzten drei Treppenstufen springe ich.

Etwas hüpft aus meiner Tasche. Es glitzert in einem der Sonnenstrahlen auf, die sich durchs Blätterwerk der Baumkronen stehlen. Meine Sohlen knallen auf den Schotter und meine Füße schmerzten vom Sprung. Dicht neben mir, so leise, dass ich es fast überhört hätte, erklingt ein helles *Prrring*.

Man findet vieles auf dem Boden …

Ich bücke mich nach dem goldglänzenden Ding, das aus meiner Tasche gefallen ist. Mit der einen Hand umschließe ich es, die andere lege ich erschrocken vor meinen Mund. Ich bin nicht beraubt worden. Die alte Frau hat mir nichts entwenden wollen. Stattdessen hat sie mir etwas zugesteckt. Ein Geschenk? Das ist doch kaum möglich.

Zwischen meinen Fingern befindet sich ein Ring aus poliertem Gold, geschmückt mit einem nur erbsengroßen, aber auffällig in Rosenform geschliffenen Bernstein. Er ist warm, als wäre er lebendig. Was kann das bedeuten? Was immer es bedeuten mag, klar ist in jedem Fall, dass meine Anschuldigungen voreilig und der Besuch beim Polizeimann nun hinfällig sind: Ich habe …

* * *

… ein ernsthaftes Problem. Die große, laut tickende Uhr hing wie Damokles' Schwert über Silvios Küchenzeile hinter der Theke. Jarno war exakt sechzehn Minuten zu spät, ein Donnerwetter stand unmittelbar bevor. Er war noch nie zu spät gekommen, wusste aber exakt, wie Silvio auf ein solches Vergehen reagierte. Jarno hatte oft genug beobachtet, wie sein Chef dessen Neffen Georgio zusammenfaltete – allein im letzten halben Jahr weitaus häufiger, als man ein Blatt Papier falten konnte.

Beide Arme des Italieners waren bis über die Ellbogen mit Mehl gepudert, er warf Jarno nur einen kurzen Blick zu, aus dem der nicht schlau wurde.

»Ich weiß, ich bin zu spät, tut mir schrecklich leid. Hast du eine Auslieferung fertig? Ich hol es wieder rein, Silvio, ehrlich. Ich fahr heute Abend auch alle Stamm-Motzer freiwillig an.«

»Keine Thema, Jarno, is' kein Problem.«

Silvio konzentrierte sich auf seinen Pizzateig. Da stimmte etwas nicht. Wenn eine viertelstündige Verspätung ihn nicht an die Decke gehen ließ wie einen Champagnerkorken nach dem Schütteln, dann war jemand gestorben. Mindestens ein enges Familienmitglied, vielleicht seine Mamma.

Jarno biss sich auf die Unterlippe. »Chef, alles okay?«

»Niche so richtig, Jarno, niche so richtig. Ich musse dir was sagen, Junge. Hab eben versucht, dich zu Hause anzurufen, aber du wars' nich da.«

Das klang nicht gut. Silvio hatte Jarnos Handynummer. Wenn es darum ging, dass Jarno früher kommen oder Zusatzschichten fahren musste, zögerte er nie, ihn unterwegs anzurufen.

»Rück schon raus. Was ist los?«

Silvio atmete tief aus, etwas Mehl wehte vor ihm über den Tisch.

Er klopfte sich die Hände an der Schürze ab, die die Farben der italienischen Flagge hatte, dann wandte er sich Jarno zu. »Es geht um deine Stunden.« Wie ernst es war, zeigte sich darin, dass er sogar den aufgesetzten italienischen Akzent wegließ, den er sich in den letzten Jahren angewöhnt hatte, um seinen Auftritt als Klischee-Pizzabäcker zu perfektionieren. »Ich muss sie runterdrehen, Jarno. Tut mir leid, ich weiß, dass du das nicht gerne hörst, aber im Moment schaffen wir es nicht anders.«

»Runterdrehen?« Jarno hatte Silvio bestens verstanden. Trotzdem hoffte er, sich verhört zu haben. Das konnte nur ein Witz sein; ein schlechter Scherz. »Ich versteh schon, Silvio.« Jarno lachte, aber es fiel ihm nicht leicht und er wusste schon vor seinen eigenen Worten, dass er sich lächerlich machte. »Du verarschst mich. Und du hast recht, ich habe das verdient. Ich pass in Zukunft besser auf, nicht zu spät zu kommen. Promesso, mio capo – versprochen.«

Silvio sah an Jarno vorbei und rieb in einer unbehaglich wirkenden Geste die Lippen aufeinander. Der Antwort entkam er vorerst, da Gäste die Pizzeria betraten und eine Bestellung aufgaben. Jarno blieb am Rand der Theke stehen und fühlte sich auf grauenvolle Weise fehl am Platz. Das Gefühl, tatenlos in diesem Lokal zu stehen und nichts zu tun zu haben, war ihm völlig fremd. Normalerweise jagte Silvio ihn mit viel »Sbrigati!« und »Pronto!« gleich wieder hinaus. Wenn gerade nichts auszuliefern war, gab es immer Parmesan zu reiben, Tomaten zu schneiden oder Knoblauch zu pressen. Wie bestellt und nicht abgeholt im Weg zu stehen, behagte Jarno nicht. Er trat von einem Bein aufs andere, während er darauf wartete, dass die beiden jungen Frauen ihre Wünsche genannt hatten, ihre Getränke entgegennahmen und zu einem der gläsernen Stehtische gingen, in denen uralte bunte Pasta vor sich hin trocknete. Er fing ein Lächeln auf, über das er sich an jedem anderen Tag gefreut hätte – das Mädchen war süß mit seinen Sommersprossen und den geröteten Wangen –, aber die Aussicht, auch noch vor einer hübschen Frau seinen Job zu verlieren, stresste ihn zusätzlich. Silvio begann, zwei Teigklumpen zu kneten und auszurollen. Er ging rabiater vor als sonst, verzichtete auf die üblichen Showeinlagen und er schwieg.

»Chef«, sagte Jarno, leise, aber mit Nachdruck.

Silvio klatschte den Teig auf die Arbeitsfläche. »Jarno, was soll ich machen? Sag es mir! Du siehst selbst, wir haben weniger Bestellungen, ich kann dir nicht Arbeit geben, die nicht da ist.«

Es war also wahr. Kein Scherz. Mit einem Mal fühlte Jarno sich müde. Er stützte die Arme auf die Theke. »Wie viele Stunden ziehst du mir ab?«

»Zehn. Von dreißig runter auf zwanzig. Ist nicht so viel, oder?«

Jarno überschlug das Gehalt im Kopf und schnaubte wie ein zu Tode erschöpftes Pferd. »Fassen wir mal zusammen: Ich komme zum ersten Mal zu spät und bekomme gleich die Quittung?«

»Ma no! Es hat nichts damit zu tun.«

»Muss Georgio auch Stunden abgeben?«

»Jarno. Georgio ist mein Neffe. Familie!«

»Klar, du bist Sizilianer«, spottete er und merkte, dass er nicht im Ansatz verbergen konnte, was er über den faulen, langsamen Neffen dachte. »Ich weiß, Padrino, du liebst mich, aber du wirst niemals gegen deine Familie Partei ergreifen.«

Silvio grinste, aber es sah nicht glücklich aus. »Vielleicht kann ich deine Arbeitszeit wieder hochsetzen, wenn es hier besser läuft.«

Wann sollte das sein? Wenn Italien das nächste Mal die Fußball-WM gewann? »Chef, und was wäre, wenn du es mit meinen Ideen versuchst?« Er hatte in den letzten Monaten immer wieder versucht, Silvio Anregungen zu geben, wie er die Kundenzufriedenheit verbessern und damit mehr Aufträge sicherstellen könnte. Mit ein wenig Optimierung in der Bestellannahme und geschickt platzierter Werbung würde die Pizzaecke besser laufen, da war Jarno sicher.

Aber sein Chef schüttelte den Kopf. »Ich hab keinen Spielraum mehr für Experimente. Scusa.«

Wie konnte dieser Mann nur so verbohrt sein?

Jarno betrachtete eines der Bilder, eine Schwarz-Weiß-Fotografie von einem Eselskarren, der so schwer beladen war, dass er nach hinten übergekippt war, sodass der Esel in seinem Geschirr in der Luft baumelte. Er schluckte den passenden Kommentar runter. »Ab wann soll die neue Regelung gelten? Ab nächstem Monat?«

Silvio seufzte, statt zu antworten. Er wandte sich ab und gab Tomatensoße auf die Pizzaböden.

»Oh, das heißt, ab heute«, überlegte Jarno laut und gab sich keine Mühe mehr, den Zynismus zu überspielen. »Wovon ich meine Miete bezahle, bleibt vermutlich mir überlassen.«

»Das tut mir leid.«

»Davon kann ich mir aber nichts kaufen. Ich brauch das Geld, Silvio. Mit zehn Stunden weniger pro Woche komme ich nicht über die Runden. Du weißt das!«

»Was soll ich machen? Ich arbeite wie ein Pferd!«

Nein, wie der hilflose Esel.

»Proca puttana! Ich tu doch alles, um den verdammten Laden zu halten.« Silvio sah rasch zu den jungen Frauen rüber, aber offenbar hatten sie seinen kleinen Ausbruch nicht bemerkt. Sie steckten die Köpfe über einem iPhone zusammen und kicherten.

»Du tust alles, was falsch ist«, sagte Jarno leise.

»Ich hoffe, dass du nicht ganz bei mir aufhörst«, entgegnete Silvio, ohne Jarnos Worten weitere Beachtung zu schenken. »Was sagst du, Jarno? Kommst du wieder? Um acht?«

»Bleibt mir was anderes übrig?« Jarno drehte sich ohne ein weiteres Wort weg, beachtete das Sommersprossen-Mädchen nicht und trottete mit gesenktem Kopf aus der Pizzeria.

Wieder einmal hatte sein Leben eine Achteldrehung ohne ihn hingelegt, leider in eine Richtung, in die er nicht wollte. Wieder einmal konnte er zusehen, wie er die Löcher geflickt bekam.

Und wieder einmal keine Ahnung …

* * *

… was ich tun soll. Meine Füße schmerzen. Seit Stunden umrunde ich den Straßenzug, in dem Johan wohnt. Er ist nach der Kirche nicht nach Hause gekommen und ich bin zu aufgewühlt, um ihm eine Nachricht zu hinterlassen. Ich muss mit ihm über diese alte Frau sprechen und über die Warnung vor der Dame in Grün. Vor dem Haus stehen zu bleiben, in dem er seine Wohnung hat, würde Fragen nach sich ziehen und vielleicht zu Gerede führen, das nicht nur meine Zukunft schädigt, sondern auch Johans. Darum ziehe ich beharrlich Kreise, spaziere in den unbequemen schwarzen Schuhen, die ich nur sonntags trage, wie zufällig an dem geschlossenen Laden von Johans Familie und an seiner Junggesellenwohnung vorbei und achte darauf, dass meine Blicke mich nicht verraten. An der Ferse hat sich die harte Lederkante des Schuhs bereits durch meine Haut gescheuert, ich spüre Blut in den Strümpfen und versuche, mir immer wieder einzureden, dass ich verrückt bin, wenn ich der Alten glaube. Mehrmals hatte ich nach Hause gehen und mich hinlegen wollen, fest davon überzeugt, dass ich nach einem Schläfchen darüber lachen würde. Doch irgendetwas hält mich zurück. Etwas, das die Kraft von eisernen Schellen besitzt, die an mir ziehen.

Wann immer ich den Ring berühre, habe ich das Gefühl, dass er Wärme ausstrahlt – immer noch.

Es ist längst Nachmittag, als Johans Haustür geöffnet wird und mein Liebster nach draußen tritt. Wie kann das sein? Habe ich verpasst, dass er hineingegangen ist? Aber ich war doch eben noch dort gewesen und hatte an der Klingel gezogen!

Eilig hinke ich auf ihn zu. »Johan. Gut, dass ich dich treffe. Wir müssen miteinander reden, es ist wichtig.«

Er mustert mich mit hochgezogenen Augenbrauen. »Was ist passiert? Du siehst furchtbar aus, ist dir etwas zugestoßen?«

»Nein, ich habe bloß –«

»Klara!« Er schaut sich mit kurzen Blicken um. »Ich dachte, wir sind uns einig, uns vorerst nicht mehr zu sehen. Vor allem nicht gleich vor meinem Haus. Möchtest du, dass die Nachbarn zu reden beginnen?«

»Nein, natürlich nicht. Aber –«

»Kein Aber! Das geht langsam zu weit.«

»Es ist wichtig, hör doch endlich zu!«

Er rückt ein Stück von mir ab. »Wie redest du denn mit mir?«

Mir liegt eine ganz ähnliche Frage auf der Zunge, aber es führt zu nichts, sie ihm zu stellen. Johan redet mit Menschen so, wie er es für richtig hält, ich stelle keine Ausnahme dar. Ich atme durch, um mich zu beruhigen. »Jemand hat mich gewarnt. Vor der Frau. Sie ist in irgendeiner Weise höchst gefährlich. Und du kennst sie.«

Sein Gesicht wird mit einem Mal hart. Ich merke ihm an, dass er sofort begreift, von welcher Frau die Rede ist. »Ich weiß nicht, wer dir da verrückte Flausen in den Kopf setzt. Deine Freundin Wilhelmine wieder? Hat sie dir wieder Pariser Bücher mitgebracht, in denen du solchen Unsinn liest?«

»Es war eine alte Frau, Johan, vom Wanderzirkus.«

»Zirkus?«, wiederholt er angewidert. »Ein Jahrmarktsweib verbreitet Lügen über rechtschaffene Bürger? Und du glaubst ihr das?«

Vor Verzweiflung wird mir eisig kalt. Er glaubt mir nicht, kein Wort. Und das Schlimme daran ist, dass ich es ihm nicht einmal verdenken kann, denn das, was ich sage, klingt ja auch vollkommen absurd. Niemand würde mir glauben, ich selbst besitze nur einen winzigen Anhaltspunkt dafür, dass die alte Zirkusfrau keine Lügnerin ist: Sie kennt die Umstände um meine Geburt. Aber das darf ich Johan nicht sagen. So wort- wie ratlos stehe ich vor ihm und kann nichts weiter tun, als inständig zu hoffen, dass er zumindest vorsichtig sein wird. Ich selbst muss nun in jedem Fall …

* * *

… die Nerven bewahren, auch wenn Jarno das Telefon am liebsten vor die Wand geworfen hätte. Doch die Katze lag zusammengerollt auf seinem Schoß. Sie strafte seine Ausbrüche regelmäßig, indem sie ihre Krallen zentimetertief in seine Oberschenkel grub, wenn er sie erschreckte.

»Nein, da kann man nichts machen. Ich danke Ihnen aber vielmals für Ihre Zeit. Schönen Tag noch.«

Er kraulte weißes Nackenfell und lauschte dem Schnurren der Katze. In Gedanken machte er ein Kreuz hinter den letzten von sieben Getränkemärkten und war trotz der Enttäuschung froh, alle Anrufe überstanden zu haben. Siebenmal dasselbe. Derzeit wurden keine Aushilfen benötigt. Nummer zwei war wenigstens originell gewesen, hatte ihm allerdings einen Schweißausbruch verursacht: »Wir brauchen niemanden, aber wenn Sie schon einen Job suchen, suchen Sie doch für unseren Azubi gleich eine neue Stelle mit. Oder sagen Sie mir wenigstens, wie ich dem Jungen kündigen soll, ohne dass er mir danach droht, sich jetzt aus Frust die Arme kaputt zu ritzen.«

Jeder Anruf war Jarno schwerer gefallen. Er hatte sich die türkische Langhaarkatze auf den Schoß holen und eine halbe Stunde ihren waschmittelwerbungstauglichen Bauch kraulen müssen, ehe er sich bereit für den nächsten Anruf fühlte.

»Umziehen wäre die Lösung«, erklärte er der Katze, der das gleichgültig blieb, solange er nur weiterkraulte. »In keiner anderen Stadt hast du solche Probleme, einen Job als Kistenschlepper oder Pizzabote zu finden. Bloß hier. Woanders wäre vielleicht sogar ein Ausbildungsplatz drin. Streich das vielleicht. Woanders *wäre* ein Ausbildungsplatz drin.« Er seufzte und die Katze drehte sich auf seinem Schoß, damit er die andere Seite streicheln konnte. »Aber was mach ich mit Lisa und den Jungs? Ich kann sie doch nicht hängen lassen. Sie brauchen mich, weißt du? Je mehr Lisa es verleugnet, desto sicherer bin ich mir, dass sie jemanden brauchen, der nach ihnen sieht.«

Die Katze rekelte sich und entließ einen leisen Katzenfurz. Zeit, die Flucht zu ergreifen und eine Zigarette zu rauchen.

Vor der Haustür blätterte Jarno die Stellenanzeigen im Wochenblatt durch. Eine weibliche deutschsprachige Putzfrau wurde gesucht, ansonsten fanden sich nur Angebote, mit deren Hilfe man in zwei Wochen dreitausend Euro klarmachen konnte. Ob es wohl noch Leute gab, die auf solche Machenschaften reinfielen? Mit einem Mal musste er an die Telefonnummer denken, die Ben ihm gegeben hatte. Wie hatte er den Zettel vergessen können? Er schob die Finger in die Taschen der Jeans und erinnerte sich daran, am Tag zuvor eine Sporthose getragen zu haben. Als er Lisa im Café traf, hatte er sich einen Moment lang für die Schlabbersachen und das verschwitzte T-Shirt geschämt.

Verdammt! Seval war diese Woche an der Reihe, die Wäsche zu waschen. Und Sev war im Gegensatz zu ihm schnell und gründlich.

Er warf seine Zigarette achtlos zu Boden, schob den Gedanken an die meckernde Nachbarin aus dem Erdgeschoss beiseite und lief die Stufen hoch. Im Badezimmer stank es erbärmlich. Die Katze tötete jeden Vormittag aufs Neue das Klischee, Frauen würden auf dem Klo weniger stinken als Männer. Ein Giftgasangriff war nichts gegen dieses Tier und seine morgendlichen Hinterlassenschaften. Mit angehaltenem Atem durchwühlte er die Wäschetonne. Nichts. Er ließ das Katzenklo vor sich hin stinken und ging in sein Zimmer, um das Handy zu suchen. Unter Sevals Nummer meldete sich nur die Mailbox. Natürlich. Sie war eine Vorzeigestudentin und würde einen Vorlesungssaal nie mit eingeschaltetem Mobiltelefon betreten. Jarno fluchte innerlich und dann lautstark, als er erneut am Badezimmer vorbeigehen musste.

»Katze, das geht so nicht weiter! Dir blüht eine Ernährungsumstellung, verlass dich drauf.«

Er hastete in den Keller, als wäre noch etwas zu retten, wenn er sich beeilte. In der Waschmaschine rotierten Handtücher und Bettlaken. Seval hatte einen Reinlichkeitstick und wechselte ihre Bettwäsche alle zwei Tage. Was er der Wasserkosten wegen gerne ins Lächerliche zog – Sackratten und Filzläuse lieben ein frisch gewaschenes Bett, Sev, und werden vom Lenorduft wie magisch angezogen – war heute sein Glück. Die Ladung, in der sich auch seine Kleidung vom Vortag befand, wartete noch oben auf der Maschine. Ein Bein seiner Sporthose hing über den Rand. Er fischte sie heraus, zog den Zettel aus der Tasche und strich ihn glatt. Eine Handynummer stand darauf, kein Name. Der Falz zog eine Linie quer durch die Zahlen, als hätte sie jemand mit einem Lineal sauber durchgestrichen. Jarno hatte plötzlich einen Kloß im Hals. Er telefonierte nicht gern. Um ehrlich zu sein, hasste er es. In einem Geschäft anzurufen, ging noch in Ordnung, aber die Leute privat oder gar übers Handy zu belästigen, war etwas völlig anderes. Meist rief er mit den besten Absichten im ungünstigsten Moment an. Er hatte einmal seine Eltern angerufen, als die gerade über ihre Scheidung sprechen wollten. Das Gespräch war daraufhin bis zum heutigen Tag verschoben worden und würde vermutlich nie stattfinden. Seval hatte er an dem einzigen Uni-Tag, an dem sie vergessen hatte, es auszuschalten, angerufen – mitten in einer Prüfung. Und Ben hatte er erst neulich beim Sex gestört.

Jemanden anzurufen, dessen Namen man nicht kennt, ist noch schlimmer, überlegte er, während er zurück in die Wohnung schlurfte. Man wusste nicht einmal, ob man die richtige Person in der Leitung hatte. Noch weniger wusste man, wie diese Person reagieren würde. Dieser Typ, Bens Chef, wusste vermutlich nicht mal, dass Ben seine Nummer weitergegeben hatte. Jarno stellte sich sein Gestammel vor, das ihn beim Telefonieren manchmal überkam, und stopfte den Zettel in seine hintere Hosentasche. Erst mal einen Kaffee und eine Runde Google zum Stichwort Telefonphobie. Nachdem er sich versichert hatte, dass seine mit an Sicherheit grenzender Wahrscheinlichkeit eingebildet war, zog er die Notiz wieder heraus, lockte die Katze auf seinen Schoß, zählte langsam bis acht (denn das sparte zwanzig Prozent Zeit und war genauso effektiv, wie bis zehn zu zählen) und wählte. Es würde schon nicht so schlimm werden.

Nein, es kam schlimmer.

Die arme Seele, die sich mit einem Grunzen meldete, lag entweder noch im Bett oder war todkrank. Na, das hatte er ja mal wieder großartig hinbekommen.

Nerv nicht, Jarno. Sehr witzig. Der Brüller!

»Hallo? Mensch, wer ist denn da?«

Jarno hätte sich einen Finger abgehackt für die Superkraft, die Rufnummernrückverfolgung im Nachhinein deaktivieren zu können. Dann könnte er jetzt einfach auflegen. Auflegen, als wäre nie …

»Hal-lo-ho?!«

»Ähm. Guten Morgen.« Er schob die Katze vom Schoß, um auf und ab gehen zu können. So ging es etwas besser.

»Na, das will ich sehen.«

»Was bitte?«

»Den guten Morgen, du Kasper. Den will ich erst mal sehen. Was gibt es denn?«

Verdammt gute Frage. »Für mich Rührei mit Speck und einen Kaffee, wenn Sie haben«, presste Jarno an der Nervosität vorbei. Jetzt war eh alles zu spät, also alles auf Risiko und den Stress hinter Albernheiten verstecken. Es kam keine Antwort, dann ein Lachen, das klang wie das von Ernie aus der Sesamstraße. »Chr-chr-chr.«

»Alles klar, Kasper«, sagte der Mann. »Klingt nach gutem Morgen für dich. Und deshalb weckst du mich?«

»Nee«, meinte Jarno und fingerte nach seiner Zigarettenschachtel. Der Inhalt war ein trauriger Anblick. Er hatte sich die Kippen am Abend zuvor eingeteilt, aber irgendwann ging ein Bestand auch bei eiserner Rationierung zur Neige. »Ich hatte gehofft, Sie hätten einen Job für mich. Hab Ihre Nummer von Ben.«

»Kenn ich nicht.«

Na prächtig.

»Oder warte mal … Ben … Benedikt Kinner?«

Erleichtert atmete Jarno aus. Seine Ohren glühten inzwischen. »Genau der. Ich bin Fotograf und er meinte, Sie bräuchten ein paar Aufnahmen.«

»Fotograf, ja?« Die Geräusche verrieten, dass der Mann sich eine Zigarette ansteckte. Jarnos Schmacht schwoll an. »Richtiger Fotograf?«

»Hmpf. Offiziell nicht. Nicht mit Ausbildung und dem Pipapo.« Er hörte, wie der Mann den Atem ausstieß. Fast roch er das Nikotin. »Aber ich bin gut.«

»Gut genug, um das zu knipsen, was ich will?«

»Ich knipse nicht. Ich –«

»Weißt du was, Kasper? Du lässt mich jetzt noch eine Runde pennen und kommst gegen Nachmittag in den Club. Ich bin ab zwei, drei Uhr da. Frag nach Daniel, alles klar? Daniel. Nicht Dan, nicht Danny – Daniel. Dann besprechen wir alles.«

In Ordnung, wollte Jarno sagen, aber es gab Fehler, die man nur einmal machte. »Einen Moment noch, Daniel. Damit wir uns nicht falsch verstehen. Ich bin keiner, der für Gratisdrinks oder einen Kasten Bier ein paar Bilder schießt, okay?«

Für einen Moment war Daniel still, dann folgte wieder dieses blecherne Ernie-Lachen. »Du gefällst mir, du Kasper. Mach mir ein paar scharfe Fotos und einen schicken Flyer und du kannst dir deine Drinks selbst leisten. Bis dann.«

Und schon hatte er aufgelegt. Jarno kühlte mit feuchtkalten Fingern seine erhitzten Ohren und wechselte einen Blick mit der Katze. »Was sagst du dazu? Klingt zu schön, um wahr zu sein, oder? Bin ich Pessimist, wenn ich einen Haken vermute? Ich muss darüber …«

* * *

»… nachdenken, Klara«, sagt Johan, es klingt so kalt und fremd, dass mir angst und bange wird. »Du verhältst dich sehr sonderbar, ich mache mir ernsthaft Sorgen um dich. Ich werde mit meinem Vater sprechen und ihn um Rat bitten. Es ist diese doppelte Belastung, der du nicht gewachsen bist. Das Seminar, diese verheimlichte Verlobung. Es ist zu viel für dich – sieh das endlich ein.«

»Du willst es ihm doch nicht etwa sagen?« Das wäre das Ende von allem. Johans Vater ist ein zutiefst konservativer Mann. Er würde seinem Sohn nicht nur den Umgang mit mir verbieten, sondern auch dafür sorgen, dass die ganze Stadt von der heimlichen Verlobung erfährt.

»Natürlich nicht«, erwidert Johan besänftigend, doch etwas in seiner Stimme macht, dass ich nicht aufatmen kann. »Aber ich verlange eine Entscheidung. Ich bin ein Mann, Klara. Und ich will eine Frau für mich allein, keine ewige Verlobte, die mich nur von ihr träumen lässt.«

Jäh fühle ich mich aller Kraft beraubt. »Ich dachte, wir hätten noch Zeit. Ich hatte geglaubt, du würdest mir noch ein paar Monate geben, vielleicht ein Jahr. Alles macht so rasche Fortschritte. Irgendwann werden sie die Gesetze ändern und Lehrerinnen dürfen heiraten.« Ich lächle, fest überzeugt, dass dieses Lächeln ihn erweicht, aber es stößt bei ihm auf kühle Ignoranz.

»Das wird nicht geschehen, Klara. Nicht nächstes Jahr und nicht im Jahr darauf. Vermutlich nie.«

»Natürlich wird es das! Du hast selbst gesagt –«

»Nein! Ich habe viel zu lange deine absurden Träumereien unterstützt. Man kann im Leben nicht alles haben, du musst dich endlich entscheiden. Sonst«, er atmet vernehmlich ein und wieder aus, »entscheide ich es für dich.«

Der Druck, den er auf mich ausübt, trifft mich unerwartet und hart. Ich weiß darauf nichts zu entgegnen, seine Forderung kommt vollkommen überraschend. Bisher hat er mich unterstützt und mir Mut gemacht und nun wirft er alle unsere gemeinsamen Hoffnungen um wie ein Modell, an dem er das Interesse verloren hat, ehe es fertiggestellt ist.

Aber das ist mein Modell, meines! Es ist doch mein Leben.

Ich kühle meine Stirn mit meinen Fingern. Auch wenn er plötzlich drängt, muss ich mir darüber nicht hier und heute den Kopf zerbrechen. Für den Augenblick gibt es ein wichtigeres Problem, eines, das ihm noch schwieriger begreiflich zu machen sein wird.

»Ich verspreche dir, dass ich alles noch einmal in Ruhe überdenken werde«, sage ich. »Aber du musst mir auch etwas versprechen.«

Sein abschätziger Blick sagt *Ich muss?*, aber er lässt mich weiterreden.

»Bitte sei vorsichtig. Ich verstehe, dass du skeptisch bist, aber ich habe Grund zu glauben, dass die alte Frau die Wahrheit gesagt hat. Sie kennt die Frau in dem grünen Kleid und sie weiß mehr über sie als du und ich. Sie …«

Mir trocknen die Worte im Mund fest, als ich aus dem Augenwinkel sehe, wie das Fenster von Johans Mansardenwohnung geöffnet wird und etwas Lindgrünes erscheint. Mein Herz sinkt mir in den Magen und bleibt dort als schwerer Klumpen liegen.

»Johan?«, flüstere ich. »Was hat das zu bedeuten?«

Die unheimliche Frau sieht auf uns herab wie auf ergebene Diener. Aus seiner Wohnung. Nein, aus seinem Schlafzimmer. Ich weiß, dass nur sein Schlafzimmerfenster zur Straße zeigt, auch wenn ich nie in seiner Wohnung gewesen bin. Es hätte zu Gerede geführt.

»Sag, dass diese Frau eine Verwandte ist!« Sie muss zur Familie gehören, das ist die einzige infrage kommende Erklärung.

Von Johan scheint jede Anspannung abzufallen. Seine Schultern sinken herab und sein Kopf kippt nach vorn wie der einer Marionette, der man die Fäden durchtrennt hat. Sein Atem klingt wie ein verzweifeltes Seufzen und sagt mir mehr, als Worte es vermocht hätten.

»Du kannst das nicht verstehen.«

Über mir braut sich von allen unbemerkt ein unheilvolles Gewitter zusammen. Der Himmel allerdings ist und bleibt …

* * *

… kornblumenblau und ohne eine Wolke. Im gnadenlosen Licht der Mittagssonne sah die alte Villa nicht mehr verwunschen, sondern verlottert aus. Die Helligkeit betonte das Alter der Dachziegeln, die einzeln von der Zeit markiert zu sein schienen, und die Risse in der Fassade wirkten groß und tief wie die Verstecke von monströsem Ungeziefer.

Jarno hatte erneut den Weg an der Bahnstrecke entlang und durch den Garten genommen, wo ihn niemand bemerken würde. Nachdem er über den Zaun gestiegen war, begann er zu fotografieren. Die Sonne hatte den Reif getaut, der gestern noch wie eine Glitzerschicht über allem Holz gelegen hatte. Die kahlen Bäume ließen traurig ihre feuchten Äste hängen. Jarno konzentrierte sich auf das Haus, auf die Winkel, in denen sich Schatten festhielten. Er lichtete es aus unterschiedlichen Perspektiven ab und schraubte für ein paar Experimente das Weitwinkelobjektiv auf die Canon. Jedes Mal, wenn er den Auslöser drückte, blitzte ein vages Gefühl auf: die Gewissheit, dass das, was er hier tat – das Fotografieren –, alles war, was er machen wollte. Das – und nichts anderes. Die Erinnerungen an Büroarbeit oder ans Pizzaausliefern waren in seinen Gedanken nur ein absurder Hintergrund, nichts Bewegliches, sondern eine Kulisse, die er hinnehmen musste, auch wenn sie nicht zum Stück passte, das gespielt wurde. Er fühlte sich wie der einzige Schauspieler auf einer dilettantisch aufgemachten Bühne.

Das war alles falsch, er war im falschen Film. Die Frage war nur, ob die Kulisse das Fake war oder er.

War er noch echt?

Er dachte an seine Schwester und an die zudringlichen Kerle, die er ihr vom Hals gehalten hatte. In dem Moment, als er sich seiner Stärken bewusst gewesen war und die Situation im Griff gehabt hatte, war er er selbst gewesen. Es war eine beunruhigende Vorstellung, sich schlagen zu müssen, Gefahr spüren zu wollen, um sich nicht zu verlieren. Es erinnerte ihn wieder an damals, als er das Fotografieren angefangen hatte. Aus einer Laune heraus, zumindest hatte er das gedacht. In Wahrheit, das sah er erst jetzt mit einigen Jahren Abstand, hatte er, der in Schlägereien geraten war, als würden sie ihn anziehen wie gärendes Obst die Wespen, etwas gesucht, was ihn davon ablenkte. Er hatte sich selbst am Kragen gefasst und aus dem Sumpf gezogen, in dem ihn sein Umfeld schon für verloren gehalten und aufgegeben hatte. Der Stolz, es geschafft zu haben, war seither eng verwoben mit der Fotografie. Vielleicht hatte er sie, ohne es zu bemerken, inzwischen zu seinem neuen Dämon gemacht. Dämonen, falsche Entscheidungen und Entschuldigungen. Mehr …

* * *

… hatte ich nicht verdient? Unsere Liebe, ausgewischt und übermalt mit dem einfachen Satz, ich könne es nicht verstehen?

»Ich glaube, dass ich sehr wohl verstehe.« Wie teilnahmslos meine Stimme in meinen eigenen Ohren klingt. Als wäre es mir egal. Am liebsten würde ich mich herumwerfen und fortrennen. Nur weg von Johan, der mich mit einer Frau betrügt, die etwas Gefährliches mit sich bringt; tödliche Gefahr. In meinem Herzen nistet eine sich mehrende Furcht. Mein Blut wird kalt und verteilt sich frostig in meinem Körper. Etwas steht uns bevor, etwas weit Schlimmeres als das Zerbrechen seiner Gefühle zu mir.

»Bitte, Johan, hör mir nur zu. Etwas stimmt nicht, ich habe Angst um dich.«

»Du bist verwirrt.« Es klingt sanft und mitleidig und tut mir weh.

Ich strecke die Hand aus, versuche, Johan zu berühren, weil ich das quälende Bedürfnis habe, ihn festzuhalten – ganz fest. Doch er weicht zurück und wendet sich um. Im gleichen Moment öffnet sich die Haustür und die Frau tritt hinaus. Mit schnellen kleinen Schritten, die keinen Laut verursachen, eilt sie auf Johan zu und hakt sich bei ihm ein, als wäre es selbstverständlich. Statt Eifersucht trifft mich Panik wie der Tritt eines Pferdes. Ihr dünnes, falsches Lächeln schlägt mir mitten ins Gesicht und spricht wortlos mit einer solchen Deutlichkeit, dass ich Angst um Johan und um meinen Verstand bekomme.

Er ist so unschuldig, mein Liebes. Er hat ja keine Wahl. Du weißt, warum ich hier bin. Das sagt sie mir. Wegen dir. Du hast recht. Ich will dich. Und ich werde dich bekommen.

KAPITEL 4
Das Gras auf der anderen Seite

Der Club war scheußlich. Jarno war sicher, dass es in der ganzen Stadt kein hässlicheres Gebäude gab als diesen Klotz aus von Schimmel überzogenem Beton und mit schlechten Graffiti beschmierten Stahlplatten. Aber Jarno war Urban Explorer, Fotograf und ein Liebhaber der Hässlichkeit und damit in der Lage, aus jedem Motiv etwas zu machen. Er nutzte das Tageslicht, solange es noch ausreichte, schoss eine gute Stunde lang von außen Bilder vom Club. Das Schimmelgeflecht würde in Schwarz-Weiß wie ein hübscher Effekt aussehen und die am schlimmsten verdreckten Stellen könnte er notfalls retuschieren. Für eine Auftragsarbeit ging das schon in Ordnung. Nachdem er auf der SD-Karte mehrere Bilder hatte, die seinen Ansprüchen genügten, und in seinem Kopf bereits ein grobes Konzept für den Flyer stand, ging er zur Tür und klopfte an.

Ein bulliger Mann Mitte dreißig öffnete. Die Glatze ließ ihn älter wirken, der teure Anzug und das weiße Hemd wirkten an ihm wie eine Verkleidung. »Ah, der Kasper.«

Das also war Daniel?

Der Mann streckte Jarno die Rechte hin und erweckte beim

Händeschütteln den Eindruck, als legte er es darauf an, ihm mindestens einen Knochen zu brechen.

Jarno war nicht wohl bei dem Kerl und er bereute augenblicklich, bereits Bilder aufgenommen zu haben. Wenn der Clubbesitzer ihn zum Teufel jagte, weil ihm seine Visage nicht gefiel, hatte er sich die Stunde umsonst um die Ohren geschlagen.

»Du hast schon angefangen«, meinte Daniel. »Ich hab dich gesehen.«

Na, dem entging ja nichts.

»Damit du es weißt, ich kann das nicht leiden, wenn jemand ungefragt bei mir rumschnüffelt.«

Jarno kratzte sich am Nacken. »Gut, dass ich weder ungefragt komme noch schnüffele.« Er sah sich im Inneren des Clubs um. Die Decken hingen niedrig, die Wände glänzten feucht und die Poster, die auf unterschiedliche Events hinwiesen – die meisten schon seit Jahren vergangen –, hatten Risse oder klebten nur noch wie unvollständige Puzzles am Beton. Es roch nach kaltem Rauch, schalem Bier und Moder. Das Konzept seines Flyers kam ihm augenblicklich falsch vor, es war fast verwerflich, mit guten Fotos ahnungslose Gäste in dieses Loch zu locken.

»Du gefällst mir, Kasper.« Daniel stieß die Tür zu einem Raum auf, der an ein Café erinnert hätte, wenn er ein wenig größer gewesen wäre, und delegierte Jarno an ein Tischchen. »Dann zeig mal, was du dir vorstellst.«

Jarno setzte sich, stellte seine Umhängetasche neben sich ab und zog seine Mappe, ein paar zuvor gefaltete Blanko-Blätter sowie den Tablet-PC heraus, den er sich bei Seval geliehen hatte, damit wenigstens nach außen das Bild entstand, als wisse er, was er tat. Um sich nicht anmerken zu lassen, wie viel Unruhe Daniel in ihm weckte, ließ er sich Zeit beim Wechseln der SD-Karte von der Kamera in das Tablet.

»Das sind die ersten Bilder«, erklärte er und drückte ein paar Icons, die bewirkten, dass die Fotos monochrom angezeigt wurden, was gleich viel weniger hässlich aussah. »Eins davon stelle ich mir im Hintergrund vor, schwarz-weiß und in Bokeh, das heißt bewusst unscharf. Davor klassisch und gut lesbar informativer Text in übersichtlichen Kästen und ein paar Details aus dem Inneren in einer Schwarz-Weiß-Farbe-Kombination.« Während er sprach, skizzierte er mit Bleistift seine Gedanken auf dem Papier. »Ein schönes Mädchen beim Tanzen in Schwarz-Weiß, ihr Top in Farbe, ein bunter Cocktail mit Schirmchen. Viel mehr braucht es nicht, ich dachte an stilvolles Understatement.«

Dafür schmeißt er mich raus, wenn er Augen im Kopf und eine Spur von Realitätssinn hat …

Doch Daniels skeptisch gerunzelte Stirn entspannte sich und schließlich nickte der Clubbesitzer sogar leicht. Er schien Gefallen an dem Konzept zu finden. Jarno fiel das Atmen wieder leichter. »Bennet sagt, dass du wirklich dringend einen Job brauchst?«

»Ich brauch kein Mitleid. Nur den Job.«

»Okay, verstehe ich.« Daniel verschränkte die Arme, was fast seinen Hemdärmel platzen ließ. »Und Bennet meinte weiterhin, auf dich wäre hundertpro Verlass, ja?«

»Wenn Ben das sagt.« Jarno hielt dem Blick Daniels stand. »Ich müsste natürlich noch Bilder im Inneren machen, bevor ich anfangen kann, den Flyer genau zu konzipieren«, sagte Jarno.

Daniel winkte ab. »Ja sicher, klar. Das machen wir dann die Tage. Für den Anfang habe ich etwas, das sicherlich mehr Spaß bereitet, als Drinks zu knipsen. Kannst du sofort anfangen? Heute?«

»Dafür bin ich hergekommen.«

»Dann pack deinen Kram ein, wir fahren sofort los.«

Verwirrt verstaute Jarno die Utensilien wieder in seiner Tasche. »Wohin?«

»Wirst du schon sehen. Wird eine Weile dauern.« Daniel ging zur Tür und öffnete sie. »Sind dreihundert okay?«

»Ähm. Euro?«

»Was denkst du denn, du Kasper? Kästen Bier? Ich brauche einen Fotografen, keinen Alki. Also krieg ich meine Fotos oder krieg ich keine?«

Jarno lagen Bedenken auf der Zunge. Was hatte der Typ vor? Beschönigende Werbung war die eine Sache. Andere Läden abzulichten, eine andere. Er spielte mit der Idee, mehr zu erfragen, indem er behauptete, unter Umständen anderes Equipment zu benötigen. Andererseits waren dreihundert Euro der komplette Anteil seiner Monatsmiete und damit ein verdammt gutes Argument. Es sprach ja nichts dagegen, mitzukommen und unverbindlich Fotos zu machen. Sollte etwas nicht mit rechten Dingen zugehen, konnten die Bilder immer noch misslingen.

Okay, ich bin dabei, wollte er sagen, aber …

* * *

… ich bekomme keinen Ton über die Lippen. Ich schaffe es lediglich, stumm den Kopf zu schütteln.

»Geh jetzt nach Hause, Klara«, sagt Johan. Seine Härte entsetzt mich. Wie kann er sich von einem auf den anderen Moment gegen mich und für eine andere Frau entscheiden?

»Aber warum denn?«, säuselt die Fremde und ich würde Johan

packen und fortschleifen, wenn ich es nur könnte. »Wieso stellst du uns einander nicht vor?« Ihr Blick hat etwas an sich, das ich nicht zu erklären vermag. Erst als ich wegschauen will, wird mir gewahr, dass ich genau das nicht kann. Ich kann den Blick nicht abwenden, nicht einmal die Lider schließen. Meine Füße verschmelzen mit dem Boden.

»Elise«, sagt Johan ergeben, »das ist …«

Nein! Nicht!

Ich will schreien. Doch mein Mund bleibt starr und in der nächsten Sekunde ist es zu spät.

»Das ist Klara.«

»Klara«, wiederholt die Fremde schmeichelnd. Ihre Stimme hat unsichtbare Hände, die nach mir tasten. Ich fühle die Berührungen kalter, unsichtbarer Finger auf meiner Stirn, auf den Wangen und auf den Lippen. Johan spricht weiter, aber alles, was er sagt, verliert sich in einem anschwellenden Rauschen. Die grauenvollen, kalten Finger drücken meine Lider zu, pressen sich gegen meine Augäpfel, als wollten sie sie zerquetschen, bis ich vor Schmerzen schreien will und es doch nicht kann. Wie in einem Traum, der zu Reglosigkeit verdammt, muss ich über mich ergehen lassen, was Elise will.

Ich spüre eine Ohnmacht nach mir fassen, da flammt ein Gedanke auf: der Ring der Zirkusfrau.

Ich taste nach ihm – mit einem Mal bin ich frei. Keuchend kämpfe ich um Luft. Ich versuche wegzulaufen, doch da sind immer noch die Nachwirkungen des schrecklichen Banns und ich stolpere über meine eigenen Füße und falle der Länge nach hin.

»Klara!« In Johans Stimme ist keine Besorgnis, er klingt, als wolle er mich zurechtweisen. »Hast du den Verstand verloren?«

Meine Arme und Beine gehorchen nur widerwillig und prickeln, als wären sie eingeschlafen. Mein Herz schlägt so hoch in meiner Brust, dass ich fürchte, mich übergeben zu müssen. Schlieren trüben meinen Blick, ich muss mehrmals blinzeln, kann kaum …

* * *

… etwas sehen, denn Jarno saß in einer Wolke aus Zigarettenrauch, die das Innere des Wagens ausfüllte und ihm zuwider war, obwohl er selbst gerne rauchte. Von außen musste der stahlgraue, protzige Audi aussehen, als wären seine Scheiben getönt. Im Inneren konnte man kaum atmen, geschweige denn ins Gesicht der anderen Insassen blicken, die zudem hinter Sonnenbrillen verborgen waren. Der Fahrer war ein wortkarger Mann, dessen Namen Jarno nicht verstanden hatte, sein Akzent klang russisch. Die meiste Zeit schwieg und rauchte er. Daniel saß auf dem Beifahrersitz, rauchte ebenfalls und redete dabei ohne Unterlass über Frauen und Männer, deren Namen Jarno nie zuvor gehört hatte. Sein Gesprächspartner war Fabian, eine zehn Jahre jüngere und zwanzig Kilo schwerere Version von Daniel: vermutlich sein Bruder. Fabian nahm die Hälfte der Rückbank für sich ein, für Jarno und seine Kameratasche blieb kaum Platz und nach zwei Stunden schmerzten ihm bereits die Knie, weil er die Beine kaum bewegen konnte. Er hatte immer noch keine genaue Kenntnis über das Ziel, das sie mit konstant hundertachtzig Sachen ansteuerten, Fabian hatte ihm ausweichend eine Stadt genannt, die polnisch klang. Die Richtung stimmte.

»Was habe ich denn nachher zu tun?«, wagte Jarno noch einmal nachzuhaken.

Daniel drehte sich halb auf seinem Sitz um. »Bist du nun Fotograf oder nicht?«

»Hm?«

»Also machst du Fotos. Klar?«

Ach. Ich dachte, ich soll für euch tanzen. »Fotos von was?«

Fabian lachte. »Von Mädchen.«

»Mädchen …« Das Wort schmeckte aus irgendeinem Grund bitter in Jarnos Mund.

»Mein Cousin hat einen Club in der Nähe der tschechischen Grenze. Hin und wieder helfen wir ein paar Leuten von dort, Arbeit in Deutschland zu finden. Hey, Kasper, stress dich mal nicht. Das ist nichts Zwielichtiges. Wir machen ein paar Bilder, notieren uns, was die Damen sich für Jobs vorstellen, und kassieren von deren neuen Arbeitgebern später eine kleine Prämie.«

»Wie das Arbeitsamt«, meinte Fabian.

»Was sind das für Jobs?«, wollte Jarno wissen.

»Alles Mögliche. Saisonarbeiter fürs Feld werden immer gesucht. Aber die musst du nicht fotografieren, Kasper.« Gelächter. »Zimmermädchen für Hotels, Bedienungen, hin und wieder mal eine Tänzerin oder ein Modell. In Deutschland wird ja viel gemeckert, aber in Tschechien und Polen sieht es auf dem Arbeitsmarkt noch um einiges düsterer aus. Da kann man ruhig mal helfen.«

»Und das tut ihr aus reiner Nächstenliebe?« Jarno war klar, dass er weit kritischer klang, als es vernünftig war, wenn man mit drei Kerlen in einem Wagen saß.

»Meine Mutter«, sagte Daniel und drehte sich vollständig zu ihm um, »stammt aus der Ukraine, wo sie mit vier Schwestern in einem Zimmer lebte und mit sechzehn um ein Haar an einen alten Mann verschachert worden wäre. Mein Vater hat sie da rausgeholt und auf dem Sterbebett hab ich ihm versprochen, mir ein Beispiel an ihm zu nehmen. Mein Bruder hier«, er deutete auf Fabian, »hat eine Verlobte, die wie ein Pferd arbeitet, um ihrer Familie in Tschechien Geld zu schicken. Ich weiß, wie es da drüben zugeht. Und ich habe Kontakte, kenne viele Menschen und weiß, worauf es in meinem Geschäft ankommt. Es ist eine Win-win-Situation, den Leuten dort zu helfen.«

Auf den Feldern zu beiden Seiten der Autobahn glitzerte perfekter weißer Schnee in der Sonne und blendete Jarno, sodass ihm die Augen tränten. Er war fast schneeblind und erleichtert, als sich zur Linken Frankfurt an der Oder mit seinen vielen dunklen, hohen Häusern und geräumten Straßen Kilometer für Kilometer näher an die Autobahn schmiegte. Die Autobahn durchmaß einen Vorort der Stadt, tauchte in einen Wald ein und ehe sie sich versahen, überquerten sie bereits die Oder auf einer vierspurigen Brücke. In ihrer Mitte begann Polen. Auf der anderen Seite durchfuhr der Russe im Schritttempo die Grenze; sie mussten nicht einmal anhalten, geschweige denn ihre Pässe vorzeigen.

Weiter ging es durch eine Waldlandschaft, zugedeckt mit einer wattigen Schneeschicht, sowie durch beinah idyllisch anmutende kleine Städte.

»Überrascht?«, fragte Daniel. Seine Lippen zeigten unterhalb der Sonnenbrille ein wissendes Lächeln.

»Ich muss zugeben, dass ich es mir hier anders vorgestellt hatte.«

»Das hab ich mir gedacht.«

Der »Laden«, der Daniels Cousin gehörte, war zu Jarnos Erstaunen kein zwielichtiges Etablissement, sondern ein bodenständiges Restaurant für deutsche und polnische Küche mit Bowlingbahn und einem Saal, in dem am Wochenende Hochzeiten und Jubiläen stattfanden.

Über einen Hof erreichten sie eine Scheune, in der sie schon erwartet wurden. An der Bar und an hohen Tischen saßen ein knappes Dutzend Frauen und Männer zwischen zwanzig und dreißig Jahren. Eine ältere Dame im Kostüm stöckelte auf Pumps zwischen den Leuten umher, stellte ihnen lächelnd Fragen und machte sich Notizen auf einem Klemmbrett.

Jarno brummte der Kopf, er war beinahe erleichtert, als Daniel ihn bat, ihm zu folgen, und ihn in einen kleinen Raum hinter der Bar führte, in dem eine einzelne Dauerlichtleuchte nebst angeschlagenem Reflexschirm auf einem niedrigen Stativ standen.

»Der Hintergrund ist nicht so schön«, sagte Daniel und deutete auf die Wand, die wohl irgendwann mal weiß gewesen war, »aber ich hoffe, das kann man am Computer nachbearbeiten.«

Der Hintergrund war das geringste Problem. »Mit Tageslicht würden die Aufnahmen besser werden«, wagte Jarno sich vor, aber Daniel winkte ab.

»Ich will heute Nacht wieder nach Hause fahren. Mal sehen, wenn das gut klappt, dann planen wir das beim nächsten Mal anders. Heute musst du nehmen, was da ist, wir haben dich schließlich recht spontan mitgenommen. Kriegst du das hin?«

Jarno nickte, schob die Leuchte so weit zurück, wie es der kleine Raum zuließ, und behielt seine Meinung für sich. Seinen Ansprüchen würden diese Bilder niemals genügen – aber er bezahlte auch nicht dafür. Sieh es als Lektion in Richtung Professionalität, dachte er sich. Der Kunde ist König.

»Dann mal los. Fabian und ich machen den Schriftkram.«

Die erste Frau, die Daniel ihm schickte, setzte sich auf den Stuhl und zog ein Gesicht, als ginge es um biometrische Passbildaufnahmen. Sie verstand kein Deutsch und nur wenige Brocken Englisch und zuerst hatte Jarno das Gefühl, sie wäre genervt von seinen Versuchen, das Licht so zu drehen, dass es ihr Gesicht nicht ausleuchtete wie das eines Schwerverbrechers beim Verhör. Erst nach einigen Minuten kam er dahinter, dass sie schlicht nicht verstand, was er von ihr wollte, und erst als Daniel zurückkam und sich erkundigte, warum es so lange dauerte, stellte sich heraus, dass die Frau tatsächlich bloß neue Passbilder brauchte.

Die zweite Frau sprach Englisch und stellte sich gar nicht ungeschickt vor der Canon an und bei der dritten merkte Jarno, wie sich seine Anspannung legte, seine Hände ruhiger und unverkrampft wurden und er Spaß an der Arbeit bekam.

Die Frau, Justina hieß sie und er schätzte sie auf Ende zwanzig, war Reiseverkehrskauffrau und suchte als solche Arbeit in Deutschland. »Ich habe in unterschiedlichen Büros Erfahrung sammeln können«, sagte sie in nahezu perfektem Deutsch. Nur ein hübscher Akzent klang mit. Justina war im Gegensatz zu manchen anderen Frauen nur wenig geschminkt, was sie jünger wirken ließ, ihre Augen blitzten neugierig und ihr Lächeln war offen. »Für mich kommt nur ein Job in einem Reisebüro infrage, nichts anderes. Deshalb hätte ich gerne ein möglichst gutes, seriöses Foto.«

»Ich tue, was ich kann, aber …« Jarno deutete mit einer Geste, die den kleinen Raum umfasste, an, wie begrenzt er seine Möglichkeiten sah, und Justina lachte auf eine selbstbewusste und einnehmende Art.

»Ich weiß ehrlich gesagt nicht, was ich hier tue«, gestand er ihr und zoomte etwas näher auf ihr Gesicht. »Gute Fotos macht man so nicht.«

»Dann sind wir zwei, die nicht wissen, was sie hier machen. Ich habe schon gute Bewerbungsfotos.«

Jarno ließ die Canon sinken.

»Aber bitte, mach nur weiter. Ich habe Daniel nicht gesagt, dass ich Bilder habe. Ich war neugierig, was in diesem kleinen Raum passiert, in den sie alle nacheinander schicken.«

»Was dachtest du denn?«

Sie legte den Kopf schief. »Ich dachte, dass vermutlich Fotos gemacht werden, aber ich will eben immer alles genau wissen. Wie lange kennst du Daniel schon?«

»Ein paar Stunden, länger nicht.« Amüsiert schoss Jarno eine kleine Serie an Bildern, die weniger seriös als mehr neckisch wirkten. »Woher kennst du ihn?«

Etwas in ihrer Mimik wurde unvermittelt ernst. »Ich habe gehört, was man sich über ihn erzählt. Dass er Frauen helfen kann.«

»Und du brauchst Hilfe?« Das nächste Bild wurde ein ernstes, durchzogen mit etwas Skepsis. Jarno hätte den schnellen Wechsel der Ausdrücke in ihrem Gesicht nicht bemerkt, doch die Canon fror Sekundenbruchteile zu Ewigkeiten ein.

»Darf ich ehrlich zu dir sein?«

Er sah ihr durch den Sucher direkt in die Augen. »Bitte.«

»Ich kann vermutlich alleine eine Arbeit finden. Aber viele Frauen können das nicht, sie haben keine Kontakte, kein Selbstbewusstsein oder sprechen nicht gut genug Deutsch. Oft werden sie ausgenutzt. Entweder zahlen sie sich dumm und dämlich für die Vermittlung – oder sie landen in der Hölle. Manchmal auch beides. Man hört viel. Ich war …« Sie schien nach dem richtigen Wort zu suchen.

»Skeptisch«, schlug Jarno vor, weil die Bilder es ihm zeigten.

»Ja, skeptisch. Aber es scheint ja alles mit rechten Dingen zuzugehen.«

»Und nun willst du es selbst mit Daniels Hilfe versuchen?«

Sie nickte, murmelte, so sei es praktischer, aber die Reaktion kam zu schnell und irgendetwas daran wirkte nicht ehrlich. Nichts von dem, was sie gesagt hatte, schien unaufrichtig gewesen zu sein, bis auf diese letzte Äußerung. Er kam allerdings nicht mehr dazu, weiter nachzubohren, denn Daniel steckte seinen Kopf durch die Tür und drängte zur Eile.

Über die Arbeit mit drei weiteren Frauen wurde Jarno endgültig klar, dass es Daniel nicht um einen Fotografen ging, sondern dass er mit dem Fotojob lediglich hergelockt worden war. Die Bilder, die Daniel wollte, hätte jeder Amateur mit einer billigen Digitalkamera hinbekommen. Sie wollten etwas anderes von ihm und er war nicht in der Situation, wählerisch sein zu dürfen. Das Geld, das er heute Abend verdiente – für welche Leistung auch immer –, sicherte seine Wohnung für den nächsten Monat. Er mochte die Canon mit jedem Bild beleidigen, aber zumindest musste er sie nicht verkaufen.

Als er nach den letzten Aufnahmen zurück zur Bar ging, traf er dort nur noch auf Daniel, den Russen und Fabian. Dieser schob ihm wortlos einen großen Kaffee rüber. Jarno konnte sich nicht erinnern, den je so nötig gehabt zu haben.

»Das war es dann für heute, wir sind so weit mit allem fertig«, sagte Daniel. Auch er wirkte müde und mit einem Mal entdeckte Jarno Falten um seine Augen, die ihm zuvor nicht aufgefallen waren. »Dann lasst uns mal wieder nach Hause fahren.«

Jarno zog seine Jacke an. Aus Gewohnheit überprüfte er seine Umhängetasche und stellte fest, dass die Abdeckung des Objektivs fehlte; er musste sie auf dem Tisch liegen gelassen haben. Während Daniel seine Jacke holte und die anderen auf den Hof gingen, lief er noch einmal in den Hinterraum, um die kleine, aber wichtige Plastikscheibe zu suchen. Doch auf dem Tisch war sie nicht. Jarno bückte sich, um einen Blick unter die Möbel zu werfen, da hörte er im Nebenraum Stimmen, von denen er eine sofort an dem Akzent erkannte: Justina. Er hatte gar nicht gewusst, dass sie noch da war und nicht mit den anderen Frauen zusammen gegangen war. Neugierig verharrte er und lauschte ihren Worten.

»Du hast versprochen, dass du da etwas machen kannst. Fest versprochen!«

»Ich weiß. Aber ich hatte mit anderen Preisen kalkuliert.« Die Stimme klang nach Daniel. »Dass der Arsch nun fast das Doppelte für seine Arbeit will, konnte ich nicht wissen.«

»Und was erzähle ich nun Antonina? Dass du gelogen hast?«

»Ich –«

»Ach, komm mir nicht mit Ausreden. Du weißt, wie viel Hoffnung sie in dich gesetzt hat. Du hast ihr diese Hoffnung gemacht, ihr und ihrer Familie. Und nun lässt du sie im Stich.«

Jarno hörte Daniel seufzen. »Ich würde alles tun, wenn diese Papiere nicht so teuer wären. Aber die Sache ist ein zu großes Risiko. Wer erwischt wird, landet für Jahre im Knast. Das lassen diese Leute sich entsprechend bezahlen. So viel Geld habe ich nicht.«

Schweigen. Jarno fiel erst jetzt, da der andere es nicht mehr tat, auf, mit wie vielen Plattitüden Daniel mit ihm gesprochen hatte. Nun lauschte er einem ehrlichen Daniel. Er hörte nichts weiter und bekam das Gefühl, die beiden wären gegangen. Unter dem Stuhl fand er seine Objektivabdeckung. Er wollte gerade gehen, da hörte er im Nebenzimmer doch noch einmal Daniels Stimme.

»Es gibt natürlich noch eine andere Möglichkeit.« Diesmal sprach Daniel leiser. So leise, dass Jarno den Atem anhielt, um die Worte besser zu verstehen. Ein unangenehmer Schauder rieselte ihm den Nacken herab.

»Wenn sich die Vermittlung wirklich auszahlt, dann könnte ich in die Papiere investieren. Aber du weißt, was das heißt.«

»Ich weiß sehr genau, was sich auszahlt«, erwiderte Justina. Sie klang angewidert und Jarno musste so schwer schlucken, dass er befürchtete, sie könnten es im Nebenraum hören. »Ich bin mir sicher, dass Antonina bereit ist, große Opfer zu bringen«, hörte Jarno Justina sagen. »Und zu tun, was notwendig ist, um das Geld zu beschaffen, das ihre Familie braucht. Versprich mir nur, dass sie es nicht umsonst tut. Sag mir, dass sie gutes Geld verdienen wird.«

»Sie ist jung«, sagte Daniel, es klang ausweichend. »Und sehr schön.«

Jarno wollte es …

* * *

… nicht glauben. Johan hält die fremde Frau im Arm, als müsse er sie trösten. Sie schmiegt das Gesicht an seine Brust. Da ist ein roter, schmieriger Fleck über seinem Herzen. Blut.

»Johan!« Ich muss träumen, will träumen, es muss doch ein Albtraum sein.

Die Frau dreht ihr Gesicht in meine Richtung und ich erkenne, dass das Blut von ihr stammt. Es beruhigt mich keineswegs. Klein und rund ist die Wunde auf der Nasenwurzel der Frau, genau zwischen den Augen. Sie sieht aus wie eine zinnoberrote dritte Pupille.

»Herrgott, Klara! Wie konntest du nur – was ist denn in dich gefahren?«

Er glaubt nicht wirklich, ich hätte der Frau das angetan!

Behutsam, nein, zärtlich tupft er die Wunde mit seinem Taschentuch ab und schießt mir entrüstete Blicke zu. Er glaubt es.

»Ich habe nichts getan. Johan, bitte! Sie muss das selbst gewesen sein. Sie –«

»Genug!«, brüllt er. Hinter den Fenstern bewegen sich die Gardinen. Ich stehe im Fokus Dutzender Augenpaare, aber das ist mir egal.

»Hör mir doch endlich zu! Diese Frau – sie bewirkt Dinge! Siehst du nicht, wie sie grinst?«

Die Fremde bemüht sich nicht einmal zu verbergen, dass sie ihren Spaß hat. Aber nein, Johan begreift es nicht. Er sieht sie an, als bestünde Anlass, sich um ihr Leben zu sorgen. Er ist vollkommen blind. Geblendet – auf irgendeine Art muss sie ihn täuschen.

In der Tasche meines Sommermantels umfasse ich den Bernsteinring, glaube vor lauter Verzweiflung an seinen Zauber und halte mich daran fest. »Du musst sie fortschicken«, sage ich, so ruhig ich vermag, weil man nur mit Besonnenheit von Johan ernst genommen wird.

»Halt deinen Mund!« Er bewegt seine Lippen, als würde er jeden Moment vor meine Füße spucken. Das siegesgewisse Lächeln in den Augen der Fremden schürt meine Angst wie eine Windböe ein Feuer.

»Du bist verrückt geworden, Klara, du hast den Verstand verloren.« Abschätzig gleitet sein Blick an mir herab. »Sieh dich nur an. Du machst dich zum Gespött der Leute, mich, Elise und deinen armen Vater noch dazu. Schämen solltest du dich. Nun verschwinde endlich, ich will dich hier nie wieder sehen. Sei froh, wenn Elise nicht zur Anzeige bringt, was du ihr angetan hast.«

»Aber …« Ich will schreien, doch ich kann nur noch wispern. »Ich habe sie doch nicht einmal berührt. Du musst es doch gesehen haben, du musst doch –«

Statt mir Gehör, Glauben oder nur eine weitere Sekunde seiner Zeit zu schenken, legt Johan einen Arm schützend um die fremde Frau, die immer noch dieses scheußliche wissende Lächeln zur

Schau trägt. Er nimmt sie in die Arme wie ein verletztes Kätzchen und führt sie zu seinem Haus.

Allein bleibe ich zurück.

Was genau ist wirklich geschehen? Hat Johan sich so getäuscht? Oder … habe ich mich getäuscht?

Mit jedem Moment werde ich mir der neugierigen Blicke und der geschüttelten Köpfe bewusster, die ich überall hinter den Fenstern erkenne. Die Menschen tuscheln und ich weiß, worüber sie reden.

Die Tochter von Professor Willfried Vogt muss den Verstand verloren haben. Und für den Augenblick kann ich nicht einmal mehr ausschließen, ob dem nicht wirklich so ist. Wie bin ich nur …

* * *

… hier reingeraten? Jarno hatte genug gehört, steckte den Objektivdeckel ein und machte, dass er rauskam. Wie in Trance stieg er hinten in das im Hof mit laufendem Motor wartende Auto ein. Was sollte er jetzt tun? Wie kam er aus der Nummer raus?

Nur wenige Minuten später ließ sich Daniel auf den Beifahrersitz fallen und der Russe gab Gas.

»Ich habe gehört, worüber ihr gesprochen habt.« Jarno sagte es, bevor sein Kopf ihn daran hindern konnte.

»Es ist nicht, wie du denkst.«

»Nicht?« Jarno saß hinter dem Fahrer und sah Daniel von schräg hinten an. Sein Mut entkam der Wut, die er auf sich selbst verspürte. Er hätte es wissen müssen – nein, er hatte es gewusst und nicht wahrhaben wollen – und fühlte Scham gegenüber dieser Antonina, die er nie gesehen hatte. »Woher willst du wissen, was ich denke? Soll ich es dir verraten? Ich denke an Prostitution und an ein Mädchen, das noch gar nicht weiß, dass ihr über sie verhandelt, als wäre sie ein Stück Vieh. Jetzt sag mir noch mal, es wäre nicht, wie ich denke.«

Daniel sah aus dem Fenster ins Dunkel der Nacht. »Du verstehst von dieser Welt hier draußen überhaupt nichts. Misch dich nicht in Din-«

»... in Dinge ein, die mich nichts angehen? Aber das hier geht mich etwas an, ob ich will oder nicht. Ihr habt mich da reingezogen.«

»Jetzt übertreib mal nicht.«

Ein bitteres Lachen drängte sich aus seiner Brust. »Hörst du dich eigentlich reden? Bist du dir im Klaren darüber, was du hier vorhast? Gefälschte Papiere gegen Prostitution! Das ist es doch, oder? Und das -« Das bringt dich in den Knast, hatte er sagen wollen, aber die Worte erstarben ihm im Mund. Er hatte keinerlei Beweise.

»Du weißt nicht, wovon du redest. Das Mädchen – die Frau –, um die es geht, kommt nicht aus diesem hübschen kleinen Land hier, sie kommt aus Belarus. Ihr Vater ist tot, verunglückt bei seiner Arbeit. Die Mutter haben sie bei einer Demo für bessere Arbeitsbedingungen erwischt und gefeuert. Diese junge Frau, Antonina, muss mit umgerechnet hundertfünfzig Euro im Monat ihre ganze Familie durchbringen und dafür schuften wie ein Feldochse. In Deutschland hätte sie eine Chance, zumindest *genug* Geld zu verdienen.«

»Sobald sie dich ausgezahlt hat, meinst du.«

Daniel schüttelte abfällig den Kopf. »Bennet sagte, du hättest etwas im Köpfchen. Du wärst kein beschränkter Schwarz-Weiß-Denker. Sag es mir, Kasper, hat er sich geirrt? Beharrst du doch nur auf engstirnige Gesetze, die für Menschen gelten, die von Armut überhaupt keinen blassen Schimmer haben? Das wäre schade.«

Jetzt mischte Fabian sich ein: »Bekomm einfach deine Gutmenschen-Anfälle in den Griff, Jarno, dann kommen wir gut miteinander klar.«

Es war dieser eine Satz, der in ihm eine Sicherung durchknallen ließ; jene, die für Vernunft zuständig war. »Wenn diese Frau, diese Antonina, in einem Bordell landet, dann verpfeife ich euch bei der Bullerei! Und glaubt mir – ich krieg das raus!«

Daniels Nackenmuskulatur verspannte so sehr, dass Jarno es selbst im schlechten Licht sehen konnte. »Nach allem, was ich über dich in Erfahrung bringen konnte, hatte ich dich anders eingeschätzt«, sagte er. Nach außen gab er sich cool und überlegen. Doch Jarno roch ihn schwitzen.

Jarno war nicht zum ersten Mal in einer brenzligen Lage; die Situation war ihm eine enge Vertraute, seit er seinen damals sturzbetrunkenen Vater mit knapp acht Jahren zum ersten Mal einen Versager genannt hatte. Jarno wusste, wie man ruhig blieb und abwartete, was kam, weil man es ab einem bestimmten Punkt ohnehin nicht mehr ändern konnte. Mulmig war ihm, aber seine Nervosität ließ sich auf ein leises Knistern dämmen. Unübersehbar war dagegen die anschwellende Unruhe bei Daniel. Ob das für ihn selbst gut oder schlecht war, wagte Jarno nicht zu beurteilen.

»Behalt das Geld für heute Abend«, sagte Jarno besänftigend. »Ich lösche die Fotos, höre nie wieder nur ein Wort von dir und wir sind quitt.« Er holte tief Luft, um die Bedingung zu formulieren: »Sofern dem Mädchen nichts passiert.«

»So läuft das nicht«, Fabians Stimme klang eine Nuance höher. »Du hängst mit drin, Kleiner.«

»Ich häng nirgends mit drin.«

Daniel zog sein iPhone aus der Tasche, tippte etwas ein und hielt es ihm nach hinten – ein Bild von Jarno und Justina beim Shooting.

»Das Bild beweist nichts.«

Jarno musste an Seval denken und an ihre Worte, dass so viele Menschen das Unrecht, welches unterdrückten Menschen widerfuhr, stillschweigend akzeptierten, weil sie zu feige oder zu bequem waren, Stellung zu beziehen. Die Gesellschaft wird kränker und kränker, sagte sie immer, und zwar nicht wegen den paar Leuten, die Böses tun, sondern wegen denen, die zuschauen, es abscheulich finden, aber nicht aufstehen und es stattdessen geschehen lassen. Es ist diese Gaffer-Mentalität, die so viele gute Ansätze im Keim erstickt.

»Ich akzeptiere das nicht.« Jarno lag ein zynischer Kommentar über seinen eigenen naiven Gedanken vom Heldenspielen auf der Zunge, da bemerkte er erst anhand von Daniels Blick, dass er ihn laut ausgesprochen hatte. Und im gleichen Moment war ihm klar, dass er aller äußerlichen Unbeweglichkeit zum Trotz den einen Schritt zu weit gegangen war.

Niemand sagte ein Wort.

Der Wagen fuhr schnurgeradeaus.

Und Jarnos Handy schien in der Brusttasche seines Anoraks lautlos zu summen, als wollte es ihn locken, in dieser Kamikaze-Aktion damit den Notruf zu wählen. Er hatte das böse Gefühl, dass jeder Meter, den die Reifen hinter sich ließen, ihn tiefer in die Bredouille führte. Pechschwarz presste sich die Nacht an die Scheiben des Wagens und flüsterte ihm zu, dass er aus dem Auto raus sollte.

Der Russe fuhr in eine müde daliegende Stadt, wahrscheinlich war es Slubice. Sie bot wenig Sicherheit, denn es waren kaum noch Menschen auf den Straßen. Unbemerkt hatte es angefangen zu schneien, aber der Schnee blieb nicht liegen.

Jarnos Mund wurde trocken, als der Russe auf Daniels Zeichen den Blinker setzte und auf einen Parkplatz einbog, wo er anhielt. Im

Licht der Scheinwerfer glänzten zerbrochene Flaschen auf und weiter hinten mehrere Gleise, vermutlich lag der Bahnhof in unmittelbarer Nähe. Daniel stieg aus, öffnete die Tür an Jarnos Seite und zog ihn heraus. Angefrorener Rollsplitt knirschte unter ihren Sohlen. Schräg hinter Jarnos Rücken stieg der Russe aus dem Wagen, zog seine Jacke aus und warf sie auf den Fahrersitz. Er griff in den Wagen und die Scheinwerfer erstarben, nur die Innenbeleuchtung spendete noch ein wenig buttriges Licht, das sich in der Finsternis verlor. Die Fototasche baumelte an Jarnos Seite und wog plötzlich hundert Kilo.

»Du möchtest uns drohen«, sagte Daniel. Ruhig zwar, aber da war ein kaum hörbares Zittern in seiner Stimme, das er nicht unterdrücken konnte. »Nein, das hast du ja gar nicht gesagt. Du nanntest es anders: Du kannst nicht akzeptieren, was wir tun.«

Beschwichtigend hob Jarno eine Hand und presste mit der anderen die Tasche gegen seine Hüfte. »Daniel, komm. Mach keinen Mist. Das bringt doch nichts.« Er hatte mit Prügeln gerechnet. Das war weitestgehend okay; er war kein Kampfsportgenie, aber er wusste sich zu verteidigen. Daniel ging es allerdings nicht darum, ihn zu schlagen – nicht auf die körperliche Art. Er hielt ihm erneut sein iPhone hin. Jarno musste einen Schritt auf ihn zugehen und sich vorbeugen, ehe er erkannte, was das Bild auf dem Display zeigte.

Malte und Lars – seine kleinen Brüder, ihre Schulranzen auf dem Rücken, die Turnbeutel hinter sich herschleifend, ein platt getretenes Trinkpäckchen als Fußballersatz vor den Turnschuhen.

Was soll das, wollte er fragen, rufen, brüllen, doch die Worte blieben als dicker Kloß in seinem Hals stecken und drückten ihm die Luft ab. Was spielt ihr für perverse Spiele – warum zieht ihr Kinder mit da rein – wie kamt ihr auf die Idee, die Jungs zu fotografieren, ehe wir losgezogen sind?

»Du kennst die beiden«, meinte Daniel lapidar. »Und dir ist klar, was ich von dir will.«

»Lass sie bloß in Ruhe, du Psycho.«

»Liegt an dir.« Daniel drehte das Display zu sich, sodass es für Jarno nicht mehr zu sehen war. Er tippte den Bildschirm an und zog die Brauen hoch, als betrachtete er ein weiteres Foto. »Heiß«, murmelte er leise und Jarno schloss die Augen, um keine Regung in Daniels Gesicht sehen zu müssen, die besagte, dass dieser entweder Seval oder Lisa betrachtete. Heimlich fotografiert wie die Jungs. In weiß der Teufel welcher Situation.

»Ich sag kein Wort. Ich versprech's.«

Daniel lächelte bösartig. »Dachte ich mir schon.« Er sah an Jarno vorbei, wechselte über seine Schulter einen Blick mit dem Russen und stieg ins Auto. Im nächsten Moment wurde Jarno herumgerissen. Er sah die Faust kommen, war sich bewusst, dass er ausweichen musste, und spürte gleichzeitig, wie schwerfällig ihn der Schock machte. Sev und seine Geschwister füllten all sein Denken aus. Es blieb kaum genug Geistesgegenwart übrig, schützend die Arme zu heben. Er war einfach zu langsam und schon der erste Schlag erwischte ihn voll an der Schläfe und streckte ihn zu Boden.

Eis und Stein am Hinterkopf, Klingeln in seinen Ohren.

Der Russe setzte nach und trat ihm in die Rippen und als er sich zur Seite drehte, um sich zu schützen, gleich noch einmal in den Magen. Jarno würgte, der letzte Kaffee kam ihm hoch und der Absatz des Russen erwischte ihn am Kinn. Dann wurde er jäh in die Aufrechte gerissen und presste die Lider in Erwartung weiterer Schläge zusammen. Schläge, die nicht kamen. Was stattdessen passierte, war schlimmer.

»Scheiße, lass den Mist, ich brauch das verdammte Teil!«, brachte er hervor, fast ein Wimmern, weil Stolz nun nicht mehr zählte. »Lass sie los, bitte. Ich geb euch die Karte, die verdammten Fotos sind alle auf der Karte, ich …«

Keine Chance. Er sah kein Gesicht mehr, keine Hände, keinen Kopf, keinen Menschen. Nur eine undefinierte Masse, die ihm die Kameratasche wegriss. Er hörte eine Stimme, die Worte zu verschlungen, um sie zu verstehen. Glasklar dagegen der Klang von Klett- und Reißverschluss seiner Tasche. Kurze Stille. Und dann das Knirschen von Metall und Kunststoff, das Aufschlagen schwerer Stiefelsohlen, das Bersten von Glas. Es hätte keinen Unterschied gemacht, wenn es seine Knochen gewesen wären, die brachen; seine Muskeln, die rissen, und seine Organe, die platzten.

Es schmerzte mindestens genauso sehr.

Jarno weinte, als der Russe endlich einstieg, langsam anfuhr und auf die Straße bog, und er heulte hemmungslos, als er den Haufen Schrott ertastete, der bis eben noch seine Zukunft gewesen war. Das Geflenne widerte ihn an und verging ihm, als er an die Drohungen dachte und daran, dass Daniel und sein Rottweiler in nicht einmal drei Stunden wieder ganz in der Nähe von Sev und seinen Geschwistern sein würden. Und er nicht. Er musste hinterher, musste auf sie aufpassen, musste irgendetwas tun, um zu verhindern, dass sie für seine Starrköpfigkeit bezahlen würden.

Wie kam er bei Nacht aus Polen raus? Er blieb ein paar Augenblicke auf dem frostigen Boden liegen und versuchte, Übelkeit, Kopf- und Magenschmerzen durch ruhiges Atmen in den Griff zu bekommen.

Zumindest war er endlich …

* * *

… allein.

Ich bin allein wie noch nie in meinem Leben. Atme durch, erleichtert. Und habe gleichzeitig Angst.

Vater hat mich hysterisch genannt. Nie zuvor habe ich ihn derart aufgebracht erlebt. Die Sorge zieht Falten um seinen Mund, die sonst nicht da sind. Er sieht krank aus.

Johan muss hier gewesen sein und ihm erzählt haben, was passiert ist. Wovon er denkt, dass es passiert ist. Ich bin mir nicht mehr sicher, was ich gesehen habe. Was ich gefühlt habe.

Kann es sein, dass ich nach ihr schlug? Sie ohrfeigte und ungünstig mit dem Fingernagel traf? Aber nein, das ist absurd, niemand blutet wie von einem Schrotgewehr in die Stirn getroffen, weil eine Frauenhand ihn trifft.

Meine Gedanken werden unterbrochen, als es draußen energisch an der Haustür klopft. Ich sehe das fratzenhafte Gesicht unseres Türklopfers aus Messing fast vor mir, als Kind hat es mir Furcht bereitet. Ein wenig dieser Furcht kriecht durch die Ritzen im Holz zu mir zurück. Ich lege das Ohr an meine Zimmertür und lausche.

»Herr Doktor Schubbert«, sagt mein Vater unten in der Diele, eine schwermütige Begrüßung folgt und vielen Dank fürs eilige Kommen. Ich kenne keinen Doktor, der so heißt. Was tut er hier um die späte Zeit? Ist mein Vater krank?

»Ich mache mir schreckliche Sorgen. Das Mädchen hat sich viel zugemutet. Schule. Ein Lehrerinnen-Seminar. Und verlobt ist sie, heimlich, die Familie des jungen Mannes weiß nichts davon und ich offiziell auch nicht.« Vater weiß es? Meine Hände werden feucht. »Es muss zu viel für sie geworden sein. Heute griff sie auf offener Straße eine Frau an und verletzte sie im Gesicht. Völlig ohne Grund! Ich erkenne mein Kind nicht wieder.«

Der Doktor erwidert etwas, das ich nicht verstehe. Er spricht leise. Geisterhaft – ich weiche irritiert vor der Tür zurück. Erst als mein Vater wieder spricht, getraue ich mich, weiter zuzuhören.

»Die Frau will es auf sich beruhen lassen, sie hat ein großes Herz und Mitgefühl. Wenn mein Klärchen denn Hilfe bekommt, das ist ihre Bedingung, denn Klara drohte ja sogar, sich selbst was anzutun!« Was für eine Lüge! »Und ja, die Dame hat ja recht, meine Tochter braucht Hilfe. Herr Doktor, was können wir nur tun?«

Wieder antwortet leises Murmeln. Nebulös höre ich Worte heraus, die fremd und beängstigend klingen, Vorschläge, die mich fast nervös auflachen lassen. Papa wird das niemals zulassen. Jedoch …

»Sie haben recht, Herr Doktor, hier zu Hause kann ich sie nicht behandeln lassen«, sagt mein Vater. »Ich muss zu meiner Arbeit und inwieweit unser Hausmädchen fähig ist … ach herrje. Mir bleibt keine Wahl, nicht wahr?« Mir wird plötzlich kalt, schrecklich kalt. Warum glaubst du Johan und der Fremden, Vater, und nicht mir? Hab ich dich je angelogen?

»Ich muss mein Klärchen in eine Anstalt geben.«

Ich höre, wie der Doktor antwortet, es sei das Beste und nicht für lang, nur wenige Wochen oder Monate. Monate? Ich will nichts mehr hören. Ich sehne mich danach zu schlafen, bin so …

* * *

… unendlich müde. Jarno rappelte sich auf. Seine Rippen schienen nur geprellt und selbst am Kopf waren eine Beule und eine Schwellung über dem Jochbein das Schlimmste. Trotzdem hatte er das Gefühl, als wäre sein ganzer Körper zerschlagen, ausgeweidet und hohl und sein Hirn nur noch eine angeschwollene Masse, die gegen die

Schädelplatten drückte. Er tastete in den Haufen Sondermüll, den sie neben ihm zurückgelassen hatten, fühlte Kunststoffstücke und schnitt sich an einer Scherbe. Es war zu dunkel, um zu erkennen, woran genau, er sah auch nicht genau hin; wollte es gar nicht wissen. Er fand die Tasche, das Einzige, was nicht zerstört war, und hing sie sich um. Sein Handy hatten sie mitgenommen oder ebenfalls zerstört, er wusste es nicht. Einen Moment lang überlegte er, den Kadaver der Canon einzupacken und mitzuschleppen, nur damit sie nicht wie Unrat auf diesem Parkplatz liegen bleiben musste, aber dann entschied er sich dagegen, wandte sich ab und ließ den Schrott, der wenige Minuten zuvor samt allem Zubehör an die viereinhalbtausend Euro und sein ganzes Leben wert gewesen war, hinter sich zurück.

Wie ein Zombie kam er voran und tat mit jedem Meter eine neue Überlegung. Die Polizei rufen? Aber ja, die hatten seine Kamera zerstört. Und die hatten seine Brüder im Visier, was glasklar dagegensprach, ihnen ans Bein zu pinkeln. Verdammt. Es war keine Option, sie einfach davonkommen zu lassen. Er musste an die junge, unbekannte Frau denken, die sie in die Prostitution locken wollten. Ihr Name war Antonina – diesen Namen würde er nie vergessen. Und er musste an Seval denken, die Himmel und Erde in Bewegung setzen würde, um Derartiges zu verhindern. Und die vermutlich ebenfalls im Fadenkreuz dieser Schweine stand, ohne es zu wissen.

Ein Wagen fuhr heran. Im Licht seiner Scheinwerfer sah Jarno das Blut auf seinen Händen. Er überlegte, das Auto heranzuwinken, doch da war es schon vorbei, die Nacht wieder dunkel und Jarno allein. Pläne, was er hätte tun können, lösten sich auf wie das Licht und ließen ihn zurück.

Er konnte die Jungs nicht in Gefahr bringen, Lisa erst recht nicht.

Und Sev? Ohne Sevals mahnende Worte über Menschenrechte und ausgenutzte Frauen hätte er womöglich die ganze Zeit über geschwiegen, sich eingeredet, dass es ihn nichts anging. Der Gedanke erfüllte ihn mit Scham. Er hatte Lust, sich selbst einen Boxschlag zu versetzen – wie konnte man ein solcher Idiot sein wie er? Das schnell verdiente Geld lockte immer wieder in die Katastrophe, er hätte es wissen müssen. Was ihn gedanklich zu Ben führte, der, da er seit Längerem für Daniel arbeitete, all das hätte wissen müssen. Zu den geprellten Rippen schmerzte nun auch noch das Misstrauen gegenüber seinem besten Freund.

Wie lange er Schritt für Schritt durch die Dunkelheit schlurfte, konnte er nicht sagen, aber das erste Schild, das er bewusst wahrnahm, war mit »dworzec« beschriftet und wenn Jarno auch nur wenige Worte Polnisch verstand – dieses kannte er. Bahnhof hieß es. Und Bahnhof klang gut, vielleicht gab es eine Mission und ein Telefon. In jedem Fall fuhr dort ein Zug Richtung Deutschland, wenn auch sicher nicht mehr heute Nacht.

Jarno fand beim Bahnhof, der über ganze zwei Gleise verfügte, von wo aus kein Zug über die Grenze fuhr, zwar keine Mission, aber zumindest eine Toilette. Über dem Waschbecken hing ein zerbrochener Spiegel. Er erschrak vor sich selbst. Mit den rot geränderten Augen und den Blessuren im bleichen Gesicht sah er aus wie ein abgerissener Junkie.

Und ohne seine Kamera fühlte er sich auch so.

Der Bahnhof war winzig, auf einfache Kleinstadtart gepflegt, aber im Dunkeln wirkte selbst das unheimlich. Jarno war so müde, dass er die Vorstellung, im Wartehäuschen auf dem Bahnsteig bis zum Morgen zu dösen, dennoch verlockend fand. Doch es gab nur zwei Häuschen und in beiden schliefen bereits Obdachlose, die einzigen

Menschen, die er zu Gesicht bekam. Der Sekundenzeiger der Uhr tickte hörbar, so still war es. Ein Telefon gab es, aber es war tot und schwieg an seinem Ohr wie ein unheilvolles Omen.

Es war kurz nach halb zwei, als er beschloss, den Weg über die Oderbrücke zu Fuß zu gehen, er folgte einfach den Hinweisschildern für Fahrräder. Nach einigen Minuten kam ein einsamer Kleintransporter die Straße entlang. Jarno stellte sich kurzerhand mitten auf die Straße, damit der Fahrer anhalten musste. Dieser war skeptisch und abweisend, sprach kein Deutsch und nur ein paar Brocken Englisch, schien jedoch weit mehr zu verstehen, als er zugab. Er fuhr nur nach Frankfurt, behauptete der Mann, bis dorthin würde er ihn mitnehmen, aber keinen Kilometer weiter. Jarno stieg ein und ignorierte die Blicke von der Seite, die der Fahrer ihm zuschoss, als hätte Jarno eine Waffe unter der Jacke und plane einen Raubmord. Er legte die Schläfe an die kalte Scheibe der Beifahrertür, was guttat, und schloss die Augen. Einzudösen war kaum möglich, jedes Schlagloch verpasste ihm eine Kopfnuss, aber die Fahrt dauerte auch nur knappe zehn Minuten. An der Grenze wurde sein Personalausweis kontrolliert. Während der Fahrer den beiden Beamten die Papiere seiner Fracht vorlegte, zählte Jarno sein restliches Geld und musste daraufhin schwer schlucken. Mit drei Euro und ein paar Cent würde er nicht weit kommen. Der Fahrer murrte bei der Fahrt über die Oderbrücke in einer Tour. Am Bahnhof in Frankfurt angekommen, stieg er mit ihm aus und sah ihm nach, bis er auch wirklich weg war.

Jarno hatte angenommen, sich in Deutschland wieder sicherer zu fühlen, aber das Gegenteil war der Fall. Frankfurt schien nicht zu schlafen, eher hatte er den Eindruck, dass der ganze Untergrund, alles, was sich tagsüber versteckte, bei Nacht herausgekrochen kam und ihm schadenfroh und mit zwielichtigem Interesse nachstarrte. Jarno war oft nachts unterwegs und die besten urbanen Motive fanden sich selten dort, wo die Städte nett, gepflegt und sicher waren. Aber so albern es auch war, mit dem Gewicht seiner Canon um den Hals fühlte Jarno sich stark. In dieser Nacht fühlte er sich verwundbar und reizbarer, als er es von sich gewohnt war. Und er hatte die Befürchtung, dass man es ihm ansah. Wenigstens fand sich ein Münztelefon, doch der Versuch, Seval um Hilfe zu bitten, war zum Scheitern verurteilt, denn die Taste 8 an dem verdammten Apparat war kaputt und ohne die 8 ließ sich weder das Festnetz der gemeinsamen Wohnung noch Sevs Handy anrufen. Er hatte das Gefühl, sein Blut müsse vor Wut kochen, als er schließlich widerwillig auf die Tastenfolge hackte, die Bens Nummer darstellte. Bis gestern war Ben der Mann gewesen, den er als Erstes angerufen hätte, wenn er nachts um drei in Schwierigkeiten steckte. Heute tat er es mit dem Eindruck, den Fehler seines Lebens zu begehen. Doch sämtlicher Zweifel war umsonst. Ben brachte ihn vielleicht mit ein paar Worten in Schwierigkeiten, hatte aber keinerlei Interesse, die Suppe mit ihm auszulöffeln. Er ging nicht ran.

KAPITEL 5
Direkte Sicht auf Dornen

Das Haus seiner Eltern verkam vor Jarnos Augen zu einer Metapher aus verlorener Zeit – jeder Augenblick war eine Folge nicht geschossener Fotos. Momente, die mit einem Blinzeln verschwanden und nie wieder festgehalten werden würden, von niemandem. Die graue Wolke vor der Sonne war wie ein Filter, der die Welt weich zeichnete, wo sie hart war, und feuchte Wände und Beschädigungen aussehen ließ wie gewollte Effekte.

Perfekte Bilder lagen vor seinen Augen, aber die Kamera war zerstört und mit ihr ein Teil von Jarno. Er erinnerte sich ans Atmen und trat näher; immer noch unschlüssig und beklommen, ob das, was er hier tat, das Richtige war. Er besuchte seine Familie nicht gerne.

Der große Garten rahmte das Haus hufeisenförmig ein und aus alter Gewohnheit nahm Jarno den Weg über die Terrasse, zu der sowohl eine Tür aus dem Wohnzimmer als auch aus der Küche führte. Früher hatte er sich oft am Wohnzimmer vorbeigeschlichen und nachgesehen, wie es um die Launen seines Vaters bestellt war, ehe er sich dann zu seiner Mutter in die Küche gestohlen hatte. Die Bewegung war ihm in Fleisch und Blut übergegangen, er konnte gar nicht anders, als einen Blick durch die Scheibe zu werfen, doch das Wohnzimmer war heute leer und er sah schnell wieder weg. Sah die Rosen, die den Garten seiner Mutter früher akkurat eingegrenzt hatten. Damals war es ihm unangenehm gewesen, wenn es hieß: »Komm, Jarno, hilf mir mal, die Rosen zu schneiden.« Es war nicht einmal so, dass ihm die Arbeit lästig gewesen war oder dass er Angst gehabt hatte, sich an den Dornen zu verletzen. Es war ihm zuwider gewesen, die schönen Rosen mit der Schere zu verletzen. Er hatte sich immer eingeredet, dass sie frei und wild wachsend viel schöner waren. Wie naiv er als Kind gewesen war, erkannte er nun auf den ersten Blick. Denn an diesen, seit einer kleinen Ewigkeit nicht mehr beschnittenen, winterlich kahlen Sträuchern war nichts Schönes. Die Zweige waren zu groben Ästen geworden. Sie hatten die hilflose Rankenhilfe aus dem Boden gerissen, nun baumelte sie zwischen den Trieben wie gekreuzigt. Einzelne Zweige hatten sich über die rückwärtige Mauer hinweggearbeitet. Bedrohlicher schien Jarno allerdings, dass die Rosen auch in den Garten hineinwuchsen, flach am Boden über die vom Fußballspielen platt getrampelte Wiese hinweg, als locke sie etwas in Richtung Haus.

Hinter den Fenstern zur Küche hingen die altbekannten Gardinen, auf denen Rosen in ihrem durchsichtigen Lachsrosa blühten, was auch immer geschah, auch wenn der Hintergrund vergilbte und muffig roch. Ihre Beständigkeit weckte Trauer in ihm, keine Vertrautheit. Trauer um das Verlorene.

Er klopfte an die Tür und seine Mutter rief »Komm rein!«, als hätte sie von seinem Besuch gewusst. Sie stand nicht einmal von ihrem Platz am Küchentisch auf, schob nur ihre Kaffeetasse über die Brandlöcher im Kunststofftischtuch, die bei seinem letzten Besuch noch nicht da gewesen waren. Sie hatte schon wieder zugenommen.

Irgendwann würde sie gar nicht mehr von ihrer Eckbank hochkommen und nur noch zuschauen, wie ihre wild gewordenen Rosen sich das Haus holten und alle, die darin lebten. Früher war das anders gewesen. Sie hatte alle Bilder von sich weggeräumt, aber Jarno hatte einmal herausgefunden, wo sie sie versteckte. Er wusste, dass sie früher eine schöne Frau gewesen war, mit Augen, die bewirkten, dass man vergaß, wer man war. Doch nie hatte sie ihm auf die Frage, was sie so verändert hatte, eine verständliche Antwort gegeben. Sie hatte nur den Blick abgewendet und gemurmelt, dass sie eben nie herausgefunden hätte, wonach sie sich eigentlich so sehr sehnte.

»Wie geht es dir, Jarno? Du siehst nicht gut aus.«

»Hab schlecht geschlafen.« Er hatte in der letzten Nacht gar nicht geschlafen, auch wenn er die ganze Zeit so getan hatte, um nicht mit der molligen, überraschend gut gelaunten Fernfahrerin reden zu müssen, die ihn mitgenommen hatte. Wohl darauf hoffend, dass er einen gewissen Unterhaltungswert besaß. Fehlanzeige. Es plauderte sich schlecht, wenn man einem Stück Treibholz gleich zwischen unbändiger Wut, Panik um seine Familie und Verzweiflung trieb.

»Was ist mit deinem Auge? Du hast dich doch geschlagen!«

»Ist beim Sport passiert.«

»Beim Sport. Sicher.«

»Was ist mit dir?«, fragte er seine Mutter zurück.

»Alles bestens.«

Sie log ebenso halbherzig wie er, er hatte es von ihr gelernt, aber seine Mutter war einer der wenigen Menschen, die wenigstens nicht vorgaben, aufrichtig sein zu wollen, und andersherum auch keine Ehrlichkeit erwarteten, damit war es für Jarno okay. Sie hatten stillschweigend vereinbart, sich etwas vorzumachen und wunderbar ohne einander auszukommen. Wie wenig das den Tatsachen entsprach, wussten sie beide, aber ebenso gut, dass es keine Alternative mehr gab. So wurde die Angelegenheit zu ihrem kleinen, schmutzigen Geheimnis und so lächerlich das klang: Allein dieses Geheimnis war es, was sie noch miteinander verband, und darum hielten sie daran fest.

»Dein Vater hat nach dir gefragt.« Sie steckte sich eine selbst gedrehte Zigarette an. »Auch eine?«

Jarno trat von einem Bein aufs andere. »Nein.«

Sie zuckte mit den Schultern. »Verzeihst du ihm irgendwann?«

»Klar. Wenn er tot ist.«

»Du bist genauso stur wie er.«

Nein. Jarno mochte stur sein, das kam hin. Aber sein Vater, der war nicht stur, sondern bloß ein Idiot. »Man kann Verfehlungen erst verzeihen, wenn diese nicht mehr vorkommen«, erklärte er.

»Setz dich endlich, du machst mich nervös.«

Ja, wie immer, wenn er etwas Wahres aussprach, das sie nicht hören wollte. »Tut mir leid.«

»Kaffee?«

Er nickte, nahm sich eine Tasse, schenkte sie aus der Thermoskanne voll und setzte sich seiner Mutter gegenüber. Geduldig wartete er, bis sie über ihrer Zigarette ihre Gedanken sortiert und eine Antwort formuliert hatte, oder das, was sie dafür hielt.

»Du bist ungerecht. Dein Vater gibt sich sehr viel Mühe.«

»Ja, tut er. Er geht jetzt gleich nach dem Aufstehen in die Kneipe und schläft meist bei einem Saufkumpan. Er kann seine Kinder nicht verdreschen, wenn er sich zum einen von ihnen fernhält und zum anderen seinen Alkoholpegel permanent so hoch hält, dass er schon beim Ausholen das Gleichgewicht verlieren würde.«

»Er gibt sich Mühe«, wiederholte sie und drückte die halb gerauchte Zigarette in einen leeren Joghurtbecher, den sie als Aschenbecher nutzte.

»Abhängigkeit ist kein Charakterfehler«, betete sie eine ihrer oberflächlichen Broschüren nach. »Es ist eine Krankheit.«

»Co-Abhängigkeit auch. Man kann das behandeln. Wenn man will.«

»Warum bist du nur so ätzend heute?« Seine Mutter erhob sich erstaunlich gewandt für ihre Körperfülle, eilte zum Herd und füllte mit hastigen Griffen den Wasserkessel.

Weil meine Zukunftspläne in Scherben liegen, wollte er sagen, aber die Worte schienen selbst wie Scherben und er bekam sie nicht schmerzfrei über die Lippen. Und helfen konnte sie ihm ohnehin nicht. Warum war er überhaupt hergekommen? Über die Probleme seiner Familie zu streiten, lenkte ihn vielleicht kurzzeitig von seinen eigenen ab, aber Trost fand er in diesem Haus schon lange nicht mehr. Leider gab es einen zwingenden Grund, der ihn hergetrieben hatte. Er musste seine Mutter warnen. Der bloße Gedanke daran ließ seinen Magen zucken, als müsse er sich übergeben. Er trank Kaffee, aber das bittere, lauwarme Gebräu machte es nur schlimmer.

»Sind die Jungs nicht da? Und Lisa?«

Seine Mutter füllte das kochende Wasser in einen Topf um und gab geschälte Kartoffeln aus einer Schale dazu. »Lisa hat lange Schule. Und die Zwillinge sind zu einem Kindergeburtstag eingeladen. Isst du später mit uns? Dann mach ich etwas mehr.«

Gedankenverloren schüttelte er den Kopf. Die Gefahr war zu groß, dass sein Vater ebenfalls am Tisch saß.

»Holst du sie dort ab?«

Sie warf ihm einen skeptischen Blick über die Schulter zu. »Die Jungs?«

»Ja. Und Lisa auch.«

»Die ist nun wirklich alt genug, um –«

»Dann mach ich es.«

Seine Mutter wandte sich um, die Tüte mit Salz noch in der Hand. »Warum das denn?« Als er nicht sofort antwortete, setzte sie nach: »Jarno, was ist los? Was hast du angerichtet?«

Typisch, nicht zu fragen, *ob* er etwas angerichtet hatte, sondern *was*. Leider waren es keine schlechten Gedanken, die sie von ihm hatte, sondern reine Erfahrung: Sie las in ihm wie in einem offenen Buch. Vielleicht, dachte er flüchtig, lügen wir beide uns zwar an, aber nichtdestotrotz durchschauen wir uns gut.

»Ich habe Stress mit jemandem. Ist nichts Ernstes, aber er hat große Töne gespuckt und mir Dinge angedroht.«

Sie wurde bleich. »Dir? Nur dir?«

Er senkte den Blick auf die verkratzte, rissige Plastiktischdecke. »Den Jungs und Lisa.«

»Jarno!«

»Es tut mir leid«, sagte er leiser, den Blick auf einer dieser gerahmten Fotografien vom Meer. »Du musst dir keine Sorgen machen, es ist sicher nur Gerede, um mich –«

»Du spinnst wohl!« Die Salztüte flog auf ihn zu und prallte von seiner Schulter ab. »Verdammt!«, schrie seine Mutter. »Schau dir die Sauerei an! Und jetzt sag endlich – was hast du gemacht? Hat es mit Drogen zu tun?«

Das Salz sah auf dem Boden und seiner Hose aus wie Kokain und brachte Jarno zu einem müden Grinsen. »Nein, nichts dergleichen. Es war nur ein Streit und der andere weiß sich nicht zu helfen.«

»Der Arme!«, spottete sie scharf. »Worum ging es? Hast du etwas Illegales getan?«

»Versucht, es zu verhindern«, murmelte Jarno, aber sie schien nicht zuzuhören.

»Hast du Probleme? Schulden? Brauchst du Geld?«

Eine neue Kamera brauchte er, aber weder konnte ihm seine Mutter dabei helfen noch hätte er es zugelassen. Wenn er sich bewusst machte, dass sie der Familie am Monatsende eine Woche Nudeln mit Zwiebeln auftischte, um die Schulausflüge der Jungs zu bezahlen, kam er sich schäbig vor, überhaupt jemals so viel Geld für seine Canon ausgegeben zu haben.

Sie fasste ihn an den Schultern. »Jarno. Rede endlich!«

»Es …« Es ging nicht. Er wagte es einfach nicht, ihr die Wahrheit zu erzählen, weil er ahnte, dass sie ihm nicht glauben würde. Und wenn sie es tat, würde sie darauf bestehen, dass er zur Polizei ging. Jarno hatte seine Zweifel daran, dass Daniel Ernst machen würde, aber diese Zweifel waren nicht besonders groß.

»Es ging um ein Mädchen«, sagte er schließlich, weil das immerhin nicht ganz gelogen war.

»Du lässt dich wegen einem Mädchen auf Streit mit Leuten ein, die deine kleinen Brüder bedrohen?«

Etwas an ihrer Frage machte ihn unsagbar müde, so müde, dass er kaum reagieren konnte. Sein Kopf fühlte sich schwer an, sein Nicken geriet mechanisch.

Sie verpasste ihm die erste Ohrfeige seit Jahren; die erste, die derart Kraft besaß, dass ihm die Trommelfelle schellten und der Kopf schmerzte, und die erste in seinem Leben, die er für absolut gerechtfertigt hielt. Er blieb sitzen, den Blick gesenkt, ein paar Haarsträhnen vor den Augen und einen bitteren Geschmack im Mund, der nicht vom Kaffee herrührte, sondern von Scham. Es gab vieles, das sie ihm nun hätte sagen können und das er geschluckt, akzeptiert und für richtig gehalten hätte. Sie sagte das Einzige, was ihn dazu zwang, aufzustehen und sie beide in der Bredouille allein zu lassen.

Sie sagte: »Und du hast die Nerven, deinen Vater zu kritisieren. Du bist doch genauso.«

Und Jarno musste …

* * *

… hier weg. Ich hätte in der letzten Nacht schon fliehen müssen, ich hatte mich schon angezogen. Doch die Frau in ihrem grünen Kleid war da gewesen, ich sah sie von meinem Fenster aus. Hinter den Hecken stand sie, dort scheinen seit heute früh alle Blätter welk. Sie lächelte zu mir hoch, hob eine Hand und küsste ihre Finger, ehe sie ihren Atem dagegenblies. Will sie mich ausschalten, um meinen Verlobten für sich selbst zu bekommen? Oder …

Bin ich … verrückt?

Würde Vater mich in eine Anstalt bringen, wenn es die geringste Unsicherheit gäbe? Sieht er etwas, das ich nicht wahrnehme? Seine Worte beim Frühstück waren voller Kummer und zugleich ohne jeden Zweifel.

Er klopft an meine Tür. Traurig sieht er aus. »Bist du fertig, Klärchen? Der Wagen wartet schon.«

»War sie bei dir? Die Frau? Elise?« Ich muss es versuchen, auch wenn ich sofort sehe, wie sich sein Blick verschließt, als spräche ich ein verbotenes Thema an. »Sag schon.«

»Ich habe natürlich mit ihr gesprochen. Klara, du hast sie verletzt.«

Ich schüttele den Kopf wie irrsinnig. »Nein! Ich schwöre, das habe ich nicht. Vater, ich weiß, es klingt verrückt, aber ich glaube, dass sie etwas tut, um deine Gedanken zu beeinflussen. Und die von Johan. Es ist wie ein Zauber, es –«

Er atmet aus, es klingt wie ein ermattetes Stöhnen. »Der Doktor sagte schon, dass du in dieser Frau etwas Böses siehst und glaubst, sie wolle dir schaden. Deine Erkrankung ist daran schuld. Hörst du, Klärchen. Dass du Böses siehst, daran ist deine Krankheit schuld. Du kannst nichts dafür, ebenso wenig wie du etwas dafür kannst, wenn du husten musst.«

»Vater!«

»Klara.« Er bleibt ganz ruhig. Fasst mich an den Händen, so sanft, dass ich mich jederzeit entziehen kann. Vielleicht gelingt es mir gerade deshalb nicht, weil er mir helfen will. Brauche ich diese Hilfe? Hat der Doktor recht? »Klara, es steht schlimm um dich. Aber alles wird wieder gut. Du musst mir jetzt vertrauen und die Ärzte tun lassen, was getan werden muss. Bitte, mach jetzt keine Dummheiten, mein Kleines. Sonst …«

Er redet nicht weiter, es ist auch nicht nötig. Ich habe längst begriffen, dass man mich sonst mit Gewalt und in Fesseln in die Anstalt bringen wird.

Es ist …

* * *

… zwecklos, sich mit Gedanken zu quälen, was man hätte besser machen können. Die Kamera war zerstört, seine Geschwister in Gefahr, seine Mutter gewarnt, aber zutiefst beleidigt – und jegliche Überlegungen, wann er wie hätte anders reagieren können, führten zu nichts weiter als zu stechenden Kopfschmerzen. Zu allem Überfluss hatte er, während er die Jungs beim Kindergeburtstag abholte und nach Hause brachte, seine Schicht verschwitzt und war zu spät zur Arbeit gekommen. Silvio hatte bereits Ersatz für den Abend gefunden und ihn wutschnaubend wieder nach Hause geschickt. Frustriert streifte Jarno nun die bereits dunklen Straßen entlang und betrachtete Schneeflocken dabei, wie sie auf dem Weg zum Boden schmolzen und auf dem Asphalt wieder zu einer rutschigen Schicht gefroren, in die die Straßenlaternen glitzernde Reflexionen warfen. Der Weg nach Hause war das nicht, er konnte sich auch nicht vorstellen, sich dort hinzusetzen und mit Seval zu plaudern, als wäre nichts geschehen. Oder am Rechner Fotos zu bearbeiten. Die Kamera war hinüber, alle Bilder, die er mit ihr aufgenommen hatte, erschienen ihm wie der Verwesung ausgesetzte Teile eines Kadavers. Zu allem Überfluss schmerzte sein Schädel, das Hämatom unter seinem Auge schien von innen heraus zu pulsieren. Er hob den Kopf, sah sich um und versuchte zu ergründen, wohin ihn seine Schritte geführt hatten. Er kannte die Gegend vage, war vor nicht allzu langer Zeit hier gewesen. War das nicht die Straße, die zu der verfallenen Villa führte?

Ja, da lag sie. Düsterer als am Nachmittag, die Straßenlaterne gegenüber war kaputt. Doch hinter den vernagelten Fenstern glaubte er, ein wenig Licht durch die Ritzen schimmern zu sehen. Ob da jemand war? Jemand, der womöglich randalieren oder etwas stehlen wollte? Der Gedanke, dass der schönen Frauenstatue etwas zustoßen könnte, machte Jarno unruhig, er eilte auf die andere Straßenseite und überkletterte den Zaun. Im Dunkeln fiel es ihm schwer, beim Heraufklettern an der Rankenhilfe nicht in die Dornen zu greifen. Durchs Fenster gelangte er problemlos.

»Hallo? Ist hier jemand?«

Im Inneren des Hauses war es so still, wie es in einem uralten

Haus nur sein konnte. Der Wind schien sich irgendwo in einem Kamin zu fangen und sang ein leises Lied und im Dach knarrten die Balken, was klang, als würde ein riesiges Wesen im Schlaf seufzen. Hatte er sich geirrt? Offenbar war niemand im Haus. Er war allein.

Er schlich die Treppen hinab und näherte sich dem Saal, in dem die Figur stand. Der Mottenvorhang hing wie vor wenigen Tagen halb vor der Tür – und die Figur war wieder in dieses eigenartige Leuchten gehüllt, als glühe etwas in ihrem Inneren. Als er näher zu ihr trat, zwang er sich, sie nicht plump anzustarren, so sehenswert ihre zarten Brüste unter der Marmorseide auch sein mochten. Er erwischte sich bei einem winzigen Lächeln wie zu einer Begrüßung – sowie bei einer Spur Bedauern, weil sie nicht zurückgrüßte. Sorgsam sah er sich um, konnte allerdings nichts erkennen, was darauf hinwies, dass jemand hier gewesen war. Gut, beim letzten Mal hatte sein Handy ein wenig Licht gespendet, nun war alles dunkler, grauer. Trotzdem war er sich ziemlich sicher, dass sich nichts verändert hatte. Wenn er sich hinhockte, konnte er sogar noch Fußspuren im Staub ausmachen: Es schienen seine eigenen zu sein. Es waren keine dazugekommen.

Draußen fuhr ein Auto die Straße entlang, ein Hauch von Scheinwerferlicht mogelte sich durch die Ritzen, streifte die ausgestreckte Hand der Frau und erzeugte ein flimmerndes Leuchten. Jarno sprang auf, um es sich anzusehen, doch da war das Auto bereits vorbeigefahren und an der filigranen Hand der Figur war nichts mehr zu erkennen. Wie konnte Marmor solche Reflexe werfen? Wie nach Antwort suchend, schaute er in ihr Gesicht und versuchte, ihren Ausdruck zu deuten. Beim ersten Mal war ihm das schwergefallen, doch heute stand es ihr plötzlich glasklar in die Züge geschrieben. Sie sah verstört aus, regelrecht entsetzt. Er bückte sich und fuhr mit dem Finger einen Riss in ihrem Rock nach, den der Künstler sorgsam eingefügt hatte.

Wer ließ sich mit solcher Mimik und zerrissener Kleidung in Marmor verewigen?

»Wer bist du, Lady?«, fragte Jarno leise. Und weißt du, was ich darum gäbe, ein paar Bilder von dir machen zu dürfen? Oder dir …

Im nächsten Augenblick polterte etwas, gleich darauf krachte es über ihm – ein Schuss? –, Putz und Staub regneten von der Zimmerdecke. Erschrocken sprang Jarno zur Seite und drückte sich an die Wand. Er brauchte einen Atemzug, der sich wie eine Ewigkeit anfühlte, ehe ihm klar wurde, dass er sich geirrt hatte: Er war nicht allein. Jemand befand sich im Haus, im Stockwerk über ihm. Etwas schabte dort über den Boden. Und dann hörte Jarno Schritte. Zwei, drei bedachtsam klingende Schritte. Im Anschluss war es wieder still. Selbst der Wind im Kamin schien den Atem anzuhalten und das Knirschen der Dachbalken war verstummt.

Idiot, schimpfte sich Jarno. Der Wind hatte nachgelassen, natürlich wurde es dadurch still. Und vielleicht war es auch der Wind gewesen, der im Obergeschoss etwas umgestoßen hatte. Aber die Schritte …

Jarno warf der Statue einen letzten Blick zu – oh, sie war auf beinahe verzweifelte Weise panisch, er erkannte es nun ganz deutlich – und schlich dann an ihr vorbei zur Treppe und diese hinauf. Die Geräusche mussten aus einem der Räume kommen, deren Türen verschlossen waren. Er lauschte an einer dieser Türen. Meinte, eine Bewegung zu hören. Ein Rascheln von Kleidern vielleicht. Mit den Fingerknöcheln klopfte er behutsam gegen das Holz.

»Hallo? Ist da jemand? Nicht erschrecken!«

Beinahe musste er grinsen. Wer sollte sich nicht erschrecken? Er selbst? Sein Herz polterte, als lauerte ein hungriger Löwe hinter der Tür, dabei waren es doch allenfalls Ausreißerkids oder ein Obdachloser, der Schutz vor dem Wetter suchte.

»Ich mach jetzt die Tür auf.«

Wer immer in dem Raum wartete, er widersprach nicht, gab aber auch sonst keinen Laut von sich.

Jarno stieß die Tür auf und lugte vorsichtig ins Dunkle. »Hallo?«

Nichts. Das Fenster war hier niet- und nagelfest verrammelt und auch im Flur war es nicht heller, sodass Jarno kaum etwas erkennen konnte. Er musste warten, bis sich seine Augen an die Dunkelheit gewöhnt hatten. Dann machte er einen schweren, dunklen Holzschrank aus, daneben eine Kommode und auf dem Fußboden einen Teppich, den er nur entdeckte, weil er jäh in etwas Weiches trat und ein Mordsschreck ihn durchfuhr.

Niemand war zu sehen. Aber er hatte doch die Schritte gehört! Er wurde doch aufgrund des ganzen Stresses und des Schlafmangels jetzt nicht schizophren, oder? Nein, das Gepolter hatte er sich definitiv nicht einbilden können, es hatte so gekracht, dass Putz von der Decke gekommen war. Hatte womöglich der Wind die Schranktür zugestoßen?

Jarno griff nach der Schranktür; ja, das musste es sein, denn der Schrank war offen und …

Jemand kreischte schrill und blechern. Ihm flog etwas entgegen, erwischte seine Hand. Im ersten Moment fühlte es sich weich an, dann gruben sich stechende Schmerzen durch seine Haut. Jarno schleuderte das Ding mit einem erschreckten Schrei von sich. Es prallte gegen die Wand, rappelte sich auf, blitzte mit gelben Augen wütend in seine Richtung und floh dann eng an den Boden gedrückt mit wahnwitziger Geschwindigkeit. Ein Fauchen verhallte.

Endlich erkannte Jarno, was es war, und trotz des Schocks musste er leise lachen. Eine Katze! Eine verdammte schwarze Katze hatte sich im Schrank versteckt und er hatte ihr vermutlich weit mehr Angst gemacht als sie ihm. Himmel, wie stand es um ihn, wenn ihn schon eine harmlose Katze alle Nerven kostete? Im Dunkeln versuchte er zu erkennen, wie schlimm sie ihn mit ihren Krallen und Zähnen verletzt hatte. Das Blut tropfte großzügig und er redete sich ein, dass das ein gutes Zeichen war, weil es Keime aus der Wunde spülte. Außerdem lenkte es ihn hervorragend von seinem geschwollenen Jochbein ab, das er nun kaum mehr spürte. Vage erinnerte er sich daran, dass Katzenbisse als extrem infektiös galten, oft zu einer Sepsis führten und unbedingt ärztlich versorgt werden sollten. Nun gut, darum konnte er sich bestimmt auch morgen noch kümmern. Für den Moment fühlte er sich zu müde, um irgendwohin zu gehen. Er nahm ein Deckchen, das über der Kommode lag, schüttelte den Staub heraus, wickelte es sich notdürftig um die Hand und trottete die Treppen herab. Zu Füßen der Statue setzte er sich auf den Boden, zündete sich eine seiner letzten Zigaretten an und schloss kurz die Augen. Die Zigarette schmolz zusammen, die Asche fiel auf die Dielen. Er drückte die Kippe auf dem Holz aus, bevor er eindöste. Und während er ein letztes Mal blinzelte, glaubte er, einen Schatten zu sehen, der die Treppe hinabschwebte, verharrte, als würde er die Frauenstatue ansehen, und sodann verschwand, sich auflöste, einfach plötzlich nicht mehr da war. Na ja, dachte Jarno, schon halb im Schlaf. Ein Geisterhaus eben. Da gehört ein Geist wohl unweigerlich dazu.

Was für eine …

* * *

… schauerliche Nacht.

Den ganzen Tag hinweg höre ich in den anderen Zimmern die Männer und Frauen rufen, schreien und wüten. Mit Einbruch der Dunkelheit gehen zwei Schwestern von Raum zu Raum und die Geräusche verstummen und werden zu einem beständigen Stöhnen und Raunen. Dieses schreckliche Haus schläft nie. Die Tabletten und Seren, die sie mir geben, legen einen dumpfen Schleier über meine Augen und Ohren und machen Arme und Beine taub und schwer, so sehr, dass sich manchmal meine Blase leert, ohne dass ich etwas dagegen tun kann. Aber es gelingt all der Medizin nicht, mich die qualvollen Laute nicht mehr hören zu lassen. Ich kann nicht schlafen mit diesen Geräuschen im Ohr, mir ist, als riefen all diese armen Menschen um Hilfe. Ich kann ihnen nicht helfen, ich kann mir selbst nicht helfen. Uns allen. Kann niemand. Helfen.

Schritte erklingen.

Die Schwester öffnet die Tür und dreht das Licht hoch. Sie mustert mich akribisch, das sehe ich genau, obwohl ich nicht zu erkennen vermag, welche Farbe ihr Kittel hat oder ihr Haar. Mein Blick findet keinen Fokus außer ihrem schmalen Gesicht. Sie hat tiefe Ränder unter den farblosen Augen und runzelt die Stirn zu wulstigen Falten.

»Du armes Ding, Mädchen, Mädchen«, sagt sie zu mir. »Was machst du denn nur hier? Eine wie du gehört doch nicht hierher.«

»Sie hat sie verhext«, quäle ich mit tauber, geschwollener Zunge über meine Lippen und erkenne selbst, wie lächerlich das klingt, wie … verrückt. Dennoch kann ich nicht aufhören zu sprechen. »Diese Frau. Sie hat meinen Vater verhext. Meinen Verlobten. Den Arzt. Ich muss hier hinaus. Bitte. Helfen Sie mir.«

»Mädchen, Mädchen«, sagt sie, schüttelt den Kopf und drückt

mich ins Kissen zurück, als ich mich aufzurichten versuche. »Armes Mädchen, armes. Nun lieg schön still, sonst kommt der Doktor.«

Ich gehorche aus nackter Angst. Noch mehr Tabletten und noch mehr Serum bringen mich um. Oder bewirken, dass ich mein letztes Geheimnis verrate. Das von der losen Diele am Boden. Das von meinem Zauberring, der dort liegt wie in einem Grab, obschon er nicht tot ist.

Der Arzt kommt trotzdem, kaum dass die Schwester gegangen ist. Als er wieder geht, schlafe ich. Träume wild und schauderlich. Und kann nicht mehr aufwachen.

KAPITEL 6
Steinern

Als Jarno am Morgen erwacht war, hatte seine Hand gepocht und war an den Bissstellen angeschwollen, als nistete ein Haufen kleiner Tiere unter den Wunden. Trotzdem ging es ihm besser; dass er die Nacht sitzend an eine Marmorstatue gelehnt verbracht hatte und das Schmelzwasser seiner Schuhe ihm in die Hose gesickert war, hatte er kaum wahrgenommen. Irritierend, dass er nicht gefroren hatte. Eher gesagt: Er musste gefroren haben, es war in der zugigen Villa kaum wärmer als draußen, aber er hatte die Kälte nicht gespürt. Beängstigend. Er hätte erfrieren können, ohne es zu merken.

Eigenartigerweise war er ausgeschlafen erwacht, mehr als nur nicht müde: Die Schwermut, die seine Begleiterin war, seitdem er die Canon verloren hatte, schien von ihm abgelassen zu haben. Seine Wege hatten ihn zielstrebig nach Hause unter die Dusche geführt, dann zum Arzt, wo er sich einen Verband und ein Antibiotikum abgeholt hatte, und anschließend zu Ben. Was er dort wollte, war ihm weniger klar gewesen, bis er vor ihm stand.

Ben war allein zu Haus. Er saß in Boxershorts, Wollsocken und einem überdimensionalen Strickpullover auf einem Hocker am

Küchentisch und frühstückte hysterisch bunt gefärbte Cornflakes, jene, bei denen immer ein Spielzeug in der Packung lag und die derart nach künstlichem Aroma rochen, dass Jarnos empfindliche Nase lieber mehr Abstand gehalten hätte, als die kleine Küche hergab. Er fühlte sich aller Klarheit zum Trotz unbehaglich, wie vor einer sportlichen Herausforderung, von der man schon vorher weiß, dass man nicht in der Lage ist, sie zu bewältigen.

»Du hast gehört, was passiert ist?«, fragte er schließlich. Irgendwo musste man ja anfangen.

Ben sah kauend auf und hätte sich seine Antwort – ein geschmatztes »Was soll passiert sein?« – sparen können. Jarno sah im Blick seines Freundes sofort, dass Daniel ihm nichts erzählt hatte. Damit hatte er nicht gerechnet.

Ben schluckte und deutete auf seinen Wangenknochen. »Sag mal, Jarno, hast du da einen abgekriegt?«

Na großartig, jetzt wurde es kompliziert. »Wie gut kennst du diesen Daniel, zu dem du mich geschickt hast?«

Ben schaufelte sich weitere Cornflakes in den Mund. »Er ist halt mein Boss. Viel weiß ich nicht über ihn. Wieso?«

»Du weißt nicht zufällig, ob er Dreck am Stecken hat?«

Bedächtig legte Ben den Löffel in die Schale und sah Jarno an. »Was willst du denn damit sagen? Hey, ich hab keine Ahnung, ob der seine Steuern bezahlt.«

»Ich rede nicht von scheiß Steuern.«

»Sondern?«

»Verarsch mich nicht.« Warum hatte er den Eindruck, dass Ben das nicht tat? »Ich rede von den Leuten, die für ihn arbeiten.«

Ben hob beide Hände. »So wild ist das nicht. Wir haben alle Verträge, arbeiten auf Lohnsteuerkarte, alles okay. Gut, hin und wieder machen wir die Überstunden für Bares auf die Hand, aber, hey, das ist in der Branche überall so, selbst in den feinen Hotels und Restaurants.«

Jarno kam sich vor wie ein Ballon, aus dem man die Luft gelassen hatte. Es war kein ganz unangenehmes Gefühl, auch wenn die Situation ohne Zweifel unangenehm war. Aber zumindest hatte Ben, wenn Jarno ihm vertrauen konnte – und das tat er –, ihn nicht wissentlich ans Messer geliefert. Ben wusste nichts von diesen Machenschaften. Und das war sein großes Glück und sollte so bleiben. Jarno kannte Bens Geschwätzigkeit nur zu gut und wusste, dass sein Freund nicht wirklich etwas für sich behalten konnte.

»Dann ist ja alles okay«, sagte er beschwichtigend. »Ich hab da nur Gerüchte gehört …«

»Auch das ist in der Branche normal.« Ben grinste und widmete sich wieder seinem Frühstück. »Wenn man dem Gerede Glauben schenkt, müsste Daniel einen Puff im Keller betreiben, in einer Villa leben und an jeder Hand zehn hübsche Frauen haben. In Wahrheit ist das ein langweiliger Normalo, ein richtiger Spießer. Das weiß ich, weil meine Mutter für ihn putzt, schon seit Jahren.« Er kaute eine Weile. »Hat es also nun geklappt mit dem Job?«

Jarno fühlte sich, als kehre die Erschöpfung jäh und mit aller Kraft zurück, er musste sich an den Kühlschrank lehnen. »Nee. Es gab ein Problem.«

»Mit Daniel?«

»Mit … mit der Kamera. Sie ist hin.«

»Was heißt hin?«

»Kaputt.«

»Kaputt?« Ben rief das Wort beinah. »So richtig? Nicht zu reparieren?«

»Komplett Schrott. Nur noch Müll.«

Mit einem Klappern fiel Bens Löffel erst auf den Rand der Schale, dann auf den Tisch und schließlich zu Boden. »Nee, oder? Du machst schlechte Scherze.«

Jarno zwang sich zu einem Lächeln. Ben wusste so gut wie er, dass er über alles Witze machte – aber nie und nimmer über so ein Thema.

»Wie ist das passiert? Mann, das Ding war dein Baby, du brauchst es, wenn du Fotograf werden willst, du …«

Ich bin nichts ohne dieses Gerät, ich weiß, du brauchst mich nicht daran erinnern, dachte Jarno. Er deutete auf sein Jochbein. »Ich bin überfallen worden.«

»Scheiße. Jarno, verdammt. Wie konnte das –«

Jarno wandte sich ab. »Ist nicht mehr wichtig. Fakt ist, dass ich mir im Moment nicht mal eine Einmalkamera von der Tankstelle leisten kann. Die Fotografen-Träumerei ist beendet. Ich bin aufgewacht.«

Es fühlte sich merkwürdig an, so über das zu sprechen, was bis vor Kurzem weder sein Wunsch noch sein Traum gewesen war, sondern sein Plan; seine feste Überzeugung. Jarno war nicht naiv, er wusste, wie schlecht die Chancen standen, in seiner Situation an einen der wenigen begehrten Traumjobs zu gelangen. Trotzdem war er immer sicher gewesen, es zu schaffen, sich irgendwie durchzubeißen, so hart zu arbeiten und so viel zu lernen und zu üben, dass er Unmöglichkeiten damit überwand.

Ben schien nicht einverstanden. »Setz dich mal hin«, sagte er und schob Jarno einen Stuhl zurecht.

Jarno ließ sich darauffallen, als gäben seine Beine unter ihm nach. »Kann ich«, fragte er unschlüssig, weil er es hasste, um etwas zu bitten, »mir eine Schachtel Zigaretten bei dir ausleihen, Toffee?«

Ben deutete mit einem schwer einschätzbaren Grinsen auf den Tisch. »Da liegt ein Päckchen Tabak, Blättchen sind drin. Gehört alles dir.«

»Danke.«

»Und jetzt will ich die Wahrheit hören und wage es bloß nicht, mir in meiner Küche Scheiße aufzu–«

»Ben? Das ist die Küche deiner Mutter.«

»Und wage es bloß nicht, mir in der Küche meiner Mutter Scheiße aufzutischen. Daniel – ein Mega-Horn am Kopf – Kamera kaputt. Du willst mir nicht ernsthaft erzählen, das hätte nichts miteinander zu tun.«

Jarno schwankte, ob es vielleicht sicherer sei zu lügen, aber unter Bens Blick – der selten besorgt war, dann aber mit beeindruckender Wirkung – brach er ein.

»Ich hab etwas mitbekommen«, sagte Jarno vorsichtig. »Und konnte nicht den Mund halten. Dafür die Abreibung.«

Ben stieß langsam Luft aus. »Und es geht nicht um Steuern?«

»Leider nicht. Sondern um Mädchenhandel.«

»Oh Scheiße.« Ben fuhr sich durch die Rastas. »Verdammt. Davon hab ich nichts gewusst, das musst du mir glauben.«

»Weiß ich doch.«

»Bist du sicher?«

Jarno nickte.

»Erzähl! Was läuft da bei Daniel?«

»Frag mir keine Löcher in den Bauch, Mann. Das stresst mich.« Das war nicht übertrieben – über die Sache zu reden, ließ Jarnos Hände schwitzen. Er wollte Ben nicht auch noch in die Angelegenheit hineinziehen. »Ben, lass uns ein anderes Mal darüber sprechen, ich muss das erst mal mit mir selber ausmachen.«

»Was gibt es da zu besprechen? Der miese Hund hat mich zum letzten Mal gesehen, das kannst du mir glauben.«

Jarno war unschlüssig, ob das eine gute Idee war. »Dann weiß er, dass wir darüber geredet haben. Das ist … gegen die Abmachung.«

»Abmachung?« Einen Augenblick dachte Jarno, sein Freund würde vor plötzlicher Wut gleich den Tisch umwerfen. »Soll das heißen, er erpresst dich?«

Jarno grinste müde. »Er würde es anders nennen, aber ja. Du darfst mich nicht verraten. Bitte halt den Mund und spiel ahnungslos, ja? Nur eine Weile. Du kannst ja dann kündigen, wenn es nicht mehr so auffällig ist.«

»Ahnungslos ist meine leichteste Rolle«, meinte Ben nach kurzer Bedenkzeit und begann, sein Geschirr in die Spüle und die Milch in den Kühlschrank zu räumen. »Ich halte die Augen auf, Jarno. Du magst 'ne Sissy sein, aber du bist der beste Kumpel, den ich habe –«

»Der einzige, um Korinthen zu kacken.«

»Der einzige – und darum kann ich nicht hinnehmen, dass man dich in so was verwickelt. Ich werde mal schauen, ob ich etwas finde, womit man Daniel ans Beinchen machen kann, verstehst du, was ich meine?«

»Sei bloß vorsichtig. Du bist auch *mein* bester Kumpel.«

»Einziger, Mann. Einziger.«

Im Film, dachte Jarno, würden wir uns umarmen, aber in seinem eigenen Film reichte ein Blick, der Ansatz eines Lächelns, der sich bei beiden exakt synchron zeigte, als würden sie in einen Spiegel schauen.

»Weißt du eigentlich«, meinte Ben, als er aufgeräumt hatte, »dass ich die letzten Jahre überzeugt davon war, du würdest dich in etwas reinsteigern mit deiner Fotografie? Ehrlich, Mann, ich hätte dir oft gern den Kopf gewaschen und gesagt: Hör auf zu spinnen, lern was Vernünftiges, Junge, und gib dich mit dem zufrieden, was du hast.«

»Wenn du das zu mir gesagt hättest, hätte ich dich nur noch ›Mutti‹ genannt.«

»Ja, und deshalb hab ich es für mich behalten. Aber inzwischen denke ich anders über dich und deinen Spleen. Ehrlich, ich glaube inzwischen selbst, dass du das schaffst. Deine Fotos sind geil. Und dein Wille nicht zu brechen. Du bist jetzt schon ein Künstlertyp – du bist wie Tarantino mit seinen Filmen, weißt du, was ich meine?«

»Nee. Aber es klingt gut. Klingt, als hätte ich einen Fan.«

»Absolut. Hast mich einer Gehirnwäsche unterzogen und ich habe es nicht mal gemerkt.«

Jarno stieß den Atem aus. »Ändert aber nichts daran, dass –«

»Hör mir mal zu.« Ben legte die Hände ineinander; eine dieser gewollt seriösen Gesten, die er sich bei Barack Obama abgeguckt haben musste. »Du hast es bis jetzt mit der teuren Kamera nicht geschafft, jemanden von deinem Talent zu überzeugen.«

»Danke, dass du mich daran erinnerst. Ich hätte es fast vergessen.«

Ben ließ sich selten von Zynismus beeindrucken. »Vielleicht musst du einfach mehr Eindruck schaffen. Mit gewohnt geilen Bildern. Aber einfacheren Mitteln.«

»Meinst du, mein Handy macht bessere Bilder als meine Canon? Wenn es so einfach wäre, weiß ich nicht, warum ich nicht vor Jahren draufgekommen bin.« Leider hatte sein Handy nicht mal akzeptable Schnappschüsse gemacht – um Fotos war es ihm bei einem Telefon nie gegangen, er war damit zufrieden, dass es klingelte, wenn ihn jemand sprechen wollte. »Übrigens ist das Handy auch weg und ich hab absolute Ebbe in der Kasse.«

»Geh halt arbeiten. Soll ich mich noch mal umhören?«

»Kommt nicht infrage.«

»Mann, du bist so eine Sissy. Ihr Künstler! Neurotisch wie die Border Collies. Aber wie du willst.« Ben lachte, zuckte mit den Schultern, verließ die Küche und wühlte den Geräuschen nach in der Kommode im Korridor. Zurück kam er mit einer kleinen Nylontasche, die er Jarno zuwarf.

»Du kannst es natürlich lassen«, sagte er. »Du kannst es aber auch versuchen. Dass du mit deiner Profi-Kamera Bilder machen kannst, ist cool, echt. Aber mit so einem Gerät auch kein Wunderwerk. Wenn du es damit auch schaffst, dann bist du wirklich gut.«

Jarno öffnete den Klettverschluss und zog die Kompaktkamera aus der Tasche. Eine kleine rote Nikon kam zum Vorschein. Jarno unterdrückte ein Stöhnen. Er wollte Ben nicht vor den Kopf stoßen, aber an diesem Gerät ließ sich nicht einmal die ISO-Empfindlichkeit einstellen. Man konnte damit sicher nette Bilder von Familie und Hund bei Sonnenschein im Garten aufnehmen, aber für urbane Aufnahmen war die Kamera nicht geeignet.

»Komm schon«, meinte Ben, der seinen Gesichtsausdruck offenbar richtig gedeutet hatte. »Ja, es scheint nicht sehr aussichtsreich, aber hey: Wir haben schon Unmögliches geschafft, weißt du nicht mehr?«

»Ach ja? Hilf mir mal auf die Sprünge.«

»In der dritten Klasse haben wir in bester Robin-Wood-Manier diesen Kirschbaum besetzt, um ihn vor dem Abholzen zu retten.«

»Den, der nie Kirschen abwarf?«

»Genau den! Ob du es glaubst oder nicht, der steht immer noch!«

Jarno seufzte. Er erinnerte sich gut. Leider zu gut. Denn ebenso wie die wilden Aktionen zweier entschlossener Neunjähriger stand ihm noch die Tatsache vor Augen, dass der Baum nie gefällt werden sollte. Das hatte Jarno sich ausgedacht, weil es abenteuerlich klang und Ben nur so dazu zu motivieren war, ein windschiefes Baumhaus zu bauen.

»Ben, ich weiß das wirklich zu schätzen«, sagte er. »Aber mal ehrlich: Würdest du mit meinem Auto zu einem Formel-1-Rennen antreten?«

»In der Nuckelpinne mit Vettel und Hamilton durch den Curcuit de Monaco?« Ben grinste breit. »Jarno – für die Publicity …«

* * *

»… täte ich alles. Wenn er nur wegginge, der schwarze Mann.« Die alte Dame schaudert und beginnt wieder ihren leisen Singsang, der den unsichtbaren Menschen verschwinden lassen soll, den sie immerzu in dem Schatten stehen sieht. Seit zwei oder drei Tagen teile ich das Zimmer mit ihr, was niemand wissen darf, denn Vater zahlt für ein Einzelzimmer. Ich verrate es nicht, denn lieber bin ich mit der alten Dame und ihrem unsichtbaren schwarzen Mann zusammen als ganz allein. Aber wem sollte ich auch etwas verraten? Niemand fragt mich. Niemand kommt mich besuchen. Sie dürfen es nicht.

Ich brauche Ruhe. Sagt der Doktor. Ruhe und Pillen und Tropfen und Seren.

Doch all diese Mittel können nicht verhindern, dass jenseits meiner Fensterscheibe die Frau wieder erscheint, diese schreckliche Frau in ihrem schrecklichen grünen Kleid. Sie kommt nun regelmäßig. Sie lächelt zu mir hoch. Und inzwischen weiß ich, dass ich nicht verrückt bin, denn die alte Dame sieht sie auch, trotz all ihrer Pillen. Sie muss doch da sein, wie könnte sie sie sonst sehen? Ich sehe ihren schwarzen Mann nicht.

Die alte Frau wimmert. »Der Mann«, vernehme ich zwischen kehligen Lauten. »Der Mann. Er ist wieder da. An meinem Bett.«

So oft ich kann, tröste ich sie, lege meinen Arm um ihre Schultern, bis sie sich wieder beruhigt. Der Mann erzählt ihr von schrecklichen Experimenten, die der Doktor im Keller mit denen macht, für die keiner mehr die Rechnungen bezahlt. »Was soll man auch sonst mit denen machen?«, fragt der Mann die alte Frau und grinst mit schwarzen Zähnen. »Laufen lassen? Aber die sind doch irre und gefährlich! Und an wem sonst soll man testen, ob all die schönen Pillen und Operationen am Gehirn den Geist wieder heilmachen? An aufgeschnittenen Toten? An Kötern und Katzen, die gar keinen Geist haben?«

Vielleicht ist alles wahr, denke ich manchmal, wenn ich glaube, aus dem Keller Stimmen zu hören; gequälte Schreie. Vielleicht macht der Doktor Experimente, vielleicht ist der schwarze Mann wirklich da und spricht die Wahrheit zu der armen Frau, die diese Wahrheit nicht hören will.

Womöglich ist sie auch nur verrückt. Das liegt nahe, wir sind in einer Anstalt.

Heute kann ich die Frau nicht trösten, denn die Dame im Kleid sieht zu mir hoch und lächelt voller Schadenfreude, als wüsste sie etwas, was mich noch erreichen und schwer treffen wird.

»Fragen Sie ihn, was er von Ihnen will«, flüstere ich der Alten zu, denn das ist es, was ich mich frage, Tag für Tag, Nacht für Nacht; jede Stunde, jeden Moment.

Was will die Frau im grünen Kleid von mir? Geht sie weg, wenn ich es herausgefunden habe? Oder bleibt sie, bis sie hat, was sie will?

Die alte Frau ist einen Augenblick ganz leise. Dann fragt sie wirklich: »Was willst du von mir?« Sie lauscht der Antwort. Und dann beginnt sie zu schreien. Sie schreit und schreit und schreit und Schwestern kommen, Ärzte, Spritzen und eine weiße, enge Jacke und sie schreit noch immer und wird weggetragen.

Ich sehe sie nie wieder. Ob sie sie in den Keller bringen?

Die Dame im grünen Kleid steht auf der Straße und nickt und ich weiß, dass …

* * *

… sie etwas damit zu tun hatte. Mit der Tatsache, dass es Jarno in die alte Villa zog. Das verführerische Marmormädchen lockte ihn an wie eine ungesunde Sucht und er hatte keinerlei Veranlassung, dem dauerhaft zu widerstehen. Nur eines musste er vorher erledigen: Er brauchte einen Job, damit zumindest die Miete gesichert war. Weniger für sich, aber er musste an Seval denken. Und an die Katze. Optimistisch geworden, sah er es als positives Omen, dass er diesmal nur drei vergebliche Anrufe tätigen musste und beim vierten Glück hatte: Eine Schlosserei brauchte eine Aushilfe, die Anlieferungen, Material und Waren zwischen Produktions- und Lagerstätten hin und her bewegte. Moderne Packesel brauchte irgendwie immer irgendwer und Jarno war mehr als qualifiziert, da er Deutsch lesen und schreiben konnte und darüber hinaus eine Stapler-Ameise zu bedienen wusste. In der nächsten Woche, wenn seine Hand vollends abgeheilt war, konnte er anfangen. Die Arbeitszeiten kollidierten weder mit den paar übrig gebliebenen Schichten bei Silvio noch mit den Fußballtrainingszeiten der Jungs. Wenn sie abends vom Sportplatz nach Hause liefen, wollte er in der Nähe sein. Daniel und seine Leute schienen wie Schatten in dunklen Ecken zu stehen. Jeder genaue Blick zeigte, dass in Wahrheit niemand dort war, aber

Jarno fürchtete den Tag zu sehr, an dem er nicht nachsehen würde. Und jemand kam.

Bens Päckchen Tabak trug er in der Innentasche seiner Jacke mit sich. Dass Ben ein Briefchen Gras darin »vergessen« zu haben schien, hatte Jarno nur so lange für ein Versehen gehalten, bis er sich an Bens Grinsen erinnerte. Seitdem ärgerte ihn die Anwesenheit der Drogen. Es war nicht so, dass Jarno ablehnte, wenn beim Beisammensitzen ein Joint herumgereicht wurde. Aber dass Ben ihn inzwischen für so verzweifelt hielt, dass er glaubte, Jarno würde eine ganze Tüte für sich allein brauchen, störte ihn auf irgendeine Art, die er nicht benennen konnte. Vielleicht … weil er es selbst nicht ausschließen konnte. Immerhin trug er das Päckchen stets bei sich, obwohl er nicht mal den Tabak anrührte, um sich eine Zigarette zu drehen. Ein Flüstern tief in ihm drin warnte ihn davor, die Kontrolle zu verlieren. Kontrolle war das Einzige, was er noch hatte.

Er ließ sich Zeit, ehe er dem Sehnen folgte und wieder in die Villa ging. Wartete auf einen hellen, freundlichen Tag, Sonne und azurblauen Himmel. Die Reste von verharschtem Schnee reflektieren das Licht. Bens Idee, fantastische Aufnahmen mit der kleinen Nikon zu schießen, war sachlich betrachtet vollkommen lächerlich, aber in gewisser Weise hatte Ben recht: Jarno würde erst wissen, dass es unmöglich war, wenn er es versucht hatte. Dazu brauchte er beste Bedingungen und zumindest einen Anflug von Vertrauen in sein Können und das Bild. Es gab nur ein einziges Motiv, das eine Chance hatte, sein Bild einzigartig zu machen. Die steinerne Frau.

Er besuchte sie bestens ausgerüstet: In seinem Rucksack befanden sich neben der Nikon, einem faltbaren Reflektor und einem akkubetriebenen Scheinwerfer auch Werkzeuge, Schwämme, Putzlappen, ein Staubtuch und Allzweckreiniger. Für die wilde Katze nahm er eine Dose Futter mit. In die Villa einzudringen, kam ihm bereits alltäglich vor, er war kaum noch vorsichtig, um nicht gesehen zu werden. Wen sollte es interessieren, dass er Fotos in diesem vergessenen Haus machte?

Er musste lächeln, als er die Statue erblickte. Ihr Gesicht hatte jedes Mal eine andere Wirkung auf ihn. Heute wirkte es sehnsüchtig. Und »Sehnsucht nach Wärme« war das Thema des Fotowettbewerbs. Er berührte ihre zarte Schulter und durch seinen Kopf zog ein stummer Dank, als hätte er ein reales Modell vor sich, von dem er sich ein fantastisches Bild erwartete. Vorfreude kribbelte in seinem Magen wie bei einem Flirt.

Er ließ keine Zeit verstreichen und begann mit den Vorbereitungen. Zuerst brach er die Holzabdeckung von zwei Fenstern, um mehr Licht hineinzulassen, und beobachtete fasziniert, wie allein diese Kleinigkeit den Raum neu und völlig anders wirken ließ. Leider verloren Schmutz und Staub damit ihren weich zeichnenden Charakter, also musste er sich wohl oder übel ans Putzen machen. Er feudelte den Staub von der Statue und entfernte danach den festsitzenden Dreck vieler Jahre mit einem weichen Tuch.

»Sorry« murmelte er, als er ihr behutsam über die Brüste fuhr. Er musste lächeln, weil ihm heiß wurde, als wäre das Putzen ein Kraftakt … oder die Schöne aus Fleisch und Blut. »Und noch mal sorry, weil es mir kein Stück leidtut.« Unter den Schmutzschichten war ihre steinerne Haut noch weißer, als er sie sich vorgestellt hatte, ihre Kleidung allerdings behielt eine gräuliche Färbung. Wie mochte der Bildhauer das geschafft haben? Vielleicht durch unterschiedliche Art, den Stein aufzurauen oder zu glätten? Jarno strich ihr prüfend mit dem Finger erst über den Ärmel ihres Kleides, anschließend über ihren Handrücken und zuletzt über ihre Wange. Beinah wäre er zurückgezuckt. Ihr Gesicht fühlte sich seidig an. Und beinah warm. Lebendig.

Er schüttelte den Kopf über seine Fantastereien. Natürlich erwärmte sich der Stein, wenn die Dezembersonne von draußen durch die Scheibe auf ihn fiel. Das gehörte offenbar zu der Kunst begnadeter Bildhauer. Er verstand nicht viel davon, um genau zu sagen, verstand er gar nichts davon – aber ihm waren vergleichbare Effekte aus der Fotografie bekannt. Man konnte denen, die keine Ahnung von dem Handwerk hatten, Erstaunliches suggerieren, wenn man wusste, wie man das anstellte.

Er vergaß seine Grübeleien über der Arbeit und begann, das Fenster für besseren Lichteinfall zu putzen und anschließend den Boden zu schrubben, auf dem sich Schuhabdrücke, Schmutz und Tropfwasser zu einer ungleichmäßigen Pampe verbunden hatten, die man beim besten Willen nicht mehr atmosphärisch nennen konnte. Bei einem perfekten Bild kam es auf Details an. Allein das Wissen, dass die steinerne Lady im Matsch stand, könnte die Wirkung beeinträchtigen. Als er fertig war und die Dielen nur noch trocknen mussten, nahm er seinen Rucksack und ging ins Obergeschoss. In dem Zimmer, wo er mit der Katze zusammengestoßen war, fand er, wie schon vermutet, deren Versteck: Im Schrank, dessen Tür keinen Riegel mehr hatte und leicht auf- und zuging, lagen ein paar alte Tischtücher und Häkeldeckchen; darin hatte sich das Tier ein weiches, warmes Lager gemacht. Massig schwarzes Katzenhaar, das überall am Stoff haftete, bewies es. Er hatte sie in ihrer Rückzugsecke gestört – kein Wunder, dass sie ihn gebissen hatte. Wo sie nun war, wusste er nicht, aber sie kam bestimmt zurück. Jarno stellte etwas Futter hin; eine Entschuldigung dafür, dass er ungefragt in ihre Villa kam, war sie doch so etwas wie die letzte Hausherrin.

Er sah sich noch ein wenig im Obergeschoss um, fand eine Kiste verstaubter Bücher und einen Schrank, in dem noch alte Bettwäsche gelagert wurde, außerdem ein Kästchen, in dem sich wasserfleckige Fotos befanden, ein paar Urlaubspostkarten, die vermutlich aus den Achtzigern stammten, sowie massenhaft Mäusekot. Die Motive der Karten ließen sich noch erkennen, die Schrift allerdings war zerlaufen, die Ecken angenagt. Im Badezimmer wuchs Moos im Waschbecken, die Wasserhähne funktionierten nicht und in der Toilette stand eine brackige, stinkende Flüssigkeit, sodass er erst den Deckel und anschließend die Tür wieder fest schloss. Jarno hatte noch nicht alle Zimmer unter die Lupe genommen, als es ihn wieder nach unten zog, so unnachgiebig, dass ihm in seinem verschwitzten Hemd unter den drei Jacken kalt vor Unbehagen wurde. Eine seltsame Unruhe schien in den alten Mauern zu wuchern und nahm von Jarno Besitz, wenn er in den Zimmern umherstromerte. Einzig unten, in der Halle, in Anwesenheit des Marmormädchens, ließ diese von ihm ab.

Der Boden war noch nicht komplett getrocknet. Jarno schlug die Zeit tot, indem er ein grau gewordenes Tuch von einem der Sessel zog, sich setzte und die allererste Zigarette aus Bens Tabak drehte. Seine erste seit vier oder fünf Tagen, in denen er sich das Rauchen verkniffen hatte, weil er zu gut wusste, dass er es sich im Moment nicht leisten konnte. Er hatte eine Abneigung gegen Menschen, die um Geld baten, um Essen oder die Miete zu bezahlen, gleichzeitig aber genug hatten, um Zigaretten oder Alkohol zu kaufen. Diese Abneigung blieb bestehen, auch wenn ihm klar war, dass er diesen Menschen so nah war wie nie zuvor.

Die Zigarette schmeckte modrig, er rauchte nur wenige Züge und ließ den Rest verglimmen.

Mit der eigentlichen Arbeit begann er, kaum dass der Holzboden trocken war. Es war inzwischen früher Nachmittag, das Wetter war noch gut, aber die Sonne wanderte, und wenn er gutes Licht haben wollte, musste er sich beeilen. Mit der Canon hätte er das bläuliche Licht des Nachmittags bevorzugt, was wunderbar zum Thema Sehnsucht und zu der steinernen Schönheit gepasst hätte, aber mit der kleinen Nikon und ihren 08/15-Standardeinstellungen würde unter solchen Bedingungen kein gutes Bild gelingen. Viel Tageslicht und geschicktes Spiel mit den Schatten war seine einzige Chance für ein halbwegs passables Ergebnis.

Jarno machte ein paar Probeaufnahmen, die ihn normalerweise inspirierten und Lust aufs Shooting weckten. Heute waren die Ergebnisse in dem kleinen Display ernüchternd. Die Farben waren im Licht zu grell und im Schatten zu dunkel, die Aufnahmen zeigten nicht annähernd die Wirkung der Statue. Die weiche Wärme ihrer Haut schien auf dem Display kalt, die Sehnsucht in den Augen war schlichtweg nicht zu sehen. Jarno stellte seinen Scheinwerfer auf und justierte einen weißen Faltreflektor mithilfe des Sessels, da er keine Halterung besaß. Das Ergebnis geriet nur geringfügig besser und milderte lediglich das künstlich strahlende Weiß etwas ab. Besser, erkannte Jarno, würde er es unter den gegebenen Bedingungen nicht schaffen. Entweder er versuchte es trotzdem oder er gestand sich ein, dass der ganze Versuch zum Scheitern verurteilt war und dass er hier nur seine Zeit verplemperte.

Er tat sich leider immer schwer damit, sich sein Scheitern einzugestehen. Unmögliches war machbar, es wurde ständig bewiesen. Hey, der Sänger von den Sportfreunden Stiller war seit über zehn Jahren erfolgreich – und das, ohne jemals einen Ton getroffen zu haben, oder nicht?

Jarno fotografierte.

KAPITEL 7
Zwiegespräch, allein

Es war alles gelogen. Ich müsse nur ein paar Tage hierbleiben und man würde mir helfen, hatte Vater gesagt. Nichts davon ist wahr.

Die Tage verschwimmen ineinander, ich weiß nicht, was gestern geschah, was vorgestern und was letzte Woche. Im Speisesaal sehe ich Menschen, die angeblich dasselbe Leiden haben wie ich: Sie sehen Dinge, die nicht wahr sind. Sie wiegen sich hin und her. Vor und zurück. Sie schreien. Sie starren ins Leere. Sie weinen. Und sie sehen mich an, wütend, anklagend, weil ich keine von ihnen bin – im Gegensatz zu dem Doktor, den Schwestern und meinem Vater wissen sie das. Sie erwarten meine Hilfe und ich helfe ihnen nicht.

Ich bin nicht verrückt.

Die Frau im grünen Kleid ist wirklich. Und sie ist gefährlich.

Ich nehme die Medikamente nicht mehr, spucke die Tabletten heimlich aus, verstecke sie und werfe sie in den Abtritt. Jeden Morgen, nachdem sie mir das Serum verabreicht haben, das mich beruhigen soll, stecke ich mir einen Finger tief in den Hals, bis ich alles wieder hervorwürge.

Ich sehe wieder klarer; ich sehe die Frau, sehe ihr Grinsen, wenn sie draußen steht und zu meinem Fenster hochschaut, ich sehe Erwartung in ihren Augen leuchten. Ich sehe sie jeden Tag.

Es ist noch nicht vorbei.

Sie ist nicht damit zufrieden, Johan für sich zu haben und mich hier eingesperrt und gedemütigt zu wissen. Sie will noch mehr und sie scheint zuversichtlich, es zu bekommen.

Ich gehe zugrunde, wenn ich noch länger warte, dass sie kommt und holt, was sie begehrt, ich darf nicht auf Hilfe hoffen, ich muss mir nun selbst helfen. Heimlich habe ich einen Waschlappen unter meinen Rock geschoben, auf den ich mühsam einen Hilferuf geschrieben habe. Weil ich keine Stifte haben darf, musste ich mir in die Lippe beißen und die Buchstaben aus meinem Blut ziehen.

Ich esse heute nur wenig – genau so viel, damit sie nicht auf die Idee kommen, es mir mit Gewalt hineinzwängen zu wollen. Ich bekomme kaum etwas runter, es wird von Tag zu Tag schwieriger zu essen. Danach gehe ich an den Nebentisch, wo der Alte Simon isst. Seine Suppe tropft ihm aus den Mundwinkeln, rinnt über sein Kinn sowie seinen Hals und hinterlässt dort einen fettigen Film. Der Alte Simon lebt schon sein ganzes Leben in der Anstalt, es heißt, er sei hier aus dem Leib irgendeiner Irren geboren worden und wird nun bald hier sterben. Er darf das Haus verlassen und für die Reichen von uns, denen von den Familien Geld zugesteckt wird, Zeitungen, Kuchen und Bonbons kaufen. Einen Teil der Leckereien nimmt er selbst, den Rest gibt er ab. Er ist ein zahnloser alter Mann, der selten spricht, dafür oft schreit und, wenn er Wut bekommt, auf Menschen spuckt. Ich habe Angst vor ihm, aber er ist eine Verbindung nach draußen und damit meine einzige Hoffnung.

»Simon«, sage ich leise zu ihm und er zieht die Lippen auseinander, fast so etwas wie ein Lächeln. Ich muss schlucken. »Simon, kannst du mir helfen? Vor vielen Tagen gastierte ein Zirkus auf der großen Wiese nahe der Kirche. Es gibt dort eine alte Frau. Eine Wahrsagerin. Vielleicht findest du sie noch, wenn du nach ihr fragst.«

Der Alte Simon erschaudert sichtlich.

»Sie ist gut und freundlich, hab keine Sorge. Gib ihr das! Ich entlohne dich, wenn du es schaffst.« Ich habe nichts, um ihn zu entlohnen, und bete darum, dass er es nicht weiß. Für Scham oder ein Gewissen bleibt mir keine Zeit. Ich spüre, dass die Gefahr anschwillt, mit jeder Stunde etwas mehr. Wenn es mir jetzt nicht gelingt, dann …

* * *

… nie. Er musste sich eingestehen, dass er versuchte, aus Scheiße Gold zu machen. Jarno klickte das Programm zu, schob die Tastatur weg und ärgerte sich mehr über seine Enttäuschung als über die Tatsache, dass die Bilder trotz Bearbeitung nichts taugten. Es war ihm klar gewesen, dass er keine Wunder vollbringen konnte. Man sprang doch nicht in den Kanal und schmollte, weil man nicht übers Wasser laufen konnte!

Andererseits … als er gestern endlich mit dem Fotografieren loslegen konnte, war es schon recht spät gewesen. Die Sonne hatte tief gestanden und das Licht war direkt in das Zimmer gefallen. Mit einer verbesserten Beleuchtung und indirektem Tageslicht würde er zwar seine Idee von den Licht- und Schattenspielen nicht umsetzen können, vielleicht aber ein anderes Bild zustande bringen. Ein besseres.

»Ich weiß nicht, Jarno«, sagte Seval und stellte ihm fürsorglich, wie sie war, eine Tasse Tee mit Honig auf den Schreibtisch. »Meinst du, ein Foto einer Statue ist beeindruckend genug für so einen wichtigen Wettbewerb? Ich glaube, mit einem lebendigeren Modell hättest du bessere Chancen.«

Sie hatte nicht unrecht. Aber … »Du hast sie noch nicht gesehen, Seval. Sie ist einmalig. An ihr ist etwas … ich kann es nicht beschreiben, es würde kitschig und albern klingen. Etwas Magisches trifft es noch am ehesten. Wenn ich das nur ins Bild bekäme!«

Die Katze gab eine Mischung aus Miauen und Schnurren von sich, sprang auf Jarnos Schoß und rammte ihr weißes Köpfchen unter sein Kinn.

»Du solltest dich trotzdem nicht zu sehr darauf versteifen«, riet Seval. »Vielleicht versuchst du einfach noch andere Motive.«

Jarno streichelte die Katze, die sofort begann, die Krallen ihrer Vorderpfoten abwechselnd in seine Jeans zu hakeln. Er musste sich wieder mehr um sie kümmern, in den letzten Tagen war sie viel zu kurz gekommen. »Das mache ich sicher. Aber heute – nur noch heute – fahre ich zur Villa und versuche es noch einmal mit der Lady aus Stein.«

»Wenn du willst, komme ich mit. Vielleicht kann ich dir helfen, eine Lampe oder so ein Reflektor-Dingsbums festzuhalten oder so etwas.«

Er zögerte mit der Antwort. Um ehrlich zu sein, hatte er Sev gern in seiner Nähe, viel zu gern. Und es war auch nicht so, dass ihre Hilfe keine Unterstützung gewesen wäre. Trotzdem wich er aus. »Das musst du nicht.«

»Ich habe Zeit, es würde mir nichts ausmachen.«

»Es wird Stunden dauern und es ist kalt und extrem staubig. Ratten hab ich auch gesehen.« Das war gelogen. Es irritierte ihn, dass er Seval angelogen hatte, ohne nur darüber nachzudenken. Doch aus irgendeinem Grund, der ihm selbst nicht klar war, wollte er sie nicht in der Nähe der Marmorfrau haben. Was, wenn Seval die Statue bloß gewöhnlich fand?

Seval seufzte. »Du willst allein sein, stimmt's?«

Er lächelte entschuldigend. »Von Wollen kann keine Rede sein. Ich muss gerade ein bisschen für mich sein, glaube ich.« Wobei selbst das es nicht traf. Denn, so abgedreht das klingen mochte, in der Nähe der steinernen Lady fühlte es sich anders an. Nicht …

* * *

… einsam. Ich bin einsam, wie noch nie in meinem Leben und doch keinen Moment allein.

Der Alte Simon hat den Zirkus nicht gefunden. Doch er brachte mir etwas anderes; ein abgerissenes Stück Papier, klein und eng beschrieben von einer hektisch anmutenden Handschrift, die ich kenne, als wäre es meine eigene.

Liebste Klara, beängstigende Dinge geschehen. Es gab einen Unfall. Johan … ach, Klara, wie kann ich es Dir schreiben, anstatt es Dir zu sagen und Dich in den Arm zu nehmen? Aber wie sonst sollst Du es erfahren? Und Du musst es doch erfahren, sagt die Zigeunerfrau. Erfahren und fliehen, sonst bist Du verloren.

Klara, bleib stark, der Johan ist tot. Erschossen – durch eigene Hand. Und seine Familie gibt Dir die Schuld daran, doch das darf Dich nicht belasten. Eine böse Zauberin zieht die Fäden, Du musst fort von hier, ehe sie Dich in ihre Hände bekommt. Das sind die Worte der alten Frau, Klara. Ich würde Dir so gerne helfen, lass mich wissen, was ich tun kann!

Dein M.

Für mehr war auf dem Stück Papier kein Platz gewesen. Ich verstecke es in meiner Handfläche, später in meiner Leibwäsche und lese Minchens Zeilen, bis ich sie auswendig herunterbeten kann. Noch immer kann ich nicht begreifen, was dort steht.

Johan. Tot?

Das muss ein Missverständnis sein, das kann nur ein Missverständnis sein. Oder will nun selbst das Minchen dafür sorgen, dass ich vollends wahnsinnig werde?

Am Abend, ehe wir durchsucht werden, reiße ich das Papier in hundert kleine Stücke und schlucke eines nach dem anderen herunter.

Die Tabletten scheinen heute verführerisch ... sie können dem Wahnsinn ein Ende setzen, zumindest in meinem Kopf. Sie können dafür sorgen, dass ich stumpf und leer werde und das Chaos mich nicht länger kümmert. Ich kann dem kaum widerstehen und halte die Tabletten im Mund. Spüre, wie sich ihr bitterer Geschmack über meiner Zunge ausbreitet, während ich zum Fenster gehe. Da steht sie wieder unten auf dem Hof, die Frau in Grün. Die böse Zauberin. Meine Finger fahren den Fensterkitt entlang, er ist bröselig wie die Tabletten in meinem Mund.

Johan – tot?

Die Zauberin lächelt. Die Bitterkeit wandert durch meinen ganzen Körper. Ich lächle zurück wie eine Puppe, die nur lächeln kann, und die Tabletten fallen aus meinem Mund.

Im Gesicht der Zauberin regt sich kein Muskel, aber irgendetwas verändert sich und ihre Miene wird zu einer erstaunten Frage.

Ich antworte ebenso stumm: Ich werde nicht kampflos aufgeben.

Oh ja, ich wage es!

Am nächsten Morgen flüstere ich dem Alten Simon zu, er soll zum Minchen gehen. Ich brauche Kleider. Und ein Messer.

Mag sein, dass ich verrückt werde. Aber heute ist noch …

* * *

… kein Tag, um aufzugeben.

Jarno schoss in der Villa eine ganze Speicherkarte voll, prüfte die Bilder am Laptop, den er in Voraussicht mitgenommen hatte, löschte sie allesamt und begann von vorn.

Nur noch heute wollte er sich allein auf das Marmormädchen konzentrieren. Wenn er heute kein taugliches Bild schoss, würde er morgen neue Motive suchen.

Die kleine Nikon war nicht so schlecht, wie er sie zuerst eingeschätzt hatte. Wenn er das Tageslicht von draußen optimal reflektierte, war sie sogar ganz gut. Doch es gelang ihm nicht, den Gedanken daran auszublenden, welche Ergebnisse er mit der Canon geschafft hätte – und unter diesem Umstand konnte jede einzelne Aufnahme nur verlieren. Dennoch hatte er das Gefühl, dass das eine Bild, das perfekte, da war; irgendwo vor ihm, in diesem Zimmer, im Gesicht der steinernen Schönheit, in deren Zügen er heute eine derart drängende Sehnsucht zu erkennen glaubte, dass er hin und wieder versucht war, mit einem Griff in ihr Gesicht zu prüfen, ob sie wirklich komplett aus Stein war oder vielleicht aus warmem Fleisch und pulsierendem Blut und lebendig unter einer hauchdünnen Marmorschicht begraben. Er gab diesem Verlangen nie nach. Nicht, weil es ihm albern erschien, sondern weil er das Gefühl hatte, damit eine Grenze zu übertreten. Ihre Grenze.

Foto für Foto wurden die Farben schwächer. Das Grau dominierte. Jarno wurde erst nach einigem Überlegen klar, dass dies keine Macke der Kamera war, sondern der normale Tagesablauf: Es dämmerte draußen und das wenige Licht, das noch in die Villa einfiel, wurde von den schweren Vorhängen geschluckt.

Resigniert ließ Jarno sich in den Sessel sinken. Sein Rücken war verschwitzt, er hatte während der Arbeit gar nicht mitbekommen, wie sehr es ihn angestrengt hatte. Er pellte sich aus seinen Jackenschichten und grub in der Tasche nach dem Tabakpäckchen. Wieder ein verschenkter Tag. Wieder kein Bild. Wieder eine Erinnerung daran, dass er sich krankhaft in etwas verbissen hatte, das unmöglich war. Wieder versagt.

»Das ist einfach zu groß für mich. Ich schaff es nicht«, murmelte er, nicht sicher, ob er mit sich selbst sprach oder mit dem Mädchen aus Stein. »Ich krieg es nur nicht hin, mir das einzugestehen. Ich will dieses Bild. Warum? Was hast du denn nur an dir, das mich vollkommen bescheuert macht?« Man hätte meinen können, er sei verliebt. Nur ein verliebter Kerl machte sich derart zum Affen. Nun gut, er hatte bisher kein glückliches Händchen in Sachen Liebe bewiesen, aber mit einem Stein zu flirten, war dann doch eine Nummer zu verzweifelt. Oder nicht?

Das Absurdeste daran war: Er hatte nicht das Gefühl, dass sie ein Stein war.

Er betrachtete sie, während er mit den Fingerspitzen nach dem Tabak tastete und dort auf das Päckchen Gras stieß, das er bisher so stoisch ignoriert hatte. Vage erinnerte er sich an den Grund, warum er es nicht rauchen sollte, aber dieser Grund erschien plötzlich albern und unsinnig. Also sei es drum. Das Tütchen war schnell gerollt, beinah routiniert, auch wenn er diesem Vorgang bisher nur zugesehen hatte. Der erste Zug schmeckte abscheulich, der zweite noch schlimmer. Durch den weißen Rauch, der so viel besser duftete, als er schmeckte, bekam das Marmormädchen etwas Unwirkliches. Beinahe sah es aus, als würde sie sich hinter einem dünnen Vorhang bewegen. Ganz leicht nur. Als bewegte sie ihr Kinn ein Stück in seine Richtung, als entspannten sich ihre Lippen, als senkten sich ihre Lider ein klein wenig mehr über die Augen. So, als wäre dieser Stein in der Lage zu flirten. Und zwar mit ihm.

Jarno hob die Kamera mit der linken Hand, sah nicht durch den Sucher und nicht auf den Monitor, er drückte einfach ein paarmal ab, um sie so festzuhalten. Verschleiert hinter Rauch, umgeben von einem Geheimnis, kurz davor, sich ihm zu offenbaren.

Nicht so viel Vernunft, Jarno – weg mit dem Verstand.

Es brauchte bloß Gefühl. Das perfekte Foto.

»Stein. Verliebt in mich.« Das wäre perfekt.

Ich bin vollkommen stoned, dachte er, lachte innerlich über sich selbst und war sich doch vollkommen sicher, dass sein Foto doch noch nicht verloren war. Er drückte wieder und wieder ab. Hielt die Kamera mit beiden Händen, sodass der Joint ihm aus den Fingern fiel. Nachlässig stieg er mit dem Absatz darauf, um ihn auszutreten. Er fotografierte, ohne seine Augen von der steinernen Schönheit abzuwenden, die Kamera irgendwie auf Höhe seiner Brust, wo sie ihn nicht dabei störte, die Statue ungehindert anzusehen.

Zu dunkel, sagte ihm ein Rest Fachidiotie, aber die Verve war zu ihm zurückgekehrt, die Begeisterung für das, was er tat, und wenn sie auch leiser flüsterte als die Vernunft, so hörte Jarno ihr viel lieber zu. Er stand auf, trat näher, fotografierte Ausschnitte ihres Gesichts, ihr Kinn, ihren Mund und die Augenschatten, die die Dämmerung ihr schminkte. Er schmiegte seine Brust an ihre, murmelte ein »Bitte«, ohne zu wissen, worum er sie bat.

Nein, nein, nein, das war alles viel zu nah an perfekt, um es aufzugeben, er hatte sein Motiv sowie seine Inspiration, er brauchte nur ein klitzeklein wenig mehr Licht, es war zu …

* * *

… dunkel. Seit wann fürchte ich mich vor der Nacht? Doch ich weiß jetzt, dass ich gehen muss, und am Tag wird man mich hier nicht entkommen lassen. Ich habe bereits dem Zufall und allem Glück der Welt zu verdanken, dass das Minchen es geschafft hat, mich zu besuchen und mir ein einfaches Kleid zu bringen und unter meinem Bett zu verstecken. In einer notdürftig eingenähten Innentasche habe ich ein Küchenmesser gefunden. Die Klinge ist kürzer als mein kleiner Finger, aber für meine Zwecke wird es ausreichen.

Ich warte ab, bis die Schwestern ihre Runde gedreht haben und Ruhe in den Zimmern einkehrt, vom Heulen oder verzweifelten Rufen der Patienten (oder Gefangenen?) immer wieder durchbrochen. Doch diese Geräusche verbergen das Kratzen und Schaben, das ich verursache, als ich den Fensterkitt mit dem Messer herausarbeite. Irgendwann, es muss längst Mitternacht sein, beginnt die Scheibe zu wackeln, und ebenso wackelt mein Entschluss. Doch es gibt nun kein Zurück mehr. Der zerbröselte Kitt und die abgeblätterte Farbe vom Rahmen bedecken den Boden wie eine Ascheschicht; niemand wird übersehen, was ich getan habe. Niemand wird das hinnehmen. Und – ich sehe sie zwar noch nicht auf der Wiese stehen, aber ich weiß, dass sie lauert – die Zauberin wird kommen. Ich kann nun nur noch nach vorn und kratze stärker – kratze, bis mir die Nägel splittern und Blutschlieren auf der Scheibe und dem Holzrahmen zurückbleiben. Endlich gelingt es mir, die Scheibe aus ihrer Verankerung zu lösen. Es ist schwierig, sie mit den Fingernägeln so nach innen zu ziehen, dass sie nicht herunterfällt. Das brechende Glas würde das ganze Haus aufschrecken. Das Haus ist ein Ungeheuer, das mich verschlingt, wenn ich es wecke. Ich bette die Scheibe so vorsichtig auf meiner Matratze, als wäre auch sie ein schlafendes Monster. Zuletzt hole ich meinen Ring, meinen einzigen Schutz, unter der losen Bodendiele hervor und stecke ihn mir an die Hand. Er sitzt ganz locker und lässt mich erahnen, dass ich dünner geworden bin.

Einen Moment muss ich durchatmen, als die Nachtluft mir ins Gesicht weht. Wie lange ist es her, dass ich frische Luft geatmet habe? Es fühlt sich an wie ein Jahr, dabei bin ich noch keinen Monat hier.

Ich zwänge mich, so schnell das Kleid es zulässt, durch die enge Öffnung, die ich mir geschaffen habe, halte die Luft an und versuche, nicht zu überlegen. Meine Bedenken sind schneller als die Bemühungen, sie zu unterbinden. Es ist nur das erste Obergeschoss und vor dem Haus wächst eine Wiese, die den Aufprall dämpft, doch ist es immer noch weit höher als die Schaukel, von der ich als Kind gesprungen bin. Aus dem schmalen Fensterrahmen heraus kann ich überdies nur mehr fallen als springen.

Nicht zögern!, sage ich mir stumm.

Nicht so viel Vernunft, Klara – weg mit dem Verstand.

Ich falle.

Es ist schnell vorbei und dauert dagegen lange, bis mir klar ist: Ja, meine Beine schmerzen, mein Rücken pocht und mir schwindelt. Aber ich bin unverletzt. Ich sehe einen Moment zurück und danke dem Herrn auf Knien dafür, dass mein widerspenstiger Kern sich in diesen düsteren Gemäuern scheu gezeigt hat. Viele der Zimmer hier haben Gitter vor den Fenstern und man hätte mich vermutlich sofort in ein solches gesteckt, wenn ich auch nur ein einziges Mal sichtbar Kontra gegeben hätte.

Blicke ich nach vorne, so sehe ich nur nächtliche Schwärze. Ich gebe mir alle Mühe, optimistisch zu sein: Die Dunkelheit wird mich verstecken. Dass sich in ihr auch die Zauberin verstecken könnte – verstecken wird –, versuche ich zu verdrängen. Natürlich …

* * *

… vollkommen erfolglos.

Jarno hatte nicht übel Lust, die Kamera gegen die Wand zu schmettern und die Chance auf dieses verfluchte Foto ein für alle Mal zu zerstören, ehe er sich selbst damit zerstörte.

Seine Wut verflog augenblicklich, als er seine benebelte Aufmerksamkeit mühsam wieder ganz auf die Statue richtete.

»Was ist dein Geheimnis?« Es wunderte ihn kaum, dass er mit Steinfiguren sprach, was er im Allgemeinen für ziemlich verrückt gehalten hätte. So dicht neben ihr stehend, dass er glaubte, Körperwärme von ihr abstrahlen zu spüren, wäre es ihm allerdings verrückter vorgekommen, nicht mit ihr zu reden. »Du willst etwas von mir, du willst mir irgendetwas sagen, aber ich verstehe dich nicht und dieses kleine Ding hier«, er hob die Hand mit der Kamera vors Gesicht, »ist überhaupt keine Hilfe.«

Er musste plötzlich lachen. »Wie kann man von ein paar Zügen nur so unglaublich high werden? Kannst du mir sicher auch nicht sagen, du siehst nicht aus, als hättest du jemals was geraucht, oder? Nein, so eine bist du nicht. Du bist allerdings auch nicht ganz ohne.« Er berührte ihre Schulter und ihre Taille wie im Tanz, wobei ihm fast die Kamera aus der Hand fiel. Unter seiner Hirnschale baute sich unter sachtem, aber unmissverständlich stärker werdendem Prickeln eine Spannung auf, die er nie zuvor gespürt hatte. »Es gibt einen Grund, warum man Skepsis auf deiner Stirn sieht. Du fürchtest dich vor etwas, aber vor allem vor dir selbst.« Verrückt, er wurde ja verrückt. Denn nun war ihm, als würde sich ihre Brust heben wie unter einem flachen Atemzug. In seinem Kopf pulsierte es, als stünde sein Hirn unter Strom. »Was hast du getan, das so entscheidend für dich war, dass du es in Stein festhalten musstest?«

Egal, was es gewesen war – das Bild, was sich diese Frau einst in einer Statue festgehalten hatte, wollte er als Foto. Jetzt noch dringender als je zuvor. Etwas an ihr versprach ihm still, dass er es schaffen konnte. Er musste nur dranbleiben, einen kühlen Kopf bewahren und er musste …

* * *

… nur die Nacht überstehen.

Doch das ist so naiv gedacht. Ich komme weiter, als ich angenommen hatte. Ich komme bis zum Morgengrauen. Dann entdeckt mich der Falke, der mich an dem letzten schönen Nachmittag mit Johan beobachtet hatte, und wenige Augenblicke später scheint es, als entstiege die Zauberin einem geisterhaften, unnatürlich dichten Nebel. Ich sehe mich verstört um. Hundert Meter weiter östlich ist ein Gehöft, ich erkenne die Umrisse der Gebäude wie einen Schattenriss vor dem sich aufhellenden Himmel. Es ist zu weit, um dorthin zu rennen. Der Sprung aus dem Fenster hat meine Beine mit Schmerz und Schwere gefüllt und die Nacht hat mich entkräftet. Mein Körper gehorcht mir nicht länger, er bleibt einfach stehen, starr. Wie aus Stein.

Es gibt tausend Dinge, die ich die Zauberin fragen will. Warum ich? Warum Johan? Was haben wir getan? Ist es wirklich wahr, dass er tot ist? Und die Frage nach der Schuld …

Ein Vogel singt über mir in den Ästen sein munteres Lied und die Zauberin lächelt, während sie näher kommt. Es ist kein Hohn mehr in ihrem Gesicht zu erkennen, bloß Freude. Sie hat ihr Ziel erreicht, auf das sie seit Langem hinarbeitet, das zeigt ihr Lächeln. Es ist ein beängstigend vielsagendes Lächeln, eines, das mich lautlos Dinge wissen lässt, die ich in Worten nicht zu begreifen imstande wäre. Sie ist stolz und zufrieden.

Und ich? Ich bin in ihren lächelnden Augen nicht mehr als ein Schmetterling, der bereits auf seiner Auflage fixiert wurde und nun eine Nadel durch den Leib gebohrt bekommt.

Ich muss schlucken und kann es nicht, will schreien und darf es nicht, will fortlaufen – doch sie hält mich. Ich greife mit der rechten Hand an meine linke und pures Entsetzen lähmt mich. Mein Ring. Er ist fort – einfach fort – ich muss ihn auf der Flucht verloren haben. Alles, was ich noch bewegen kann, ist meine Hand, mit der ich versuche, sie auf Abstand zu halten, dabei kommt sie gar nicht näher. Sie lächelt bloß, entspannt, siegessicher und mit so eisgrauen, farblosen Augen, dass ich meine am liebsten schließen möchte. Selbst das lässt sie nicht zu.

»Was …« Ich weiß nicht, ob ich denke oder spreche, weiß nur, dass sie mich hören kann. »Was willst du …«

* * *

»… von mir?«

Die Spannung in Jarnos Kopf nahm unerträgliche Ausmaße an. Er wollte sich den Handballen vor die Stirn drücken und war dabei so ungeschickt, dass er sich selbst vor die Schläfe schlug. Aus dem Inneren der Figur schien ein Kreischen zu ertönen, leise, kaum hörbar, aber in so hohen Frequenzen, dass ihm der Kopf explodieren wollte, sich sein Kiefer verkrampfte und sich seine Nackenmuskeln zusammenzogen wie Spinnenbeine in kochendem Wasser. Er wollte näher an sie heran, als müsse er sie schützen vor dem, was sie selbst verursachte. So nah, dass sich ihr Marmorbusen gegen seine Brust presste und sich all seine Körperwärme auf sie übertrug, bis er vor Kälte zitterte und zugleich schwitzte.

Verdammt, er war high wie noch nie in seinem Leben. Was hatte Ben ihm da für einen Scheiß eingepackt – das konnte doch nicht von ein bisschen Gras kommen?

»Verdammt, was willst du?«

Was will ich?, setzte er in Gedanken nach und erst jetzt fiel ihm die Kamera wieder ein, die wie durch ein Wunder nicht aus seiner bebenden Hand gefallen war. Das Licht vom Fenster war gewandert. Die Welt war grau geworden, vielleicht aber sah Jarno auch nicht mehr klar, es war alles nicht von Bedeutung, wenn er nur einen Bruchteil seiner überbordenden Gefühle in diesem Foto festhalten konnte.

Er drückte den Auslöser, fotografierte einen großen Schatten seines eigenen Fingers, der vor die Linse geraten war, versuchte es noch mal und ließ die ganze Zeit über das Marmormädchen nicht los, als würde sie stürzen, wenn er ihr keinen Halt mehr gab.

»Wir brauchen mehr Licht«, hörte er sich nuscheln, drückte wieder und wieder auf den Auslöser und zog und zerrte an ihr, um sie näher ans Fenster zu bekommen. »Komm schon«, flüsterte er. »Komm schon, näher ans Fenster, komm ins Licht!«

Mit beiden Händen umfasste er ihre Taille, stemmte die Fersen gegen den Boden und gab alle Kraft, um sie voranzuziehen.

Und dann gelang es. Ganz langsam bewegte sie sich in seine Richtung, kam ihm entgegen und weil ihm war, als wolle sie ihn küssen, lächelte er noch, öffnete die Lippen und dachte *Endlich!*, ehe er begriff.

Sie kippte.

Als Erstes traf sie ihn am Kopf, wider Erwarten war es kein schmerzhafter Aufschlag. Ihre Lippen trafen auf seine. Er schmeckte glatten, kalten Stein. Und Blut.

Plötzlich …

* * *

… durchfährt mich ein scharfer Schmerz, als würde ein Beil meinen Schädel spalten. Kälte füllt die Wunde aus und verteilt sich in meinem gesamten Körper.

Starr. Kalt. Tot.

Ich spüre, wie es mich in die Tiefe reißt, ohne dass ich falle. Ich schreie ohne einen Laut, weine ohne Tränen und sterbe, ohne mich zu wehren.

Das Letzte, was ich sehe, ist das Lächeln der Zauberin.

Das Letzte, was ich höre, ist ihre Stimme. »Ich will dein Leben, Klara. Ich brauche es. Für immer, für mich.«

Dann …

* * *

… war da nur noch ein Schlag gegen den Kopf, ein flüchtiger Eindruck des Fallens, warme Nässe in Jarnos Haaren und die Gewissheit, bald aufzuschlagen. Doch was folgte …

* * *

… war Schwärze …

* * *

… und Stille.

Und sonst nichts.

TEIL II

Doch die böse Zauberin …

KAPITEL 8

Elise

Sie wusste sofort, dass sich etwas verändert hatte. Wie eine Mutter es instinktiv spürt, wenn ihr einziges Kind in Gefahr schwebt, durchfuhr Elise Delanneau die Erkenntnis, dass ihrem Liebsten etwas zugestoßen war. Der Schreck ließ das Champagnerglas in ihren Händen zerspringen, sodass es auf den Terrazzoboden fiel und in tausend winzige Scherben zersplitterte. Einem Teppich aus winzigen Brillanten gleich lagen Glas und Tropfen vor ihr. Elise schritt auf ihren Stilettos hindurch in Richtung eines Balkons. Ein junger Mann, mit dem sie eben noch gesprochen hatte – war er einer der vielversprechenden Anwälte oder einer der Investorensöhne? –, machte Anstalten, ihr zu folgen, rief sie beim Namen und erkundigte sich, ob alles in Ordnung sei. Elise lächelte und ließ im gleichen Augenblick ein scharfes, aber fast lautloses Fauchen in ihrer Kehle entstehen. Zu leise für das menschliche Gehör, vom Instinkt aber durchaus wahrnehmbar. Es wirkte, wie es das immer tat: Der Mann wandte sich mit einer Entschuldigung rasch ab und ließ ihr ihre Ruhe. Besser für ihn.

Die Nachtluft wehte ihr den Geruch von Paris ins Gesicht. Hier, im 21. Stock, konnte sie von Duft sprechen, weiter unten waren alle Großstädte erfüllt von einem schier unerträglichen Gestank, an den sie sich nur langsam hatte gewöhnen können. Schwerer, als den Geruch zu tolerieren, fiel es ihr allerdings, auf die bunten Menschenmengen zu verzichten, in deren Mitte sie sich sicher fühlte, weil selbst außergewöhnliche Erscheinungen heute so alltäglich waren, dass keiner ernsthafte Fragen stellte. Niemand erregte durch sein Anderssein Verdacht. Jeder wollte »besonders« sein. Besonders erfolgreich zum Beispiel. Oder ewig jung wie sie – was sie natürlich zu verschleiern wusste, indem sie nach angemessener Zeit ihren Lebensmittelpunkt verlagerte und hin und wieder ihren Namen änderte. Ihre Magie war in den Metropolen der Welt so herrlich einfach zu verstecken, seitdem kaum mehr jemand an Hexerei und Zauber glaubte. Manchmal bezweifelte Elise, dass es die Familien, die sich vor über hundert Jahren zu ihren Widersachern ernannt hatten, überhaupt noch gab. Vielleicht waren sie ausgestorben wie prähistorische Tiere.

In dieser Nacht konnte sie nicht darüber lachen. Der Alkohol, den sie während der Feierlichkeiten genossen hatte und der sie leicht und unbekümmert gemacht hatte, wirkte nicht mehr. Das plötzliche Gefühl der Sorge um ihr Liebstes war zu stark über sie gekommen. Sie kannte diese Angst aus Träumen, die sie danach stundenlang wach liegen ließen mit der Befürchtung, der Traum könnte sie erneut heimsuchen, wenn sie wieder einschlief. Doch heute war die Sorge zu einem Zeitpunkt über sie gekommen, als sie wach war.

Elise nahm das sehr, sehr ernst.

Sie zog eine Zigarette aus ihrem Etui, entzündete sie und inhalierte zweimal tief, ehe sie das Feuerzeug zurück in die Handtasche gleiten ließ und ihr Mobiltelefon herausnahm, um ihren Fahrer anzurufen. Die Gäste der Party würden irritiert reagieren, dass ausgerechnet sie – die Gastgeberin – die Feierlichkeit so früh wieder verließ. Elise hatte sich den Abend ebenfalls anders vorgestellt; ihre neue Schmuckkollektion hatte so reißenden Absatz gefunden, dass alles andere als ein rauschendes Fest ein Understatement gewesen wäre – und Understatement war alles andere als Elises Stil. Doch ihr Liebstes hatte oberste Priorität und so würde sie schnellstmöglich klären, was vorgefallen war, selbst wenn sie dafür nach Deutschland fliegen musste.

Auf der Fahrt in ihr Haus überlegte Elise, was geschehen sein konnte und wie groß der Schaden sein mochte, wenn das Schlimmste eingetreten war – wenn ihr Liebstes gestohlen oder durch irgendeinen Zauber zerstört worden war. Sie war unvorsichtig geworden in den letzten Jahren, das musste sie sich wohl vorwerfen. Doch die Zauberinnen, die sie verfolgten, solange Elise denken konnte, schienen verschwunden. Vielleicht waren sie alle gestorben, zerschlagen, rastlos hin und her getrieben wie alle Zigeuner. Vielleicht hatten sie aufgegeben, womöglich hatten sie ihre Erbinnen auch einfach nicht mehr mit der Jagd nach ihr – der Aussätzigen – belastet. Gescheitert an der simplen Tatsache, dass Elise ihnen immer meilenweit voraus gewesen war und sie jedem, dem es gelungen war, ihr nahezukommen, nichts weniger als das Leben genommen hatte. Es war auch gut vorstellbar, dass selbst diese Frauen inzwischen eingesehen hatten, dass Elise nichts Unrechtes tat, indem sie die Macht nutzte, die die Natur ihr verliehen hatte. Moral verlor sich sicher irgendwann, wenn man alt wurde und dem Tod entgegenschreiten musste, ob man wollte oder nicht. Ein Schicksal, das Elise niemals ereilen würde, solange sie ihr Liebstes hatte.

Sie lehnte den Kopf an die Autoscheibe, ließ das Glas ihre Stirn kühlen. Die Macht, die sie besaß, war so hart erkämpft und mit so großen Opfern erkauft, dass ein Denken in moralischen Kategorien absurd erschien. Elises Großmutter hatte den Zauber, mit dem man die Substanz der Alterslosigkeit schuf, in einem uralten Buch gefunden. Sie hatte Jahre ihres Lebens damit verbracht, es zu übersetzen und den Zauber wirken zu lassen. Elises Mutter hatte es dann an sich selbst versucht: Ein tot geborenes Kind hatte sie mit ihrer Zauberkraft zu Stein werden lassen. Elise war noch klein gewesen, acht Jahre gerade erst. Sie hatte alles mitansehen dürfen; den toten Säugling, der unter der Macht ihrer Mutter so schnell versteinerte, wie sich ein Stück Zucker in Wasser löst. Elises Mutter hatte ein wenig Stein vom Kopf des Säuglings mit einer Feile abgerieben und mit dem angefeuchteten Finger aufgenommen und abgeleckt.

Sie war tot umgefallen wie vom Blitz getroffen.

Und Elise hatte gelächelt. »Ich habe das geahnt«, sagte sie zu ihrer Großmutter, die sie wissend ansah. »Ein totes Kind kann kein ewiges Leben geben, nicht wahr, Großmama?«

»Du bist ein kluges Mädchen, Elise«, antwortete ihre Großmutter, während sie ein Tuch über den Leichnam ihrer einzigen Tochter zog und dann den versteinerten Säugling aufhob, um ihn wegzuschaffen. »Und darum wird der Zauber dir zu eigen sein, sobald du in der Lage bist, ihn zu verstehen und anzuwenden. Du hast bewiesen, dass du ihn verdient hast, und dafür ein großes Opfer gebracht. Ich bin stolz auf dich.«

Die folgenden Jahre hatte Elise Dutzende von Zaubern studiert, um in der Deutung dieses einen sicher zu werden. Alles unterstützte die Theorie, die sie als kleines Mädchen gehabt hatte: Der Schlüssel zur Unsterblichkeit konnte nicht einfach ein tot geborenes Kind sein. Sondern eines, das tot geboren, aber nach seiner Geburt zum Leben erweckt wird. Die Großmutter war inzwischen verstorben, ahnungslos, als arme, alte Vettel, und nun lag es allein an Elise, einen Menschen zu finden, auf den diese seltene Beschreibung zutraf. Sie hatte sich nicht vorstellen können, wie schwierig es war, denn das Thema war von Aberglauben und religiösem Fanatismus erfüllt und wurde buchstäblich totgeschwiegen. Manchmal hatte sie ein Gefühl, dass dieses oder jenes Kind es sein könnte – tot geboren worden und dann erst ins Leben geholt. Aber immer wurde der Umstand verleugnet und das machte sie unsicher. Sie wollte nicht denselben Fehler begehen wie ihre Mutter. Ohne die weiterführende Ausbildung ihrer Großmutter brauchte sie Jahre der Übung, bis sie ihre manipulativen Fähigkeiten so weit gefestigt hatte, um Menschen auch jene Informationen zu entlocken, die sie lieber für sich behalten hätten. Elise nahm sich diese Zeit und arbeitete mit akribischer Sorgfalt. Das Schicksal ihrer Mutter hatte sie gelehrt, nicht unvorsichtig zu sein. An ihrem Verdacht durfte nicht der geringste Zweifel bestehen, ansonsten würde der Griff nach ewiger Jugend sie in den Tod stürzen. Das durfte sie ihrer Mutter und Großmutter nicht antun, immerhin war sie das letzte Glied der Familie – und würde es auch bleiben. Sie hatte zu viel erreicht, zu viel erarbeitet, um diese Erfolge an irgendeine Frau weiterzugeben, die zufällig das unverdiente Glück hatte, als ihre Tochter geboren zu werden. Nein, Elise würde jede einzelne ihrer vielen Früchte selbst ernten, das war ihr schon bei ihrer ersten Monatsblutung bewusst gewesen und so hatte sie sich von den Männern weitestgehend ferngehalten.

Sie erinnerte sich noch so gut an die Zeit der Suche und den Tag, an dem sie das Jahre andauernde Spiel gewonnen hatte. Das Mädchen, sie wusste bis heute, dass ihr Name Klara gewesen war und dass sie Lehrerin hatte werden wollen, war in einer eigenartigen Geste versteinert, die den Anschein erweckte, dass sie überhaupt keine Angst hatte. Es strahlte beinah Überlegenheit von ihr ab. Wer weiß, dachte Elise, vielleicht war sie stolz, zu so etwas Bewegendem beigetragen zu haben wie dem Sieg über die Sterblichkeit. Sie war so schön, so wertvoll, so unersetzlich. Sie war zwischen all dem Geld, dem Schmuck, den Häusern, Autos, Kunstwerken und schönen Pferden das Liebste, was Elise besaß.

Elises Kopf schmerzte vor Spannung. Ihrem Liebsten durfte nichts passiert sein!

Für ein paar Monate reichte der bereits pulverisierte Stein noch, den sie von der steinernen Klara abgeschabt hatte und den sie regelmäßig einnahm. Sie hatte schnell herausgefunden, wie sie den Wirkstoff nutzen musste: Ganz zu Anfang hatte sie täglich ein wenig davon zu sich genommen, aber ihr äußeres Erscheinungsbild hatte sich unter dieser Behandlung so rapide verjüngt, dass sie die Abstände hatte vergrößern müssen, um nicht bald wie ein Kind auszusehen. Seit Langem nahm sie bei jedem Vollmond eine kleine Prise des Steinstaubs zu sich und damit gelang es ihr vortrefflich, immer gesund und kraftvoll zu bleiben und zudem keinen Tag älter zu werden. Eine gute Menge des Staubes verwahrte sie in einem Safe in ihrem Schlafzimmer, so musste sie ihr Liebstes nicht zu häufig besuchen. Denn dies war aller Vorsicht zum Trotz nicht ohne Risiko – sollten ihre Gegnerinnen wider Erwarten doch noch im Verborgenen agieren, könnten sie sie beobachten und ihr folgen. Sie fragte sich, ob dies nun geschehen war. Aber warum ausgerechnet jetzt? Sie war seit Monaten nicht mehr bei ihrem Liebsten gewesen. Sie verwahrte es in einem alten Haus, das sie unter einem falschen Namen gekauft hatte, nachdem die Eigentümerin, eine Geschäftsführerin einer der Betriebe, die Elise gehörten, verstorben war. Es war das ideale Versteck für ihr Liebstes: ein altes, verkommenes Haus in einer bedeutungslosen kleinen Stadt, die nach dem Wegfall ihrer einstigen Kohlewerke verarmte und vom ganzen Land vergessen schien. Dass sie Klara vor über hundert Jahren in ebendieser Stadt gefunden hatte, schien Elise wie ein hübsches kleines Omen. Hier waren ihre Gegenspielerinnen ihr damals nahgekommen, sie waren sogar Klara ganz nah gewesen und hatten mit ihr gesprochen. Elise fand, dass dieser Ort vermutlich der letzte war, an dem sie erneut nach ihr suchen würden – es war einfach zu unwahrscheinlich, dass Elise sich gerade dieses Städtchen aussuchte. Und genau darum war es ihre erste Wahl gewesen. Womöglich ein Fehler?

Der Fahrer hielt vor dem schmiedeeisernen Tor, das ihr Grundstück von der Straße trennte, aktivierte die Fernbedienung und fuhr hindurch, als es offen war. Hundert Meter führte der Weg durch ihren Garten, den sie, ohne zu übertreiben, einen Park nennen konnte, dann hielt der BMW vor dem Haus.

»Stellen Sie den Wagen in die Garage«, entschied Elise. »Heute brauche ich ihn wohl nicht mehr, aber halten Sie sich für den Notfall bereit. Morgen geht es zum Flughafen.«

»Ist etwas passiert, Madam?«

Sie lächelte dem Fahrer zu. Das geht dich absolut nichts an. »Bis morgen.«

»Gute Nacht, Madam.«

Elise stieg aus. Ihre Haushälterin hatte sie bereits bemerkt und öffnete ihr die Tür. Sie schickte das Mädchen ohne viele Worte in ihr Zimmer, heute war ihr nicht mehr nach Tee oder einem Snack, sie brauchte nun nichts anderes als Ruhe, um sich zu konzentrieren.

Nervosität durchfuhr sie. Sie hatte erst im letzten Jahr erneut darüber nachgedacht, ihr Liebstes anderweitig zu verwahren. In einem Safe vielleicht oder unter der permanenten Obhut von Menschen, die ihr gehorchten. Aber sie war sich der Schwachstellen dieser Möglichkeiten zu sehr bewusst. Ihre Gegnerinnen verfügten – rein theoretisch – über dieselbe Macht der Manipulation. Vertrauen gab es daher nicht für Elise. Und ein aufwendiges Versteck wies zu schnell darauf hin, dass etwas Wertvolles darin verborgen wurde. Wenn sich erst irgendjemand fragte, warum Elise Delanneau eine alte, abgeschabte Steinfigur wie einen Schatz hütete, würden sich die Fragen ausbreiten wie ein Virus und in dem unwahrscheinlichen Fall, dass ihre Gegnerinnen noch aktiv waren, war es dann nur eine Frage der Zeit, bis sie sie finden würden. Elise war sich so sicher gewesen, das optimale Versteck ausgesucht zu haben. Unauffällig und weit von ihr entfernt. Vor wenigen Tagen erst hatte sie einen magischen Blick in das alte Haus geworfen und nichts Auffälliges dort gesehen. Manchmal brachen Obdachlose im Winter in leer stehende Häuser ein, daher hielt Elise die Augen offen. Penner und Hausbesetzer klauten meist bloß die letzten wertlosen Kleinigkeiten und wirkten gleichzeitig ausreichend abschreckend auf andere Menschen, sodass sie eher einen zusätzlichen Sicherheitsfaktor darstellten und Elise sie daher nicht grundsätzlich verjagte.

Es sei denn, sie kamen auf die Idee, ihr Liebstes wegzuschleppen, um es irgendwo zu verkaufen. Das war einmal geschehen und es war lästig gewesen. Sie hatte reisen und ihr Liebstes wiederfinden müssen. Doch selbst in dieser Situation war ihr Herz nicht von der Sorge wie ein Pfeil durchbohrt worden. Diesmal musste etwas Schlimmeres passiert sein.

Elise ging ins Badezimmer. Dort verwahrte sie neben Kopfschmerztabletten und Hustensaft die gläsernen Röhrchen mit den Substanzen, die sie für ihre Zauber brauchte: in diesem Fall ein pulverisiertes Fellbüschel, ein wenig Haut und eine Kralle. Elises

Personal glaubte, in den kleinen Phiolen seien homöopathische Medikamente – ach, es war noch nie so einfach gewesen, Magie zu verbergen, wie in den letzten Jahren. Man konnte beinahe offen damit umgehen und galt eher als modern denn als absonderlich.

Mit dem Röhrchen in der Hand ging sie zurück in ihr Wohnzimmer, ließ sich in einen Ledersessel gleiten und horchte auf die Geräusche im Haus. Das Hausmädchen hantierte noch in ihrem eigenen Bad herum; Elise wartete, bis die Stille darauf hinwies, dass es sich ins Bett gelegt hatte. Erst jetzt fand sie die nötige Ruhe, um sich hinreichend zu konzentrieren und somit die zerbrechliche Verbindung zu dem Wesen herzustellen, das Elise seine Augen und Ohren lieh.

Mit geschlossenen Augen murmelte Elise die Formel, die ein feines Netz aus Macht flocht – stark genug, um einen einfach gestrickten Geist so weit aus seinem Körper zu entfernen, dass sie selbst darin Platz fand. Diesen Zauber auf ein Säugetier wirken zu lassen, war nicht schwer, sie beherrschte es mühelos. Schwieriger war es, das entsprechende Tier auf einen Meter genau zu lokalisieren, bevor sie das Netz aus Macht über ihm auswerfen konnte. Sie faltete die Hände wie zu einem Gebet, nahm die Phiole dabei zwischen ihre Handflächen und suchte mit geschlossenen Augen und weit geöffnetem Geist nach der Katze. Es war nur möglich, da sie ihren ungefähren Aufenthaltsort kannte und schon dort gewesen war, was ihr die mentale Orientierung erleichterte. Dennoch dauerte es wegen der immensen Entfernung bestimmt eine halbe Stunde, bis sie die Seele endlich gefunden hatte und schattenhaft umherstreifen fühlte. Mit ganzer Kraft konzentrierte sie sich nun auf den Inhalt des Glasröhrchens, presste ihre Hände darum und ihren Willen um die Seele des Tieres, bis beides beinahe in dem Mahlstrom ihrer Energie zerbrach. Das Tier wehrte sich, es wurde von Mal zu Mal widerspenstiger, doch mit jeder Ausführung wurde auch Elises Magie ein wenig stärker. Der Zauber gelang und mit einem erleichterten Aufseufzen glitt ein kleiner Teil von Elises Bewusstsein in den Körper der Katze. Deren Augen gehörten nun ihr. Ein bisschen enttäuscht stellte sie fest, dass ihr bisher keine weiteren Sinne zur Verfügung standen. Irgendwann würde sie durch die Nasen ihrer Tiere riechen, durch ihre Ohren hören und durch die Pfoten den Herzschlag der Erde spüren können, aber für diese weiteren Schritte war es offenbar noch immer zu früh. Waren all diese Erfahrungen nicht erneute Hinweise dafür, dass es für ihresgleichen kein Verbrechen war, ewig zu leben? Nein, es war ihnen vorherbestimmt, um zu lernen, all die Kräfte einzusetzen, die einer Zauberin zur Verfügung standen. Menschenleben reichten dafür nicht aus!

Elise versuchte, nichts von dem zu verpassen, was die Katze mit ihren nachtaktiven Augen bemerkte. Dummerweise trieb sich das einfältige Tier im Garten des Hauses herum und achtete mehr auf gefrorene Blätter, die im Wind raschelten, als auf das Haus. Vermaledeites Vieh, schimpfte Elise in Gedanken, doch die Katze ließ sich davon nicht beeindrucken. Tiere waren einfach zu benutzen, doch sie zu manipulieren und ihnen den eigenen Willen aufzuzwängen, gelang nur in den seltensten Fällen. Die Katze huschte in Richtung Zaun, offenbar wollte sie außerhalb des Gartens auf Jagd gehen, wo es absolut nichts gab, was Elises Interesse geweckt hätte. Genervt wollte sie sich schon zurückziehen und die Katze zu einem späteren Zeitpunkt erneut nutzen, da verharrte das Tier in der Bewegung, duckte sich und warf einen Blick über seinen Rücken. Elise sah den Schwanz unruhig hin und her peitschen. Dahinter lag das Haus im Dunklen. Und aus dem Fenster im unteren Stock – dem Fenster, hinter dem ihr Liebstes stehen musste – brannte Licht.

KAPITEL 9
Einhundertundelf Jahre

Jarno kam zu sich. Sein Kopf lag in einer Lache aus kalter, klebriger Flüssigkeit. Sein erster Gedanke war, dass er verdammt tief gesunken sein musste, wenn er in seinem eigenen Erbrochenen aufwachte, doch der zweite, dass das kein Erbrochenes sein konnte. Es schmeckte nach Blut und das gefiel Jarno noch viel weniger.

Er blinzelte angestrengt, sah rötliche Schlieren und tanzende Sterne und brauchte eine gefühlte Ewigkeit, bis er sich in eine halb an der Wand lehnende und halb sitzende Position hochgehievt hatte. Er hatte das Gefühl, seinen Kopf mit der Hand stützen zu müssen, dabei tastete er sich mit den Fingern über die Stirn und erspürte dort eine Platzwunde über der Augenbraue, aus der nach wie vor Blut tropfte, obwohl es an anderen Stellen seines Gesichts schon angetrocknet war und juckte. Als er sich mit der Zunge die Lippen benetzte, spürte er auch dort eine kleine Wunde und angetrocknetes Blut. Da er noch immer nur ein T-Shirt trug, fror er erbärmlich.

Was zur Hölle war passiert?

Nur mit Mühe gelang es ihm, mehr zu erkennen. Das Blut auf dem Boden war nicht lebensgefährlich viel, sah aber auf jeden Fall bedrohlich aus und bewirkte, dass ihm flau im Magen wurde. Die kleine rote Nikon musste beim Herunterfallen in die andere Richtung gerutscht sein, auf den ersten Blick wirkte sie weder besudelt noch kaputt. Ansonsten konnte er nichts ausmachen.

Er stutzte. Nichts …?

Aber … wer oder was hatte ihn niedergeschlagen?

Er schüttelte den Kopf und bereute es sofort, da es einen stechenden Schmerz in seiner Schädeldecke weckte, der dazu führte, dass er sich am liebsten wieder auf den Boden gelegt hätte. Schlafen klang verführerisch … und gleichzeitig, als wäre es bei der Kälte eine verdammt dumme Idee. Er sollte zumindest schauen, dass er an seine Jacken gelangte. Die mussten im Sessel liegen, der ein paar Meter weit entfernt stand und damit so gut wie unerreichbar schien.

Irgendetwas im Raum hatte sich verändert, ihm war, als sähe plötzlich alles anders aus, als wäre der Raum, in dem er erwacht war, ein ganz anderer als der, in dem er eben ohnmächtig geworden war. Die Erkenntnis kam ganz langsam, Gedanke für Gedanke, als er versuchte zu rekonstruieren, was überhaupt geschehen war.

Er hatte Fotos machen wollen. Für den Wettbewerb.

Fotos … von dem Marmormädchen.

Und das war weg.

Jarno musste leise lachen, als ihm bewusst wurde, was da gerade in seinem Kopf vorging. Eine lebensgroße Marmorstatue, die erst umgekippt, ihm auf den Kopf gefallen und im Anschluss verschwunden war. Was für ein Nonsens! Aber jeder Realität zum Trotz *war* sie verschwunden. Nicht einmal Spuren waren übrig, bis auf eine helle Stelle auf den Dielen, die genau zeigte, wo sie eben noch gewesen war – und damit auch ausschloss, dass Jarno sie sich vielleicht nur eingebildet hatte.

Unter dröhnendem Kopfschmerz beugte er sich vor, griff nach der Kamera und schaltete sie ein. Ihm fiel ein Stein vom Herzen, da sie tatsächlich keinen Schaden genommen hatte. Unter leisem Surren öffnete sich das Objektiv und der Monitor zeigte auf Knopfdruck gehorsam die letzten Aufnahmen. Da war die Statue. Und wo war sie jetzt?

Jarno drehte den Kopf und sah aus dem Fenster. Es war dunkel geworden, aber die Zeit konnte er nicht abschätzen. Es konnte achtzehn Uhr sein, aber ebenso gut schon Mitternacht. Er hatte keinen Anhaltspunkt dafür, wie lange er hier gelegen hatte. Womöglich war er länger bewusstlos gewesen und in der Zeit hatte irgendwer die Statue herausgetragen. Was ihn auf die Idee brachte, dass er vielleicht keinen Unfall gehabt hatte, sondern von jemandem hinterrücks niedergeschlagen worden war. Nein, unmöglich. Die Wunde befand sich an seiner Stirn – er hätte den Angreifer sehen müssen. Ein Zufall? Konnte es sein, dass zufällig in dem Moment, in dem er bewusstlos war, eingebrochen worden ist? So schwer, wie die Steinfrau war, hätte man mehrere Personen gebraucht, um sie zu transportieren. Und die Einbrecher hatten ihn einfach in seinem Blut liegen lassen?

Jarno stützte sich an der Wand ab und kämpfte sich auf die Füße. Der Boden drehte sich, wenn er nach unten sah, und vermutlich schwankte Jarno, als wäre er sternhagelvoll, aber er schaffte es halbwegs aufrecht bis zum Sessel, wo er seine Jacken fand. Sein Portemonnaie war in der Innentasche, seine letzten zwanzig Euro für den Monat befanden sich darin. Komische Einbrecher, die Bargeld liegen ließen. Jarno zog die Jacken über und taumelte aus dem Raum in den Flur, wo sich die Haustür befand. Sie war nach wie vor mit Brettern verrammelt, ebenso wie die Fenster, sah man von dem einen ab, das er selbst freigelegt hatte. Aus diesem konnten die Einbrecher die Steinfrau unmöglich herausgeschafft haben – die Fensteröffnung war viel zu klein für eine unbewegliche Figur, außerdem hatte er unmittelbar davorgelegen. Infrage kam nun nur noch das Fenster im ersten Stock, durch das er immer ein- und ausging, aber nein, das war absolut absurd. Niemand würde mit einer Statue unter dem Arm eine Rosen-Rankenhilfe hinabsteigen.

Wo war sie dann? Und – was ihn im Moment noch mehr interessierte – wie kam er, der momentan weder in der Verfassung war, aus Fenstern zu klettern noch eine vernagelte Tür einzutreten, aus der Villa hinaus und bis nach Hause? Unter der brennenden Wunde pulsierte sein Hirn, ein stetiges Auf und Ab von Schmerz, und allein ein paar Schritte zu gehen, war zu anstrengend, sodass ihm schwindlig wurde. Ein Telefon hatte er natürlich auch nicht dabei.

Fürs Erste blieb ihm nichts anderes übrig, als ein annähernd sauberes Tischdeckchen auf die Wunde zu drücken, sich ein weiteres Mal auf seinem Sessel zusammenzukrümmen und unter seinen drei Jacken ein wenig auszuruhen.

* * *

Klara wartete, bis das Haus in absoluter Stille lag und sie nichts anderes mehr hörte als ihr hart schlagendes Herz. Danach zählte sie bis hundert, von hundert abwärts wieder zurück und erneut bis hundert. Erst nachdem dies geschafft war und weiterhin nichts zu vernehmen war, wagte sie sich aus ihrem Versteck unter einem Bett hervor. Ihr Kleid war staubig. Das ganze Haus war verfallen und seit Langem nicht mehr gesäubert worden, aber was Klara auf ihrer Kleidung und auf ihrer Haut spürte, war noch mehr. Sie fühlte sich, als hätte sie sich wochenlang nicht gewaschen, und zu ihrem Erschrecken konnte sie nicht ausschließen, dass dem so war. Die entsetzliche Tatsache war: Sie wusste überhaupt nicht, was passiert war. Wie war sie hierhergekommen? Was suchte sie hier? Und wer war dieser Mann, auf den sie wie aus dem Nichts heraus gestürzt war?

Klara wusste nur, dass er ihr Angst machte. Sie hatte sein Blut an den Lippen gehabt und seine Arme hatten sie umschlossen wie ein Schraubstock. Sie konnte sich zwar nicht erinnern – vielleicht waren die Erinnerungen zu schockierend und sie verdrängte sie? –, doch es war mehr als wahrscheinlich, dass er versucht hatte, ihr etwas anzutun. Sie hatte sich gewehrt und musste ihn glücklich am Kopf getroffen haben. Womöglich wäre sie ansonsten nun nicht mehr am Leben. Wenn sie doch nur wüsste, was sie nun tun sollte!

Hier konnte sie keinesfalls bleiben. Der Mann war wieder zu sich gekommen, wie sie erwartet hatte. Klara war nicht sicher, ob sie darüber erleichtert sein sollte. Einerseits hatte sein langsames Regen dazu geführt, dass ihr vor Angst die Tränen gekommen waren, andererseits hätte sie ihm vermutlich in irgendeiner Weise helfen müssen. Dass er ganz offensichtlich ein Räuber war, hieß nicht, dass sie ihn einfach sterben lassen durfte. Oder doch? Allerdings war er ja auch nicht gestorben, sondern aufgewacht und zwischenzeitlich hoffentlich gegangen. Aber wohin? Ob er sie suchte? Sie verdrängte den Gedanken, dass dies sein Haus sein könnte. Dann wäre er zu den Schlafzimmern gegangen oder in eines dieser modernen, aber unglaublich verdreckten Bäder und sie hätte ihn die Treppen hochkommen hören. Nein, das Haus wirkte nicht bewohnt, offenbar hatte man sie hierhergebracht, weil es leer stand.

Ob ihr Vater wusste, wo sie war? Und Johan?

Ein plötzlicher Schmerz traf Klara in die Brust, als risse jemand unvermittelt an ihrem Herzen.

Johan!

Mit quälender Wucht fiel ihr wieder ein, was das Minchen ihr geschrieben hatte. Dass Johan tot war.

Wie hatte sie das auch nur einen Moment vergessen können?

Klara verschwamm die Sicht vor Augen, sie musste sich auf das Bett setzen und ein paarmal tief und langsam atmen, ehe sie wieder klar sehen konnte. Sie rieb sich die Stirn, als könnte das ihr Denken anregen. Oder ihr Fühlen. Sie fühlte so gut wie nichts außer der Angst. Was war nur mit ihr los? Wie konnte es so leer in ihr sein? Es fühlte sich an, als wären seit den scheußlichen Tagen in der Anstalt viele Jahre vergangen. Als dachte sie an eine sehr ferne Erinnerung. Oder an etwas, das ihr nie geschehen war; etwas, das sie nur aus Erzählungen kannte.

Klara riss sich zusammen. Zu grübeln half nichts, sie durfte hier keinesfalls länger herumsitzen und Trübsal blasen. Der Räuber mochte fort sein, aber er würde sicherlich zurückkommen, um sich zu holen, was auch immer er wollte. Sie war bestimmt nicht grundlos in diesem Haus eingesperrt.

Für den Augenblick gab es nur eines zu tun: Sie musste hier fort, so schnell wie möglich. Mit etwas Glück war sie nicht zu weit von zu Hause entfernt – wobei Tapeten und Möbel eher modern und großstädtisch erschienen, ja, einen beinahe fremdländischen Anschein weckten – und konnte ihrem Vater eine Nachricht schicken. Vielleicht gab es in dieser Stadt ein Telefon.

Die Pläne verliehen Klara neuen Mut. Trotzdem schlich sie auf Strümpfen aus dem Zimmer und trug ihre Schuhe in der Hand. Ihr rechter Schuh sah schrecklich mitgenommen aus: verschlissen, als hätte jemand das Leder abgewetzt, doch an der Seite und an der Ferse, was sie irritierte. Die Sohlen dagegen waren kaum abgetreten. Ihr fiel auf, dass auch ihr Kleid ein paar löchrige Stellen am Rock hatte, im oberen Bereich war es dagegen makellos. Hatte sie einen Kampf hinter sich? Ihr Haar war zerzaust, ihr Körper fühlte sich ermattet an, regelrecht zerschlagen.

Im Korridor fand Klara eine schlanke Blumenvase aus Porzellan. Sie nahm sie vorsichtshalber mit, um sich zu verteidigen. Es fühlte sich nicht an, als wäre sie allein, aber ein Zurück ins Versteck gab es nun nicht mehr. Die Vase in der rechten und ihre Schuhe in der linken Hand schlich sie die Treppe hinab und lugte in die Wohnstube, wo der Mann eben noch gelegen hatte. Sie konnte durchatmen. Er war fort, nur die Blutlache war noch da. Doch ganz sicher würde er wiederkommen. Sie musste nun schnell sein.

Durch das unverrammelte Fenster sah Klara den Schneeregen fallen. Wie seltsam, eben war es doch noch Sommer gewesen, da war sie ganz sicher. Hatte sie etwa ein halbes Jahr verloren? Wo sollten diese Monate hin verschwunden sein, sie musste sich doch an irgendetwas erinnern! Ihr Kleid war aus dünnem Leinen, das Minchen hatte ihr wohlweislich eines ihrer robusten Kleider gebracht, aber für Eis und Schnee eignete es sich nicht. In Klara kam der störende Gedanke auf, warum sie ein Kleid vom Minchen trug und keins ihrer eigenen. Sie konnte sich entsinnen, dass sie in diese Anstalt geraten war und das Minchen ihr geholfen hatte. Ja, sie war von diesem schrecklichen Ort fortgelaufen … aber warum nur? Weshalb war sie überhaupt dort gewesen? Sosehr sie sich auch bemühte, ihre Antworten blieben im Dunkeln.

Gut, dann musste sie das später klären. Zunächst einmal galt es, hinaus in die Kälte zu fliehen. Klara ließ den Blick umherschweifen auf der Suche nach etwas, das sie wärmen würde. Es war möglich, dass sie sehr lange in der Nacht umherirren musste, ehe sie sich orientieren konnte und einen sicheren Unterschlupf fand. Sie wunderte sich über eine Art rechteckige Lampe, die so viel Licht abstrahlte, wie sie es noch nie gesehen hatte. Vielleicht wäre es klug, sie mitzunehmen, aber Klara wagte nicht recht, das Ding anzufassen. Dort, in dem Sessel, da sah sie ein Stück Stoff. Sie ging näher, blickte an der breiten Sessellehne vorbei und biss sich auf die Zunge, um nicht laut aufzuschreien. Der Mann! Er lag dort! Was sie gesehen hatte, war seine Jacke, die er sich wie eine Decke über den Oberkörper gezogen hatte. Zumindest war er nicht wach geworden, das war ihr großes Glück. Die Vase zitterte in ihrer Hand, sie hatte sie vor Schreck zum Schlag erhoben, obwohl er sich nicht regte. Ganz langsam schlich sie rückwärts. Beim genaueren Hinsehen erkannte sie zwar, dass der Mann in seinem Zustand nicht besonders bedrohlich aussah, denn sein Kopf und sein Gesicht waren immer noch blutbeschmiert und darunter so blass, dass ihm vermutlich nicht viel Kraft geblieben war, aber das beruhigte sie nicht. Es würde bloß ihre Hemmung erhöhen, ihn niederzuschlagen, und das wiederum würde er ausnutzen. Es konnte nur ein Schurke sein, selbst ohne die Verletzungen sah er aus wie einer dieser Männer, vor denen jede Frau gewarnt wurde. Er hatte viel zu langes Haar, das ihm strähnig ins Gesicht fiel, trug schwere Schuhe wie ein Wanderer und Arbeitshosen mit Löchern an den Knien. Unter der seltsamen Jacke hatte er ein dunkles Unterhemd am Leib, das war ihr eben schon aufgefallen. Wer rannte schon nur im Unterhemd herum, wenn er keine schändlichen Absichten hatte?

Sie verzichtete auf die warm aussehende Jacke und ebenso darauf, noch einmal nach oben zu gehen, um von dort eine Decke zu holen. Stattdessen suchte sie nach einem Ausgang, fand jedoch nichts außer zugenagelten Fenstern und einer mit Brettern verrammelten

Tür. Ihre Nervosität stieg mit jeder Minute, die sie hilflos im Haus umherirrte. Schließlich gab sie sich einen Ruck, zog ihre Schuhe an und kehrte aller Angst zum Trotz in die Wohnstube zurück, wo sie das einzige offene Fenster im Erdgeschoss gesehen hatte.

Bitte, geh auf!, flehte sie im Stillen und rüttelte am Rahmen. Es knirschte erschreckend laut und Klara setzte ein Stoßgebet nach, der Schuft möge weiterschlafen. Der Wunsch, sich nach ihm umzusehen, war fast übermächtig, sie glaubte bereits, ihn hinter sich stehen zu spüren, doch sie verlor keine weitere Sekunde, krabbelte durch das Fenster und sprang ohne ein Zögern die anderthalb Meter. Die Wiese war vom Schneeregen aufgeweicht und dämpfte ihren Fall, sie rutschte allerdings gleich auf dem glitschigen Gras aus, fiel der Länge nach hin und spürte, wie das eiskalte Wasser sich augenblicklich durch ihr Kleid saugte und sie bis auf die Haut durchnässte. Klara schimpfte leise, kam auf die Füße und rannte los.

Gleich vor ihr schien eine Gasse zu verlaufen, sie erkannte in einiger Entfernung eine seltsam anmutende Straßenlaterne. Ein hoher schmiedeeiserner Zaun und ein Tor mit einer scharfen Zackenkrone versperrten ihr den Weg – natürlich verschlossen. Hinter ihr klapperte es. Der Wind schlug das Fenster auf und zu und verursachte damit einen solchen Lärm, dass der Schuft wach werden musste, wenn er nicht zufällig gestorben war. Klara durfte nun keine Zeit verlieren. So schnell sie es in dem langen Kleid schaffte, kletterte sie über den Zaun. Dass der Rock weiter zerriss und sie sich an irgendeiner scharfen Ecke die Hand aufschürfte, war bedeutungslos, wenn es ihr nur gelang, dem Mann zu entkommen.

Sie stürzte auf der anderen Zaunseite auf den Bürgersteig, schlug sich beide Knie und einen Ellbogen auf und obwohl sie die Zähne zusammenbiss, entkam ihr vor Schmerz ein Stöhnen. Eilig rappelte sie sich auf, raffte die nassen Fetzen ihres Rocks, um nicht noch weitere Male zu fallen, und rannte los, ohne ein Ziel die Straße entlang.

* * *

Eisige Kälte weckte Jarno. Sein Kopf dröhnte noch, aber die Wunde hatte aufgehört zu bluten. Der kurze Schlaf war unbequem gewesen, aber es ging ihm etwas besser. Es war stockfinster, der Scheinwerfer war ausgegangen, so ein Akku hielt nicht ewig. Jarno erkannte, dass es so kalt war, weil das Fenster offen stand, und er schaffte es ohne zu taumeln durch den Raum, um es zu schließen. Einen Hinweis darauf, wie es aufgegangen war, fand er nicht. War die Verriegelung nicht eben noch fest zu gewesen?

Was für eine Nacht!

Der Morgen war noch nicht angebrochen, trotzdem wusste Jarno, dass er nicht mehr würde schlafen können. Er zog seine Jacken an, spielte mit dem Gedanken, seinen Scheinwerfer und den Reflektor zusammenzupacken, und verwarf ihn wieder. Er konnte seinen Kram auch später holen, was man heute Nacht nicht gestohlen hatte, würde hier wohl vorläufig sicher sein. Ohne den Ballast stieg er aus dem offenen Fenster, umrundete das Haus und suchte in der Dunkelheit die Lücke im Zaun, durch die er regelmäßig kam und ging.

Für den Weg nach Hause brauchte er fast doppelt so lang wie gewöhnlich und mit jedem Meter wurde das Weitergehen beschwerlicher. Hätte er doch nur das Auto genommen! Der Schneeregen wurde stärker, er kühlte zumindest Jarnos Kopf und wusch das meiste Blut fort, aber ließ ihn auch entsetzlich frieren. Zu Hause angekommen, zitterten seine Hände so sehr, dass er den Schlüssel nicht mehr ins Schloss bekam und kurzerhand Sturm klingelte, mochte Seval denken, was sie wollte.

Sie öffnete ihm im Schlafanzug und sagte kein Wort.

»Hi, Sev«, begrüßte er sie müde und beäugte die breite blonde Strähne in ihrem Haar, die er noch gar nicht kannte. »Neue Frisur? Sieht gut aus.«

»Jarno!« Sie presste sich eine Hand vor den Mund, bekam sich aber schnell in den Griff und zog ihn in die Wohnung. »Du siehst schrecklich aus. Was ist mit dir passiert?«

»Klingt es blöd, wenn ich dir sage, dass ich es nicht so genau weiß? Ich glaube, ich habe mir den Kopf gestoßen.«

Seval schob ihn in die Küche, drückte ihn auf einen Stuhl und schaltete alle Lampen ein, was Jarnos Kopfschmerzen in eine bisher unbekannte Intensität trieb.

»Ich glaub dir langsam kein Wort mehr. Du hast Probleme, oder? Stress mit jemandem!«

»Sev, es war niemand da. Das war ein Unfall.«

»Unfall? Vor ein paar Tagen hat dich erst jemand überfallen. Jetzt kommst du und erzählst etwas von einem Unfall. Was ist eigentlich los bei dir?«

»Wenn ich das wüsste.«

Seval schnalzte abfällig mit der Zunge, sagte aber nichts mehr. Sie ließ ihn merken, wie sehr sie sein Verhalten enttäuschte, und er bekam unvermittelt ein schlechtes Gewissen.

»Ich würde dir gerne sagen, was wirklich passiert ist«, sagte er.

Sev sah ihn an. »Aber du vertraust mir nicht.«

»Das ist es nicht. Ich weiß es wirklich nicht.« Und obwohl Jarno der festen Überzeugung gewesen war, die unglaubwürdige Geschichte von der umgestürzten und verschwundenen Statue keinesfalls erzählen zu können, weil es einfach zu lächerlich klang, tat er es doch, während Seval schweigend seine Kopfwunde säuberte und desinfizierte.

»Nicht bewegen!«

»Das tut verdammt weh.«

»Das wird noch mehr wehtun. Tut mir leid, Jarno, das muss genäht werden, fürchte ich.«

»Und mehr hast du dazu nicht zu sagen?«

Seval klebte das Pflaster fest, holte ein Glas Wasser und stellte es vor Jarno ab. »Tut mir leid, ich bin keine Ärztin.«

»Das meine ich nicht.«

»Sondern?«

Jarno seufzte. »Du weißt, was ich meine. Die Statue.«

Seval setzte sich neben ihn und legte eine warme Hand auf seine, die sich immer noch wie eingefroren anfühlte. »Was, bitte, soll ich dazu sagen? Du hast das Zeug von Ben *doch* geraucht, oder?«

Zu Jarnos Ärger konnte er ihr das nicht mal übel nehmen. Ja, er hatte das Gras geraucht, aber selbst vom irrsten Trip verschwanden keine steinernen Menschen. Er zog die kleine Nikon aus der Tasche und schob sie Seval hin. »Schau nach. Die Bilder sind drauf.«

Seval gehorchte und betrachtete mit gerunzelter Stirn die Aufnahmen. »Und du bist vollkommen sicher, dass diese Figur nun weg ist?«

»Absolut.«

»Und du kannst ausschließen, dass du sie irgendwo anders hingetragen hast?«

»Ich habe versucht, sie ans Fenster zu ziehen. Sie wiegt eine gefühlte halbe Tonne, ich werde sie kaum im Rausch weggetragen haben, ohne mich daran zu erinnern.«

»Okay«, meinte Seval gedehnt. »Dann mache ich dir einen Vorschlag: Ich gehe duschen und mir etwas anziehen. Dann kutschiere ich dich zum Krankenhaus, damit sie dich dort wieder hübsch zusammenflicken. Und anschließend fahren wir zu diesem Haus und sehen nach, ob wir deine versteinerte Freundin finden. Einverstanden?«

Jarno zuckte unschlüssig mit den Schultern. »Was, wenn sie jemand gestohlen hat? Ich möchte nicht, dass du in Gefahr gerätst, weil ich –«

Seval rollte mit den Augen und brachte Jarno mit einer Geste zum Schweigen. »Du bist einverstanden«, entschied sie, »denn du willst nicht, dass ich dich für einen armen Irren halte, der sich Fantasiefreunde aus Stein in sein Leben spinnt. Ich bin im Bad, bis gleich.«

Mit den in seinem Schädel tobenden Kopfschmerzen sah Jarno sich nicht in der Lage zu widersprechen.

* * *

»Großer Gott!« Klara presste sich dicht an eine Mauer und wünschte sich, es würde sich irgendwo ein Versteck auftun. Doch das, was sich ihr von hinten näherte, war viel zu schnell und hatte sie mit seinen Lichtaugen auch bereits ausgemacht. Es schoss geradewegs an sie heran, jagte dann allerdings an ihr vorbei, als hätte es sie nicht gesehen. Klara kam vor Zittern kaum noch vorwärts, nur um wenige Minuten später entsetzt feststellen zu müssen, dass das Ding umgekehrt war. Doch wieder raste es an ihr vorbei und anhand der Farbe erkannte Klara, dass es nicht dasselbe wie eben gewesen sein konnte. Diesmal hatte sie ein wenig besser sehen können und nun war sie sich ziemlich sicher, dass es sich um äußerst eigenartige

Motorwagen handeln musste. Sie wusste natürlich, dass Automobile im Aussehen, Geruch und in ihrer Lautstärke stark variieren konnten, aber solche Gefährte – so schnell und komplett verschlossen wie eine Pferde-Berline – hatte sie noch nie gesehen, nicht einmal in den Zeitschriften ihres Vaters. Sie musste in einer Großstadt gelandet sein, wo neumodischste Automobile mit völliger Selbstverständlichkeit durch die Nacht fuhren und nicht einmal jemand ans Fenster kam, um nachzusehen, was solchen Krach verursacht hatte. War sie überhaupt noch im Deutschen Reich? Der Erdboden fühlte sich vollkommen anders an – glatter als Pflastersteine und härter noch als getrockneter Lehm. Die Straßen waren breit und die Häuser groß und die Laternen hell wie kleine Sonnen. Einige leuchteten bunt und die Farben waren so intensiv wie die von blühenden Blumen.

Sie irrte weiter, prägte sich jede Abzweigung und jede Kreuzung gut ein, um sich nicht vollends zu verlaufen. Schließlich sah sie zwei ältere Männer, die vor einem Haus standen und auf irgendjemanden zu warten schienen. Sie war noch unschlüssig, ob sie sich verstecken oder die Männer ansprechen sollte, da wurde sie bereits von ihnen entdeckt.

»Na, junge Frau«, sagte der eine. Sein Satz klang wie eine Frage und er starrte auf ihren zerfetzten Rock. »Was issn mit Ihnen passiert, is Ihnen was zugestoßen? Brauchense Hilfe?«

Klara wusste nicht, wie sie reagieren sollte. Um Hilfe bitten bedeutete, Schwäche einzugestehen, die diese Männer ausnutzen könnten. Sie sahen nicht unfreundlich aus, aber was hieß das schon?

»Nein. Ich … ich meine …«

»Bist ganz schön abgestürzt, was?«, fragte der zweite Mann und lachte, was Klara misstrauischer machte. Auch das vertrauliche »Du« missfiel ihr. »Ja, das kommt schon mal vor.«

Abgestürzt? »Was meinen Sie damit?« Sie war mehrmals gestürzt und ihr Körper fühlte sich an, als wäre es möglich, dass sie auch vorher, zu der Zeit, an die sie keine Erinnerungen mehr hatte, irgendwo herabgestürzt war.

Der eine Mann lachte noch lauter. Machte er sich über sie lustig? Geschah so etwas, was ihr widerfuhr, hier häufiger? »Na, ein bisschen viel getrunken gestern Abend, hm?«

»Gar nichts«, gab Klara zurück und erst jetzt fiel ihr auf, wie hungrig und durstig sie war. »Ich weiß nicht mehr, wann ich zuletzt etwas getrunken habe.«

»Das geht mir auch immer so«, sagte der Leisere der beiden, griff in seine Tasche und zog einen Flachmann heraus. »Hier, nehmse einen Schluck, dann wissense das zumindest wieder.«

Klara mochte Alkohol nicht besonders gerne, aber für den Moment war ihr alles recht, was sie ein wenig warm werden ließ. Der Schneeregen hatte zwar aufgehört, aber ein eisiger Wind zog zwischen den seltsamen hohen Häuserwänden umher und fuhr ihr unter die nassen Kleider. Sie nahm einen vorsichtigen ersten und einen kräftigen zweiten Schluck. Der Inhalt ließ ihren Hals brennen und ihre Augen tränen, weil er sie so sehr an den Weinbrand erinnerte, den ihr Vater sich abends gönnte.

»Was auch immer du letzte Nacht getrieben hast«, meinte der laute Mann, »so solltest du nicht rumlaufen. Du holst dir ja den Tod.«

»Sollenwa Ihnen vielleicht ein Taxi rufen, das Sie nach Hause bringt?«

Nach Hause … wenn sie nur wüsste, wie sie dort hinkam. Der Gedanke an eine Droschke war verlockend, aber wie sollte sie die bezahlen? Sie wusste ja nicht einmal, wie weit sie würde fahren müssen. Irgendetwas sagte ihr, dass es nicht so einfach werden würde.

»Besser nicht«, versuchte sie auszuweichen, aber damit musste sie etwas gesagt haben, was die Männer zum Nachbohren anhielt.

»Hast du Ärger zu Hause?«, wollte der eine wissen. »Mit deinen Eltern?«

»Oder dem Mann?«, fragte der andere. »Sindse dem weggelaufen? Uns könnenses sagen.« Er hielt ihr die Hand hin. »Ich bin der Peter und mein Kollege heißt Jürgen. Können ruhig Du zu uns sagen.«

Klara nannte ebenfalls ihren Namen und schüttelte zwei Hände, dankbar, so um die heiklen Antworten herumzukommen. »Was macht ihr hier so früh?«

Peter, der Lautere der beiden, lachte. »Na, malochen. Wir verteilen das Tageblatt, das bekommen wir hier gleich angeliefert.« Ah, dafür waren also die blauen Handkarren, die etwas abseits standen. »Der Wagen ist spät dran heute, das passiert jedes Mal, wenn es ein bisschen Frost gibt. Diese Flachpfeifen haben ihre Führerscheine auch im Lotto gewonnen.«

»Na, im Gegensatz zu dir haben die Jungs ihre Führerscheine wenigstens noch.« Beide grinsten, prosteten sich mit ihren Flachmännern zu und tranken. Auch Klara bekam erneut eines der metallenen Fläschchen angeboten, aber diesmal lehnte sie ab. Einen Rausch konnte sie in ihrer Situation nicht gebrauchen.

»Ich will dir ja wirklich nicht zu nahe treten, Klara«, meinte Jürgen. »Ich darf doch Klara zu dir sagen? Aber kann es sein, dassde vor jemandem abgehauen bist?«

Klara nickte. Das entsprach schließlich voll und ganz der Wahrheit.

»Und vor wem?«, fragte Peter, doch Jürgen machte eine Geste, die ihn wieder zum Schweigen brachte.

»Will sie nicht sagen, das siehste doch. Der ist ein unsensibler

Kerl, Klara. Du musst es nicht sagen, wenn du nicht willst. Ist dir vermutlich peinlich.«

Auch das war nicht ganz falsch, es war ihr sogar schrecklich peinlich, dass sie nicht einmal wusste, vor wem und was sie wegrannte.

»Hat er dich geschlagen?«, hakte Peter nach. »Oder … Schlimmeres?«

Klara seufzte frustriert auf. »Ich weiß es nicht.« Sie sah in ratlose Gesichter. »Ich kann mich nicht erinnern, was passiert ist.«

Peter schluckte und sah an ihr herab. »Du … du hast da Blut am Bein. Sollen wir dir einen Arzt rufen, dich ins Krankenhaus bringen oder –«

»Nein!« Klara war sich nicht sicher, was sie von einem Krankenhaus an diesem Ort erwarten durfte, aber die bloße Befürchtung, dass es so sein könnte wie die Nervenheilanstalt, ließ sie zurückschrecken. »Nein, das ist nicht nötig, es geht mir gut.«

»Kannst du denn irgendwohin?«, fragte Peter, doch Jürgen mischte sich wieder ein, ehe Klara etwas antworten konnte.

»Du solltest wirklich zum Arzt gehen, vielleicht hat dir einer K.o.-Tropfen gegeben.«

»K.o.-Tropfen? Was ist das?«

Die Frage schien die beiden Männer zu irritieren und was sie als Antwort gaben, verstand Klara noch weniger, weshalb sie beschloss, das Thema zu wechseln.

»Gibt es denn hier keine Kirche?« Im Pfarrhaus würde sie sicher eine Weile Zuflucht finden. »Oder einen Standort der Heilsarmee?« Sie würde selbst mit einem Armenhaus vorliebnehmen.

»Nur ein paar Straßen von hier ist eine Kirche, klar«, meinte Peter, aber Jürgen hatte Einwände.

»Da ist um die Zeit mitten in der Woche aber sicher keiner.«

Eine Kirche und kein Pfarrer? Das wurde immer merkwürdiger – was taten denn die Leute hier bloß, wenn sie in Not gerieten? »Und ein Bahnhof? Gibt es einen Bahnhof?« Dort bekam sie wenigstens einen Überblick, wo sie war und wohin sie musste.

Peter nickte. »Gute drei Kilometer von hier. Sie haben dort auch eine Bahnhofsmission, da kann man dir sicher helfen.«

Das klang vielversprechend. »Gut. In welche Richtung muss ich gehen?«

Jürgen und Peter wechselten besorgte Blicke. »Schau mal«, sagte Jürgen schließlich, »es ist nur ein paar Grad über null. Du hast nur dieses … dünne Kleid an«, seine Stimme sagte *seltsames Kleid*, »bist durchnässt und scheinst mir ganz schön verwirrt. Hier, komm, nimm mal meinen Mantel, du hast schon ganz blaue Lippen. Wir können dich jetzt nicht quer durch die Stadt laufen lassen.«

Klara nahm den Mantel an, machte dann aber einen Schritt zurück.

»Keine Sorge«, murmelte Peter. »Wir halten dich nicht fest. Wir wollen dir nur helfen.«

Das hatten die Leute in der Anstalt auch immer gesagt. Und dann war Johan gestorben und … Klara wurde schwindelig, als ihr schemenhaft eine Erinnerung in den Sinn kam. »Die Frau … die böse Zauberin.«

Erst als Jürgen und Peter verständnislos mit den Köpfen schüttelten, bemerkte sie, dass sie laut gedacht hatte.

»Wir sollten wirklich einen Krankenwagen rufen«, meinte Jürgen, doch da fuhr ein großer Motorwagen heran und hielt dicht neben ihnen. Klara wich zurück, die Männer allerdings traten näher an das Fahrzeug heran und öffneten eine Art Tür. Sie holten in eigenartig transparenten Stoff eingewickelte Zeitungspacken heraus, wechselten ein paar Worte mit dem Fahrer und schlugen die Tür wieder zu. Anschließend verteilten sie ihre Zeitungen auf die Handkarren, wobei sie sich leise unterhielten – vermutlich über sie, Klara. Ihr Blick fiel auf den letzten Zeitungspacken, der noch nicht verstaut war. Sie erschrak bis ins Mark. Wie alles in dieser Stadt sah auch die Zeitung vollkommen anders aus. Breiter, mit viel mehr Text und Bildern, richtigen Fotografien. Was ihr aber den Boden unter den Füßen wegzog, war der Schriftzug der Zeitung. Es war exakt derselbe, der die Wochenzeitung bei ihr zu Hause zierte. Sie war in keinem seltsamen Land, in keiner fremden Stadt – sie war daheim. Und als Klara das Datum entdeckte, das direkt darunter in einer für sie kaum lesbaren Schrift geschrieben stand, wurde ihr einen Moment schwarz vor Augen.

»Hee, mach keinen Unsinn, Mädchen!«

Klara öffnete die Augen und fand sich von Peters Armen gestützt. »Was ist passiert?«

»Du warst einen Moment weg, wärst uns fast hier auf den Asphalt gestürzt. Peter konnte dich gerade noch auffangen.«

»Mir gefällt das nicht, Mädchen, wir müssen jetzt einen Arzt rufen. Was immer dir passiert ist, es hat offenbar noch Nachwirkungen und mit Drogen darf man wirklich nicht spaßen.«

Drogen! Wenn es doch nur das wäre! Aber wie sollte Klara den beiden Männern mit ihren Schnapsfläschchen klarmachen, was sie selbst nicht ansatzweise verstand? Konnte sie sich irren? War das auf der Zeitung vielleicht nicht das Datum, sondern ein komischer Scherz oder eine Kodierung, die etwas ganz anderes aussagen sollte?

»Welches Datum haben wir?«, fragte sie leise, schauderte trotz Peters warmem Mantel und wiederholte dringlich, weil ihr niemand antwortete. »Sagt schon, welches Datum!«

»Den 12. Februar«, sagte Jürgen.

»Das Jahr!«

Die Männer sahen sie nun an, als hätte sie den Verstand verloren, und leider fühlte sie sich auch genauso. »2014. Mensch, Mädchen, was fehlt dir denn?«

Ein Lächeln zwang sich ungewollt in Klaras Gesicht, ein verzweifeltes, unglückliches Lächeln. Einhundertelf Jahre, wollte sie sagen, einhundertundelf Jahre fehlen mir. Aber wie konnte sie das aussprechen? Die beiden, so nett sie auch waren, würden sie sofort in eine Nervenheilanstalt bringen. Überhaupt spürte Klara die Luft dünner werden. Die Männer schienen die Geduld zu verlieren; sicher mussten sie ihre Arbeit beginnen, wollten Klara aber auch nicht einfach allein stehen lassen. Ob sie sie gehen lassen würden, war ihr ein Rätsel. Ihr Herz schlug schnell und hart, vermutlich war sie bleich wie ein Gespenst und sah aus wie eine Verrückte, die gerade aus der Anstalt fortgelaufen war. Was ja auch voll und ganz zutraf, und womöglich war sie ja nicht ganz zu Unrecht dort gewesen. Es war die einzige Erklärung: Sie war verrückt geworden!

Die Einsicht änderte nichts daran, dass eine Rückkehr, in welche Anstalt auch immer, keine Option war. Lieber war sie eine dauerhaft flüchtige Irre, als sich wieder einsperren und ruhigstellen zu lassen wie ein bösartig gewordenes Tier.

»Weißt du was?«, fragte schließlich Jürgen. »Wir rufen jetzt erst einmal die Polizei an. Die wissen, was zu tun ist, und können dich auch in ein Frauenhaus bringen, damit du erst mal was in den Bauch und trockene Kleider bekommst. Die kennen sich mit so etwas aus, glaub mir!«

Klara zweifelte ernsthaft daran, dass die Polizei sich mit »so etwas« auskannte. Sie hatte nie etwas mit Zauber oder Hexerei zu tun gehabt, bis diese Frau damals (oder war es erst neulich gewesen?) aufgetaucht war, aber seitdem stürzte sie von einer Katastrophe in die nächste. Es war kaum anzunehmen, dass es besser werden würde, wenn sie nun angab, dass ihre letzten Erinnerungen aus dem Jahr 1903 stammten. Vorausgesetzt, sie befand sich wirklich im Jahr 2014. Aber wenn es bösartige zaubernde Frauen gab … warum nicht auch Reisen durch die Zeit?

Peter zog etwas aus seiner Jackentasche, was Klara nicht kannte. Ein schwarzes rechteckiges Kästchen, das genau in seine Hand passte. Es sah harmlos aus. Doch Klara hatte den Eindruck, dass es alles andere als das war. Sie überlegte nicht länger, verbot sich das schlechte Gewissen, weil sie den Mantel stahl, und rannte einfach los. Die beiden Männer riefen ihr hinterher, sie solle stehen bleiben, vernünftig sein – vieles Weitere, was Klara nur noch fetzenweise oder gar nicht mehr verstand. Sie konzentrierte sich auf die Meter, die vor ihr lagen, gab sich Mühe, nicht über die Rockfetzen zu fallen, und sah nicht zurück. Um sich nicht zu verirren, rannte sie den Weg zurück, den sie gekommen war. Erst als ihre Atemwege brannten und sie beim besten Willen nicht mehr weiterkonnte, verlangsamte sie das Tempo. Inzwischen waren mehrere Menschen auf den Straßen, die sie misstrauisch bis neugierig beäugten. Sie sollte sich dringend unauffälliger verhalten. Ihr Rock, der unter dem Mantel hervorragte, wäre selbst ohne die Löcher und Risse aufgefallen; die Leute trugen hier vollkommen andere Kleidung. Klara sah überwiegend Hosen, auch an den Frauen, und mochte der Eindruck, durch die Zeit gewandert zu sein, auch noch so unmöglich erscheinen, war dies ein Hinweis darauf, dass es wirklich geschehen war.

Die böse Zauberin musste etwas damit zu tun haben. Elise … so war ihr Name gewesen, und als Klara diesen leise aussprach, fiel ihr nach und nach wieder ein, was in ihrer vermeintlich letzten Nacht passiert war. Sie war geflohen. Im Morgengrauen hatte die Zauberin sie eingeholt und mit ihrem Bann belegt. Klara erinnerte sich nun sogar wieder an ihre Worte.

Ich will dein Leben. Ich brauche es. Für mich.

Nun, getötet hatte Elise sie nicht, eher schien sie sie in eine andere Welt oder in eine andere Zeit geschickt zu haben. Klara erinnerte sich mit bitterer Wehmut daran, wie ihr Vater ihr von dem Roman eines Londoner Schriftstellers erzählt hatte, der unter seinen Wissenschaftlerfreunden zu Diskussionen geführt hatte, da es um eine Zeitreise ging, die der eine oder andere nicht für Fiktion hielt, sondern für durchaus im Bereich des Möglichen. Klara zweifelte nicht daran. Zeitmaschinen hatte man diskutiert, aber darüber, dass sich Automobile nicht durchsetzen und bald schon wieder von den Straßen verschwinden würden, waren sich die meisten Menschen einig gewesen. Wenn sie sich jedoch umsah, stand oder fuhr an jeder Ecke einer dieser eigenartigen Motorwagen, dagegen hatte sie den ganzen Morgen über kein Pferd gesehen, geschweige denn einen einzigen Pferdeapfel. Wenn sie in der Zukunft gelandet war, dann war diese fernab von jeder Vorstellung, und es gab Dinge, die in ihrer Zeit noch nicht einmal als fixe Idee in den Köpfen waren.

Aller Irritation zum Trotz war Klara genug Wissenschaftlertochter, um die Situation in gewisser Weise als Abenteuer wahrzunehmen. Sie fühlte sich wie in einem Jules-Verne-Roman und beschloss, möglichst viel zu beobachten und zu dokumentieren.

Wie ihr Vater staunen würde, wenn sie ihm erzählte, dass Frauen Hosen trugen und niemand deshalb mit dem Finger auf sie zeigte!

Dazu musste sie aber erst einmal den Rückweg finden …

Sie gestand es sich nicht gerne ein, aber es schien keine andere

Möglichkeit zu geben, als zu dem Haus zurückzukehren, in dem sie zu sich gekommen war. Wenn sie bei ihrer Reise in die Zukunft dort gelandet war, dann musste sie wahrscheinlich auch von dort den Rückweg vornehmen. Und vielleicht hatte sie die Situation falsch eingeschätzt und der merkwürdige Mann hatte ihr nichts antun wollen? Sie betrachtete eine riesige farbenfrohe Fotografie eines Mannes an einer Häuserwand. Auch er trug nur eine Art Unterhemd, eine derbe Arbeiterhose und keine Schuhe und Strümpfe an den Füßen. Und auch sein Haar war unanständig lang. Es war möglich, dass der seltsame Aufzug des Mannes nicht das bedeutete, was sie vermutet hatte. Vielleicht war es kein Schurke, sondern ein Mann, der mit einer seltsamen Mode ging?

Wer weiß, wer weiß, wer wird es schon wissen, spottete sie still über sich selbst. Sie würde es nur erfahren, wenn sie sich zurückwagte. Es war bestimmt keine gute Idee, einen Passanten nach der nächsten Zeitmaschine zu befragen – der Reaktion von Jürgen und Peter und den Blicken der Leute zufolge waren Zeitreisen wenn schon nicht unmöglich, dann doch wenigstens ungewöhnlich. Es war auch nicht undenkbar, dass man es mit Hexerei verband, und damit wollte Klara nun wirklich nichts zu tun haben, egal zu welcher Zeit.

Inzwischen hatte kalte Nässe ihre Schuhe durchdrungen, sie bibberte trotz des Mantels entsetzlich. Ob der arme Jürgen eine zweite Jacke hatte oder nun frierend arbeiten musste? Sie schämte sich für den Diebstahl und für ihre Panik, mit der sie fortgelaufen war. Die Angst war unbegründet, offenbar hatte bisher niemand versucht, ihr etwas anzutun. Niemand außer der Zauberin Elise.

Vor ihr, so viel stand fest, musste Klara sich hüten.

* * *

Seval am Steuer seines Autos zu sehen, war immer eine Herausforderung für Jarno. Sie bewegte die vierzig PS durch die Straßen, als hätte sie einen Ferrari unter dem Hintern. Jarno glaubte hören zu können, wie der Motor das Benzin durstig aufschlürfte.

»Du weißt, dass der Wagen weder ABS noch Airbags oder Seitenaufprallschutz hat?«, fragte er vorsichtig, um sie nicht zu provozieren.

Sev lächelte milde, griff nach ihrem Coffee to go und nahm einen Schluck. »Keine Sorge. Man vergisst keinen Augenblick, dass dein Auto älter ist als du.«

»Dann ist es ja gut. Die nächste musst du rechts abbiegen, dann die Straße bis zum Ende durch. Es ist das letzte Haus auf der linken Seite.«

»Gibt es nicht einen Horrorfilm, der so heißt?«

Jarno nickte düster. Er hatte den ganzen Morgen und einen guten Teil des Vormittags in der Notfallambulanz verbracht und am liebsten hätte die Ärztin ihn wegen dringenden Verdachts auf eine Gehirnerschütterung dabehalten. Aber dann wäre Sev – neugierig, wie sie war – allein zur Villa gefahren und das schien ihm zu riskant. Ihm war nämlich inzwischen ein ganz anderer Gedanke gekommen. Was, wenn er es gar nicht mit irgendwelchen Kunstdieben zu tun gehabt hatte, sondern es Daniel und sein Rottweiler waren, die ihm aufgelauert hatten? Er hatte zwar nichts getan, was deren Ärger wecken dürfte, und sie hatten ihn ja seit dem unsäglichen Ausflug nach Polen nicht mehr aufgesucht, aber das musste ja nichts heißen. Er musste jede Möglichkeit in Betracht ziehen – es passte zu viel nicht zusammen.

Die Villa lag im trüben Licht da, als hätte sich in ihrer Nähe seit hundert Jahren nichts mehr bewegt. Sie erinnerte an einen Grabstein auf einem brachliegenden Friedhof. Jarno hätte sich nicht gewundert, die Statue irgendwo im Gras zwischen den Büschen zu entdecken. Sie hatte ausgesehen wie ein Grabmal – warum kam ihm diese Assoziation erst jetzt, da sie fort war?

»Park hier vorne«, wies er Seval an, »wir müssen um den Garten herum, die Lücke im Zaun ist hinten.« Das Fenster zum Wohnraum war nun geschlossen … Merkwürdig.

Sie stiegen aus und er zeigte Seval den Weg aufs Grundstück und dann die Stelle, an der er immer ins Haus einstieg. Er kletterte vor ihr hinauf. »Pass mit den Dornen auf, die sind scharf wie kleine Messer.«

»Ganz schön staubig, du hättest putzen können«, foppte Sev ihn, nachdem er ihr ins Innere des Zimmers geholfen hatte. »Dann zeig mal, wo die Figur gestanden hat.«

Er führte sie die Treppe hinab, schwieg und bemühte sich, still zu sein, um verdächtige Geräusche sofort zu hören. Die Katze war wieder da, sie saß hinter dem Treppengeländer und starrte aus bösen gelben Augen zu ihnen rüber, sichtlich verstimmt, weil er nicht nur wieder in ihr Haus eindrang, sondern auch noch Besuch mitbrachte. Jarno bereute, dem Biest Futter gebracht zu haben. Die verschorften Bisse an seiner Hand brannten. Er fühlte sich falsch und wie unter Beobachtung. Wie mit zwölf, als er als Mutprobe eine Dose Bier im Supermarkt klauen sollte und schon beim Betreten des Geschäfts den Eindruck gehabt hatte, jeder würde ihm ansehen, dass er etwas Verbotenes plante.

»Hier«, sagte er und führte Seval in den Wohnraum. »Du siehst noch, wo das Bodenholz heller ist. Da stand sie.«

Sevals Blick klebte an dem braunroten Fleck daneben. »Das ist alles deins?«

»Keine Ahnung, wer sonst noch da war. Ich vermute also, ja.«

»Himmel – Jarno!«

»Darum geht es doch nicht.« Er nahm die Kamera heraus und rief eines der Bilder vom Vortag auf. »Das Bild sagt dasselbe, sie stand da, sieh es dir an.«

»Und das ist sicher von gestern?«

Er verdrehte die Augen, ihr Misstrauen strapazierte seine Nerven. »Ich habe vor meinem Shooting noch den kompletten Speicher gelöscht. Die Bilder können nur von gestern sein. Und was sonst soll mir vor den Schädel geschlagen haben?«

Seval schmunzelte. »Vielleicht ist sie zum Leben erwacht und fand dich aufdringlich, Paparazzo.«

»Die sehen kaum aus wie feine Ladys.«

»Wer weiß das schon. Versteif dich nicht zu sehr auf Klischees. Lass uns zusammen überlegen.« Sie strich sich durchs Haar, genau an der gefärbten Strähne entlang. »Woran kannst du dich erinnern?«

Wie ein beschämendes Beweismittel lag der Stummel des Joints vor dem Sessel auf dem Boden. Jarno versuchte, nicht hinzusehen. »Ich habe mich über das Licht geärgert, ich brauchte mehr Licht. Also habe ich versucht, sie weiter ans Fenster zu ziehen.« Er erinnerte sich an so viel mehr. An das Gefühl, sie würde atmen. Sie würde etwas von ihm verlangen. Sie würde warme Lippen haben … Er hätte sich eher die Zunge abgebissen, als das auszusprechen. »Dann ist sie gekippt und hat mich am Kopf erwischt.«

»Und mehr weißt du wirklich nicht?«

»Nein.«

Sevals Blick glitt zum Jointstummel. Es war keine anklagende Geste, vermutlich hatte sie sie nicht mal gewollt, aber sie sagte damit genug. »Sie kann nicht zu Staub zerfallen sein.«

Jarno seufzte. »Wohl nicht.«

Seval wollte etwas erwidern, aber ein Schaben aus dem oberen Stockwerk ließ sie innehalten. »Jarno?«, flüsterte sie, »ich glaube, da ist jemand.«

Er hatte es gehört, war schon an der Treppe und rannte hinauf. Das Geräusch war schwer zu lokalisieren, aber er hatte die Vermutung, dass es aus dem Badezimmer gekommen sein musste. Mit einem Ruck wollte er die Tür aufreißen, um denjenigen dahinter mit Schnelligkeit zu überrumpeln. Doch die Tür war verriegelt. Bingo – die Katze war es schon mal nicht. Er klopfte. »Wer ist da drin?«

Seval erschien schnaufend hinter ihm. »Sicher, dass da jemand ist?«

»Die Tür war immer offen.« Er schob Seval hinter sich, wo er sie in Sicherheit hoffte, und bollerte noch einmal gegen das Holz, diesmal fester. »Wer – ist – da? Tür aufmachen. Sofort!«

Nichts regte sich. »Jarno«, hauchte Seval, »vielleicht ist da jemand, der sich fürchtet!«

Mit Verlaub – das war Jarno scheißegal. Das Adrenalin stieg ihm mit der Wut in den Kopf. Er fühlte sich verspottet und gedemütigt von den Vorfällen, sein Kopf dröhnte im Takt seines Pulses und er glaubte fest zu spüren, dass diese Person, die sich feige im Klo einschloss, die Schuld daran trug. »Aufmachen oder ich trete die scheiß Tür ein!«

»Jarno!«, rief Sev empört. Und dann hörte er hinter der Tür einen ersten Laut. Ein Schniefen.

Seval schob ihn ruppig beiseite. »Du Trampel!«, schimpfte sie. »Das wird ein Ausreißer sein. Wahrscheinlich jemand, der sich hier schon den ganzen Winter versteckt. Hallo?« Sie legte das Ohr an die Tür. »Hörst du mich? Wir wollen dir nichts tun – versprochen.«

Die Stille hätte man in Flaschen abfüllen und für stressige Zeiten aufbewahren können.

»Hab bitte keine Angst. Mein Freund hier wird dir auch nichts tun, er ist komplett harmlos. Ehrlich, er hat viel mehr Angst vor dir als du vor ihm.«

Jarno musste lächeln. Das Argument brachte er mehrmals pro Woche, wenn Seval wieder in ihre Hysterie geriet, weil sich eine Spinne in die Wohnung verirrt hatte. Es half nie.

»Magst du vielleicht rauskommen?«

Nichts.

»Also nein.« Seval überlegte. »Und wenn Jarno nach unten geht und erst einmal dort bleibt? Du kannst mit mir allein reden, wenn du willst.«

»Sev, ich halte das für eine ganz blöde Idee. Du hast keine Ahnung, wer da drin ist!«

»Ich fürchte mich sicher nicht vor jemandem, der sich im Bad einschließt«, flüsterte sie und sprach dann lauter weiter: »Er geht jetzt runter. Wenn du willst, verschwinden wir wieder, du musst mir nur sagen, was du möchtest, okay?«

Jarno gab auf, es hatte selten Sinn, mit dieser Frau zu streiten. »Vielleicht spricht er gar kein Deutsch«, ließ er noch als Tipp da, dann lief er die Treppen hinunter, hielt sich aber direkt hinter dem Türstock bereit, um notfalls eingreifen zu können.

Er lauschte. Ein paarmal hörte er Seval noch reden, dann schien ihr jemand leise zu antworten, denn ihre Worte klangen wie eine freudige Erwiderung. Jarno lugte vorsichtig um den Türrahmen herum, konnte allerdings nichts sehen. Da Sevals Stimme weiterhin sanft und beruhigend klang und die der zweiten Person zu leise, um sie zu verstehen, schien keine Gefahr im Verzug. Er atmete durch und massierte seine Stirn um das Pflaster herum, bis die knarzenden Dielen im oberen Stockwerk darauf hinwiesen, dass sich etwas tat.

»Jarno?« Seval klang weiterhin ruhig, aber ein besorgter Unterton schwang in seinem Namen mit. »Kannst du bitte nach oben kommen?«

Er folgte sofort, nahm immer zwei Stufen auf einmal und stellte sich neben Sev. Die zweite Person befand sich noch immer im Bad und obwohl die Tür nun offen war, konnte er sie von seiner Position aus nicht sehen.

»Jarno«, wiederholte Seval und zuckte mit den Schultern, als wäre sie von irgendeiner Information plötzlich schwer überfordert. »Ich glaube, wir haben ein Problem. Klara?«

Klara? Wer war … ehe er die Frage ausgedacht hatte, trat die Person aus dem Bad. Sein erster Gedanke war: Puh, nur ein verschüchtertes Mädchen mit Haaren in der Farbe von Karamell. Sie hielt ein abgebrochenes Rohr in der Faust, doch sie machte keinerlei Anstalten, damit anzugreifen. Ihre Hand zitterte. Doch dann fraß sich Jarnos Blick fast gezwungen im Gesicht des Mädchens fest und im gleichen Moment bekam er das Gefühl, sie hätte ihm ihre Waffe mit aller Wucht genau auf seine Kopfverletzung geschlagen.

»Oh«, war das Einzige, was er über die Lippen bekam. Denn er kannte diese Frau. Er kannte jede Linie um ihre Nase, den Schwung ihrer Wangen- und Kinnknochen und ganz genau kannte er den fragenden Ausdruck ihrer Augen. Er hatte sie in den vergangenen Tagen hundertfach fotografiert. Nun sah er sie zum ersten Mal in Bewegung. Und in Farbe. Ihre Augen waren blau und groß und verstört.

»Du siehst dasselbe wie ich, ja?« Seval riss ihn aus einem Moment, in dem die Luft um ihn herum wie ein Konservierungsmittel schien und alles von ihm abschirmte. Sie wirkte vollkommen verunsichert und er wusste genau, was sie fühlte. Ihm selbst gingen tausend Fantasien durch den Kopf, ein Dutzend Versuche, glaubwürdig zu erklären, was hier vor sich ging. Denn es bestand nicht der geringste Zweifel, dass das Mädchen vor ihm die lebendige Version der steinernen Schönheit war.

Sie machte einen Schritt nach hinten. »Ich habe dich nicht bewusst verletzt«, sagte sie. Sie sprach einen eigenartigen Dialekt, den er noch nie gehört hatte. »Ich weiß nicht, wie das passiert ist, ich habe keine Erinnerungen. Ich hatte … ich …«

»Ganz ruhig«, sagte Seval. »Was immer passiert ist, niemand ist dir böse, du brauchst keine Angst zu haben.«

Jarno hatte keine Ahnung, was er dazu sagen sollte, er konnte bloß stumm nicken, stumm mit dem Kopf schütteln, stumm glotzen.

»Wir wissen auch nicht, was passiert sein könnte, und hatten gehofft, dass du das aufklären kannst.« Wie gut, dass Seval dabei war und das Mädchen mit ihrer ruhigen Art beschwichtigte. Die notdürftige Waffe lag nur noch locker in ihrer Hand und das Zittern hatte nachgelassen.

»Ich weiß gar nichts. Ich kam zu mir.« Sie warf Jarno einen scheuen Blick zu. »Und fiel auf Sie. Sie waren in dem Moment bereits verwundet, ich habe das bestimmt nicht getan.«

Jarno musste sich räuspern. »Schon gut, ich glaube … dir? Darf ich Du sagen?«

Eine kleine Falte erschien auf ihrer Stirn, aber sie nickte. »Ich war sehr erschrocken und bin fortgelaufen.«

»Das hätte wohl jeder getan«, meinte Seval und um Klaras Mundwinkel erschien ein ganz behutsames Lächeln.

»Hast du«, wagte Jarno vorsichtig eine erste Frage, »vielleicht jemanden im Haus gesehen? Oder ist dir etwas Seltsames aufgefallen?«

Für einen winzigen Moment sah sie aus, als wollte sie ironisch lachen, aber sie riss sich sofort zusammen. »Alles war und ist sehr seltsam. Wirklich alles. Aber gesehen habe ich niemanden, nein. Nicht im Haus. Nur Sie. Außer Ihnen war niemand hier.«

»Dann sollten wir vielleicht erst einmal überlegen, wie *du* hierhergekommen bist. An was kannst du dich erinnern?«

»An nichts.« Die Antwort kam zu schnell. Viel zu schnell, wie zurechtgelegt. Klara sah Seval an, als forschte sie in ihrem Gesicht, ob man ihr glaubte.

»Und die Statue? Hast du sie gesehen? Weißt du, was es damit auf sich hat?«

Mit jeder Frage wurde Klaras Miene unwissender. »Was meinen Sie? Ich weiß von keiner Statue.«

»Gestern Abend«, klärte Seval sie auf, »stand im unteren Wohnraum eine Steinfigur. Jarno hat Fotos von ihr gemacht, daher war er in diesem Haus.«

»Sie wohnen also nicht hier?«

Seval zwinkert. »Zum Glück nicht. Es gibt hier nicht einmal fließendes Wasser oder Strom.«

Die kleine Furche auf Klaras Stirn wurde tiefer, entspannte sich dann allerdings, als wäre ihr plötzlich etwas eingefallen. »Wohnt denn gar niemand hier?«

Seval zuckte erneut mit den Schultern. »Nein. Sicher gehört das Haus noch irgendjemandem, aber es scheint zu verfallen und keiner kümmert sich darum. Vermutlich steht es seit Jahren leer.«

»Dann kann ich eine Weile hierbleiben«, sagte Klara, es klang, als würde sie zu sich selbst sprechen.

»Hier?« Seval schien entrüstet. »Das kannst du nicht machen, das ist doch ein kaltes Loch!«

Jarno hatte bisher überwiegend beobachtet, jetzt berührte er Sev am Arm. »Lass sie doch erst mal.« Es wäre typisch für Seval, dass sie gleich versuchen würde, Klara ins Auto zu packen und sie vorerst auf der WG-Couch unterzubringen, aber er hatte nicht den Eindruck, dass das richtig wäre. Klara wirkte scheu und distanziert und auch wenn sie mit ihnen redete, vertraute sie keinem von ihnen. Jarno fielen die Blicke auf, mit denen Klara Sevals Äußeres bedachte. Sie hatte Angst vor ihr, die sie sich nicht anmerken lassen wollte, und er konnte noch nicht abschätzen, woran das lag.

»Noch mal zu der Steinfigur«, sagte er, auch wenn er ihr glaubte, dass sie keine gesehen hatte. »Weißt du, was ich sonderbar finde?«

Er sah sie schlucken, nur eine feine Bewegung an ihrem Hals. »Was?«

»Sie sah aus wie du.«

Jarno beobachtete jede ihrer Regungen. Sie schien ernsthaft erstaunt, besorgt, aber aus tiefstem Herzen ehrlich, als sie fragte: »Und diese Figur ist verschwunden?«

»Ja«, sagte Seval, »in der letzten Nacht. Kannst du dir das erklären? Weißt du etwas von der Figur? Wer sie gemacht hat und wann? Und wer Interesse an ihr haben könnte?«

»Ich weiß rein gar nichts«, sagte Klara, aber diesmal erkannte Jarno deutlich, dass es nicht die ganze Wahrheit war.

»Du lügst nicht«, erwiderte er und spürte, dass sein durchdringender Blick ihr unangenehm war. »Aber du verschweigst uns etwas.«

»Bitte, Klara.« Seval drängte. »Du musst uns schon alles sagen, sonst können wir dir nicht helfen.«

»Sie wollen mir helfen?«, entgegnete Klara und wirkte plötzlich wie jemand, den man einmal zu oft mit dem Rücken gegen eine Wand getrieben hatte. Jarno bemerkte die feinen Anzeichen in ihrer Mimik und ihrer Stimme, mit der sie kaum merklich zum Angriff überging. »Wenn Sie das wirklich wollen, dann stellen Sie nicht länger diese Fragen, auf die ich keine Antworten habe. Fragen Sie mich doch lieber einmal, was ich brauche. Ich möchte nun wirklich nicht undankbar erscheinen, aber ich habe schrecklichen Hunger und friere seit der Nacht in diesem klammen, kaputten Kleid. Ich verlange wirklich nichts von Ihnen, aber wenn Sie mir wirklich helfen wollen, dann verraten Sie mir, wie ich zur Heilsarmee komme oder …«

»Heilsarmee?«, unterbrach Seval sie. »Ich habe keine Ahnung, ob es die hier noch gibt. Aber etwas zu essen und trockene Kleider können wir dir auch beschaffen, das ist nicht das Problem.«

»Doch Sie wollen diese Antworten als Gegenleistung von mir, ich verstehe. Ich habe aber keine Antworten. Ich weiß nichts.«

»Wir wollen gar nichts«, erwiderte Jarno.

Seval sah das offenbar anders. »Aber wir können dich auch nicht einfach hierlassen. Was, wenn die Diebe, die die Statue gestohlen haben, zurückkommen und dich hier allein finden?«

Jarno senkte den Kopf. »Die kommen nicht zurück.«

»Ach. Da bist du plötzlich so sicher?«

»Ziemlich.« Denn es mochte klingen wie die überbordende Fantasie eines Mannes, den sein Leben dazu gebracht hatte, aus der Realität zu fliehen und sich in Traumwelten zu verstecken, aber er kam gegen die Gewissheit nicht länger an.

Die Gewissheit, dass Klara das Marmormädchen war.

KAPITEL 10
Ohne einen Märchenprinzen

Seval hatte getobt und sich das Haar gerauft, dann aber eingesehen, dass sie ihre Hausaufgabe fertigstellen musste, da die Abgabe für den nächsten Tag anstand und ihr Status als Vorzeigestudentin verteidigt werden musste. Widerwillig hatte sie Jarno ein paar Kleidungsstücke eingepackt, die an ihr locker saßen, sodass sie Klara passen mussten, und ihm dann großmütig zugestanden, allein Richtung Villa zurückzufahren. Jarno hatte zwei Kopfschmerztabletten mit einem halben Liter schwarzen Kaffee runtergespült und alles, was an Brot und Aufschnitt noch in der WG-Küche zu finden war, zu Butterbroten verarbeitet. Dazu hatte er Tee gekocht und in Sevs Thermoskanne gefüllt. Zwei schrumpelige rote Äpfel und eine Tüte Walnüsse, die von Weihnachten übrig waren, konnte er noch auftun, dann waren die Vorräte erschöpft. Die Katze sah ihm von der Fensterbank aus dem Augenwinkel zu, er schenkte ihr allerdings keinen Moment Aufmerksamkeit. Er hatte nun keinen Kopf für sie. Jede Minute in der WG war eine Geduldsprobe, also beeilte er sich und saß wenig später wieder im Auto. Seine Nerven flatterten, im Kopf ging er immer wieder die Nacht durch, um vielleicht doch noch auf den entscheidenden Hinweis zu stoßen, den es brauchte, um die Geschehnisse aufzuklären. Sie glaubwürdig aufzuklären – darum ging es.

Er scheiterte so kolossal, wie man nur scheitern kann.

An der ersten Tankstelle hielt er an und kaufte ein Päckchen Zigaretten. Es schmerzte, den letzten Zwanzigeuroschein des Monats für Kippen anbrechen zu müssen, aber ohne zu rauchen, würde er diesen Tag nicht durchstehen.

Als er wieder losfuhr, bemerkte er im Rückspiegel einen Rollerfahrer, der ihm auffällig nachstarrte, dann losfuhr und bis zur nächsten Kreuzung an ihm dranblieb. Durch den Helm sah Jarno nur Augen, der Körper war der eines Jungen, vermutlich einiges jünger als er selbst. Niemand, den er kannte, aber er war sicher, ihn schon mal irgendwo gesehen zu haben. Jarno dachte nicht länger an den Rollerfahrer, da er abbiegen musste und der andere geradeaus fuhr. Kaum dass die Villa in sein Sichtfeld kam, übermannte ihn erneut das eigenartige Gefühl, eine Grenze zu übertreten, jemandem zu nahe zu kommen. Fehl am Platz zu sein.

Er reckte sich am Wohnzimmerfenster hoch, klopfte und wie abgesprochen öffnete Klara das Fenster. Er war mehr als erleichtert, sie zu sehen. Er war ein kleines bisschen hingerissen. Möglicherweise auch ein kleines bisschen mehr.

»Sie sind zurückgekommen.«

»Hör auf mit dem Sie«, erwiderte er und verfluchte sich innerlich für sein Rotwerden. »Ich bin Jarno. Und …« … ich kenne dich längst. »Ich habe doch gesagt, dass ich komme.«

Klara verzog den Mund zu einem gequälten Lächeln. Besonders glücklich schien sie nicht über sein Erscheinen. Na wunderbar. Ihm flatterten Schmetterlinge im Bauch und sie sah ihn an, als hätte sie eine Falterphobie.

Er reichte ihr die Plastiktüte an, in die er das Essen gepackt hatte, und erneut verdichtete sich seine Gewissheit, dass Klara einen weiten und langen Weg hinter sich hatte: Sie berührte das Plastik und schien irritiert, als es unter ihren Fingern knisterte. Einen Moment lang erwartete er, dass sie die Tüte an sich nahm und das Fenster vor seiner Nase wieder schloss, aber sie erstaunte ihn, denn nach einigem Zögern hielt sie ihm sogar die Hand hin, um ihm beim Einsteigen zu helfen.

»Danke«, sagte er, nachdem er sich durch das enge Fenster gezwängt hatte. »Wir sollten vielleicht nachher mal versuchen, die Tür freizulegen, ehe ich mir den Hals breche.« Erstaunt sah er sich im Raum um. »Du hast dich schon eingerichtet?«

Das war übertrieben, aber sie hatte die Leichentücher von allen Möbeln genommen, was dem Raum sofort den Eindruck einer Gruselfilmkulisse nahm. »Fast gemütlich.«

Klara errötete ein wenig. »Ich musste das tun. Es sah aus, als wären überall Gespenster.«

Sie hatte recht. Was ihm so gut gefallen hatte, als die Statue noch im Raum stand, passte nun nicht mehr.

Klaras Finger spielten an der Plastiktüte. Sie trat von einem Bein aufs andere.

Jarno stand unschlüssig herum und fühlte sich wie ein Idiot. »Ähm … da ist etwas zu essen für dich drin und hier«, er reichte ihr Sevals Rucksack, »sind Sachen zum Anziehen.«

Sie legte die Tüte ab und nahm den Rucksack, betrachtete ihn und zog vorsichtig an allen Seiten. Ihr Blick sandte ihm eine leise Frage, ehe sie ihn hastig wieder senkte.

Es war verrückt und eigentlich undenkbar, aber doch ganz klar zu erkennen: Sie wusste nicht, wie man einen Reißverschluss öffnete.

Er zeigte es ihr wortlos, wobei seine Finger ihre Hand streiften, nur um ganz sicherzugehen, dass sie wirklich aus Fleisch und Blut war. Dem war so. Außerdem war ihre Haut weich und warm und fühlte sich verdammt gut an.

»Verzeihung!« Sie rief das Wort fast, aber es war alles, nur keine Entschuldigung. Es war eine deutliche Grenze und Jarno beschloss, ihr mehr Raum zu lassen, während sie die Kleidungsstücke ansah. Er nahm die Tüte und verteilte die Teekanne, die Tassen und die in Alufolie verpackten Brote auf dem Tisch. Ohne ein Wort zog Klara sich zurück und kam etwas später umgezogen wieder.

»Passen dir die Sachen einigermaßen?«

Sie sah zweifelnd an sich herab. »Ich glaube schon?«

»Ja, sieht doch gut aus.« Hübsch! Er musste leise lachen, weil sie sich in den Sneakers bewegte wie auf Eiern. »Sind die Schuhe zu groß?«

»Nur ungewohnt.«

Ungewohnt, so. Wie Plastiktüten und Reißverschlüsse. Er wagte einen knappen Blick auf ihre Hose – sie hatte das Prinzip schnell verstanden, der Reißverschluss war geschlossen.

»Setz dich bitte«, meinte er und wies auf einen Stuhl am Tisch. »Nimm dir, was du möchtest. Trinkst du Tee?«

Sie nickte und er schenkte ein; sie setzte sich und er lächelte aufmunternd. Sie beobachtete die Päckchen aus Alufolie wie ein schüchternes Kind, das nicht wusste, ob es ihm erlaubt war, ein Geschenk zu nehmen. Stattdessen griff sie nach einem Apfel und biss hinein.

»Sorry. Die liegen schon eine Weile, sind nicht mehr ganz frisch, aber …«

Sie betrachtete verwundert die Stelle, wo das Fruchtfleisch zu sehen war. »Es ist ja auch Winter. Der Apfel ist sehr gut.«

Jarno steckten seine tausend Fragen im Hals, er konnte sie keinesfalls stellen, aus Angst, keine Antwort zu bekommen, oder eine, die alles nur komplizierter machte. Er nahm selbst eines der verpackten belegten Brote und öffnete es langsam, damit sie ihm zusehen konnte. Ihre Erleichterung war ihr anzumerken, sie machte es ihm sofort nach und biss herzhaft in das Brot.

»Ich hoffe, es schmeckt dir«, sagte er.

Sie sagte: »Ungewohnt.«

Die Liste mit dem, was sie nicht kannte, erweiterte sich auf Alufolie, knackige Äpfel im Winter und billiges, vorgeschnittenes Brot mit Käse von Aldi. Er konnte sich noch einreden, dass sie eine von den Amish People aus dem hintersten Winkel der Welt war – sprachen die nicht sogar Deutsch? –, aber wie sollte sie hergekommen sein? Die lebten doch in den USA und verließen ihre Gemeinden nie.

»Noch mal zu der Statue«, sagte er, als sie gegessen hatte und nur noch an ihrem heißen Tee nippte. »Ich will dich nicht bedrängen, aber mich lässt das nicht los. Kannst du dich an gar nichts erinnern?«

»Nein.«

»Es ist so seltsam, weißt du? Die Statue verschwand und du tauchtest auf.«

Sie kniff die Augen zusammen. »Willst du sagen, ich hätte sie gestohlen?«

»Ja!« Er musste lachen, es war so absurd. »Das glaube ich! Du hast diese Steinfigur von mehreren Hundert Kilo Gewicht unter deinen Arm geklemmt und weggetragen – so muss es gewesen sein.«

Sie lehnte sich zurück, verschränkte ihre Arme und lächelte. »Ja. Vermutlich war es so.«

»Verdammt, natürlich war es nicht so! Aber alles, was ansonsten infrage kommt, ist so unglaubwürdig, dass ich an meiner Zurechnungsfähigkeit zweifle. Und ich habe etwas dagegen, für geisteskrank erklärt zu werden.«

Das schien Klara ernsthaft zu berühren, sie presste die Lippen aufeinander und nickte. »Das verstehe ich. So geht es mir auch.«

»Dann erinnerst du dich doch? An irgendetwas?«

Sie atmete aus, fast ein Seufzen.

»Egal wie verrückt es klingt«, hielt er nach. »Du kannst es mir sagen. Ich werde nicht lachen und nichts von dem, was du sagst, anzweifeln.«

»Versprichst du es?«

»Ich würde ja sagen, dass du mir vertrauen kannst, aber ich fürchte, das wirst du mir nicht glauben, oder?«

»Ich kenne dich nicht.«

Aber ich kenne dich. Ich habe dein Gesicht studiert und stundenlang versucht, dich zu verstehen. Und ich würde dir alles glauben und weiß der Teufel was für dich tun. Jarno riss sich zusammen. »Das ist von Vorteil«, meinte er leichthin. »Ich bin ein Fremder für dich, es kann dir ganz egal sein, was ich über dich denke. Wenn ich dir nicht glaube, kannst du fortgehen und wirst mich nie wieder sehen.«

Sie ließ sich das durch den Kopf gehen, zeigte Skepsis, nickte dann jedoch erneut. »Vielleicht hast du recht. Nun gut. Ich habe nicht alles vergessen.«

Ich wusste es, dachte Jarno.

»Aber deine Statue, die habe ich nicht gesehen, wirklich nicht. Als ich zu mir kam, war sie nicht mehr hier.«

Auch das hatte Jarno insgeheim gewusst, wenn es ihn auch schockierte, seine Ahnung bestätigt zu bekommen. Was, wenn er doch verrückt wurde? Der Joint, der verdammte Joint …

»Ich erinnere mich an mein Leben vor dieser … Sache. Ich weiß nicht, was mir passiert ist. Weder warum ich hier bin, noch wo ich bin – doch ich weiß, wo ich herkomme. Und wer ich bin.«

»Und wer bist du?«

Sie atmete durch. »Ich bin Klara Vogt, Tochter von dem Wissenschaftler Willfried Vogt. Ich bin am 17. Mai geboren.« Ihre Augen füllten sich mit Tränen, trotzdem hielt sie seinem Blick stand. »Im Jahre 1885.«

Jarno verschluckte sich an der Zahl und musste husten. 1885! Seine verrückt gewordene Fantasie hatte ihm etwas Ähnliches weiszumachen versucht – es musste doch so sein, sie konnte nur aus einer anderen Zeit stammen –, aber achtzehnhundertfünfundachzig?

»Du sagst nichts.«

»Puh.« Jarno fühlte, wie ihm der Schweiß im Nacken ausbrach. »Das ist mal eine Hausnummer.«

»Dann glaubst du mir nicht.«

»Ich würde mir wünschen, dir nicht zu glauben. Dann könnte ich dich mühelos für verrückt erklären und wäre selbst in Ordnung. So allerdings glaube ich, dass wir beide verrückt sind – ich ebenso wie du – oder ich kolossal verarscht werde. Gibt es hier versteckte Kameras?«

Klara sah sich um. »Ich weiß es nicht. Was meinst du?«

Er meinte, dass er am liebsten einen weiteren Joint gehabt hätte. Manches ließ sich bloß unter Drogen verarbeiten.

»Und … und …« Er musste sich mehrfach räuspern und einen großen Schluck Tee hinunterstürzen, ehe er weitersprechen konnte, »an was genau erinnerst du dich?«

»An mein ganzes Leben. An alles. Aber dir geht es vermutlich um meine letzten Erinnerungen, nicht wahr?«

»Die können uns vermutlich am ehesten helfen.«

Etwas in ihrem Gesicht leuchtete auf. Hoffnung? »Dann weißt du Hilfe? Kann ich zurückreisen? Gibt es diese Zeitmaschine, weißt du, wo sie –«

»Nein.« Er unterbrach ihre Vorstellungen von einer Rückreise in ihre Zeit, so rasch er konnte. »Soweit ich weiß, existieren keine Zeitmaschinen.«

»Weißt du denn viel von solchen Dingen?«

»Das nicht, aber eine solche Erfindung würde sich herumsprechen. Außerdem hätten die Menschen einige Fehler der letzten Jahre behoben, wenn wir zeitreisen könnten.«

»Aber ich bin ja hergekommen«, sagte Klara und schlug die Beine übereinander. »Wie, wenn nicht mit einer Zeitmaschine? Mein Vater hat etwas darüber gelesen und mir davon erzählt. Es war nur ein Roman, aber die Freunde meines Vater haben ernsthaft darüber gestritten.«

»H. G. Wells? Den habe ich auch gelesen und ich habe einen Film gesehen. Tut mir leid, Klara, aber Zeitmaschinen und Zeitreisen sind bisher Fiktion geblieben. In 2014 reist niemand durch die Zeit.«

»Niemand außer mir«, verbesserte sie ihn. In dem Moment kam sie ihm so unsagbar einsam vor, dass es ihm die Luft abdrückte.

* * *

»Ich helfe dir«, hatte er ihr versprochen, zugegeben, dass er nicht wusste wie und ob es überhaupt einen Weg zurück gab, aber dass er alles tun würde, was in seiner Macht lag.

Seitdem stellte Klara sich die Frage nach dem Warum. Er war

ein Fremder und trotzdem schien er sich für sie verantwortlich zu fühlen.

Sie hatten sich inzwischen auf den Sessel und die Couch gesetzt, wo es bequemer war, und Klara hatte ihm alles erzählt, angefangen bei dem Tag, als ihr die Zauberin zum ersten Mal nach ihrem Lehrerinnen-Seminar aufgefallen war, über die Geschehnisse mit Johan, wobei sie seinen Tod auslassen musste, da sie darüber nicht reden konnte, und am Schluss von ihrer Einweisung in die Nervenheilanstalt. Und Jarno hörte ihr zu. Es mochte am schwindenden Licht liegen, vielleicht aber auch an seiner Betroffenheit – er wurde blasser und seine Augen wirkten größer und dunkler, fast schwarz. Er sah aus, als hätte er sich seit Tagen nicht gekämmt, und es wunderte sie gar nicht, dass sie ihn zunächst für einen Schurken gehalten hatte. Ihr Vater hatte ihr, als sie klein gewesen war, Modelle von Schiffen aus Holz gebaut und ihr Piratengeschichten erzählt. Jarno erinnerte sie an ihre frühere Vorstellung von Klaus Störtebeker, von dessen Abenteuern sie nie genug bekommen hatte.

Nun saß sie also hier und erzählte einem Piraten, wie sie aus der Irrenanstalt geflohen war, und er lauschte ihr, als wäre sie es, die Abenteuergeschichten erzählte. Und all das fühlte sich nicht einmal mehr besonders merkwürdig an. Ihr Pirat mochte etwas Wildes an sich haben, aber wenn er zuhörte, war sein Blick sanft und sagte ihr mit aller Deutlichkeit, dass sie vorerst in Sicherheit war.

»Sie lauerte mir im Morgengrauen auf, als hätte sie an diesem Ort auf mich gewartet«, erzählte Klara, »flüsterte Worte, die ich nicht verstand, und dann … dann wurde ich ohnmächtig und kam hier, in diesem Raum, wieder zu mir.«

»Hundert Jahre später«, murmelte Jarno.

Klara bekam einen Kloß im Hals. »Hundertelf.« Bisher hatte sie sich einreden können, dass sie vielleicht irrte, schlecht träumte oder verrückt geworden war, aber nun, da Jarno ihr glaubte, wurde der böse Traum greifbar und real und sie fand trotz gewissenhafter Suche keinen Weg mehr hinaus. »Es fühlt sich nicht nach so langer Zeit an. Es ist, als hätte ich nur einen Moment geschlafen. Und doch scheint es mir weit weg und ewig her.«

»Wenn ich dir nun verrate, was ich denke«, sagte Jarno leise, »versprichst du mir, dass du mich nicht auslachst, so verrückt es auch klingt?«

Klara konnte nicht anders, ein lautes, helles Lachen sprudelte ungebremst aus ihr heraus. »Nach dem, was ich dir erzählt habe, hast du Angst, ich könnte dich verspotten?«

Er versuchte mitzulachen, es wirkte bemüht. »Ich hänge halt immer noch an der Theorie mit den versteckten Kameras.«

Klara sah sich um. »Ich wüsste nicht, wo man hier Kameras verstecken sollte und zu welchem Zweck.«

»Ach ja, ich vergaß, dass du aus der Stummfilmära kommst. Ich zeige dir bei Gelegenheit, was heute drin ist.«

Klara beschloss, sich die Frage »Wo drin?« zu verkneifen, es wäre sicher eine dumme Frage gewesen.

»Du bist also keine Schauspielerin oder so etwas?«

»Natürlich nicht!«

»Okay, Verzeihung.« Sein Lächeln wurde echt. »Nun, wenn ich das richtig kombiniere, dann hat diese … *Zauberin* –«

»Du glaubst mir nicht, dass sie eine Zauberin war?«

Er seufzte. »Sagen wir mal so: Das Wort ist diesmal ungewohnt für mich. Ich kenne Magie aus Büchern, aus dem Kino und von Online-Rollenspielen. Die Zeit von Zauberern und Hexen ist inzwischen vorbei.«

»Das war sie zu unserer Zeit auch schon. Aber wie sonst würdest du eine Frau nennen, die über die Körper anderer Menschen befehligt?«

Er zuckte mit den Schultern. »Nun gut, sie war wohl eine Zauberin. Ich nehme nicht an, dass sie dich in der Zeit umhergeschickt hat.«

»Nicht? Aber …«

»Warum sollte sie das auch tun? Was hätte sie davon?« Er stand auf und bewegte sich einige Schritte im Raum umher, den Blick am Boden, als würde er etwas suchen. Neben der Stelle, an der Klara seine Blutflecke nur leidlich vom Holz gewischt bekommen hatte, blieb er stehen. Er räusperte sich, als müsse er allen Mut zusammennehmen. »Ich glaube, sie hat dich verzaubert. In Stein verwandelt. Diese Statue, von der ich die ganze Zeit rede … Klara, das warst du.«

Stille.

Sie war Stein gewesen?

Was für eine schreckliche Vorstellung.

»Ist das denn möglich?«

»Nach allem, was ich über Biologie gelernt habe, nicht. Nein. Aber an unseren Schulen lernt man nichts über Zauberei. Theoretisch ist es vollkommen unmöglich, aber in dieser Theorie gibt es keine Magie. Und praktisch … nun ja, ich habe dich gesehen.« Seine Stimme wurde leiser. »Und *gefühlt*. Ich habe gespürt, dass in dem Stein etwas Lebendiges versteckt ist.«

Klaras Herz begann zu rasen, ebenso schnell wie in der letzten Nacht, als sie Jarno zum ersten Mal gesehen hatte und vor ihm geflohen war. Plötzlich meinte sie wieder, Blut auf den Lippen zu schmecken. »Dann hast du diesen Zauber gelöst?«

»Ich wüsste nicht, wie ich das angestellt haben sollte.«

»Versuch, dich zu erinnern«, bat diesmal sie ihn. »Was hast du gemacht, ehe alles aus dem Ruder lief?«

»Ich … ich habe … Ach je.« Er wurde ganz rot. »Sagt dir Dornröschen etwas?«

Klaras Lippen brannten plötzlich, sie befühlte sie mit den Fingern, als wäre dort ein Beweis zurückgeblieben. Ihr wurde schummrig. Er hatte sie … geküsst? Einfach so? Die Erinnerung an Johan schmerzte plötzlich mit einer Intensität, für die sie bislang weder Zeit noch Kraft gefunden hatte. Ihre Augen brannten und sie musste heftig blinzeln, trotzdem schafften es ein paar Tränen hinaus, die, kaum dass der Damm gebrochen war, sofort mehr wurden.

»Entschuldige«, hörte sie Jarno wie durch dicken Stoff sagen. »Das ist zu viel für dich, muss es ja auch – für mich ist es auch zu viel. Ich wollte dir nicht zu nahe treten. Ich konnte einfach nicht anders. Klara?«

Sie konnte nur den Kopf schütteln und sich abwenden, versteckte das Gesicht in den Händen und war dankbar für den Raum, den er ihr ließ. Berührungen hätte sie nun nicht ertragen und dafür schämte sie sich. Was war sie nur für eine dumme Gans? Offenbar hatte er sie befreit – ihr Leben gerettet. Und sie heulte und schämte sich wegen eines Kusses, an den sie sich nicht einmal erinnerte, anstatt sich angemessen zu bedanken. Wie mochte es sich angefühlt haben? Ach, was dachte sie sich nur dabei – es gehörte sich nicht, und damit basta! Andererseits war da offenbar dieser Fluch gewesen. Sie musste in Ruhe darüber nachdenken.

»Kann ich irgendetwas tun?«, fragte er vorsichtig, als zumindest das Beben in ihrer Brust nachließ.

»Würdest du … darf ich eine Weile allein sein?«

»Denkst du, das wäre gut für dich?«

Nein! Nein, das dachte sie nicht. Sie wollte überhaupt nicht allein sein. Im Gegenteil. Trotzdem flüsterte sie: »Ja. Ich hatte einen Verlobten. Ich sollte … ich brauche ein wenig Zeit, um an ihn zu denken.«

Jarno erwiderte nichts. Sie ahnte nur, dass er eine Weile zuwartete, dann nickte und schließlich langsam zum Fenster ging. Es knirschte, als er es öffnete, dann war wieder alles still. Schließlich sprach er doch noch einmal. »Ich koche heute Abend eine Suppe. Nichts Besonderes, ich bin kein guter Koch, aber man kann es meistens essen. Bist du einverstanden, wenn ich dir etwas bringe?«

»In Ordnung. Vielen Dank. Auch für … das andere.«

»Keine Ursache«, sagte er. »Gar keine. War völlig okay.« Und dann verschwand er und Klara konnte durchatmen, um sich sodann sehr, sehr allein zu fühlen.

* * *

Den Rucksack vollgeladen, einen Schlafsack unter dem Arm und den Kopf voller Zweifel, kehrte Jarno am frühen Abend zur Villa zurück. Klara war ihm so verstört erschienen, als er gegangen war, und er hatte trotz allem Grübeln keine Idee, wie er ihr helfen konnte. Er war nicht einmal mehr sicher, ob sie überhaupt noch da sein würde.

Hinter dem Wohnzimmerfenster konnte er den schwachen, flackernden Schein weniger Kerzen ausmachen, als er allerdings an die Scheibe klopfte, kam keine Reaktion. Er klopfte ein zweites Mal und beim dritten Mal lauter. Nichts.

Schlief sie? War sie fort? Nein, sie würde wohl kaum die Kerzen brennen lassen und aus dem Haus gehen. Vermutlich war sie nur im Obergeschoss. Jarno trat ein Stück zurück und blickte an der

Fassade hoch, da bemerkte er eine Bewegung zu seiner Rechten: Klara stand in der geöffneten Haustür. Er ging zu ihr und erkannte ein Lächeln in ihrem Gesicht, das sowohl unsicher als auch spöttisch sein konnte.

»Du hast die Bretter allein abbekommen?«, fragte Jarno erstaunt. »Ich habe extra Werkzeuge mitgebracht.«

»Ich habe eine Zange gefunden, damit ging es schon. Aber wenn ich gewusst hätte, dass du lieber durch das Fenster steigst …«

Jarno grinste. »Wunderbar, ich habe nämlich zwei linke Hände, wenn es ums Handwerken geht, und Seval hat schon befürchtet, ich würde mich verletzen, wenn ich die Tür aufstemme. Hey, dafür habe ich gekocht. Hast du Hunger?«

»Großen Hunger. Komm herein.«

Im Wohnzimmer packte Jarno seinen Rucksack aus. »Eine Tupperschale Kartoffelsuppe mit Würstchen à la Jarno, bitte iss gleich, es ist noch halbwegs warm, hier ist ein Löffel. Drei Literflaschen Leitungswasser – du kannst dich damit waschen, die Leitungen hier funktionieren ja nicht. Noch eine Kanne Tee, zwei Rollen Klopapier, eine Zahnbürste und Zahnpasta.«

Sie griff nach der Blisterverpackung der neongrünen Zahnbürste. »Damit putzt man seine Zähne? Es sieht giftig aus.«

»Das denken meine Brüder auch, aber glaub mir, es ist harmlos. Seval hat dir noch Wäsche und Strümpfe zum Wechseln eingepackt.«

»Das ist sehr freundlich von ihr, bitte richte ihr das aus.« Klara aß einen Löffel Suppe, hielt dann aber inne. »Darf ich dich etwas fragen? Etwas sehr Persönliches?«

»Sicher.«

»Wer ist Seval? Deine Ehefrau?«

Jarno wunderte sich, dass er nicht rot wurde, wie normalerweise, wenn ihn jemand fragte, ob Sev seine Freundin war. »Nein. Wir haben nichts miteinander – keine Beziehung. Wir wohnen bloß zusammen.«

Klara blieb der Mund offen stehen. »Seid ihr verwandt?«

»Nur Freunde.« Er musste lachen, denn Klara *wurde* rot. »Das ist vermutlich wieder ungewohnt für dich, aber heutzutage ist so etwas kein Problem mehr. Man kann zusammenleben, mit wem man möchte, egal ob man ein Paar ist, verheiratet oder nichts davon. Sev und ich haben eine WG – eine Wohngemeinschaft.«

Klara legte ihren Löffel beiseite. »Warum?«

»Na ja, Wohnungen sind teuer.« Und ich war so unglaublich scharf auf sie. »Ich verdiene nicht so viel und Seval studiert, da kann man sich keine eigene Bude leisten.«

»Sie studiert? Richtig an einer Universität?«

»Ja. Politikwissenschaften – reichlich verrücktes Zeug, wenn du mich fragst. Schmeckt die Suppe dir nicht?«

»Sie ist köstlich. Ich bin nur erstaunt. Ist es … hier … normal, dass Frauen studieren dürfen?«

»Jeder darf studieren. Ich weiß die genauen Jahreszahlen nicht, das müsste ich nachlesen, aber es kann nach deiner Zeit nicht mehr lange gedauert haben, bis die deutschen Universitäten Frauen aufgenommen haben.«

Klara seufzte und aß weiter und Jarno hätte sich eine Hand abgehackt für ein Geschichtslexikon oder ein funktionierendes Smartphone mit Internetzugang. »Man kann das genau nachlesen, es ist alles dokumentiert. Ich erinnere mich, dass es zu Anfang des zwanzigsten Jahrhunderts berühmte Frauenrechtsbewegungen gab, zum Beispiel die proletarische Frauenbewegung.«

»Clara Zetkin.« Klaras Gesicht überzog ein strahlendes Lächeln, als Jarno nickte. »Man kennt sie noch immer? Ich habe ihre Schriften in der *Gleichheit* gelesen, die Tante meiner Freundin hat sie uns manchmal aus Berlin geschickt.«

»Ich weiß leider wenig darüber«, musste Jarno zerknirscht zugeben. »Aber man kann ins Internet gehen und alles nachlesen, was passiert ist.«

»Wie komme ich dahin, ins Internet?«

Die Frage rührte und verunsicherte ihn gleichermaßen. Herrje, es gab so viel zu erklären, so viel, das für ihn selbstverständlich war und für sie undenkbar, so viel, von dem er zu wenig wusste. Wenn er daran dachte, dass er ihr sagen musste, dass zwei Kriege unvorstellbaren Ausmaßes ihre Welt von seiner trennten, wurde ihm flau im Magen.

»Das Internet«, begann er vorsichtig, »kannst du dir wie ein Lexikon vorstellen, in das allerdings jeder reinschreiben darf, wodurch neben vielen Fakten auch jede Menge Blödsinn drinsteht. Ich zeige es dir bei Gelegenheit. Wir müssen uns ohnehin überlegen, was wir langfristig mit dir machen. Hier kannst du kaum bleiben.«

Etwas in ihrer Miene veränderte sich, sie verschloss sich ihm sofort. »Warum nicht? Du hast gesagt, das Haus steht leer.«

»Ja, aber …« Er suchte nach Argumenten und fand keine. Dass sie aus 1903 Strom und fließendes Wasser im Haus gewöhnt war, schien ihm unwahrscheinlich und das Heizproblem hatte sie zumindest für eine Weile im Griff: Neben dem Kamin stapelte sich bereits das Holz, mit dem zuvor die Tür verrammelt gewesen war.

Sein Blick fiel auf das Klopapier. »Es gibt hier keine funktionierende Toilette und sie trotzdem zu benutzen, kann ich dir nicht empfehlen.«

Er hätte nicht gedacht, dass eine Frau aus dem zwanzigsten Jahrhundert derart ungerührt seinen Blick erwidern konnte, wenn es um den Klogang ging. »Lass diese Sorge die meine sein«, sagte sie freundlich, aber bestimmt. »Aber du hast natürlich recht. Ich kann hier nicht langfristig bleiben und davon leben, was du mir herbringst. Das ist nicht recht. Ich werde mir bald eine Arbeit suchen und dann sicher auch irgendwo wohnen können.«

Es klang nicht, als würde es leichter werden. »Tja, ich verstehe deine Skrupel. Nur ist es heutzutage nicht so einfach, Arbeit zu finden.«

»Gibt es keine Lieferfrauen mehr?«

»Lieferanten gibt es. Aber dazu brauchst du ein Auto und einen Führerschein, um es fahren zu dürfen.«

»Und Kindermädchen? Die Häuser hier sind groß, da werden sicher immer Haushälterinnen gebraucht? Und da könnte ich auch wohnen.«

»Eher selten«, murmelte Jarno. »Das ist keine reiche Stadt. Kaum jemand kann sich jemanden leisten, der ihm den Haushalt macht. Das größere Problem ist aber, dass du keinerlei Papiere besitzt.«

»Papiere?«

»Heute muss man einen Personalausweis mit sich herumtragen, um sich auszuweisen. Einen Reisepass kennst du?«

Sie nickte. »Ich hatte eine Passkarte für Reisen nach Frankreich, Italien und Spanien – dort war mein Vater oft zu Kongressen eingeladen.«

»Etwas in der Art brauchst du heute schon, wenn du eine Flasche Wein oder eine Packung Zigaretten im Supermarkt kaufst. Im Grunde genommen musst du deinen Personalausweis immer bei dir tragen, falls du kontrolliert wirst.«

»Was passiert, wenn ich das nicht habe und trotzdem kontrolliert werde?«

Er hatte keine Ahnung, wollte ihr aber auch keine Angst machen. »Vermutlich überhaupt nichts – das ist alles nur Bürokratie.«

»Verstehe«, sagte sie, was sicher nicht ganz wahr war. »Aber zum Arbeiten brauche ich es trotzdem?«

»Ja, leider, außer du arbeitest schwarz – illegal. Aber wenn das rauskommt, drohen wirklich Strafen. Außerdem brauchst du eine Sozialversicherungsnummer.«

Sie biss sich auf die Unterlippe, als ahnte sie bereits, wie kompliziert es werden würde. »Wo bekomme ich all das her?«

»Beim Bürgerbüro. Theoretisch ist es einfach. Praktisch brauchen die deine Geburtsurkunde.«

Daraufhin lachte sie dieses Lachen, das nicht nach Glück klang, sondern nach dem Gegenteil. »Sie brauchen eine Urkunde, die besagt, dass ich am Leben bin, selbst wenn ich vor Ihnen stehe?«

Jarno nickte zerknirscht. »Ja. Um zu kontrollieren, wo du geboren wurdest. Und wann.«

»Selbst wenn ich meine Geburtsurkunde noch hätte, würde sie mir also nichts nützen.«

»Nein, wohl nicht. Auf magisch in der Zeit versetzte Menschen ist das System nicht eingerichtet.«

Klara ließ den Kopf sinken und massierte mit den Fingerspitzen ihre Stirn. Sie sah verloren aus und dieser Anblick lag Jarno schwer in der Brust.

»Hey. Wir finden eine Lösung, okay? Ich informiere mich, was man machen kann.«

»Kann man denn etwas machen?«

Jarno versuchte, möglichst viel Souveränität in sein Lächeln zu legen. Man musste etwas machen können, es durfte einfach nicht sein, dass er ihr nicht helfen konnte. »Wenn nicht, verstecken wir dich hier in der Villa und ich koche jeden Tag Kartoffelsuppe für dich.«

Das, was sie erwiderte, war der gezwungene Versuch eines Lächelns, aber besser als nichts. »Von Dornröschen zu Rapunzel.«

Ja. Und du hättest eigentlich auch einen Prinzen verdient, dachte Jarno, sagte allerdings nichts und beließ es dabei, sich vorzustellen, wie er ihre Hand nahm.

Seine Pizza-Touren an diesem Abend fuhr Jarno unkonzentriert und vergaß sämtliches Lächeln und Charmantsein, was ihm für gewöhnlich ein bisschen Trinkgeld brachte. Er hatte Klara nur ungern allein gelassen, lieber wäre es ihm gewesen, sie hätte eingewilligt, vorübergehend mit in die WG zu kommen. Sie mochte sich tapfer geben, ihr neues Schicksal fest anpacken und das Beste daraus machen – selbst die Betonung, wenn sie sprach, hatte sich seiner schon ein wenig angeglichen –, aber zwischendurch schimmerte immer wieder durch, wie verloren sie sich fühlte. Die Villa schien etwas wie ihr sicherer Hafen zu sein, den sie noch nicht bereit war zu verlassen.

»Lass sie, sie wird etwas Traumatisches erlebt haben«, sagte Seval, als er nach seiner Schicht nach Hause kam und sie darauf ansprach. Sie konnte nicht wissen, wie recht sie damit hatte. Jarno traute Sev eine gewaltige Vorstellungskraft zu, dennoch verriet er ihr nicht die Wahrheit. Ob sie es erzählen wollte oder nicht, sollte Klara selbst entscheiden, sobald sie genug Vertrauen in Seval hatte. »Es ist ganz normal, dass ihre Seele erst einmal dicht macht und sie sich zurückzieht«, fuhr Seval fort. »Sie wird sich an alles erinnern, wenn sie so weit ist. Und dann wirst du ihr auch helfen können und sei es nur, indem du sie zu einer Therapeutin begleitest.«

Wenn Sev wüsste … Von einer Therapie für Leute, die sich durch Magie in der Zeit verirrt hatten, war Jarno noch nichts zu Ohren gekommen.

Trotzdem wog er mit Sev die Möglichkeiten ab, was sie tun könnten, verschwieg ihr dabei, dass er Klara nicht bei der Polizei zwecks der Suche nach Angehörigen gemeldet hatte, recherchierte anschließend sehr lange im Internet über Klaras Möglichkeiten und selbst danach fiel ihm das Einschlafen schwer. Sein Körper war vollkommen ausgelaugt, aber in seinem Kopf drehten sich mehrere Karussells in unterschiedliche Richtungen. Er stand mitten auf einer gewaltigen Kirmes aus Gedanken und bekam bei all der Reizüberflutung stundenlang kein Auge zu.

KAPITEL 11

Kein Weg zurück

Klara erwachte vor dem Tag und fühlte sich dennoch, als hätte sie viel zu lange geschlafen. Sie wusch sich mit dem Wasser, das Jarno ihr gebracht hatte, aß das letzte Stück Brot und stand dann vor der Frage, das übrige Haus zu putzen oder den Schmutz Schmutz sein zu lassen und sich lieber in der Nachbarschaft umzusehen. Da der Schneeregen endlich weniger geworden war und die Sonne aufging, fiel die Entscheidung leicht. Sie schnürte die eigenartigen Schuhe zu, hoffte, in Sevals Kleidern nicht zu sehr angestarrt zu werden, zog den »geliehenen« Mantel über und ging nach draußen. Bewusst hielt sie sich von der Gegend fern, in der sie am Tag zuvor auf Peter und Jürgen gestoßen war, und achtete gut darauf, sich nicht zu verirren. In dieser neuen Welt sah alles so gleich aus. Es fiel ihr schwer, den Überblick zu behalten. Ob sie hier überhaupt irgendeine Erinnerung an ihre eigene Zeit finden würde? Eine Kirche vielleicht – die Kirchen, die sie kannte, waren damals schon alt gewesen und konnten unmöglich alle verschwunden sein.

Klara fand keine Kirche. Sie fand gewaltige Fotografien, bunt wie Gemälde, die an den Außenwänden von Häusern hingen, Bilder, die sie an riesige Räuberzinken erinnerten und das ganze Stadtbild prägten, jede Menge Papier, Essen und Dinge, die sie nicht kannte und die auf dem Boden herumlagen. Die Straßen, das hatte sie gestern schon erkannt, sollte man besser nur mit äußerster Vorsicht betreten, denn die Motorwagen fuhren schnell und ohne achtzugeben und schienen damit auch vollkommen im Recht, denn niemand störte sich daran. Sie freute sich, als sie einer Gruppe Jungen begegnete, die offenbar auf dem Weg zur Schule waren. Zuerst konnte sie die Kinder kaum ansehen – ihre Anoraks und Ranzen strahlten in blendenden Farben und in Mustern, die an impressionistische Kunst erinnerten. An ihren Schuhen blinkte es, sie hatten leuchtende Streifen auf ihren Taschen und trugen breite Bänder wie Schärpen, in denen sich das Licht spiegelte. Sie waren herausgeputzt wie kleine Christbäume und nachdem Klara sich an den Anblick gewöhnt hatte, machte er sie froh. Das mussten wahrlich geliebte Kinder sein.

»Seid ihr auf dem Weg zur Schule, Buben?«, fragte sie mit einem Lächeln, als sie die kleine Gruppe passierte. »Dann wünsch ich euch viel Freude.«

Die meisten sahen sie nur verständnislos an, einer, der größte der Jungen, zeigte sich an die Stirn und rief ihr hinterher: »Spar dir dumme Sprüche, Alte.«

Daraufhin begannen die Kinder zu grölen und beglückwünschten den Größten offenbar für irgendeine besondere Heldentat. Klara musste schlucken. Entweder hatten sich die Kinder im letzten Jahrhundert massiv gewandelt oder sie hatte ungewollt einen dummen Fehler gemacht. Wenn sie die Passanten so beobachtete, lag das Zweite nahe: Offenbar schickte es sich hier nicht, miteinander zu reden. Es schien eher der Etikette zu entsprechen, den Kopf zu senken, wenn man an jemandem vorbeiging, und jedem Blickkontakt tunlichst auszuweichen. Sie übte das an den nächsten Menschen, die ihren Weg kreuzten, musste sich dabei Mühe geben, trotzdem ausreichend auf den Weg zu achten, und stellte fest, dass sie so tatsächlich nicht aufzufallen schien. Nein, man beachtete sie gar nicht.

Klara musste an diese Kontrollen denken, von denen Jarno gesprochen hatte, und sie kam zu dem Schluss, dass sie sich am besten so verhielt wie alle anderen. Umso geringer schätzte sie das Risiko ein, dass jemand auf die Idee kam, sie zu kontrollieren.

Sie kam zu einem kleinen Laden, aus dem es verführerisch nach frischem Brot duftete, und beschloss, sich darin umzusehen. In dem Verkaufsraum gab es jede Menge Dinge, deren Einsatzzweck sie sich nicht vorstellen konnte, auch wenn sie sie länger und von allen Seiten betrachtete. Es gab allerdings auch viel, das ihr vertraut war: Zeitungen, Zeitschriften und Bücher waren um ein Vielfaches farbenfroher als in ihrer Erinnerung und die Schrift war so schwer zu entziffern, dass Klara zunächst angenommen hatte, sie wären in einer anderen Sprache verfasst. Aber davon abgesehen sahen sie aus, wie Klara sie kannte, enthielten aber wesentlich mehr Bilder und Fotografien. Versonnen blätterte Klara durch eine Zeitschrift, in der abwechselnd pummelige Säuglinge, aufwendige Speisen und Kleider, die wohl der aktuellen Mode entsprachen, abgebildet waren.

»Wollen Sie was kaufen?«, fragte der Krämer hinter seiner Theke.

Ertappt starrte Klara auf das Papier in ihrer Hand. »Ich … ich wollte nur schauen.«

»Wir sind hier keine Bücherei, ne? Wenn Sie das lesen wollen, will ich erst Kohle sehen. Ist sonst auch irgendwie Diebstahl, ne?«

Klara spürte, wie ihr das Blut ins Gesicht schoss. Sie hatte keine Kohle und auch sonst nichts, was in dieser Zeit als Zahlungsmittel akzeptiert wurde. Rasch legte sie die Zeitschrift in den Halter zurück. »Wie dumm von mir«, murmelte sie, »ich habe die Kohle wohl daheim vergessen.«

Der Mann grummelte etwas Unverständliches, Klara meinte herauszuhören, dass sie besser gehen sollte, und verabschiedete sich rasch, ehe der Krämer womöglich auf die Idee kam, ihren Personalausweis zu kontrollieren. Auf der Straße ging sie mit gesenktem Kopf weiter und vermied es, sich über die Schulter umzusehen, obwohl sie den Eindruck hatte, der Mann würde aus seinem Laden kommen und ihr nachsehen. Oder war es denkbar, dass er die Polizei rief? Hatte sie wirklich einen Diebstahl begangen, ohne es zu merken? Nur weil sie die Bilder angesehen hatte?

Klara starrte den grauen Boden an und wünschte, in ihm versinken zu können. Es war so schwierig, in dieser Welt keine Fehler zu machen. Jede Kleinigkeit schien aufzufallen, für alles, was sie tat oder sagte, wurde sie angestarrt. Wäre sie doch besser im Haus geblieben. So, wie sie sich aufführte, würde sie früher oder später bei der Polizei landen oder in der Anstalt, die heute vermutlich viel bunter, lauter und heller war als früher, aber sicher nicht angenehmer.

Dicht neben ihr erklang ein trötendes Geräusch, das ihr durch Mark und Bein schoss. Klara presste sich eine Hand auf den Mund, um nicht aufzuschreien, und drückte sich an die Hauswand zu ihrer Linken. Ein Automobil bremste neben ihr ab und Klaras Herz jagte vor Furcht los, sodass sie es in ihren Ohren donnern hörte. Hatten sie sie schon ertappt? Würden sie sie kontrollieren und einsperren?

Sie wagte kaum aufzusehen. Alles, was sie wahrnahm, war der rote Wagen, in dem jemand sitzen musste, der irgendetwas von ihr wollte.

»Klara? Klara, was ist los?«

Sie kannte diese Stimme. Es dauerte einen Moment, bis ihr bewusst wurde, woher, dann kam die Erkenntnis und mit ihr die Erleichterung, die so gewaltig war, dass Klara ein Strom Tränen übers Gesicht lief. Es machte ihr kaum etwas aus.

Jarno war es, der aus dem Motorwagen sprang. Ihr zitterten vor Erleichterung die Knie und sie bekam kein Wort heraus.

»Habe ich dich erschreckt? Entschuldige, ich habe nicht nachgedacht, wie blöd von mir.« Er legte ihr einen Arm um die Schultern, eine so vertraute Geste, dass sie damit rechnete zusammenzuzucken, jedoch reagierte ihr Körper vollkommen anders, ließ sich von Jarno zum Wagen führen und stellte das Zittern ein. Sie war zu froh, dass er es war und nicht ein Kontrolleur.

»Ich war dumm«, brachte sie hervor. »Es tut mir leid, dass ich einfach gegangen bin. Ich war neugierig, ich wollte nur schauen, ich …«

»Hey? Klara, setz dich mal.« Jarno öffnete ihr die Autotür und sie ließ sich ohne Widerstand hineinschieben. Er kniete sich in der offenen Tür neben sie. »Du darfst gehen, wohin du willst, okay? Ich kann und will dir keine Vorschriften machen. Du hast ein paar Schwierigkeiten, aber wir sind im 21. Jahrhundert: Du bist ein freier Mensch und darfst tun und lassen, was immer du möchtest.«

Sie verstand das nicht ganz. Arbeiten und damit auch eine Unterkunft haben durfte sie ja auch aus irgendwelchen Gründen nicht. Allerdings war sie für den Augenblick nicht nervenstark genug, um Fragen zu stellen, außer der einen: »Wie hast du mich gefunden?« Woher hatte er überhaupt gewusst, dass sie in Schwierigkeiten war oder sich zumindest so fühlte?

»Gar nicht. Ich wollte zur Villa fahren und hab dich zufällig gesehen. Was ist denn passiert?«

»Nichts«, flüsterte sie, und dann musste sie fast lachen, weil die Situation zu komisch war. »Es ist nichts passiert, ich werde nur angestarrt, weil ich Dinge tue, die hier nicht normal sind. Weil ich hier nicht normal bin. Und weil ich in diesem Krämerladen dort drüben war und keine Kohle hatte.«

Jarno schien alles ebenfalls sehr komisch zu finden, er lachte laut auf. »Das kenne ich und es frustriert mich auch jedes Mal. Was hältst du davon, wenn ich dir zeige, wie es heutzutage zugeht und wie man sich verhalten muss, damit einen nicht alle anstarren?«

Für den Moment wollte Klara sich am liebsten im Haus verkriechen, sich in den Schlafsack wickeln, Tee trinken und Kartoffelsuppe essen, die den Bauch wärmte. Jedoch klang sein Vorschlag auch verlockend. Wenn sie ein bisschen Bescheid wüsste, könnte sie vielleicht in Zukunft unbemerkt durch diese neue Stadt gehen und alles erkunden. Vielleicht fand sie dann Antworten auf ihre Fragen. Und möglicherweise auch einen Weg zurück in ihre eigene Zeit. Zuletzt wollte sie vor Jarno nicht wie eine Heulsuse dastehen, so sollte er keinesfalls von ihr denken. »Gut. Werde ich dann bestimmt nicht kontrolliert?«

Jarno atmete tief ein und stieß die Luft langsam wieder aus. »Damit hab ich dir ganz schön Angst gemacht, oder? Nimm das nicht so ernst, junge Frauen werden hier so gut wie nie kontrolliert. Solange du nicht Auto fährst …«

Das verwirrte sie nun wieder. Sollte sie lieber aussteigen?

»Guck nicht so entsetzt, entspann dich. Ich meine damit, dass du nicht am Steuer sitzen darfst. Mitfahren kannst du.«

»Das ist gut zu wissen. Ich weiß so wenig.«

Jarno lächelte. »Du wirst es lernen.«

Damit ließ er sie ein weiteres Mal vollkommen verwirrt zurück, schlug die Tür zu und umrundete das Automobil, um auf der anderen Seite einzusteigen. Und Klara mochte nichts wissen, begriff aber sehr deutlich, dass sie nun in diesem modernen Ding fahren würde. Sie krallte sich am Türgriff und am Sitz fest und tat etwas, dass sie seit Ewigkeiten nicht mehr aus tiefstem Herzen getan hatte. Sie betete ganz still und heimlich um ihr Leben.

* * *

Amüsiert nahm Jarno aus dem Augenwinkel wahr, wie Klara immer wieder die Augen einen Spalt weit öffnete, um sie dann schnell wieder zuzupressen. Sie war blass. »Wenn dir schlecht wird, sagst du mir Bescheid, ja?«

»Kannst du nicht langsamer fahren?«

»Dann würde ich den ganzen Verkehr aufhalten, die anderen Autofahrer würden hupen wie verrückt und überholen. Im schlimmsten Fall provozieren wir einen Unfall.«

»Oh. Dann fahr besser einfach so weiter wie bisher. Es ist nur …«

»Ungewohnt?«

»Oh ja.«

»Vertrau mir, ich weiß, was ich tue.« Er konnte nur hoffen, dass sie ihm ein wenig vertraute, denn er fuhr keineswegs zur Villa, sondern zu seiner Wohnung. Wenn er Klara ein wenig von seinem Jahrhundert zeigen wollte, dann musste er hier anfangen. Hier war es am unverfänglichsten und sie würde nicht sofort in Situationen geraten, die sie in Bedrängnis brachten.

»Wo sind wir?«, fragte sie, als er parkte. Sie musterte die schmutzige, von unfähiger Hand vollgesprayte Fassade mit äußerster Skepsis.

»Ich wohne hier. Mach dir keine Sorgen, das sieht von außen scheußlich aus, ist aber innen total nett. Du wolltest doch das Internet sehen.«

»Das ist hier?« Ihre Neugier schien sie zu überzeugen. Sie folgte ihm durchs Treppenhaus in die Wohnung, setzte dabei jeden Schritt so bewusst, als wären Sprengkörper in den Stufen versteckt.

Jarno schloss auf, öffnete ihr die Tür und registrierte zufrieden, dass sein geheimer Plan, Klara zu beruhigen, aufzugehen schien: Die Katze kam ihnen maunzend entgegen und in Klaras Gesicht leuchtete ein Licht auf.

»Was für eine wunderschönes Tier!«, rief sie und kniete sich hin, woraufhin die Katze mit begeistertem Schnurren antwortete und um Klara herumstrich, als würde sie sie schon ewig kennen. Erleichtert schloss Jarno die Tür. Klara war hin und weg von der Katze, was auf Gegenseitigkeit zu beruhen schien. Kaum setzte Klara sich auf die Couch, hockte die Katze bereits auf ihrem Schoß und rammte ihr ihr Köpfchen unters Kinn. Das lief besser als geplant. Klara zeigte freudige Faszination, als Jarno das Licht einschaltete. Es ging eben nichts über die tröstliche Wirkung einer Katze. Jarno konnte sich bedenkenlos in die winzige Küche zurückziehen (in der noch die Kartoffelschalen vom Vortag daran erinnerten, dass das Aufräumen sich nicht von allein erledigte), Tee kochen und sich überlegen, wie er Klara am besten helfen konnte. Wo fing man an, ein Mädchen aus der Vergangenheit ins Heute zu integrieren, wenn man schon mit der Frage überfordert war, wo man mit dem alltäglichen Aufräumen beginnen sollte? Er merkte, wie er zunehmend nervöser wurde, und sehnte sich selbst nach seiner Katze und deren magischen Fähigkeiten der Beruhigung. Seval würde meckern, aber das war ihm für den Moment egal, also zündete er sich in der Küche eine Zigarette an. Schließlich war der Tee fertig, die Zigarette am Filter angelangt und die Schonfrist vorbei. Er trug die Kanne und Tassen ins Wohnzimmer und setzte sich Klara gegenüber.

»Vielleicht fangen wir mit dem an, was dich am meisten interessiert«, meinte er und fühlte sich mehr als unschlüssig dabei. »Hast du irgendwelche Fragen?«

Sie wirkte viel gefasster als eben noch, weit gefasster als er. Die Katze schlief auf ihrem Schoß. »Ich möchte wissen, was der Krämer mit Kohle meinte. Er wollte Kohle von mir, aber ich habe niemanden mit Kohlesäcken gesehen.«

»Du warst in einem Kiosk«, erklärte Jarno und entschied spontan, dass er Klara auch gleich einen ersten Überblick über die Umgangssprache verschaffen konnte. »Auch Büdchen genannt. Der Verkäufer hat dich schlichtweg verarscht.«

Ihre Augen weiteten sich einen Moment, auch wenn sie versuchte, die Irritation zu überspielen.

»Verscheißert. An der Nase herumgeführt. Veräppelt.«

Sie hob eine Braue und ihm fiel auf, dass diese, ebenso wie ihre Wimpern, denselben Karamellton hatten wie ihr Haar. »Jarno, verzeih. Aber ich weiß, was verarschen bedeutet. Ich bin von gestern, aber nicht blöd.«

Er konnte nicht anders: »Und die Sache mit der Kohle?«

»Vermutlich wollte der Mann Geld, ich hätte es mir denken können.«

Beeindruckend, wie wenig sie sich foppen ließ. »Genau.« Er zog sein Portemonnaie aus der Tasche und entleerte es auf dem Tisch. »Du kennst noch die Mark und den Pfennig, wenn ich das richtig im Kopf habe. Die gibt es aber seit mehreren Jahren nicht mehr, wir haben heute den Euro und den Cent.«

Klara sah sich die Münzen genau an und befühlte den Zehneuroschein. Er hatte das Gefühl, dass ihr weitere Fragen dazu auf den Lippen lagen, sie diese aber nicht stellen wollte.

»Mach dir fürs Erste keine Gedanken um Geld. Wenn du etwas brauchst«, er spürte sich wider Willen zögern, »dann sag es mir.« Er hatte nicht die geringste Ahnung, wo er zusätzliches Geld auftreiben sollte, aber das würde ihm schon irgendwie gelingen.

»Du musst das nicht tun«, sagte Klara, es schien ihr unangenehm. »Du hast schon so viel für mich getan.«

»Na ja, wenn man so will, bin ich schuld daran, dass du in dieser Zeit gestrandet bist. Natürlich helfe ich dir.« Dabei war das nicht alles. Er hatte ihr schon helfen wollen, als er noch nicht gewusst hatte, dass ein fühlender Mensch in dem kalten Marmor verborgen war. Es war nicht das Gefühl, für sie verantwortlich sein zu müssen, weil er den Stein umgeschmissen hatte – es war eher das Gefühl, das jeden Mann überkam, wenn er einer Frau begegnete, die ihm mit ihrer Schönheit und ihrer Art zugleich den Kopf verdrehte. Natürlich wollte man ihr dann helfen, unbedingt und unter allen Umständen. Und nicht ohne den sich ungewollt aufdrängenden Hintergedanken, dass man sie damit, möglicherweise und mit viel Glück, ein klein wenig beeindruckte.

»Ich habe letzte Nacht ein wenig im Internet geforscht, was man machen kann, um an gültige Papiere zu kommen«, wechselte er das Thema und abrupt versteifte sie sich so sehr, dass die Katze verärgert maunzend den Kopf hob.

»Tatsächlich? Was kann ich tun?«

Jarno lehnte sich im Sessel vor. »Die schlechte Nachricht ist, dass du mit der Wahrheit vorsichtig sein musst. Magie oder Zeitreisen sind in Film und Literatur sehr beliebt, aber jemand, der behauptet, wirklich aus der Vergangenheit zu kommen oder verzaubert worden zu sein, der wird vermutlich in der Klapse landen.«

»Wo?«

»In einer Nervenheilklinik. Einer Anstalt, wenn du so willst.«

»Das war früher nicht anders«, erwiderte Klara bitter. »So weit bin ich schon: Die Wahrheit bleibt mein Geheimnis. Oder eher … unseres.«

Jarno wurde bei dem Wort »unseres« warm im Magen und er brauchte einen Moment, um weiterzusprechen. »Ich habe mich informiert, was du ansonsten tun kannst. Um Asyl zu beantragen, müsstest du Gründe nennen und nachweisen, in deinem Heimatland nicht sicher leben zu können. Aber ohne jeden Nachweis, wo und wann du geboren wurdest, stelle ich mir das extrem kompliziert vor. Die beste Möglichkeit ist es wohl, wenn du dich bei der Polizei meldest und angibst, dich nicht erinnern zu können, wer du bist. So etwas kann passieren – durch einen Unfall, einen Schlag auf den Kopf, einen Infarkt oder etwas Ähnliches. Sogar Hypnose soll schon zu Amnesien geführt haben.« Er nannte den Punkt nebenbei in seiner Aufzählung, in der Nacht jedoch hatte er lange darüber nachgegrübelt. War es möglich, dass die angebliche Zauberin eine Hypnotiseurin war und Klara nur suggerierte, in der Vergangenheit gelebt zu haben? Auch ihn hätte man hypnotisieren können, sodass er sich die Ähnlichkeit zwischen Klara und der verschollenen Statue nur einbildete. Dagegen standen jedoch die Fotos, die dies eindeutig belegten. Und aus welchem Grund sollte jemand eine solche Show inszenieren? »Du müsstest also lediglich dabei bleiben, dich nicht zu erinnern.«

Sie nickte ernst. »Ich soll die Polizei anlügen?«

»Wie man es nimmt. Genau genommen musst du nur angeben, an die letzten achtzehn Jahre deines Lebens keine Erinnerung zu haben. Das ist nicht gelogen, dem Kalender nach *hast* du an die letzten achtzehn Jahre keine Erinnerung.«

Klara streichelte gedankenverloren die Katze. »Eine andere Möglichkeit gibt es wahrscheinlich nicht. Was geschieht weiter, wenn ich es so mache?«

Jarno fühlte sich wie auf dünnem Eis. »Ich weiß es nicht genau. Ich habe Informationen über Menschen gefunden, die Ähnliches angaben – bei den meisten klärte sich alles auf. Letztlich kümmert man sich aber in jedem Fall um sie und ermöglicht ihnen ein normales Leben.«

»Mit diesen wichtigen Papieren?«

»Ich habe dazu nichts Eindeutiges gefunden, aber ich gehe schwer davon aus. Alles andere wäre unlogisch. Aber es wird seine Zeit brauchen, Bürokratie dauert in Deutschland generell sehr lange. Sie werden erst einmal alles versuchen, um deine Identität herauszufinden.«

Klaras Hände hielten inne. »Wie?«

»Ich nehme an, dass sie Fingerabdrücke und deine DNA abgleichen werden – das ist nicht schlimm, keine Angst. Und vermutlich werden sie Fotos von dir in den Nachrichten und in der Zeitung zeigen und so nach Menschen suchen, die dich kennen und sagen können, wer –«

»Nein!«, unterbrach sie ihn und wirkte nun nicht mehr erschrocken, sondern vielmehr entsetzt. »Das geht auf gar keinen Fall!«

»Warum nicht? Es wird dich doch sowieso niemand erkennen.« Jarno spürte, wie er misstrauisch wurde, und das war ihm unangenehm. Er wollte Klara nicht misstrauen.

»Elise, die Zauberin.« Klaras Stimme zitterte kaum wahrnehmbar, ebenso ihre Finger. Die Katze peitschte den Schwanz hin und her. »Sie würde mich erkennen und dann weiß sie, dass ich aus dem Stein befreit wurde und wo sie mich findet.«

»Klara, diese Elise müsste heute weit über hundert Jahre älter sein als damals. Die ist tot, du musst vor ihr keine Angst mehr haben.«

»Weißt du es?« Klara flüsterte nur. »Bist du sicher, dass sie tot ist?«

»Ich glaube, die heutige Lebenserwartung liegt etwas höher als damals – aber hundertdreißig Jahre wird kein Mensch.«

»Und kein Mensch wird zu Stein und kein Stein zu einem Menschen. Und doch ist es geschehen, Jarno.«

Das war wahr. Aber Magie zu erleben, war etwas anderes, als an die vage Vorstellung von Unsterblichkeit zu glauben. »Ich kann mir trotzdem nicht vorstellen, dass jemand so alt wird, Zauber hin oder her. Es gibt Grenzen.«

Klara lächelte gezwungen, darin lag keine Ehrlichkeit mehr. Die Katze sprang von ihrem Schoß. »Du entscheidest nicht über diese Grenzen. Ich bleibe dabei, ich möchte in keine Zeitung. Es ist zu gefährlich. Wenn sie noch da ist«, sie sah aus dem Fenster, »irgendwo da draußen, dann wird sie mich erkennen und kommen, um zu beenden, was sie begonnen hat. Und dann bist auch du in Gefahr.« Sie senkte den Kopf, wurde von einem auf den anderen Moment zum Inbegriff der Traurigkeit. »Ich weiß, wozu sie imstande ist. Johan …«

»Wer ist Johan?«

»Er war mein heimlicher Verlobter. Ich wollte eine Familie mit ihm gründen, damals, in meiner Welt. Er hat den Freitod gewählt, haben sie mir gesagt, aber das weiß ich besser. Das hätte er nie getan, aus keinem Grund der Welt. Nicht Johan! Sie hat ihn getötet – erst hat sie ihn mir weggenommen und dann getötet.«

Betroffen schwieg Jarno. Sämtliches Beileid erschien ihm zu wenig, zu nutzlos, um es auszusprechen. Und allen Fragen hätte ein zweifelnder Ton innegelegen, der Klara verletzt hätte. Er hatte nicht geahnt, was sie alles durchgemacht hatte.

Eine Weile saßen sie still beisammen. Klara sah auf ihre Hände. Jarnos juckten, er wollte sie bewegen, etwas tun, aber er wollte Klara auch nicht in ihrer Trauer stören. Vermutlich brach es zum ersten Mal aus ihr hinaus.

»Entschuldige«, sagte sie schließlich. »Ich bin dir so dankbar für alles, was du tust. Es kommt mir vollkommen falsch vor, deine Vorschläge abzuweisen, aber meine Angst vor Elise ist zu groß.«

»Ich verstehe das. Es ist okay, du musst dich nicht entschuldigen. Wir müssen nicht gleich etwas tun, du kannst das in Ruhe überlegen und ich forsche in der Zwischenzeit noch weiter nach. Bestimmt gibt es andere Möglichkeiten.« Ob diese Möglichkeiten auf legalem Weg existierten, wusste er nicht sicher, aber fürs Erste musste Klara ihre Angst verlieren. »Ich schlage vor, wir machen zunächst etwas ganz anderes. Hast du Lust auf Fernsehen?«

Mit schmalen Augen sah sie ihn an.

»Erwarte nicht zu viel. Um die Uhrzeit läuft nur Schrott, aber ich glaube, es wird dir gefallen.« Jarno schaltete den Fernseher ein. Auf dem Bildschirm fegte ein Tierpfleger ein Pinguingehege aus und berichtete von den Schwierigkeiten, wenn diese komischen Vögel brüteten. Eine Zoo-Dokusoap war für den Anfang sicher genau das Richtige für Klara; wenn er auf die Privatsender umschaltete, dachte sie vermutlich gleich, im primitivsten Jahrhundert aller Zeiten gelandet zu sein.

Er sah sich nach ihr um und bemerkte verwirrt, dass sie mit entsetzt geweiteten Augen auf den Bildschirm starrte und ihre Hände so hart auf ihren Mund drückte, dass ihre Fingerknöchel weiß wurden.

»Klara? Alles in Ordnung? Das ist nur Fernsehen, nur ein Film, da kann nichts passieren! Die Pinguine sind ohnehin ganz harmlos.« Ob sie wusste, was ein Film war? Hatte es in ihrer Zeit schon Stummfilme gegeben? Kannte sie Pinguine? Verdammt, er hatte keine Ahnung.

»Mein Vater«, murmelte sie kaum hörbar. »Ich meine … Das war seine Arbeit.«

»Pinguine im Zoo zu versorgen?«

»Ach!« Sie lachte bemüht. »Einen Zoo gab es in unserem Städtchen doch nicht. Er hat an einem Apparat geforscht, in dem Menschen bei sich zu Hause Filme ansehen können, als würden sie in ein Varieté-Theater gehen.«

Jarno musste husten. »Dein Vater hat den Fernseher erfunden? Ist nicht wahr!«

Sie lächelte. »Dort steht aber doch einer. Offenbar hatten Vater und seine Kollegen Erfolg mit ihren Forschungen.«

»Moment, das haben wir gleich!« Jarno wechselte an seinen Schreibtisch und schaltete den PC ein.

»Du hast mehrere davon?« Klara schien nicht recht zu wissen, ob sie den Pinguinen bei der Fütterung zusehen oder ihre Aufmerksamkeit auf Jarnos Monitor richten sollte.

»Das ist ein Computer. Man kann damit jede Menge machen; Dinge, die heutzutage jedes Kindergartenkind schafft, von denen allerdings die wenigsten wirklich wissen, wie es funktioniert.«

»Das klingt beunruhigend.«

»Ist es genau genommen auch. Vor allem das Internet. Aber das besprechen wir später.« Er brauchte vorher einen Nerd, der ihm das Ganze so erklärte, dass er es in verständliche Worte fassen konnte. »Fürs Erste reicht folgender Grundsatz: Schreibe nie etwas über dich selbst im Internet, was du nicht quer über den Marktplatz brüllen würdest.«

Klaras Blick besagte, dass sie vermutlich nie auch nur ein Wort über den Marktplatz brüllen würde.

»Ich finde in diesem Internet Informationen über beinah jedes Thema auf der Welt und kann dir daher gleich genau sagen, wann der Fernseher erfunden wurde. Moment.« Er rief Wikipedia auf und gab das Suchwort ein. Klara stand auf, stellte sich hinter ihn und beugte sich herab, um den Monitor besser im Blick zu haben.

»Die Schrift ist kaum zu entziffern«, sagte sie und ihr Atem kitzelte seinen Nacken, worauf eine Gänsehaut seinen Rücken runterlief. »Ich kann das nicht lesen.«

»Hier steht, dass seit 1884 intensiv an der Nipkow-Scheibe gearbeitet wurde.«

Klara nickte begeistert. »Ja, das war Teil von Vaters Arbeit! Er hat nur viel davon erzählt.«

»Aber das erste erfolgreiche Ergebnis wurde erst 1928 veröffentlicht. Von einem Ungarn, Dénes von Mihály. Sagt der Name dir etwas?«

»Ich habe ihn nie zuvor gehört.« Enttäuschung machte ihre Stimme schwer und Jarno bereute augenblicklich, das Thema gegoogelt zu haben. Er hätte damit rechnen müssen, dass nicht ausgerechnet Klaras Vater als der große Erfinder vermerkt war. Er las die Namen der Männer vor, die ausreichend Forschungsergebnisse hinterlassen hatten, dass man sie in der Historie erwähnte, aber bei jedem einzelnen schüttelte Klara betrübt den Kopf. Zuletzt suchte er nach dem Namen von Klaras Vater, fand Tausende von Einträgen, aber keinen einzigen, der zu einem Mann passte, der 1903 gelebt hatte.

»Aber er hat gelebt, ich bilde mir das doch nicht ein!«

Zu Jarnos Erstaunen ließ sie es zu, dass er sie vorsichtig an der Schulter berührte. »Das Internet gibt es noch nicht lange und selbst heute noch gibt es Menschen, über die nichts darin steht. Das hat überhaupt nichts zu bedeuten.«

Sie schluckte schwer, schien mit den Worten zu ringen. Schließlich fragte sie zaghaft: »Fährst du mich jetzt zurück? Ich habe für heute genug gesehen.«

In Jarnos Kehle schwoll ein Kloß an, den er sich nicht anmerken lassen wollte. »Natürlich. Es tut mir leid, ich hätte –«

»Es war nicht deine Schuld. Ich begreife nur langsam, was es heißt, so lange … geschlafen zu haben. Vielleicht hast du ja recht und Elise ist tot. Aber ob es nun so ist oder nicht – alle anderen *sind* tot. Ich habe das bisher nicht wirklich wahrgenommen. Ich …«, eine Träne rann ihr über die Wange, sie wischte sie hastig weg, »habe gedacht, es gäbe einen Weg zurück. Aber den gibt es nicht, oder?«

»Ich müsste lügen und das will ich nicht«, sagte Jarno, seine Stimme war ganz heiser. »Ich fürchte, du hast recht.«

Klaras Stimme war kaum mehr als ein Hauch, als sie aussprach, was er sich zu sagen nicht traute.

»Ich werde nie mehr zurückkehren.«

KAPITEL 12
Eiskalte Engel …

Jarno brachte Klara zum Haus zurück und sorgte dafür, dass sie ausreichend frisches Wasser und einen Korb mit Essen mitnahm. Sie fühlte sich elend, weil sie nur ein »Dankeschön« für ihn hatte, was keinesfalls ausreichen konnte – weder in seiner noch in ihrer Zeit. Doch der Gedanke, dass sie ihm seine Hilfe nicht vergelten konnte und auch nicht wusste, wie sie an dieser Situation etwas ändern sollte, betrübte sie und nahm ihr sämtliche Worte.

Er verabschiedete sich, versprach, am nächsten Vormittag zurückzukommen, und wieder blieb Klara in der Ungewissheit zurück, ob sie erleichtert sein sollte, nun endlich allein zu sein, oder ob ihr genau dieser Umstand das Herz zuschnürte.

Für ein paar Stunden verkroch sie sich in der Villa und bemitleidete und schalt sich selbst, den anteilnehmendsten Mann weggeschickt zu haben, den sie je getroffen hatte. Sie untersuchte die letzten Zimmer und fand allerlei Nützliches wie Besteck, Kämme und hübsche Haarspangen, worüber sie sich nicht freuen konnte. Wem hatten diese Dinge gehört und hatte sie überhaupt ein Recht, sie an sich zu nehmen? Das Haus war voller Spuren der Menschen, die hier gelebt hatten. Wo waren sie alle hingegangen? Und wo waren die Spuren derer, die *sie* gekannt hatte?

Ihr Vater, das Minchen, der Manfred, die Mamsell Lene. Was war mit ihnen geschehen? Hatten sie ein glückliches und erfülltes Leben gehabt? Was mochten sie über sie, Klara, gedacht haben, nachdem sie verschwunden war? Glaubten sie, sie wäre ihnen fortgelaufen? War es nicht naheliegend, nachdem der Johan gestorben war?

Ach, Vater, ich hätte dich nie einfach verlassen, das musst du doch gewusst haben!

Zunehmend wurde ihr klarer, dass sie nicht nur keinerlei Möglichkeit mehr hatte, zu ihrer Familie zurückzukehren, ihr kam nun auch in den Sinn, dass die letzten Gespräche mit ihrem Vater alles andere als harmonisch verlaufen waren. Wenn er sich an sie erinnert hatte, dann waren die letzten Bilder vor seinen Augen gewesen, wie sie geweint und gefleht hatte, wie sie ihn starrsinnig und geblendet geschimpft hatte.

Es tut mir so leid, Vater, dass wir keinen besseren Abschied hatten.

Und Johan … ach, auch das letzte Gespräch mit ihm war ein Streit gewesen. Und sein Tod allein ihre Schuld. Elise hatte nach ihr verlangt, nach Klara, und Johan war im Weg gewesen. Es bestand kein Zweifel daran, dass Elise an seinem Tod die Schuld trug – wer eine Frau in Stein verwandeln konnte, der war auch in der Lage, einen Mann in den Tod zu treiben. Was nur hatte sie getan, dass die Zauberin sie jagte? Sie entsann sich Elises Worte und der Warnungen, die die alte Zirkusfrau ausgesprochen hatte, aber einen Reim konnte sie sich immer noch nicht darauf machen.

Für den Augenblick erschien ihr dies aber auch nicht wichtig. Sie hatte keine Kraft mehr übrig, um zu rätseln, und ihre Erinnerungen waren so bröcklig, dass sie nur mit Mühe darangelangte. Sie würde sich diesen Aufgaben später stellen, für den Moment war in ihrem Herzen kein Platz dafür. Sie brauchte nun Zeit für Wichtigeres – Zeit zum Trauern. Denn ihr Vater mochte schon seit Dekaden tot sein – für sie war er es erst seit wenigen Tagen.

Vater, Johan, hoffentlich konntet ihr mir im Himmel irgendwann verzeihen.

* * *

Es wurde kälter, nachdem Klara weg war. An den Fenstern der WG gefror die Feuchtigkeit zu Eisblumen und die Raumtemperatur verringerte sich spürbar, weil Jarno allein war und keine Lust hatte, die altersschwache Heizung höher zu drehen. Ob es in der Villa überhaupt noch auszuhalten war? Reichten das bisschen Feuerholz und die Decken, die Klara hatte, um nicht zu frieren? Selbst in der Nacht? Sollte er wirklich erst morgen nachschauen, ob alles in Ordnung war?

Frustriert wandte Jarno sich dem Monitor zu. Er stand kurz davor, alle Fotos zu löschen, die er von der steinernen Klara gemacht hatte. Vielleicht war das sicherer; vermutlich war es eine dumme Idee, die Aufnahmen zu behalten. Die Beweise, dass Klara Stein gewesen war … Aber wenn er diese Beweise vernichtete, war er sich morgen vermutlich selbst nicht mehr sicher, was er wirklich gesehen und was seine Fantasie ihm suggeriert hatte. Aus Künstlersicht gab es keinen Grund, sie zu behalten. Die Bildausschnitte waren schlecht, das Motiv war schlecht getroffen, die Beleuchtung war schlecht. Die ganzen Aufnahmen waren der Beweis: Er war ein miserabler Fotograf – das sagte jedes dieser Bilder.

Eins jedoch, eine einzige Aufnahme, stach hervor. Nicht, weil das

Bild besonders gelungen war, sondern weil es ihn irritierte. Es zeigte ihn, sein Gesicht im Seitenprofil, und direkt vor ihm die marmorne Klara, so nah, dass ihre Gesichter nur durch eine hauchfeine Lichtlinie getrennt wurden. Wo kam dieses Licht her? War draußen ein Auto vorbeigefahren, dessen Scheinwerfer hereingeleuchtet hatten? Aber es war erst Nachmittag gewesen, die Sonne war zwar bereits untergegangen, doch um Scheinwerfer einzuschalten, war es zu hell gewesen. Es musste der Augenblick gewesen sein, bevor er sie geküsst hatte, dieser magische Moment, als für einen Sekundenbruchteil die Welt perfekt gewesen war. Er konnte sich nicht daran erinnern, zu diesem Zeitpunkt etwas aufgenommen zu haben, Selfies waren überhaupt nicht sein Ding, er musste unbemerkt abgedrückt haben. Ein seltsames Foto. Aber … weniger schlecht als alle anderen. Vielleicht sogar ganz okay. Beinah gut.

Er speicherte es kurzerhand in dem Ordner ab, in dem er alle Bilder sammelte, die für den Wettbewerb infrage kamen. Sehnsucht nach Wärme …

Es war das einzige Bild in dem Ordner.

Jarno trank den inzwischen kalt gewordenen Kaffee, öffnete den Online-Browser und machte sich erneut an die schier unlösbare Aufgabe, die er sich in den Kopf gesetzt hatte: eine Zukunft für das Mädchen aus der Vergangenheit zu finden. Seine Recherchen verliefen ernüchternd und während seine Stimmung düsterer wurde, gewann eine innere Stimme in seinem Kopf, die er am liebsten komplett abgeschaltet hätte, an Lautstärke.

Es war ja nicht so, dass er nicht wusste, wo man gefälschte Papiere herbekam …

Aber allein der Gedanke, diese unschuldige, reine und gutherzige Klara mit Daniel und seinen dreckigen Machenschaften in Verbindung zu bringen, ließ Jarnos Speichel wie saure Milch schmecken. Er hackte weitere Suchbegriffe in die Tastatur, absurdere, fantastischere, wühlte sich bei den Ergebnissen bis auf Seiten im dreistelligen Bereich durch und fand doch nichts, was nur annähernd nach Realität klang. Menschen wie Klara schien es nicht zu geben und damit auch keine Lösung.

Und Klara? Die hatte derweil nicht einmal ein Telefon, um ihn zu informieren, wenn sie Hilfe brauchte.

Es wurde kälter und kälter.

* * *

Die Nacht wurde hart. Draußen hatte es zu schneien begonnen, vor den Fenstern türmte sich der Schnee auf den Fensterbrettern. Klara hatte bereits mehrmals Feuerholz nachlegen müssen, damit die Temperaturen nicht zu stark abfielen. Zwar hatte sie sich alle Decken in die Wohnstube, den einzigen beheizbaren Raum, geholt, aber die Kälte kroch darunter wie aufdringliche Hände. Nachdem sie am Tag wenig gegessen und viel geweint hatte, fror sie nun entsetzlich, fand kaum Schlaf und dämmerte nur hin und wieder für kurze Zeit weg.

Aus einem dieser kurzen Schlummer wurde sie durch ein jähes Kreischen geweckt. Für einen Moment wusste sie nicht, ob der entsetzliche Laut einem bösen Traum entkommen oder real war. Mucksmäuschenstill verharrte sie und lauschte in die Nacht. Das Feuer knisterte noch leise und aus dem oberen Stockwerk drang das Rauschen des Windes, der das Dach knarzen ließ, als tappte jemand über den Speicher. Ihr Puls raste. Nichts klang anders als in den Stunden zuvor, doch Klara meinte, eine Veränderung zu bemerken, die sie sich nicht erklären konnte. Das Gefühl der Sicherheit, das sie in diesem Haus gehabt hatte, war verloschen wie eine heruntergebrannte Kerze.

War jemand hier?

Sie hatte den Eindruck, nicht mehr allein zu sein, und das erinnerte sie in erschreckender Weise an Begebenheiten, die sie lieber vergessen hätte. Damals, als sie von Elise beobachtet worden war, war das Gefühl ein ähnliches gewesen. Nein. Es war *dasselbe* gewesen.

»Jarno?« Ihre Stimme klang hoch und viel leiser als gewollt. »Bist du es?«

Niemand antwortete. Der rauschende Wind zerrte an Klaras Nerven. Sie wickelte sich in eines der Oberbetten, mit denen sie sich auf dem Sofa zugedeckt hatte, und stand auf, um sich umzusehen. Die Dunkelheit schlich um sie herum. Klara suchte hastig in einem Schrank nach den Kerzen, fand eine und entzündete sie im Kamin. Ihre Hand zitterte, es dauerte eine Ewigkeit, bis der Docht endlich Feuer fing, und selbst dann half die kleine Flamme kaum gegen die Finsternis. Klara vermochte nicht viel weiter zu schauen, als ihre Hände greifen konnten. Dennoch wagte sie sich langsam durch die Wohnstube. Schwärze presste sich von außen gegen die Fensterscheiben – wer wusste, was sonst noch dort lauerte.

Klara ging in den Flur. Die Treppe schien in endloses Dunkel zu führen. Hatte sich dort oben etwas bewegt? Sie wusste, dass die Katze immerzu im Haus herumschlich; sie schien ihren eigenen, geheimen Ein- und Ausgang zu haben, tauchte auf und verschwand wieder, wie es ihr beliebte, und verschmähte auch das Futter, das Jarno ihr hingestellt hatte. Vermutlich hatte sie nur das Tier gehört, wie es eine andere Katze aus dem Revier vertrieben oder eine Ratte erlegt hatte.

Warum beruhigte sie der Gedanke nicht?

Vorsichtig wagte Klara sich die Treppen hoch, Stufe für Stufe,

Schritt für Schritt. Sie brauchte Gewissheit, dass es wirklich die Katze gewesen war. Oben angekommen, sah sie nichts. Die Kerze flackerte nervös im Windzug. Im Untergeschoss, vermutlich im Wohnzimmer, ertönte ein kratzendes Geräusch wie von Krallen auf Holz. Es war kein friedliches Geräusch, es klang nach Angst.

Klara hielt den Atem an. Sie stand immer noch oben auf der Treppe und spähte nach unten. Ihre Augen gewöhnten sich zunehmend an die Dunkelheit. Vor die offene Tür zur Wohnstube fiel ein Rechteck aus Grau, der schwache Schein des wenigen Lichts, das der Kamin abgab. Mitten in das Grau mischte sich ein schwarzer Schatten. Zu groß, um von einer Katze zu stammen.

Alles in Klara schrie nach Flucht, doch sie zwang sich, stehen zu bleiben. Sie musste anfangen, ihrer Angst vor dem Unbekannten die Stirn zu bieten, sonst würde sie in dieser Zeit – in dieser Welt – vollkommen verrückt werden und dann hätte sie auch gleich in der Irrenanstalt bleiben und dort Pillen schlucken können.

Vielleicht hätte ich das tun sollen … womöglich wurde ich bestraft, weil ich nicht getan habe, was man von mir erwartete.

Der Schatten wuchs an. Klara umklammerte das Treppengeländer und starrte nach unten. Etwas Dunkles huschte durch das Rechteck aus Grau und verschwand. Kein Laut war zu hören, aber Klara wusste auch so, dass es die Treppe nahm und nach oben kam.

Sie blieb stehen.

Es ist nur die Katze, sagte sie sich stumm. Nur die Katze. Nur die Katze.

Es *war* nur die Katze.

Doch etwas in dem Blick des Tieres, der Klara zu durchbohren schien, verhinderte, dass sie sich entspannte. Stattdessen schwoll die Angst heiß und pochend in ihrem Schädel an und die Gewissheit verdichtete sich, dass hier etwas ganz und gar nicht in Ordnung war.

Sie war hier nicht sicher. Nicht hier und nirgendwo sonst in dieser neuen Welt. Irgendetwas verfolgte sie, selbst durch all die Zeit, die sie ungewollt durchschritten hatte.

Die Katze schritt in einem sicheren Bogen um Klara herum, als fürchtete sie sich vor ihr, aber die gelben Augen machten deutlich, dass die Katze eine Jägerin war und Klara bloß die Beute.

»Was willst du?«, fragte sie im Flüsterton und fühlte sich sogleich in der Zeit zurückversetzt, an einen schrecklichen Ort voller Angst und Traurigkeit. »Was willst du von mir?«

Doch eine Katze mag Fragen aufwerfen. Antworten gibt sie nie.

* * *

Jarno fuhr zu schnell für die Wetterverhältnisse. Der Schnee war liegen geblieben und der Räumdienst kümmerte sich offenbar um andere Stadtgebiete. Noch immer schneite es und die Sicht betrug nur wenige Meter. Die Frontscheibe gefror von außen und innen und der Polo schlitterte eher durch die Kurven, als dass Jarno ihn lenkte, trotzdem ging er nicht vom Gas. Er hatte sich die ganze Nacht zusammengerissen und war nicht zur Villa gefahren, weil er Klara nicht das Gefühl geben wollte, sich über ihre so sorgfältig gesteckten Grenzen hinwegzusetzen. Sev hatte ihm geraten, ernst zu nehmen, worum sie ihn bat, und sein Gefühl hatte ihr recht gegeben. Widerwillig.

Doch nun war Morgen und er besaß die offizielle Erlaubnis, mit Frühstück zu ihr zu kommen. Er hatte eine Packung Milch gekauft, Brötchen, Butter und Käse, und sein Restgeld für einen halben Monat war nun im einstelligen Bereich angelangt. Er würde Silvio heute Abend um einen Vorschuss bitten müssen, vielleicht …

Plötzlich leuchtete vor ihm etwas Rotes auf, er stieg in die Eisen, aber der Polo wurde nicht langsamer, sondern rutschte wie ein riesiger Schlitten über die Straße. Ein paar Meter vor ihm lag ein Motorroller mitten auf der Fahrbahn, der Fahrer stand daneben, zerrte an seinem Gefährt, geriet aber ins Schlittern und fiel beinah hin. In Sekundenbruchteilen registrierte Jarno, dass er in den Rollerfahrer hineinknallen würde. Er hupte ein Stakkato, trat gleichzeitig die Bremse mit aller Kraft, ließ locker und trat erneut. Das Intervallbremsen genügte nicht, der Wagen rutschte zu sehr. Er war zu schnell gewesen – verdammt. Der Rollerfahrer erkannte die auf ihn zuschießende Gefahr, starrte Jarno allerdings durch sein Helmvisier entgegen wie ein Reh im Scheinwerferlicht und bewegte sich nicht. Noch fünf Meter, noch vier …

Jarno ließ das Bremspedal los und zog stattdessen die Handbremse mit aller Kraft und ruckte am Lenkrad. Es funktionierte, der Wagen brach zur Seite aus. Jarno gab Gas, schlidderte einen knappen Meter an dem gestürzten Rollerfahrer vorbei, bremste erneut und prallte gegen einen Bordstein. Endlich kam der Polo zum Stehen. Die Milchpackung fiel in den Fußraum. Erleichtert ließ Jarno den Kopf aufs Lenkrad sinken und atmete durch. Das war knapp gewesen. Er stieg aus und sah zu dem Rollerfahrer hinüber, der seine Maschine inzwischen wieder aufgerichtet hatte. Er kannte ihn flüchtig, Tage zuvor hatte er ihn bei der Tankstelle in der Nähe gesehen.

»Bist du verletzt?«

Statt einer Antwort zeigte der Rollerfahrer ihm einen behandschuhten Mittelfinger.

»Hey, sei froh, dass ich ausweichen konnte. Ist alles okay?«

Der Rollerfahrer rief Worte, die durch den Helm schwer zu verstehen waren, allerdings nach Beschimpfungen klangen.

Muss der Schock sein, dachte Jarno. Sein Herz ging ebenfalls noch schneller als normal und seine Hände zitterten nicht nur wegen der Kälte. Er ging um den Wagen herum, sah an seinem Vorderrad nach oberflächlichen Beschädigungen und hoffte, der Wagen möge keinen Achsenschaden durch die Aktion davongetragen haben. Als er wieder zum Fahrersitz zurückkehrte, fuhr der Rollerfahrer bereits schlingernd und weit zügiger, als es vernünftig war, davon.

»Idiot«, murmelte Jarno. Doch umso besser, so musste er keine Zeit vergeuden und konnte weiterfahren. Zum Glück hatte der Wagen zumindest dem ersten Fahreindruck nach nichts abbekommen, auch wenn das auf zwanzig Zentimetern Neuschnee, auf denen sich die Spur kaum halten ließ, schwer zu beurteilen war.

Es war eigenartig, an der Tür der Villa zu klopfen, obwohl er wusste, dass sie unverschlossen war. Er würde Klara ein Schloss besorgen, es war viel zu gefährlich mit der offenen Tür. Sie machte ihm auf, begrüßte ihn mit einem scheuen Lächeln und sah schrecklich aus.

»Hey. Ich würde dir einen guten Morgen wünschen, aber dein Anblick sagt mir, dieser Wunsch könnte höhnisch klingen. Hast du schlecht geschlafen?«

»Furchtbar«, flüsterte sie, es klang wie ein Geständnis, als sei sie selbst schuld daran. »Bitte komm rein.«

Er hatte das Gefühl, dass sie durchatmete und entspannte, und der Gedanke, dass es seine Anwesenheit sein könnte, die das verursachte, behagte ihm und bereitete ihm zugleich Sorgen.

»Was ist denn passiert?«

»Nichts. Ich habe nur die Katze bei Nacht gehört und sie hat mich erschreckt. Danach konnte ich keine Ruhe mehr finden.«

Er nickte und wusste doch, dass das nur die halbe Wahrheit war. Da war noch mehr …

»Ich habe ein ungutes Gefühl, wenn du hier allein bist. Es ist nicht einmal ein Schloss an der Tür. Jeder kann reinkommen.«

»Die, die ich fürchte«, murmelte Klara, »ließe sich von einem Schloss nicht aufhalten.«

»Elise ist nicht hier. Aber es gibt Tausende von Menschen, die die Notlage einer Frau ausnutzen, wenn man ihnen die Gelegenheit gibt.«

»Jarno.« Sie wirkte traurig und verzweifelt. »Du nutzt meine Notlage, indem du mich drängst, hier wegzugehen. Ich kann nicht in deiner Wohnung übernachten.«

»Auch nicht, wenn es heutzutage vollkommen normal ist? Es ist wirklich nichts dabei.«

»Dann muss ich mich an diesen Zustand gewöhnen. Aber ich brauche –«

»Mehr Zeit?«

Sie nickte.

»Und du brauchst ein Schloss.« Er wusste noch nicht, wie, aber er würde sich darum kümmern. »Lass uns jetzt über etwas anderes reden – vor allem: Lass uns essen.«

»Sehr gerne. Kannst du mir danach mehr von der Stadt zeigen? Ich würde so gerne eine Kirche sehen. Und den Marktplatz.«

Jarno dachte an die schlecht besuchte Innenstadt und an die kleine Einkaufspassage, in der seit der Eröffnung vor wenigen Jahren mehr Läden leer standen als vermietet waren. »Was immer du möchtest. Aber erwarte nicht zu viel.«

* * *

Klara hatte viel erwartet – wie sollte man in dieser neuen, bunten, lauten Welt, in der alles viel war, nicht von ganz allein viel erwarten? –, aber die Realität erschlug sie regelrecht mit Eindrücken.

Eine Weile fühlte sie sich von der Masse, der Lautstärke und der Vielfalt überfordert und da sie nicht wusste, wo sie hinstarren durfte und wo nicht, versuchte sie es mit der Methode, die sie sich auf den Straßen angeeignet hatte: Sie sah nach unten und gab sich Mühe, trotz der eingeschränkten Sicht niemanden anzurempeln. Das war schwerer als gedacht und letztlich war ihre Neugier auch viel zu groß, um nicht gestillt zu werden. So orientierte sie sich an Jarno, blickte in die Richtungen, in die er blickte, und sah weg, wenn er es tat.

Binnen von Minuten glühten ihre Wangen vor Faszination. Die Stadt war gewaltig, voller Teer, Beton und Steinen und trotzdem bunt wie eine Blumenwiese im Mai. An jedem der zahllosen Geschäfte hingen farbenfrohe Fahnen, grelle Markisen, leuchtende Bilder und lichtblinkende Schriften. Jarno erklärte ihr die Namen verschiedener Gaststätten, die das Essen teilweise an Tresen zum Mitnehmen verkauften, und Klara zog die fremden Gerüche – mal abschreckend, mal köstlich – gierig ein, als wäre sie am Verhungern und die Düfte könnten sie sättigen.

Die Menschen waren ihr ein Rätsel. Viele liefen mit dem Blick auf kleine Kästchen herum, als hätten sie sich verlaufen, und die kleinen Apparaturen zeigten ihnen wie Kompasse den Weg. Diese Apparaturen schienen sogar sprechen zu können. Jarno erklärte ihr auf ihre verwunderten Fragen schmunzelnd, dass es sich um moderne Telefone handelte. Telefone ohne eine Leitung? Telefone, die man in die Hosentasche stecken konnte?

»Hast du auch so eines?«

»Es ist kaputt«, sagte er und irgendetwas in seiner Stimme sagte noch mehr. Dass noch mehr kaputt war und dass es Jarno naheging, aus irgendeinem Grund, den sie nicht verstand.

»Sind diese Telefone so wichtig für euch?«

Er lachte. »Frag mal Seval oder meinen Freund Ben. Ich glaube, manche Leute können ohne ihre Smartphones gar nicht leben. Zumindest glauben sie, es nicht zu können.«

»Du kannst es offenbar.«

»Mir fehlt etwas anderes viel mehr«, sagte er, aber dann schüttelte er den Kopf und setzte ein »Ist aber nicht so wichtig« hinzu und Klara bohrte nicht weiter nach, obwohl sie schrecklich gerne mehr gewusst hätte.

Hatte Klara Sevals Kleidung, die sie unter einer von Jarnos Jacken trug, schon als seltsam empfunden, musste sie diesen Begriff nun neu für sich definieren. Sowohl in den Schaufenstern und Auslagen der Geschäfte als auch an den Leibern der Passanten entdeckte sie Kleider, Hosen, Blusen und Schuhe, für die man zu ihrer Zeit vermutlich selbst in London, Berlin oder Paris in Arrest genommen worden wäre.

An einem Schaufenster blieb sie stehen und wartete, bis Jarno dicht neben ihr stand, sodass sie leise sprechen konnte. »In meiner Zeit war in dieser Stadt eine einfache Frauenhose ein kleiner Skandal. Diese Hose dort sieht aus, als wäre sie das heutige Gegenstück.« Die Hose sah aus wie eine uralte Arbeiterhose. Sie war an mehreren Stellen fadenscheinig, an anderen komplett zerrissen, teilweise mit Flicken versehen und an anderen Stellen mit Nieten, deren Zwecke sich Klara nicht erschlossen. Das Verrückteste jedoch war die Tatsache, dass es eine Frauenhose war – sie war so eng, dass kein Mann hineingepasst hätte.

Jarno neigte den Kopf. »Dieser Laden verkauft Mode aus den

Achtzigern. Im Grunde ist das schon seit dreißig Jahren aus der Mode – out. Allerdings kommen die Trends immer mal wieder – dann nennt man sie ›in‹ – und alle modebewussten Mädels laufen plötzlich herum, als hätten sie eine Zeitreise gemacht.«

Klara musste laut lachen. »Ich hoffe nur, dass meine Zeit so schnell nicht mehr in sein wird.«

»War die so schlimm?«

»Nur schlimm? Ganz und gar abscheulich! Stell dir mal vor, du müsstest ständig lange Kleider, Röcke, Unterröcke und hohe Strümpfe tragen, egal, ob du reitest, Fahrrad fährst, bei Regen durch tiefe Pfützen watest oder bei Hitze in einem Hörsaal schwitzt.«

»Unterröcke stehen mir tatsächlich gar nicht!«

Lachend hakte sich Klara bei ihm unter, wunderte sich einen Moment, wie leicht ihr diese Vertrautheit fiel, und dann nicht länger, weil auch Jarno ein wenig befangen schien, wodurch Klara sich wiederum sicherer fühlte. Wenigstens war sie nicht die Einzige, die sich seltsam vorkam; ein tröstliches Gefühl.

»Diese Dame dort«, sagte sie und wies auf ein Plakat, das ein Frauengesicht zeigte, »ist mir aufgefallen. Wer ist sie?«

»Oh, die wird dir gefallen. Angie Merkel, unsere mächtigste Frau im Land.«

Ihr blieb die Spucke weg. »Die Kaiserin?«

Jarno prustete, was Klara nicht recht verstand. »Sie ist Bundeskanzlerin, einen Kaiser gibt es seit Ewigkeiten nicht mehr. Rein theoretisch steht der Bundespräsident noch über der Kanzlerin, aber um ehrlich zu sein, hat der politisch wohl nicht wirklich viel zu sagen. Er fungiert eher in einer repräsentativen Funktion, wie die Queen von England.«

»Oh, gibt es wieder eine Königin im Vereinigten Königreich von

Großbritannien? Queen Victoria ist zu meiner Zeit gerade gestorben. Sie muss eine großartige Frau gewesen sein. Und nun gibt es wieder eine Frau an der Spitze?«

»Soweit ich weiß, die erste seit Victoria. Und sie ist schon ewig im Amt und dankt einfach nicht ab. Man munkelt, sie wartet, bis ihr aufsässiger Sohn das Rentenalter erreicht hat, um gleich den Enkel zum König zu machen.«

Klara fand das alles schrecklich aufregend. »Und trägt sie auch Hosen, diese Königin?«

Jarno lächelte. »Elizabeth? Ich fürchte, nein. Sie trägt immer diese bunten Kostümchen. Und Hüte.«

»Wie schade«, sagte Klara und sah an ihren eigenen Beinkleidern herab. Sie waren noch viel praktischer und bequemer, als sie sich das früher vorgestellt hatte. Bedauerlich, dass sie kein Fahrrad zur Verfügung hatte, sie wäre damit durch die Straßen gefahren. »Und eure Kaiserin-Kanzlerin?«

»Die Merkel?« Wieder musste Jarno lachen, was Klara nicht durchschaute. Offenbar schien er sich über diese Herrscherin lustig zu machen. Sagte das nun aus, dass man sich öffentlich gegen eine Person stellen durfte, die mit dem Kaiser zu vergleichen war, oder besagte es, dass Jarno jemand war, der sich um Gesetz und Anstand nicht scherte? »Dem Himmel sei Dank, die trägt Hosen.«

Gut, dachte Klara, betrachtete das überdimensionale Bildnis der Frau noch einmal und fühlte sich ihr auf eine gewisse Art verbunden. Wenn diese Frau Merkel die mächtigste Person in der Politik war, dann gab es offenbar wirklich keine Grenzen mehr für Frauen. Vielleicht, träumte sie beim Weiterschlendern durch die Stadt vor sich hin, würde sie in dieser neuen Welt Grenzen überwinden und ihren Traum erfüllen können.

Mit einem Mal versteifte ihr ganzer Körper, ehe ihr Kopf verstand, was vor sich ging. Ihren Lippen entwich ein leises »Oh« und ihr Gesicht prickelte, als würde sie gleich in Ohnmacht fallen. Sie musste sich an Jarnos Arm festhalten.

»Du erkennst ihn, nicht wahr?« Jarno lächelte. Hatte er sie bewusst hergeführt? »Sie haben ihn 1876 gebaut, ich habe es heute Nacht nachgelesen.«

Es fühlte sich an, als würde Klara über weiche Watte laufen, jeder Schritt schien ihr schwammig, als sie auf den Brunnen zuging, auf dessen Mauer ein lebensgroßer steinerner Löwe stand. Natürlich erkannte sie ihn, auch wenn die Steinmauern rissig und dem Löwen deutlich anzusehen war, dass viele Jahre an ihm gefressen hatten. Er hatte seine Ecken und Kanten verloren, sein Profil fast gänzlich gelassen, dennoch bestand für Klara nicht der geringste Zweifel. Es war derselbe Löwe, vor dem sie als Kleinkind Angst gehabt hatte. Derselbe Löwe, auf dessen Rücken sie der Vater gesetzt hatte, als sie sechs Jahre alt gewesen war. Derselbe Löwe, der sie beobachtet hatte, als sie mit dem Minchen über den Markt geschlendert war, verschämt über den Johan flüsternd.

Klara trat dicht an ihn heran, streckte die Hand aus und zögerte doch, ihn anzufassen. Ihr war, als flimmerte Magie in der Luft um den Brunnen herum; als sei ein Zaubertrank in dem Wasser, das trüb und ölig schien und auf dem Dreck und Müll schwamm. Was, wenn die Löwenstatue auch sie in Stein zurückverwandelte? Was, wenn die Verbindung ihrer alten und der neuen Welt mit einer Berührung dazu führte, dass Klara urplötzlich alterte und starb?

Doch was, wenn sie sich weiter von ihrer Angst beherrschen ließ und nächtelang nicht schlief, bloß weil eine Katze durchs Haus stromerte? Klara schauderte bei der Vorstellung von einem Leben in

Angst und streichelte den alt gewordenen Löwen. Er war kalt wie eine Leiche und so porös, als würde ein wenig von Klaras Kraft ausreichen, um ihn zu Staub zerbrechen zu lassen. Aber es passierte rein gar nichts, als sie ihn berührte.

»Vielleicht gibt es keine Magie mehr«, flüsterte sie. Ihr Atem bildete weiße Wölkchen. »Vielleicht ist alle Magie gestorben.«

»Klara«, sagte Jarno und sie sah ihn an. Sein Blick war ernst, drang tief in sie und erreichte dort irgendetwas, das dazu führte, dass ihr trotz der Kälte warm in der Brust wurde. »Ich habe das Gefühl, dass es keine Magie gab, solange du geschlafen hast. Sie ist mit dir wieder aufgewacht.«

Und Klara musste lächeln, statt sich von seinen Worten bedroht zu fühlen.

»Ich habe eine Überraschung für dich«, meinte Jarno, als sie zum Auto zurückkehrten, das in einer Seitenstraße parkte. »Magst du Überraschungen?«

Klara war nicht ganz sicher. Mit Überraschungen hatte sie nicht viel Erfahrung. Doch Jarnos Augen leuchteten bei der Frage, so konnte es wohl kaum etwas Schlechtes sein und sie ließ sich von dem Leuchten anstecken und nickte.

»Schließ die Augen«, verlangte er, als er eine Weile durch die Stadt gefahren war und Klara wortlos den Schnee beobachtet hatte, der auf die Windschutzscheibe fiel und von den Wischern unnachgiebig fortgeschoben wurde.

Sie gehorchte, auch wenn sie befürchtete, dass ihr in dem viel zu schnellen Automobil schlecht werden würde. Doch die Fahrt dauerte nicht mehr lang und ihr Magen hatte sich schneller an die neue Fortbewegung gewöhnt als der Rest von ihr.

»Darf ich die Augen wieder aufmachen?« Sie hörte, wie der Motor abgeschaltet wurde.

»Noch nicht.« Jarno stieg aus und dann vernahm sie, wie ihre Tür geöffnet wurde und kleine, kalte Schneeflocken in den Fahrerraum stoben und sich eine warme Hand um ihre schloss. »Ich führe dich, lass die Augen zu. Und pass auf deinen Kopf auf, wenn du aussteigst.«

Klara war so neugierig, dass es ihr schwerfiel, die Lider geschlossen zu halten, aber sie riss sich zusammen und tappte behutsam neben Jarno her, der sie vor Stolperfallen und einem Bordstein warnte und sie schließlich bat, stehen zu bleiben.

»Aber jetzt? Darf ich jetzt schauen?« Es war so aufregend, den Schnee auf der Stirn zu spüren, Jarnos Puls an ihrer Hand zu fühlen und den Geruch an diesem Ort zu riechen, der sie an irgendetwas erinnerte. »Warte«, sagte sie und kämpfte gegen ein nervöses Kichern an. »Ich war schon einmal hier, kann das sein?«

»Es kann sein«, murmelte Jarno. »Es ist sogar sehr wahrscheinlich, aber genau weiß ich es natürlich nicht.« Mit geschlossenen Augen fiel ihr deutlicher auf, wie tief samtig seine Stimme klang, zumal er nie lauter redete, als er unbedingt musste. Ob er bewusst ein Spiel damit trieb, um die Menschen dazu zu bringen, ihm aufmerksamer zuzuhören? Sie wünschte still, er würde weiterreden, sodass sie blind lauschen konnte; allein das wäre Überraschung genug gewesen.

»Du darfst jetzt schauen.«

Als sie die Lider öffnete, bekam sie zuerst Schnee in die Augen, der sie blendete und zwischen ihren Wimpern haften blieb, sodass sie kaum mehr als Weiß sah. Dann blickte sie zu Jarno an ihrer Seite, der weniger strahlend als zuvor wirkte, sondern unsicher und fragend. In seinen Haaren und Augenbrauen glitzerten Schneekristalle. Und dann fiel Klaras Blick nach vorne.

»Die Kirche!« Fast hätte sie gerufen: Ich bin zu Hause!, denn auf den ersten Blick war da keine Veränderung zu ihrer Welt – zu früher. Alles andere hatte sich verändert, so stark, dass sie kaum mehr wagte, an ihr Elternhaus zu denken, geschweige denn Jarno danach zu fragen. Dort, wo das Häuschen gemütlich inmitten des immergrünen Gartens geruht hatte, standen nun sicher Klötze aus Beton, hart und kalt wie Grabsteine. Die Kirche aber lag vor ihr, wie sie es all die Jahre getan hatte, als sie an jedem Sonntag zur Messe gegangen war. Auch wenn sie sich verändert hatte. Vor dem Portal, wo früher Bänke zum Ausruhen gestanden hatten, waren nun blecherne Mülleimer und daneben hatte man einen Glaskasten angebracht, in dem verschiedene Zettel aushingen. Die bogenförmigen Buntglasfenster waren immer noch bunt, doch sie trugen andere Farben als in Klaras Erinnerung, und sie fragte sich, warum sie wohl ausgetauscht worden waren.

Dennoch … »Sie sieht aus wie früher. Nur ein paar Dinge sind anders.«

»Die halbe Stadt wurde im Zweiten Weltkrieg niedergebombt«, sagte Jarno leise und so behutsam, als hätte er eine Vorstellung davon, wie weh diese Worte Klara taten.

Die halbe Stadt. Zweiter Weltkrieg. Zwei Kriege …?

»Die Kirche hat als beinah einziges Gebäude all diese Zeit überstanden.«

»Hast du das aus deinem Internet?«

Er ließ die Schultern hängen. »Ich wünschte, ich wüsste mehr. Ich habe mich nie besonders für Geschichte interessiert, aber ich wusste auch nicht …«

… dass du ein Stück Geschichte wach küssen würdest, vollendete Klara den Satz in Gedanken. Aus einem Impuls heraus streckte sie die Hand aus und berührte sein Kinn. Ganz kurz und nur mit den Fingerspitzen, sodass sie die sandigen Bartstoppeln mehr erahnte als fühlte.

»Das ist nur gerecht«, sagte sie dann laut, weil sie das Bedürfnis hatte, ihn zu trösten, ohne zu wissen, warum er traurig war. »Denn warum solltest du mehr über mich und meine Zeit wissen als ich über dich und deine? Dann müsste ich mir dumm und ahnungslos vorkommen.«

»Ach?« Da war es wieder, das spöttische Lächeln, das etwas Piratenhaftes an sich hatte. »Und so kommst du dir gar nicht vor?«

»Nein.« Klara hob das Kinn und stolzierte trotz der seltsamen Schuhe möglichst damenhaft einige Schritte auf das Portal zu. »Eher wie eine Forscherin. Die Entdeckerin einer neuen Welt.«

Er folgte ihr rasch. »Wolltest du das werden? Forscherin?«

Die Frage war so einfach. So harmlos. Und brach doch etwas in ihr kaputt. »Nein. Ich wollte Kinder unterrichten. Eine Lehrerin wollte ich sein und Jungen und Mädchen beibringen, wie sie Forscher und Entdecker werden. Und sonst nichts.«

»Das wirst du«, sagte Jarno, aber der Unterton der Worte sagte etwas anderes. Dass es sehr, sehr schwierig werden würde.

* * *

»Das war nur ein kleiner Teil der Überraschung«, gestand Jarno, als er die Kirche mit Klara einmal umrundet hatte, sodass sie sich alles anschauen und erzählen konnte, wo früher die Gemeindefeste gefeiert wurden, wer sich am Bier betrunken hatte und wo die jungen Bengel die Mädchen für einen gestohlenen Kuss ins Gebüsch gezerrt hatten. Klara hätte gern gehört, ob all dies immer noch gelebt wurde, doch hierzu konnte Jarno nichts sagen. Nach dem Kindergarten hatte er keine Kirche mehr betreten.

»Ich habe telefoniert«, sagte er und hatte Mühe, nicht heiser zu klingen. »Mit dem Küster. Es gibt noch Kirchenbücher aus der Zeit, zu der du gelebt hast. Ich habe auch mit dem Stadtarchiv telefoniert, aber da müssten wir Termine ausmachen und es würde etwas kosten. Wenn du das machen möchtest, dann tu ich, was ich kann, aber fürs Erste …« Er fühlte sich ein wenig atemlos vor Furcht, einen großen Fehler zu machen. »Denke nicht, ich würde in deiner Vergangenheit schnüffeln wollen. Aber nur für den Fall, dass du erfahren willst, was mit deiner Familie geschehen ist … vielleicht – mit etwas Glück – können wir es hier erfahren.«

Was sollte mit denen geschehen sein – sie waren seit hundert Jahren tot.

Er war ein Idiot. Ein stammelnder Idiot. Was hatte er sich dabei gedacht?

Doch Klara schien das anders zu sehen oder eine Schwäche für Idioten zu haben, denn aus ihrem kleinen, scheuen Lächeln wurde ein Strahlen, das die ganze verdammte Stadt für kurze Zeit zu erhellen schien.

»Das wäre ja großartig! Woher wusstest du, wie gern ich mehr wüsste?«

Jarno zuckte mit den Schultern. Eine Ahnung? Eigene Erfahrung? Bedauerlicherweise wollte er immer noch jedes Detail über seinen Vater wissen, auch wenn ihm klar war, dass es hygienischer für seine Psyche war, sich dieses Interesse zu verbieten, weshalb er genau das beinah täglich erneut tat, um genauso oft zu scheitern. Er war möglicherweise ein Idiot, mit Sicherheit war er aber der inkonsequenteste und unbeständigste Mensch der Welt. Zumindest in Bezug auf seinen Erzeuger, wo Konsequenz und Beständigkeit wichtiger gewesen wären als überall sonst.

»Wollen wir?«, fragte Klara. Sie schien es kaum abwarten zu können. Jarno führte sie zum Seitenflügel der Kirche, wo der Küster seine Wohnung hatte, und klingelte an der Tür. Eine bedenklich lange Zeit passierte nichts. Hatte der alte Mann ihn vergessen? Jarno hatte am Telefon doch alles besprochen. Doch dann hörte er endlich Schritte und schließlich wurde geöffnet.

»Herr Radinger? Mein Name ist Jarno Jakobi, das ist meine Freundin, Klara. Wir hatten heute Morgen telefoniert.«

Der Küster, ein beleibter Mann mit Vollbart, der sicher schon über siebzig Jahre alt war, schüttelte freundlich beiden die Hand. »Ich habe mich sehr gefreut«, sagte er langsam und zu laut, als hätte er Probleme mit dem Gehör. »Dass sich junge Leute wie ihr für unsere Kirchenbücher interessieren, kommt nicht so oft vor. Bitte treten Sie doch ein. Worum genau soll es denn gehen?«

Klara und Jarno folgten dem Küster in eine altmodische, saubere, aber nach Kohl und Zwiebeln müffelnde Wohnküche.

»Meine Freundin hat durch Zufall ein Erbstück eines Vorfahren gefunden«, wiederholte Jarno die Notlüge, die er schon am Morgen erzählt hatte. Ein rascher Blick zu Klara – sie nickte; gut. Er hatte schon befürchtet, sie würde die kleine Unwahrheit durch ihre Mimik verraten. »Sie würde gerne mehr über die Menschen erfahren. Wir wissen leider nicht viel mehr als die Zeit, zu der sie gelebt haben, und die Namen.«

»Setzen Sie sich«, bot der Küster an und Klara und Jarno nahmen am Küchentisch Platz. »Wollen Sie auch einen Kaffee?«

»Danke nein.« Klara lächelte freundlich, aber irgendetwas in ihrem Gesicht zeugte von ihrer Ungeduld und auch der Küster registrierte es sofort, denn kaum dass er sich gesetzt hatte, stand er schon wieder auf.

»Also wenn eure Leute in dieser Kirche Gemeindemitglieder waren, dann findet sich in den Büchern sicher etwas. Wir können gerne mal schauen. Aber Genaueres kann Ihnen wohl erst der Herr Pfarrer sagen, wenn er kommt, denn ich kann kaum Kurrent lesen.«

Jarno musste grinsen. »Das wird das geringste Problem sein – wir haben eine Expertin hier.«

Klara biss sich auf die Unterlippe. »Es geht um die Zeit nach 1903.«

»Ich schaue mal, was ich finde. Warten Sie hier, ich kann Sie ohne Rücksprache mit dem Herrn Pfarrer nicht ins Archiv lassen. Aber ich bringe alles mit, was ich aus der Zeit dahabe. Ich finde es so nett, wenn sich die jungen Leute für die vergangenen Generationen interessieren. Bei den meisten hat man den Eindruck, sie würden kaum bis zur nächsten Ecke denken. Nicht an die Zukunft und erst recht nicht an die Vergangenheit. Das ist denen alles zu weit weg.« Damit verschwand er, den Schritten zufolge durchquerte er den Flur und stieg dann eine Treppe hinab.

»Wenn der gute Mann wüsste, wie nah mir die Vergangenheit ist«, murmelte Klara und Jarno nahm ihre Hand. Manchmal hatte er das Gefühl, sie festhalten zu müssen. Klara war der Vergangenheit so nah, dass er Angst bekam, sie würde sich aus den modernen Jeans und Sneakers heraus auflösen und durch die Zeit einfach wieder verschwinden, an irgendeinen Ort, zu dem er keinen Zugang hatte und auch in Zukunft nie haben würde. Er wollte jetzt nicht darüber nachdenken, warum ihm dieser Gedanke einen solchen Schreck einjagte.

Ob es richtig war, ihr ihre Vergangenheit näherzubringen? Oder machte er es ihr unnötig schwer, in 2014 anzukommen?

»Er kommt bestimmt gleich zurück«, flüsterte Klara und drückte seine Hand, um sie dann vorsichtig loszulassen. Ihre Wangen röteten sich, womöglich nicht nur, weil es in den Jacken langsam warm wurde. »Ich weiß noch gar nicht, wonach ich suchen soll. Ob etwas über mich in diesen Büchern steht?«

»Wurdest du getauft?«

»Ist der Papst katholisch? Warte, bevor du etwas sagst! Der Papst *ist* doch noch katholisch, oder?«

»Ich erinnere mich an ein paar Aktionen des aktuellen Kirchenoberhauptes, die wohl dazu führten, dass die konservativsten Katholiken Kritik übten. Er soll Frauen die Füße gewaschen haben –«

»Nein! Tatsächlich?«

»Es stieß auf Begeisterung und auf Kritik. Aber katholisch ist er immer noch.«

»Na, Gott sei es gedankt!«

»Wie man es nimmt. Aber wenn du getauft wurdest, dann gibt es sicher eine Taufurkunde im Kirchenbuch.«

Klaras Miene verdüsterte sich. »Wenn Menschen damals verschwanden, dann wurden sie irgendwann für tot erklärt. Ob sie mich auch …«

»Ich denke nicht, dass in den Kirchenbüchern notiert wurde, dass du versteinert wurdest«, sagte Jarno, bemüht, es lässig klingen zu lassen, in der Hoffnung, sie könnte es pragmatisch sehen. »Wenn sie denn überhaupt erfahren haben, was mit dir geschah.«

»Ich will es nicht wissen!« Klara rief die Worte beinah.

»Was denn?«, meinte der Küster Radinger, der soeben zurückkehrte. »Soll ich den dicken Schinken wieder wegtragen?«

»Nein, nein, ich meinte etwas anderes. Entschuldigen Sie, ich muss diese Jacke ausziehen, es ist so warm. Die Aufregung, wissen Sie?«

Sie war wirklich sehr nervös, zum Glück schien der Küster das nicht ungewöhnlich zu finden. Auch Jarno zog sein Jacken-Trio aus und obwohl sie keine fünf Minuten zuvor abgelehnt hatten, goss der Küster nun doch drei Tassen mit schwarzem Kaffee voll. Anschließend setzte er sich an den Tisch und legte das Buch vor sich wie eine Bibel, aus der er gleich vortragen würde.

»Wonach darf ich denn suchen?«

Klara nahm einen kleinen Schluck Kaffee und zuckte zurück, als wäre er zu heiß. »Wilhelmine Bader«, antwortete sie leise, es klang wie eine Frage.

»Soso.« Der Küster begann bedächtig zu blättern. »Wer war denn diese Frau Bader? Wann ungefähr wurde sie geboren?«

»Fräulein Bader«, korrigierte Klara. »Geboren am 21. Mai 1884.«

Der Küster zog zwei buschige Augenbrauen hoch. »Das wissen Sie so genau?«

»Es stand in ihrem Tagebuch«, half Jarno aus, während Klara stumm errötete. »Klara kann sich Zahlen gut merken.«

»Soso.« Herr Radinger blätterte weiter. »Dieses Buch beginnt 1900. Ihre Taufbescheinigung werden wir darin kaum finden. Aber vielleicht …« Der Satz verlor sich im Raum. Der Küster blätterte, Klara trank Kaffee und starrte auf die Tischplatte und Jarno fragte sich im Stillen, was ein professioneller Ahnenforscher wohl kosten würde und wie er an das Geld kommen sollte. Das hier würde ein Geduldsspiel werden; zweifelsfrei konnten sie viel Zeit sparen, wenn Klara das Buch selbst durchsah. Doch vermutlich sprach eine Geheimhaltungspflicht dagegen, egal, wie lang all diese Leute schon unter der Erde waren.

Doch endlich bahnte sich ein Lächeln im Gesicht des alten Küsters an. Er warf Klara einen verschmitzten Blick zu, drehte das Buch um 180 Grad und schob es über den Tisch zu ihr. »Sie sagten, dass Sie das lesen können.«

Jarno konnte kaum ein Wort entziffern, was nicht nur an der altmodischen Schrift lag, sondern auch daran, dass die Tinte ausgebleicht war und der Pfarrer, oder wer auch immer diesen Eintrag vorgenommen hatte, mit einer – man musste es so nennen – Sauklaue gestraft gewesen war. Ein Dutzend Worte war durchgestrichen, neu geschrieben, verkleckst oder verwischt. Klaras Augen jedoch schienen über den Text zu fliegen und was immer dort stand, es entlockte ihr ein helles Lachen.

»Sie hat es geschafft! Jarno, sieh doch!«

»Sie hat geheiratet?«, riet er, denn das Wort Hochzeit ließ sich erkennen.

»Aber nein!« Klara sprach das aus, als wäre eine Hochzeit für eine junge Frau vollkommen absurd. »Hier steht, dass sie Hochzeitsbitterin war, sie hat bei dieser Heirat – die anderen Namen kenne ich nicht – im Jahre 1912 organisatorische Aufgaben übernommen.«

»Ein Wedding-Planer?«

Klara zuckte mit den Schultern. »Wenn du es sagst. In jedem Fall steht hier, dass die Hochzeitsbitterin die Lehrerin Fräulein Wilhelmine Bader war. Sie ist wirklich Lehrerin geworden und hat sich gegen ihre Familie durchgesetzt, die sie unbedingt verheiratet sehen wollte.« Zum Küster gewandt erklärte sie: »Damals galt noch das Lehrerinnenzölibat, müssen Sie wissen, das ist ja heute anders.«

»Sie kennen sich ja aus«, staunte der alte Mann.

Jarno hüstelte. »Fräulein Wilhelmine hat ihr Tagebuch äußerst umfangreich geführt.«

»Bitte!« Klara schob das Buch zurück, ihre Hände zitterten. »Können Sie noch mehr darin suchen? Professor Willfried Vogt?«

Jarno musste schlucken. Das war ihr Vater, ein Herr im fortgeschrittenen Alter. Was erwartete Klara von ihm zu finden, wenn nicht eine Angabe, wo sein Grab war?

Küster Radinger grummelte etwas wie »Hat der auch ein Tagebuch geführt?«, schlug aber hilfsbereit Seite um Seite um. Nach einigen Seiten hielt er inne.

»Herr Radinger, was ist?« Klara wurde blass. »Haben Sie ihn gefunden?«

»Nein, das nicht. Aber hier ist noch eine Notiz über das Fräulein Wilhelmine. Tja …« Erneut schob er Klara das Buch über den Tisch. Diesmal glitt es nicht leicht zu ihr herüber, sondern schien ein Kilo schwerer geworden zu sein.

»Trotz allem ärztlichen Bestreben in einem Lungensanatorium in Schlesien«, las Klara wispernd vor, »verstarb das Fräulein Wilhelmine im Januar im Jahre des Herrn 1913 an der Lungenschwindsucht Tuberculose. Zu ihrem Begräbnis erschienen das vollständige, tief betroffene Lehrerkollegium der hiesigen Volksschule sowie viele Schüler und Eltern. Die Eltern der Verstorbenen, im Streit mit ihr auseinandergegangen, wurden bei der Beisetzung nicht angetroffen.« Klara schloss mit äußerster Vorsicht den Buchdeckel. »Oh mein Minchen. Was hat es dich gekostet, unseren Traum wahrzumachen?«

* * *

Der Schnee fiel, wie er es seit Beginn aller Zeiten tat, und Klara war nicht sicher, ob sie dies als tröstlich empfand oder ob es ihre Sehnsucht verstärkte. Sie war müde, der Weg von der Kirche zurück zum Auto fühlte sich an, als hätte er sich in eine unüberschaubare

Länge gezogen, während sie beim Küster gewesen waren und sich draußen die Dämmerung über die Stadt geschmiegt hatte.

Jarno ließ sich Flocken auf die Handflächen fallen und betrachtete sie beim Schmelzen. »Tut mir leid, Klara. Ich hätte ahnen müssen, dass es schwer wird. Ich habe es geahnt, aber ich … Ich weiß nicht, ob ich nicht richtig nachgedacht habe.«

Klara legte ihre Hand in seine. »Du musst dich nicht entschuldigen. Nicht dafür.«

»Ich wollte dich nicht traurig machen.«

»Das hast du auch nicht. Es sind die Umstände. Du hast mir nur geholfen, sie zu akzeptieren. Das habe ich nun. Es gibt keine zwei Welten für mich, das weiß ich nun. Die Zeit meiner Familie und meiner Freunde ist vorbei. Meine aus irgendeinem Grund noch nicht.«

So leicht, wie es ausgesprochen klang, fühlte es sich gar nicht an. Nachdem Klara von Minchens Tod gelesen hatte, konnte sie nicht weiter nach Informationen über ihren Vater forschen. Sie strich von außen über die Jacke, die sie trug. In der Innentasche befand sich eine Karte, die der Küster ihr mitgegeben hatte, weil er aus irgendeinem Grund glaubte, sie wäre die richtige Adressatin dafür. Das waren seine Worte gewesen, nachdem Klara beschlossen hatte, nicht weiter suchen zu wollen und lieber zu gehen. Die Karte zeigte einen Stein, auf den jemand mit Farbe einen kurzen Text geschrieben hatte: *Du hast den Reichtum der Zeitlichkeit verloren, aber du hast den der Ewigkeit gewonnen. Søren Kirkegaard*

Jarno hielt nach wie vor ihre Hand, was wiederum eine dieser widersprüchlichen Empfindungen in ihr weckte. Er war derjenige, der sie in dieser Zeit festhielt, zumindest fühlte es sich so an. Tat er das mit ihrer Zustimmung oder war er wirklich der Freibeuter und sie so etwas wie seine Gefangene? Hatte Dornröschen eine Wahl gehabt, den Prinzen zu heiraten, der sie wach geküsst hatte? Fühlte es sich nicht zu schön an, um solche bösen Zweifel zu haben?

»Noch ist es nicht ganz dunkel und man kann genug erkennen«, sagte er. »Wenn du möchtest, können wir noch zum Friedhof gehen und nach den alten Gräbern schauen.«

Klara schüttelte entschieden den Kopf. »Nein. Ich möchte nichts mehr sehen, nicht mehr heute.« Am liebsten nie.

»Sicher nicht? Du wirkst so verloren.«

Da musste sie lächeln und zu ihrem Erstaunen fühlte es sich nicht bitter an. »Ich bin verloren. Die Ahnungslosigkeit bezüglich der Dinge, die damals geschehen sind, kommt mir vor, als hätte ich mich total verirrt. Aber Gewissheit, Jarno, bedeutet, dass man einen Weg findet, den man zu Ende gehen kann – vorwärts, nicht zurück. Ob man will oder nicht.«

»Eine Einbahnstraße.«

»Ich will mich nicht länger zu etwas gezwungen fühlen. Hier, bei dir, dürfen Frauen wie Männer selbst entscheiden, was sie tun und was nicht. Ich entscheide, dass ich lieber eine Weile verirrt bleibe.«

»Du hast dich ja nicht allein verirrt«, flüsterte Jarno.

Nein. Und genau darum machte es ihr auch keine Angst mehr; keine allzu große.

Jarnos Blick fiel auf ein kleines Stück freier Fläche, auf dem eine unberührte Schneefläche lag. »Also, du entscheidest. Was fangen wir nun mit dieser zugeschneiten Wiese an? Einen Schneemann bauen?«

Das hatte sie seit Jahren und noch dazu einer Ewigkeit nicht getan. Dennoch hatte sie eine andere Idee. »Nein. Kennt man in eurer Zeit, in der sich niemand wirklich schmutzig zu machen scheint, noch Schneeengel?«

Jarno antwortete nicht, sondern ließ sich auf den Rücken fallen und bewegte Arme und Beine, sodass ein Engel im Schnee entstand. Auch Klara warf sich rücklings in den Schnee und ruderte wild mit den Armen, bis die Flocken nur so flogen und sie lachen musste wie ein übermütiges Kind. Nachdem sie nicht mehr konnte, blieb sie atemlos liegen. Jarno half ihr wieder auf.

»Hey. Deinem Engel fehlt aber was«, meinte er und deutete auf die zwei Beinabdrücke im Schnee an der Stelle, wo sein Engel einen weiten Rock trug.

»Der ist perfekt, so wie er ist«, erwiderte Klara und lenkte seine Aufmerksamkeit von dem Engel ab, indem sie ihm Schneekrusten aus den Haaren zupfte. »Mein Engel trägt Jeans.«

KAPITEL 13
… und Feuerteufel

Der einzige Vorteil an einem Job als Pizzabote war, dass man auch vollkommen blank problemlos an etwas zu essen gelangte. Jarno schämte sich ein wenig, Klara mit zu Silvios Pizzeria zu nehmen und vor ihren Augen um etwas bitten zu müssen, aber sie würde ohnehin bald merken, dass ihr Retter kein Märchenprinz war, sondern der arme Schlucker, den Märchen höchstens dann bedachten, wenn er, ohne es zu wissen, ein Königssohn war. Aber Pech gehabt, Jarnos Vater war allenfalls der König der Schnapsflaschen.

Über Silvios Gesicht zog sich ein Strahlen, als Klara und Jarno die Pizzeria betraten. »Jarno. Hasse du endlich eine Freundin gefunden? Buonasera, signorina.«

»Vertreib sie nicht, Chef. Sie ist nicht von hier und ich wollte ihr die beste Pizza in der Stadt zeigen. Hast du zwei *Silvio Speciale* für uns übrig? Ich bin allerdings –«

»Du bisse bankrott, ich weiß, ich bin der Sklaventreiber, der dich zu schlecht bezahlt. Due pizze, mach ich euch sofort.«

»Danke«, sagte Jarno und an Klara gewandt fügte er hinzu: »Wartest du einen Moment? Ich muss kurz mit Silvio sprechen.«

»Natürlich.« Klara war fasziniert von den Fotografien an den Wänden, den ausliegenden Speisekarten und dem blinkenden Spielautomaten an der Wand und sah sich alles an.

Jarno ignorierte die Vorschriften bezüglich angemessener Kleidung in der Küche und trat zu Silvio, der den Pizzateig auszurollen begann. »Chef, du weißt, dass ich diesen Monat ein paar Probleme habe, weil du meine Stunden reduziert hast.«

»Jarno. Ich kanne nix machen.«

»Bitte lass mich ausreden. Ich habe einen neuen Job gefunden –«

Der Pizzateig klatschte auf die Arbeitsplatte. »Du willse kündigen? Du? Meine beste Mann?«

»Chef, jeder Idiot kann Pizza fahren. Aber ich will nicht kündigen, nein. Der neue Job ist auch nur …«

»Halb gare Sache?«

»Nja. Und ich kann erst nächsten Monat anfangen.«

»Ah, verstehe. Aber nun, du hasse Freundin und willse auch mal einladen in Kino und so. Ora capisco!«

Jarno sparte sich die Erklärung, dass es eher darum ging, seine neue Freundin satt zu bekommen und ihr zumindest eigene Unterwäsche sowie eine Jacke zu kaufen. Stattdessen murmelte er etwas Zustimmendes. »Ein Vorschuss würde sehr helfen.«

»Na gut. Isse nur Ausnahme. Nimm dir mal hundert Euro ausse Kasse.«

»Come no!«, sagte Jarno und öffnete die Geldschublade. »Molte grazie.«

Mit zwei heißen Kartons verließen Klara und er kurz darauf die Pizzeria und stiegen ins Auto. Jarno war klar, dass er bei seiner morgigen Schicht ausgepresst werden würde wie eine Zitrone. Vor Klara konnte Silvio sich beherrschen, weil er wusste, was sich gehörte, aber wenn Klara nicht dabei war, würde seine Neugier ungehemmt über Jarno hereinbrechen.

»Ich habe das nicht ganz verstanden«, meinte Klara und schon an den ersten Worten hörte er ihr an, dass sie ein bisschen schwindelte. »Die Leute rufen mit ihren kleinen Telefonen bei deinem Chef an, er kocht und du bringst ihnen das Essen?« Sie hatte das genau verstanden; sie redete vermutlich nur, weil er so unbehaglich schwieg, seit er Silvio hatte um Geld bitten müssen.

»So ist es.«

»Können die Frauen heute denn nicht kochen?«

Jarno musste lachen. »Nun ja, unsere Frauen heute haben oft Besseres zu tun. Sie gehen zur Arbeit, zur Uni oder ins Nagelstudio. Wir Männer tun das ebenso – auch wenn ich wirklich noch nie in einem Nagelstudio war, Seval allerdings auch nicht – und kaum jemand ist zu Hause und steht am Herd.« Eine Gruppe jugendlicher Roller- und Mopedfahrer, die der Schneedecke trotzten, zog seine Aufmerksamkeit auf sich. War das nicht … ja, einer von denen war der Typ, den er am Morgen beinah angefahren hatte. Der Junge schien ihn ebenfalls wiederzuerkennen, er deutete auf Jarnos Wagen und seine Kumpane begannen sofort zu grölen und wild und äußerst unhöflich zu gestikulieren.

»Dann tut ihr ein sehr gutes Werk«, erwiderte Klara neckisch, die die Jungs nicht bemerkt hatte, und Jarno nickte zufrieden, während er den Blinker setzte und die Gernegroß-Rocker vergaß.

»Moment«, bat sie auf einmal. »Da geht es nicht zum Haus, oder?«

Rasch blinkte er in die andere Richtung. »Du hast recht. Dein Orientierungssinn scheint zu funktionieren, wenn du dich schon so gut auskennst.« Jarnos Orientierungssinn war ebenfalls ganz in Ordnung. Er hatte sich nicht mit dem Weg geirrt, sondern hatte gedankenlos zu seiner Wohnung fahren wollen. Nachdem Klara ihm am Tag mehr und mehr vertraut zu haben schien, kam es ihm vollkommen falsch vor, dass sie nach wie vor darauf bestand, in diesem kalten, einsamen Haus zu übernachten. »Du bist ganz sicher, dass ich zum Haus fahren soll?«, hakte er nach.

Ihre Antwort war ein leises »Ja« – und was bei Jarno ankam, war ein lautes *Mach es nicht kaputt, indem du drängst.*

»Kein Problem, wie du möchtest.«

Mit manchen neumodischen Gepflogenheiten schien Klara noch ihre Schwierigkeiten zu haben. Pizza gehörte nicht dazu, sie verspeiste sie mit gesundem Appetit und rekelte sich danach träge auf dem Sofa. »Ich bin so satt und müde, dass die Katze in dieser Nacht vermutlich hier auf meiner Bettstatt tanzen könnte. Ich tät's nicht merken.«

»Geht mir ähnlich«, musste Jarno zugeben, auch wenn er sich trotz Erschöpfung nicht vorstellen konnte, ebenfalls gut zu schlafen. »Ich werde dann gleich nach Hause fahren. Ich schaue mir vorher nur noch oben das aufgebrochene Fenster an. Vielleicht bekomme ich es wieder zugenagelt, sodass es nicht mehr so durchs obere Stockwerk zieht.«

Gemeinsam gingen sie nach oben und mithilfe des Werkzeugs, das Klara irgendwo gefunden hatte, gelang es ihnen, die abgeschlagenen Bretter wieder halbwegs vor dem Fenster zu befestigen. Ein schmaler Streifen blieb übrig, durch den nun zwar weniger Wind zog, dafür aber mit lauterem Pfeifen.

»Unten sind noch Latten, die vor der Tür angebracht waren«, meinte Klara. »Ich wollte sie zwar verfeuern, aber hier bringen sie mir mehr. Ich hole sie rasch, sie müssten gut passen.«

»In Ordnung«, sagte Jarno. Doch dann achtete er nur noch darauf, was draußen vor sich ging. Denn dort kam die kleine Mopedgang die Straße entlang – was ungewöhnlich genug war, denn nur selten fuhr ein Auto vorbei, geschweige denn ein Moped, ein Roller oder gleich eine ganze Gruppe davon. Jarno zog eiskalte Luft zwischen den Zähnen ein, als die Jungs neben seinem Auto anhielten und an ihren Rucksäcken hantierten. Was zum Teufel hatten die vor?

Sein Polo nahm ihm die Sicht, er registrierte erst, was geschah, als es schepperte und klirrte. Die brachen seinen Wagen auf!

»Hey!«, brüllte er aus dem Fenster. »Verpisst euch, ich rufe die Polizei!« Es war das erste Mal, dass er sein Handy wirklich schmerzlich vermisste. Die Jungs grölten etwas von Rache, dann fuhren sie näher ans Haus heran, immer noch die Rucksäcke und schwer erkennbare Gegenstände in den Händen haltend. Flaschen? Soffen die sich voll, während sie auf ihren Mopeds durch den Schnee brausten? Der Junge auf dem roten Roller, den Jarno fast angefahren hatte, nahm den Helm ab. Im gleichen Moment erkannte Jarno, was dessen Kumpel in der Hand hielt. Das war keine Flasche, aus der sie trinken wollten. Und plötzlich wurde ihm auch klar, warum der eine Typ ihm so bekannt vorgekommen war. Es war Conehead, der Irre, der Lisa belästigt hatte. Und die Flasche – das war ein Molotowcocktail.

»Klara!«

Für mehr als einen gebrüllten Warnruf reichte die Zeit nicht. Zuerst flogen Steine. Das Wohnzimmerfenster zersprang in einem Scherbenmeer, Jarno sah durch seine schmale Lücke, wie die Splitter spritzten. Hörte Klara schrill aufschreien. Dachte, dass er diese Typen umbringen würde, während er nach unten rannte, stolperte und fast die Treppe herabstürzte. Kreidebleich kam Klara ihm im Flur entgegen. Dicht hinter ihr krachte es. Im Wohnzimmer explodierten Flammen, die sofort um sich griffen.

Klara, die nicht gesehen hatte, von wo der Angriff kam, wollte panisch zur Tür rennen und diese aufreißen, als Jarno hörte, wie von außen etwas gegen ebendiese Tür polterte. Im nächsten Moment leckten kleine Flammenzungen unter dem Holz hindurch.

»Die fackeln uns den Weg nach draußen ab!«

In Jarno schrie alles danach, das Feuer zu überwinden – irgendwie – und diese Kerle am Kragen wieder in die Villa zu schleifen, damit sie ihr Werk gebührend aus der Nähe bewundern konnten. Der Zorn raste in seinem Inneren und ließ keinerlei Platz für Angst. Alles, was ihn davon abhielt, die Nerven zu verlieren und seiner Wut freien Lauf zu lassen, war Klara, die sich zitternd an ihn presste.

»Das ist Elise«, keuchte sie und klammerte sich am Treppengeländer fest. »Sie kommt, sie will mich ausräuchern wie einen Fuchs in seinem Bau, sie –«

»Das ist sie nicht!« Jarno zog Klara von der Tür weg, die vollständig Feuer fing. Aus dem Wohnzimmer schlugen bereits helle Flammen und trieben Rauch vor sich her. Das Atmen fiel bereits schwerer. »Wir müssen weg hier, komm, wir suchen einen Ausweg!« Es war erschreckend, wie schnell der Brand sich ausdehnte. Die alten, staubigen Teppiche loderten auf wie trockenes Reisig und die Holzdielen darunter nährten das Feuer. Die Villa mochte von außen feucht und modrig sein, aber im Inneren brannte sie wie Zunder.

»Klara, komm schon!«, brüllte Jarno; er musste inzwischen brüllen, so laut knisterte und knarzte das Feuer. »Das ist nicht Elise, es sind irre Vandalen, nichts weiter. Wir müssen weg, hier brennt gleich alles nieder!«

Endlich lenkte sie ein und rannte mit ihm in einen der leeren Räume, die nach hinten hinausgingen. Hier waren alle Fenster mit Holz zugenagelt. Jarno riss mit bloßen Händen an den Brettern, aber sie waren massiv und mit großen, schweren Nägeln in die Fensterrahmen eingeschlagen. Sie bewegten sich keinen Millimeter.

»Ein Stemmeisen!«, rief Jarno. »Wir brauchen. Ein Stemmeisen!« Der Rauch zog bereits in den Raum und kratzte in seinem Hals. Mit aller Kraft versuchte er es erneut, aber er riss sich nur die Hände an dem splitternden Holz auf. Als er sich umwandte, um nach Klara zu sehen, war sie verschwunden.

»Klara? Oh, verdammt! Klara!« Jarno rannte in den Flur zurück, wo er inzwischen keine zwei Meter mehr durch den Qualm sehen konnte. »Klara!« Beizender Rauch brannte sich in seine Atemwege. Er musste sich Mund und Nase zuhalten. Seine Augen tränten und nahmen ihm damit das letzte bisschen Sicht.

Ein Husten antwortete ihm. Blind stürzte er in die Richtung und stieß mit Klara zusammen. Er zerrte sie in den leeren Raum und warf die Tür zu. »Verdammt – bist du bescheuert?«

Sie zupfte den Kragen des Pullovers, den sie sich über Mund und Nase gezogen hatte, nach unten und wischte sich Ruß und Tränen aus dem Gesicht. »Im Flur lag eine Stange. Wir hätten sie als Brecheisen nehmen können. Sie muss noch da sein! Ich kann sie holen!«

»Vergiss es, das ist zu gefährlich!«

»Ich schaffe das! Wir müssen doch hier raus.«

»Du bist ja wahnsinnig. Hast du schon mal etwas von einer Rauchvergiftung gehört?«

»Sie kommt, Jarno, wir müssen –«

»Das war nicht Elise!« Seine Wut nützte nichts, ließ sich aber nicht unterdrücken. Er fasste Klara an beiden Schultern und schüttelte sie. »Das. War. Nicht. Elise! Sie kommt nicht, sie ist tot.«

Und wir gleich auch, wenn wir nicht schnellstens hier herauskommen.

Der Rauch quoll unter der Tür hindurch. Das Feuer tobte mit irrer Lautstärke im Wohnzimmer und klirrend springende Fensterscheiben ließen vermuten, dass es bereits auf die andere Seite der Vorderfront übergegriffen hatte. Jarno rüttelte ein letztes Mal mit aller Gewalt an der Holzabdeckung des Fensters, aber eher hätte er die Wand einschlagen können, als auch nur eines der massiven Bretter mit bloßen Händen zu bewegen.

»Das bringt nichts, wir müssen einen anderen Weg suchen!«, rief Klara. Sie hatte recht. Auf die Feuerwehr zu warten, war zu gefährlich – bis man den Brand in dieser abgelegenen Gegend bemerkte, konnte tödlich viel Zeit vergehen. Und wer wusste, wie lange man noch durch den Flur kam.

»Bis zur Treppe!«, wies er Klara an und hoffte, diese würde noch nicht brennen. »Ohne einmal Luft zu holen – der Rauch ist giftig und bringt dich um, wenn du zu viel davon einatmest. Dann rennst du, so schnell du kannst, ins Obergeschoss. Dort bekommen wir die Fenster auf.«

Klara schluckte schwer. Sie zitterte, aber sie biss die Zähne zusammen und nickte. »Schnell!«

Jarno nahm ihre Hand. »Bloß nicht loslassen.«

»Du auch nicht.«

»Und Luft anhalten!« Er riss die Tür auf. Im nächsten Augenblick standen sie in schwarzem Qualm und sengende Hitze schlug ihnen ins Gesicht. Trotz seiner Anweisung hörte er Klara aufkeuchen, doch darauf durfte er nun keine Rücksicht mehr nehmen, also zog er sie in den Flur. Wenn sie jetzt nicht rannten, würden sie es nicht mehr schaffen.

Der Flur schien zu einer Halle angewachsen zu sein, Jarno verlor binnen weniger Schritte die Orientierung. Wo war die verdammte

Treppe? Wo?! Er konnte sich nur blind vorantasten. Ohne Atem war jeder Schritt eine Qual und ohne Sicht jeder Schritt ein Risiko. Gingen sie noch in die richtige Richtung?

Plötzlich zerrte Klara an seiner Hand und sein erster Impuls war dagegenzuhalten. Wenn sie nun in Panik geriet, hatten sie keine Chance mehr. Doch Klara zog entschieden weiter und auch wenn er das Gefühl hatte, dass die Richtung falsch war, gab er nach und folgte ihr, stolperte vorwärts, bis er mit dem Fuß gegen die unterste Treppenstufe stieß. Das Geländer brannte bereits, sie mussten sich beeilen, wenn sie es hinaufschaffen wollten, ehe die Treppe zusammenstürzte. Jarno musste Klara ziehen. Sie hatte keine Luft mehr und es stieg zu viel Rauch auf, um wieder atmen zu können.

Halt durch, bat er still und drückte ihre Hand. Halt durch, wir haben es gleich!

Die Hoffnung, dass sie oben würden Luft holen können, zerschlug sich. Der Qualm war überall, er war wie ein Tunnel ohne Ende. Im Obergeschoss tastete Jarno sich an der Wand entlang, bis er die Tür zu dem Schlafzimmer fand, durch das er mehrmals ins Haus gekommen war. Er stieß sie auf, schubste Klara hinein und schlug die Tür wieder zu, damit möglichst wenig Rauch eindrang. Hoffentlich verstand Klara. Jarno musste noch einmal zurück – er hatte beim krampfhaften Blinzeln gegen den Rauch etwas bemerkt: Die Zimmertür, hinter der sich die schwarzgraue Katze immer versteckte, war geschlossen. Sie musste im Windzug zugeschlagen sein und womöglich war die Katze nun in dem Raum gefangen. Er konnte sie nicht ersticken oder verbrennen lassen, also zwang er sich zu der Tür und öffnete sie. Durch den Rauch sah er kaum mehr als einen Schatten, der schnell wie ein Blitz zwischen seinen Beinen hindurchschoss und irgendwo verschwand.

Viel Glück!, dachte Jarno und warf sich herum. In seiner Brust schien ebenfalls Feuer zu toben, das Luftanhalten schmerzte und brannte und er hielt es kaum noch aus. Seine Beine wurden schwerer, er sackte auf die Knie, rappelte sich wieder auf und tastete erneut nach der Tür. Wo war sie? War er schon an ihr vorbei?

Obwohl er krampfhaft versuchte, es zu unterdrücken, hielt sein Körper das Luftanhalten nicht länger aus, er keuchte und hustete und spürte regelrecht, wie der Rauch ihm in die Lungen drang. Verdammt, das sah übel aus – wo war die beschissene Tür?

»Jarno!«, hörte er plötzlich Klara durch die Schwärze rufen. Im nächsten Moment spürte er ihre Hand in seinem Gesicht, tröstlich kühl in all der Hitze. Fast hätte er sich hinreißen lassen, erleichtert durchzuatmen, doch da umfasste sie schon seinen Arm und riss ihn mit einer Kraft, die er ihr gar nicht zugetraut hätte, durch irgendeine Tür. Alles drehte sich um ihn, Klara schien ein Dutzend Mal neben ihm zu stehen und der Boden hatte jegliche Stabilität verloren und fühlte sich an wie Morast, auf dem er zu laufen versuchte.

»Jarno!« Klaras Stimme war schrill und eindringlich. »Die Bretter!«

Ach ja, die Fenster!

Gemeinsam machten sie sich an die Holzplatten und Leisten, die Jarno keine halbe Stunde zuvor festgenagelt hatte, und glücklicherweise gab seine improvisierte Arbeit sofort nach. Frische, kalte Luft quoll in das kleine Schlafzimmer und klärte Jarnos Kopf.

»Die Rosen«, hustete Jarno. »Unter den Trieben ist eine Rankenhilfe. Du kannst daran runterklettern.« Er hatte hinterher nicht die geringste Ahnung, wie es ihnen gelungen war, bis zum Boden zu kommen, ohne dabei mehr als ein paar Schrammen von den Dornen davonzutragen, aber irgendwie hatten sie es geschafft. Die Moped-Gang war weg, hatte sich feige aus dem Staub gemacht.

»Schnell zum Auto«, wies er Klara an. »Wir müssen die Feuerwehr rufen.« Und jede Möglichkeit nutzen, die Schweine noch zu erwischen.

Klara gehorchte sofort. Tränenspuren durchzogen die Schmutzschicht auf ihrem Gesicht, darunter war ihre Haut weiß wie Marmor. Ihre Blicke schossen nervös umher, während sie zum Wagen liefen, als erwartete sie hinter jedem Busch, hinter jeder Mauer einen weiteren Menschen, der sie angriff.

»Klara? Es war nicht die Zauberin, hast du das verstanden? Ich habe gesehen, wer das getan hat. Es waren ein paar halbstarke Idioten, denen ich mal auf die Füße getreten bin. Sie sind mir hinterhergefahren. Es hatte mit mir zu tun, okay? Nicht mit dir.«

»Meinst du?«, erwiderte Klara leise. »Ich glaube nämlich nicht. Warum sollten sie versuchen, dich umzubringen?«

»Diese Idioten wollten mich sicher nur erschrecken. Wahrscheinlich wussten sie nicht, dass das Haus derart schnell brennen würde.«

Jarno wurde ein weiteres Mal schwindelig, als er sein Auto sah. Die Vorderlampen waren eingeschlagen, ebenso das Fenster an der Fahrerseite. Die Motorhaube war vollkommen verbeult, die Seitenspiegel abgerissen. Nun ja, fahren würde es dennoch, den Schlüssel hatte er zum Glück in der Tasche gehabt, was wollte er mehr. Er zog sich einen Jackenärmel über die Hand und fegte die gröbsten Scherben von den Sitzen.

»Schnell weg hier«, bat Klara, »ehe sie zurückkommen.«

»Das wagt dieses feige Pack nicht.« Jarno startete dennoch den Motor und fuhr, so schnell es der Schnee zuließ. Die Feuerwehr zu rufen, war nicht mehr nötig, man hörte bereits die sich nähernden Sirenen.

»Vielleicht irrst du dich«, flüsterte Klara. »Vielleicht irrst du dich.«

KAPITEL 14
Piraten und Sturm

Es klingelte Sturm und Jarnos Herzschlag schien die gleiche Frequenz annehmen zu wollen. »Scheiße, wer ist das?«

Seval zuckte mit den Schultern. »Willst du mir nicht endlich sagen, was passiert ist?«

»Später. Wenn ich kann. Bitte, Sev, geh zur Tür. Wenn es die Polizei ist, dann lass sie nicht rein. Sie werden wohl kaum sofort mit einem Durchsuchungsbefehl kommen.«

Seval war sowohl eine wunderbare Freundin als auch nervenstark genug, um keine Fragen zu stellen. Sie straffte die Schultern und ging zur Tür. Kurz darauf hörte Jarno sie im Korridor aufseufzen, dann rief sie: »Es ist nur dein bescheuerter Freund Ben.«

»Das hab ich gehört«, brüllte Ben durch den Hausflur.

»Hoffentlich!«, entgegnete Seval.

Jarno rieb sich die Stirn und wünschte, sie würden alle verschwinden oder wenigstens die Klappe halten. Klara schlief in seinem Zimmer. Sie war todmüde gewesen, trotzdem hatte es eine Ewigkeit gedauert, bis sie endlich eingeschlafen war, die Katze in der Armbeuge und zwei dicke Decken bis zur Nase hochgezogen. Er hatte neben dem Bett auf dem Boden gesessen, zu müde zum Eindösen und zu nervös, um sich zu bewegen. Was er noch viel weniger fassen konnte als das überstandene Feuer, war die Tatsache, dass sie in seiner Nähe schlief. In seinem Bett. Seine Bettwäsche auf ihrer Haut und ihr Gesicht auf seinem Kissen.

Sie war der festen Überzeugung gewesen, dass Elise die Jungs manipuliert und auf irgendeine magische Art zu dem Anschlag gezwungen hatte. Dass eine Gruppe Jugendlicher ohne eine Perspektive so etwas aus Frust und Langeweile und vor dem Hintergrund einer simplen Streiterei tat, war unvorstellbar für sie. Es musste Magie hinter so viel Bösartigkeit stecken, vielleicht war jede andere Möglichkeit zu ungeheuerlich für die sensible Klara.

»Wo bist du nur gelandet?«, fragte er in seine Grübelei versunken.

»Hier bei dir, würde ich meinen.« Es war Ben, der das Wohnzimmer betrat. Jarno hatte ihn nicht reinkommen hören. »Alter, du siehst scheiße aus, was war los?«

Jarno war duschen gewesen und hatte sich die Haare dreimal gewaschen, trotzdem glaubte er immer noch, den Rauch an sich riechen zu können. »Nichts«, meinte er, es klang lahm. Nichts, um uns herum ist nur ein Haus abgebrannt und meine neue Freundin hat keine Identität, weshalb wir ernsthafte Schwierigkeiten bekommen, sollte die Polizei uns mit dem Feuer in Zusammenhang bringen, und sei es nur, weil wir als Zeugen aussagen sollen. Ganz zu schweigen davon, dass diese Freundin sich von einer Hexe verfolgt fühlt.

»Sag mal, Jarno, hast du etwa unseren Nerd-Abend vergessen?«, fragte Ben fassungslos. »Ich habe zehn Folgen *Kampfstern Galactica* dabei und fest damit gerechnet, dass du für Pizza und Bier sorgst.«

Seval kam rein und fasste sich theatralisch an den Kopf. »Männer! Nichts im Kopf als Raumschiffe, Bier und Fast Food.«

»Du würdest schreiend aus dem Haus rennen, wenn du wüsstest, was wirklich in meinem Kopf vorgeht«, erwiderte Ben und schürzte provokant die Lippen.

Sev verdrehte die Augen. »Wenn ich es wüsste – und ich danke Gott, dass ich nicht alles wissen muss –, würde ich dich dazu bringen, schreiend zu flüchten. Das ist meine Wohnung, Herzchen, vergiss das nie, sonst fliegst du schneller raus, als du zwei plus zwei zusammenzählen kannst.«

Ben und Seval waren von jeher eine explosive Mischung. Doch selten lag so viel Ernsthaftigkeit in ihren Neckereien wie heute. Seval musste auch unruhig sein. Auch wenn sie nur die halbe Geschichte um die abgebrannte Villa erfahren hatte, machte es ihr Sorgen.

Ben hob beschwichtigend die Hände. »Schon gut, alles bestens. Ich mach nur Spaß. Es wäre so schön, wenn du statt immer neuer komischer Frisuren mal deinen Sinn für Komik und Humor ausprobieren könntest.«

»Ausprobieren, ob ich auf dein Gossenniveau komme? Danke, nein. Ich gehe in mein Zimmer. Und Jarno, dir empfehle ich, dir nicht die halbe Nacht mit schlechten TV-Serien um die Ohren zu hauen. Du hast Besseres zu tun.«

Damit ging sie und ließ Ben bedauernswerterweise einen großen Brocken zurück, der seine Neugier nährte. »Ach ja?« Ben ließ sich auf das altersschwache Sofa fallen, das ihn beinah bis zum Boden durchsacken ließ. »Was gibt es denn so Wichtiges?«, fragte er, nachdem Jarno den Kühlschrank durchstöbert und eine letzte Flasche Bier hervorgezaubert hatte.

Anders als bei Seval war es erstaunlich einfach, Ben von Klara zu erzählen. Vielleicht war wahr, was Seval immer über ihn sagte: dass er zu viel fernsah, zu viel Fiktion, zu wenig Nachrichten, und dass ihn Politik und Geschichte nur dann interessierten, wenn es sich auf Politik und Geschichte einer beliebigen Science-Fiction-Serie bezog. Er war naiv, lebte in den Tag hinein und verschwendete nicht viele Gedanken an Vergangenheit und Zukunft. Und ebenso nahm er es hin, dass ein Mädchen aus dem Nichts aufgetaucht war. Ohne Papiere. Ohne eine Geschichte. Ohne eine Ahnung, was sie tun sollte.

Auch Ben wusste nicht, was zu tun war; seine Ideen (sich mal im Internet zu erkundigen, wo man gefälschte Papiere bekam) waren allesamt nicht brauchbar, aber es war eine Wohltat, mit ihm zu reden, weil er die Ahnungslosigkeit hinnahm und nicht darauf herumritt, dass dringend eine Lösung gefunden werden musste.

»Mann, Mann.« Ben lachte. »Jarno, du bist verschossen, oder?«

Jarno nahm die Bierflasche vom Tisch, schlug sie an der Tischkante auf und nahm einen Schluck. »Weiß nicht. Sieht so aus. Sie ist süß, sehr sogar. Und ich mache mich komplett zum Affen, wie sonst sollte man das erklären?«

»Machst du das denn nicht immer?«

Schmunzelnd reichte er das Bier an Ben weiter. »Ich bin total durch den Wind. Ich bin an einem Stoppschild stehen geblieben …«

»Du?«, spottete Ben. »An einem Stoppschild?«

»Ja, nicht wahr? Vor allem, weil ich da minutenlang stand, um auf Grün zu warten.«

Ben verschluckte sich am Bier.

»Mein Glück war, dass sie sich nicht mit Verkehrsschildern auskennt. Sie hat wohl nichts gemerkt. Aber ich bin rot geworden wie ein geiler Lachs.«

Ben schüttete sich aus vor Lachen, seine Rastas flogen ihm ums Gesicht. »Alter. Ich wusste nicht, dass Lachse rot werden. Dafür weiß ich, dass Stoppschilder es normalerweise bleiben.«

»Lachse«, sagte eine weibliche Stimme, die Ben und Jarno zugleich herumfahren ließ, »werden rot, ehe sie sich vermehren und infolgedessen sterben.«

Klara stand in der Tür, bekleidet mit einer von Jarnos Jeans, die sie mit einem Halstuch gegürtelt hatte, sowie einem weiten Die-Ärzte-T-Shirt. Das Haar fiel ihr offen über die Schultern.

»Und dass Stoppschilder rot sind und es im Gegensatz zu Lichtampeln auch langfristig bleiben, habe ich durchaus schon durchschaut.«

»Du … hast nichts gesagt«, stammelte Jarno. Er kam sich so hilflos und wortkarg vor wie am allerersten Tag, als er nicht hatte wahrhaben wollen, dass sie lebendig war.

»Warum hätte ich das tun sollen? Ich habe mir keine Sorgen gemacht.«

»Sorgen?«

»Um dich.«

»Mich?«

Sie erwiderte etwas, das Ben nicht verstehen konnte, Jarno aber sehr wohl, weil er die Worte an diesem Tag schon einmal gehört hatte – aus seinem eigenen Mund.

Sie sagte: »Du hast dich ja nicht allein verirrt.«

* * *

Hatte Jarno Klara an einen Piraten erinnert, verstärkte dessen Freund diesen Eindruck noch um ein Vielfaches. Ben hatte braune Haut, schwarzes, geflochtenes Haar und er trug sogar einen großen goldenen Ohrring. Ihm fehlte nichts anderes mehr als ein Säbel und ein sprechender Papagei. Seine Stimme war im Gegensatz zu Jarnos so laut, als müsse er gegen Sturm anreden und wolle um jeden Preis vermeiden, dass auch nur ein einziges seiner Worte ungehört blieb. Klara musste sich die größte Mühe geben, seine exotische Erscheinung nicht permanent anzustarren.

»Tja, Jarno, Klara … nehmt es mir nicht übel, aber ich werde mich dann mal dünnemachen.«

Das verstand sie nicht auf Anhieb, zum Glück fing Jarno ihren fragenden Blick auf und erklärte: »Er will gehen.«

Seltsam. Er war doch gerade erst gekommen. Lag es an ihr, dass er ging?

Jarno schien jedoch mehr als einverstanden, er boxte Ben freundlich gegen die Brust. »Hab ich dir je gesagt, dass du mein bester Freund bist, Toffee?«

»Definitiv nicht.«

»Gut. Dann spare ich es mir für den richtigen Moment auf.«

Ben boxte härter, aber nicht weniger freundlich zurück und Klara stellte sich vor, dass es vielleicht keine Schiffe mehr gab und Piraten deshalb in Häusern wohnen mussten, wo sie das Meer vermissten. Die armen Piraten.

Jarno begleitete Ben zur Tür, dann kehrte er ins Wohnzimmer zurück, wo Klara sich inzwischen auf dem Sofa niedergelassen hatte. »Tut mir leid, dass wir dich aufgeweckt haben«, sagte er. Er stand in seinem eigenen Wohnzimmer, als wäre er unschlüssig, wohin er sich setzen durfte.

»Das macht gar nichts.«

»Möchtest du etwas trinken?«

Klara nickte und griff nach der Bierflasche, aus der Jarno und Ben getrunken hatten. »Darf ich? Ich brauche kein Glas, schon in Ordnung.« Sie rutschte ein wenig zur Seite und er verstand den Wink und setzte sich neben sie. Einen Moment saß er steif da, dann stand er wieder auf, zog ein Päckchen Zigaretten aus der hinteren Hosentasche, ließ sich wieder nieder und atmete laut durch.

»Stört es dich, wenn ich eine rauche?«

»Nein. Hast du auch eine Zigarette für mich?« Sie wusste nicht, warum sie danach fragte. Sie hatte noch nie geraucht, den Geruch noch nie gemocht, jedoch still die Frauen bewundert, die es in ihrer Zeit getan hatten, ohne sich um das Gerede zu kümmern.

Er zog eine Zigarette aus der Schachtel. »Ist die letzte, tut mir leid. Teilen wir sie?«

Sie reichte die Flasche an ihn weiter, er gab ihr die entzündete Zigarette und hatte genug Anstand, Bier zu trinken, statt zu lachen, als sie nach dem ersten Zug husten musste. »Erzähl mir etwas von dir«, bat sie und hielt ihm die Zigarette wieder hin. Es fühlte sich seltsam an, als seine Finger ihre berührten; als wäre diese Berührung etwas vollkommen Neues, dabei waren sie doch eben erst Hand in Hand durch das brennende Haus gelaufen. Jetzt war es beinahe so, als fühlte sie ein Echo der Hitze auf ihrer Haut im Gesicht. »Du weißt jetzt so viel von mir – so seltsame Dinge, die man einem Mann normalerweise nicht erzählt, wenn man ihn erst wenige Tage kennt.«

»Wie lange muss man sich dem Anstand nach kennen, wenn man sich von Zeitsprüngen und magischen Flüchen erzählen möchte?« Er hielt ihr die Zigarette hin, aber fürs Erste hatte sie genug davon.

Seine Frage war gut. Sie wusste leider keine Antwort darauf. Neunundneunzig von hundert Männern hätte sie nie von solchen Dingen erzählt, aus Angst davor, verrückt genannt zu werden. Bei ihm hatte sie kaum gezögert. Lag es an ihrer Notlage? Daran, dass er selbst ein wenig verrückt gewirkt hatte? Oder lag es … schlicht und einfach an ihm?

»Du weichst mir aus«, stellte sie fest, »das ist nicht sehr höflich.«

»Verzeihung. Über mich gibt es einfach nicht so viel zu erzählen.«

»Das glaube ich nicht.« Er musste Hunderte von Geheimnissen haben; sie strahlten regelrecht von ihm ab wie ein undurchsichtiger Nebel, in dem er seinen wahren Charakter versteckte.

Er überlegte eine Weile. »Ich wurde 1994 geboren – dem schlimmsten Jahr für die Musik.«

Sie lehnte sich interessiert vor. Das musste er genauer erklären.

»Kurt Cobain starb in diesem Jahr. Und Justin Bieber wurde geboren.«

Sie lächelte höflich, ohne irgendetwas zu verstehen, wollte ihn aber nicht unterbrechen.

»Ich habe drei Geschwister. Lisa ist sechzehn und meine Zwillingsbrüder Lars und Malte sind zehn Jahre alt. Meine Eltern sind quasi getrennt. Wohnen zwar noch zusammen, aber reden nicht mehr miteinander. Zu meinem Vater habe ich keinen Kontakt mehr.«

»Das tut mir sehr leid.«

»Das muss es nicht! Ich werde den Tag feiern, an dem meine Mutter ihn endgültig rausschmeißt. Er ist ein Versager und hat meiner Mutter nichts als Kummer bereitet.« Jarno senkte den Blick. »Er ist viel zu lange geblieben. Und das tut *mir* leid.«

Das war nicht deine Schuld!, wollte Klara anmerken, aber die Worte kamen ihr vermessen vor, also biss sie sich auf die Unterlippe und sagte nichts.

»Mein Vater ist ein Nichtsnutz, ein Säufer, ein Typ, der Schwächere um sich herum braucht und sie noch schwächer macht, um sich stark zu fühlen.«

»Verstehe«, sagte Klara sehr leise. »Aber ich wollte gerne erfahren, wer du bist.«

»Ich?« Er zuckte mit den Schultern, griff nach der Flasche, trank aber nicht. »Ich bin ein Träumer ohne Morgen. Ein Künstler ohne Werke. Ein Fotograf ohne Kamera. Ich fürchte, ich bin nichts so wirklich, sondern alles nur zur Hälfte. Vielleicht«, er sah die Bierflasche an und plötzlicher Ekel überzog sein Gesicht, »bin ich jetzt schon auf dem besten Weg, so zu werden wie mein Vater.«

Wie eigenartig. Früher war es das Bestreben eines jeden jungen Mannes, den Klara kannte, so zu werden, wie sein Vater war. Nun hatte sie in dieser neuen Welt einen Mann gefunden, der so ganz anders war als alle Männer, die Klara je kennengelernt hatte. Und dessen Vater war sein schlimmster Dämon.

»Vergiss, was ich gesagt habe, ich war bloß …«

Tröstend legte Klara ihre Hand auf seinen Unterarm. »Ist schon in Ordnung. Der Tag war hart. Sei nun nicht auch noch hart zu dir selbst.«

Er schluckte. Da sah Klara erst, wie nah sie ihm unbemerkt gekommen war. Sie erkannte jede Bartstoppel auf seiner Wange, seinem Kinn und seinem Hals, konnte selbst im schwachen Licht ausmachen, dass seine Haare unterschiedliche Farben hatten; von Haselnussbraun bis beinahe Schwarz. Seine Hand lag plötzlich über ihrer, irgendwo konnte sie einen Puls fühlen und wusste nicht, ob es seiner oder ihr eigener war. Sie sah ihm in die Augen, viel länger und noch viel tiefer, als es anständig war, und genoss den Umstand, dass er keinen Anstand forderte, sondern genoss, dass sie tat, was immer sie wollte.

Und dann stellte er ihr eine Frage, sie musste kurz überlegen, bis sie den Sinn dahinter verstand. Denn er fragte: »Kann ich dich küssen? Noch einmal? Diesmal mit deiner Zustimmung? Darf ich?«

Und Klara sagte »Ja« und stand im nächsten Augenblick auf, um

Abstand zu schaffen, weil plötzlich Johan in ihrem Kopf war und sich alles mit einem Mal schrecklich und schlecht anfühlte … wenn auch nicht falsch. Nicht falsch.

»Entschuldige«, murmelte sie und wusste nicht, wen sie meinte. Jarno? Johan? Hatte sie die Gefühle für Johan schon vergessen oder waren sie nie von dieser Kraft gewesen, dass sie sich jetzt anfühlten wie hundert Jahre weit entfernt? »Entschuldige«, wiederholte sie, sah Jarno diesmal direkt in die müden Augen. »Es ist nur so … mein Verlobter … er … es fühlt sich an, als würde ich ihn verraten, wenn ich …«

Wenn ich was? Wenn ich mein Herz für Jarno öffne?

»Er ist doch wegen mir gestorben.«

Jarno schüttelte den Kopf. »Das glaube ich nicht.«

»Du glaubst vieles nicht, das wahr ist.«

Er seufzte. »Ist schon okay, Klara. Mach dir keine Gedanken um mich, ich kann mit einem Korb leben.«

Ihre Hände zitterten. Er sollte nicht damit leben – sie wollte ihn doch gar nicht abweisen. »Vielleicht brauche ich nur Zeit.«

»Dann nimm sie dir.«

Und wenn ich hundert Jahre brauche?

»Und wenn du hundert Jahre brauchst, dann warte ich hundert Jahre. Und kein Tag davon wäre vergeudet. Meinst du nicht, dass du das wert wärst?«

Klara gelang es nicht zu antworten. Ihr fiel wieder ein, was sie am Nachmittag über Magie gesagt hatten. Jarno hatte gemeint, die schlafende Magie sei mit ihr wieder aufgewacht. Aber sie hatte das Gefühl, mit Zauber überhaupt nichts zu schaffen zu haben, außer, dass sie ein Opfer seiner bösen Seite geworden war.

Vielleicht war es ja Jarno, in dem die Magie schlummerte.

KAPITEL 15
Das Echo von Zaubersprüchen

Jarno hatte am Morgen darauf bestanden, noch einmal in die Stadt zu fahren. »Heute ist Markt auf dem Kirchplatz«, hatte er gesagt. »Wir können nicht ewig Sevals Klamotten für dich ausleihen. Wird Zeit, dass du etwas Eigenes bekommst – etwas, das dir gefällt.«

»Du weißt, dass ich kein Geld habe.« Schlimmer. Sie hatte zudem keine Idee, wie sie an welches kommen sollte, und langsam bereitete ihr das Sorgen. Sie konnte doch nicht ewig auf Jarnos Kosten leben.

»Mach dir darum keine Gedanken. Ich kann mir keine großen Sprünge erlauben. Aber auf dem Markt gibt es immer ein paar Secondhand-Stände, die wirklich gute Sachen für sehr wenig Geld verkaufen. Gut, die Kleidung ist dann zwar nicht ganz neu, aber für eine Weile wird es gehen, denke ich.«

»Das macht doch nichts«, hatte sie sich beeilt zu sagen. »Ich habe früher meist Kleider meiner älteren Cousinen bekommen. Wir hatten zwar genug Geld, um neue schneidern zu lassen, aber weder mein Vater noch ich hatten Lust darauf, unsere Zeit bei der Schneiderin zu vergeuden, und ein Kaufhaus hatte die Stadt noch nicht. Es war bequemer, mir die Kleider meiner Cousinen schicken zu lassen und sie abzuändern oder auszubessern.« Ob sie ihm hätte verraten sollen, dass dies nicht nur nützlich gewesen war, sondern vor allem ihre einzige Möglichkeit, an moderne Kleider zu gelangen, die es nur in den Großstädten gab?

Klara hatte erwartet, der Markt müsste sich komplett gewandelt haben, wie sich fast alles in der Stadt und vor allem die Menschen gewandelt hatten. Doch als sie ankamen, war sie überrascht, wie vertraut ihr der Anblick erschien. Nun gut, die Marktstände waren größer geworden, die Karren waren motorisierten Lieferwagen gewichen und alles war bunter geworden und zugleich einheitlicher – ein Stand sah aus wie der andere –, aber davon abgesehen, war es ein Marktplatz, wie Klara ihn kannte. Verkäufer boten ihre Waren feil, Kunden meckerten über die steigenden Preise, Kinder quengelten nach Lutschern oder Bonbons und Hunde bellten sich gegenseitig an. Es roch nicht mehr nach Pferden und deren Äpfeln, sondern nach Abgasen, aber darunter weiterhin nach Fisch und geräucherter Wurst, nach Gewürzen und nach Brot. Irgendwo stand sogar ein Musiker und spielte auf dem Akkordeon; Klara konnte ihn zwischen den Ständen nicht sehen, aber sie hörte die Klänge – ja, sie erkannte sogar das Lied. Ein Volkslied über Wanderer war es, die Lene hatte es beim Bügeln immer vor sich hin gesungen.

»Oh Gott, es ist wie früher«, flüsterte sie.

Jarno zog sie beiseite, ehe zwei junge Frauen mit Kinderwagen, die Blicke stur auf ihre tragbaren Telefone gerichtet, sie umfuhren. »Na ja, nicht alles, nehme ich an.«

Klara stockte der Atem, als sie auf einem Schild den Schriftzug »Fleischerei Junge« wiedererkannte. Sie spürte beinahe Enttäuschung, als in dem Wagen nicht der untersetzte Fleischermeister stand, bei dem sie regelmäßig eingekauft hatte, sondern zwei mollige Frauen, die trotz des eisigen Windes bei ihrer Arbeit in den Gesichtern schwitzten.

»Es ist alles so vertraut«, gestand sie Jarno. »Es ist erschreckend und schön zugleich. Als hätte sich nur die Oberfläche geändert und darunter ist alles wie früher.«

Jarno warf einen skeptischen Blick zu einer verhüllten Frau, die am Straßenrand hockte, einen schlafenden Säugling im Arm hielt und Passanten die offene Hand hinstreckte. Dachte er denn, Leid und Armut hätte es in ihrer Welt nicht gegeben? Er zog sie weiter, ehe sie ihn fragen konnte, ob er ein wenig Geld geben wollte.

»Sie bekommt das Geld nicht«, sagte er, als hätte er ihren Gedanken gelauscht. »Sie muss es abgeben. Selbst das Betteln ist heutzutage organisierte Masche.«

Erschrocken sah Klara über ihre Schulter, aber sie konnte die Mutter nicht mehr sehen. »Aber das kleine Kind! Was ist mit dem?«

»Das ist eine Puppe. Sie sitzt dort mit ihrem *Baby*, seit ich selbst ein kleiner Junge war. Und abends steigt sie zu einem Mann in einen fetten BMW und gibt ihm alles, was sie erbettelt hat.«

Klara konnte sich zusammenreimen, dass ein fetter BMW ein teures Auto sein musste. Vielleicht waren diese neuen Zeiten doch viel seltsamer geworden, als es auf den ersten Blick schien.

»Hier sind die Stände, zu denen ich wollte«, sagte Jarno. »Schau dich um, ob dir etwas gefällt.«

Sie zögerte. »Ist es wirklich in Ordnung? Ich will dir nichts schuldig sein.«

Er lächelte und lehnte sich zu ihr, um leiser sprechen zu können. »Hey, ich habe dich wach geküsst – ich trage die Konsequenzen. Wenn du irgendwann Lehrerin bist, kannst du dich revanchieren.«

Sie unterdrückte ein Seufzen, trat unter den Baldachin, der die Waren vor dem Wetter schützte, und sah die angebotenen Kleider durch.

* * *

Noch nie hatte es Jarno so viel Spaß gemacht, mit einer Frau Kleidung einzukaufen. Nach dem dritten Teil, das Klara sich zögernd anhielt, hatte er bereits Muskelkater im Bauch, so sehr musste er über ihre Auswahl lachen, und jedes Teil erschien ihm schlimmer.

»Würde meine Oma noch leben«, japste er, »würde sie diese Bluse sofort kaufen. – Klara, du magst ganz offiziell über hundert sein, aber musst du das jedem, der dich anschaut, auf die Nase binden? – Wenn du darauf bestehst, nehmen wir dieses Kleid. Aber ich gehe dann nicht mit dir auf die Straße!«

Nach den ersten paar Fehlgriffen wurde Klara wohl aus purem Trotz mutiger, sah sich trotz Skepsis seine Vorschläge an und letztlich fanden sie ganze zwei Tüten voll mit Kleidungsstücken, die aus seinem Dornröschen von vorgestern eine moderne junge Frau machten.

»Abschließend«, sagte Jarno, »müssen wir dringend Reibekuchen essen gehen. Es ist zwar noch etwas früh fürs Mittagessen, aber es gibt hier einen Stand, der die besten Reibekuchen aller Zeiten macht. Es wäre ein Frevel, diesen Markt zu besuchen und die Reibekuchen auszulassen.«

Klara bezweifelte, dass sie an die Reibekuchen der Mamsell heranreichten, wollte sie aber unbedingt kosten, und so führte Jarno sie weiter. Plötzlich wurde sie sich bewusst, an welchem Ort sie war und was hier zu ihrer Zeit geschehen war. Ganz in der Nähe hatte die alte Zirkusfrau sie angesprochen, vor Elise gewarnt und ihr den

Ring zugesteckt. Ein leichter Schauder rieselte ihr über den Rücken und verwandelte sich in einen Eisregen, als sie sich einen der Stände genauer ansah. Es war ein kleiner Stand, nicht mehr als ein schmaler Tisch mit einem Klappstuhl dahinter, auf dem eine Frau mittleren Alters saß und gelangweilt eine Zigarette rauchte.

»Bitte warte einen Moment«, bat Klara Jarno und trat näher, obwohl sie lieber weggelaufen wäre. Auf dem Tisch lagen ein paar Schmuckstücke auf einem verschlissenen, speckigen Samttuch. Am Rande ihres Blickfelds nahm sie Medaillons, Armreifen und Broschen wahr, aber nur ein Teil konnte sie wahrhaft *sehen*. Den Ring. Den mattgoldenen, verkratzten Ring mit der eingefassten Bernsteinrose. Sie streckte die Finger aus, um ihn zu berühren, wagte es aber nicht, als drohte von ihm Gefahr. Selbst auf die Entfernung spürte sie die Hitze von dem Bernstein abstrahlen. Ihr selbst wurde frostkalt.

»Willst du den kaufen?«, fragte die Frau und blies Klara den Zigarettenrauch entgegen. »Kostet 25 Euro. Ist nicht echt, aber sieht ganz gut aus, oder? Schönes Teil, hab auch noch ’ne passende Brosche dazu.«

Jarno trat neben Klara, sie sah ihn nicht wirklich, spürte nur seine wohltuende Ruhe. »Klara?«, murmelte er. »Du bist ganz blass. Alles okay?«

»Ich … ja.« Sie bemühte sich um Fassung. »Der Ring da, er erinnert mich an ein Schmuckstück, das mal mir gehörte.«

»Ich mache dir einen Sonderpreis«, meinte die Marktfrau. »Zwanzig Euro.«

»Wir nehmen ihn«, sagte Jarno, ehe Klara ein Wort erwidern konnte, und reichte der Frau einen Schein. Niemand schien Klaras »Nein, das ist nicht nötig« zu hören, hatte sie es überhaupt ausgesprochen?

Die Marktfrau griff in eine Kiste unter dem Tisch und nahm eine kleine Schachtel heraus. »Hier, ist dasselbe Modell, aber originalverpackt.«

»Nein«, hörte Klara sich sagen. »Ich möchte diesen hier haben. Nur diesen, keinen anderen.«

Die Frau kniff die Lider zusammen und blickte Klara direkt ins Gesicht. Ganz langsam öffnete sich ihr Mund, als wäre Klara eine Erscheinung oder ein Geist. War sie ein Geist?

»Ist das denn wahr?«, flüsterte die Marktfrau. »Wie ist dein Name?«

Sie wartete nicht auf eine Antwort. Mit unsteten Fingern griff sie den Ring und hielt ihn ihr hin. »Klara. Nicht wahr? Ich hätte nicht gedacht … keine von uns hätte gedacht … Oh, großer Gott. Es ist deiner, nimm ihn!«

Klara wollte gehorchen und konnte es doch nicht. Die Gewissheit, dass die Magie noch lebendig war und dass sie sie gefunden hatte, schwappte über sie hinweg wie eine Welle aus Feuer und Eis. Die Magie war ihr auf den Fersen. Elise würde sie finden. »Nein«, flüsterte sie. Und dann schrie sie es: »Nein! Nein – lasst mich in Ruhe!«

Sie warf sich herum, stieß Passanten aus dem Weg und rannte davon, kein Ziel vor Augen, einfach nur weg.

* * *

Jarno wollte Klara nacheilen, doch sie war in Sekundenbruchteilen aus seinem Blickfeld verschwunden. Er wandte sich zurück zu der Schmuckverkäuferin, die sich auf ihrem Tisch aufstützte.

»Was ist da gerade passiert? Woher kennen Sie Klara?«

Die Frau atmete durch wie nach einem Marathon. »Ich verliere offenbar die Nerven – das ist passiert. Der Stand hier gehört meiner

Mutter und vorher gehörte er meiner Großmutter. Ich übernehme ihre Markttage im Winter, weil sie das mit ihrem Rheuma nicht mehr schafft. Sie hat prophezeit, dass irgendwann ein junges Mädchen kommen und in besonderer Weise auf den Bernsteinring reagieren wird. Sie hat mir ein Foto gezeigt, ein verblichenes Schwarz-Weiß-Bild von neunzehnhundertschlagmichtot, und gesagt, dass der Ring diesem Mädchen gehört. Sie soll ihn auf der Flucht vor etwas Bösem verloren haben. Wir verwahren ihn nur für sie. Früher haben wir mehr für sie getan, sagt meine Mutter, aber diese Zeiten sind vorbei. *Unsere* Zeiten sind vorbei, sagt sie dann immer. Alles, was wir heute noch tun können, ist, den Ring für sie zu verwahren. Und hierherzukommen, genau hierher, damit sie ihn wiederfindet, weil sie ihn hier schon einmal gefunden hat.« Sie rauchte den letzten Millimeter vor dem Filter, warf die Kippe weg und steckte sich hektisch eine neue an. Jarno hätte es ihr gerne gleichgetan, aber er hatte keine Zigarette mehr und keine Zeit, um eine zu schnorren. »Ich hab das immer für 'ne verdammte Spinnerei gehalten. Für den Spleen einer alten Frau mit zu viel Fantasie. Und plötzlich steht sie vor mir – das Mädel von dem Foto. Verstehst du mich? Sie sieht genauso aus wie auf dem hundert Jahre alten Foto – als wäre sie ein Zwilling. Das ist doch irre.«

»Da haben Sie wohl recht«, stimmte Jarno zu.

»Wie auch immer, sie muss den Ring bekommen. Unbedingt. Bitte, sorgen Sie dafür? Es ist meiner Mutter wichtig, wie auch immer sich das Ganze erklären lässt.«

»Natürlich.« Jarno nahm den Ring an sich und wog ihn in der Hand. Ein altmodisches Ding, fand er, ziemlich kitschig. »Hier, nehmen Sie zumindest das Geld.«

Sie wedelte abwehrend mit den Händen, als würde er ihr etwas

Ätzendes anbieten. »Nein, nein, der Ring gehört ja dem Mädchen. Dafür nehme ich kein Geld! Meine Mutter würde mir ungeachtet meines Alters dafür den Hintern versohlen und meine Großmutter würde sich im Grabe umdrehen.«

Sie sah nicht aus, als machte sie große Umsätze an ihrem Stand. Es kam Jarno falsch vor, nichts zu bezahlen. »Sehen Sie es als Dankeschön, dass Sie den Ring verwahrt haben. Bitte nehmen Sie es.«

Sie zögerte noch immer. »Dafür nehmen Sie einen der nachgebildeten Ringe mit, okay? Die kann ich Ihnen verkaufen, ohne ein schlechtes Gewissen haben zu müssen. Die gehören ihr ja nicht.«

Jarno hatte beim besten Willen keine Ahnung, was er mit kitschigen Ringen im Doppelpack anfangen sollte, aber ihm fehlte die Geduld für eine Diskussion. Er wollte Klara suchen und als er die nahe Kirche mit Glockenschlägen die volle Stunde ankündigen hörte, bekam er auch eine Ahnung, wo er sie finden konnte. Rasch sagte er zu, steckte die Pappschachtel ein und drängelte sich dann quer über den Marktplatz in Richtung Kirche.

Er fand Klara auf dem Gehweg vor der Kirche; fand sie mit einem unsicheren Lächeln, das schlecht verbarg, dass ihr überhaupt nicht nach Lächeln zumute war. Sie klammerte sich an ihre Einkaufstüten. »Das war albern«, sagte sie. »Ich habe die Nerven verloren, wie dumm von mir. Ich musste plötzlich an Elise denken. Ich dachte, sie hätte mich gefunden. Es tut mir so leid.«

»Kein Problem.« Jarno zog den Ring aus der Tasche und hielt ihn ihr hin. »Er gehört wohl dir. Denkt die Marktfrau. Willst du ihn?«

Sie zögerte, streckte die Hand aus, sah sich in alle Richtungen um und zuckte zurück, als wäre der Ring elektrisch aufgeladen und es gälte, ihn im Rahmen einer Mutprobe anzufassen. Jarno steckte ihn wieder ein. Dann würde er ihn eben für sie verwahren.

»Ich sollte zurückgehen«, meinte Klara. »Diese Frau hat vielleicht Antworten für mich.«

»Antworten würden dir bestimmt helfen.«

»Antworten würden mir Angst machen.«

»Angst kann man überwinden. Aber erst wenn man weiß, wovor man sich fürchtet und ob es etwas zu fürchten gibt.«

Sie seufzte. »Du glaubst nicht an Elise, oder?«

Er seufzte auch. Er glaubte fest daran, dass sie verzaubert oder verhext worden war – es gab ja keine andere Erklärung, woran sollte er sonst glauben? Also glaubte er an Elise. Aber zu glauben, dass sie noch immer lebte und dass sie noch immer nach Klara jagte, war etwas anderes.

Ohne weitere Worte setzten sie sich in Bewegung, gingen noch einmal zwischen den Ständen hindurch, wichen eilenden Menschen aus und erlebten den Markt diesmal nicht als lebendig, sondern als hektisch. Klara sah sich um, als erwartete sie, an jeder Ecke könnte jemand lauern, unter jedem Tisch würde jemand hocken und hinter jeder menschlichen Fassade müsste sich eine Hexe verbergen. Sie erreichten den Platz, an dem eben noch der kleine Schmuckstand gestanden hatte, aber …

»Sie ist weg. Das kann doch nicht sein!« Klara sprach aus, was Jarno dachte.

Nicht nur die Frau war weg, auch ihr kleiner Tisch war fort; nichts wies darauf hin, dass sie überhaupt da gewesen war. Jarno fragte am Nachbarstand nach, doch der türkische Lederwarenverkäufer zuckte nur mit den Schultern, als hätte er die Frau mit ihrem Schmuck noch nie wahrgenommen.

»Sie war aber doch hier?«, fragte Klara Jarno kleinlaut.

Er musste in seine Tasche greifen, den Ring fühlen sowie das zweite Exemplar, das wohl in seiner Schachtel verrotten würde, wenn Katzengold und Bernstein verrotten konnten. »Ja«, musste er zugeben und sah die Straße in beide Richtungen entlang. »Ja, sie war hier. Und jetzt ist sie weg.«

Wie hatte sie so schnell verschwinden können? Sie war vor fünf Minuten noch da gewesen. Ihr Stand war klein, aber auch einen kleinen Stand bekam man nicht in eine Umhängetasche gesteckt, in der man ihn davontragen konnte.

»Ich glaube«, sagte Klara, »dass ich den Ring doch besser nehme.« Sie steckte ihn sich sofort an. Jarno erwartete, dass etwas passieren würde. Ein Leuchten vielleicht, ein Hauch von Musik oder eine plötzliche Erkenntnis. Aber nichts passierte, außer dass Klara nach Hause wollte.

Auf dem Rückweg zum Auto sah sich auch Jarno die Menschen, die ihnen näher kamen, genau an.

KAPITEL 16
Klare und kühle Luft

Der Abend wusch bereits die Farbe von den Straßen, als Jarno und Klara sich nach einem Spaziergang zu einer alten Ruine, die Klara in ihren besten Zeiten gesehen hatte, auf den Heimweg machten. Wind pfiff um die Häuser, er klang wie ein klagendes Lied. Der Nachmittag war beinah unbeschwert verlaufen, Jarno hatte Klara von aller Sorge abgelenkt, doch nun kam die Nervosität zu ihr zurück, die alte Vertraute. Da, die Spaziergängerin auf der anderen Straßenseite … trug sie nicht ein grünes Kleid unter dem offenen Mantel?

Klara schüttelte den Kopf, als könnte sie die Gedanken an die Zauberin aus sich herausschütteln. Sie hatte den Nachmittag über kaum an sie denken müssen. Sie hatte geglaubt, dass ihre Angst nachließ.

Sie hatte sich geirrt.

Die Äste der kahlen Bäume klapperten in jeder Böe wie tanzende Knochen und mit jeder Minute wurde es dunkler. Klara begann, die Schritte in die Lichtkegel der Straßenlaternen, wo sie aufatmen konnte, zu zählen.

»Klara?« Jarno blieb stehen, genau dort, wo das Licht der Laternen nicht hinfiel und eine große Hecke einen zusätzlichen Schatten warf. Einen Schatten, in dem sich Elise ein Dutzend Mal verstecken könnte.

»Können wir nicht weitergehen, Jarno? Es … es ist kalt.«

»Du brauchst keine Angst haben. Okay? Sie ist nicht hier.«

Aber sie kann kommen. Sie *wird* kommen.

Klara schluckte gegen einen bitteren Klumpen in ihrer Kehle an. »Du hast sicher recht.« Hoffentlich. Vielleicht. Wenn wir Glück haben.

»In dieser Zeit gibt es tausend Gefahren«, sagte Jarno, »und auf die meisten kann ich dich allenfalls vorbereiten, dich aber nicht vor ihnen beschützen. Aber eins schwöre ich dir: Sollte Elise noch leben und sollte sie dir zu nahe kommen, Klara, dann beschütze ich dich.«

Klara gab sich große Mühe durchzuatmen – mit dem Ausatmen die Angst aus sich herauszulassen und mit dem Einatmen klare und kühle Luft zu holen, die ihr half, klar und kühl zu denken. Sie rückte dabei näher an Jarno heran, so nah, dass sie seine Wärme durch den Stoff ihrer beider Jacken spüren konnte. So nah, dass sie sein Herz schlagen hören konnte – oder hörte sie ihr eigenes? Und so nah, dass seine Lippen direkt vor ihren waren und sie dieselbe klare und kühle Luft atmeten. Klar und kühl denken konnte sie davon aber nicht mehr. Was nicht schlimm war. Sie musste auch an nichts anderes mehr denken. Nichts außer an einen Kuss, der Denken unmöglich machte und zu ihrem Erstaunen auch keine Gedanken brauchte. Er funktionierte, ohne zu denken. Ohne zu fürchten. Er machte eine Klara aus ihr, die sich schwerelos und mutig fühlte und das Kribbeln im Bauch genoss, wie damals auf ihrer Schaukel, als sie frei gewesen war. Eine Klara, der nichts und niemand mehr etwas anhaben konnte, solange Jarno bei ihr war – und seine Lippen warm und mit dieser vorsichtigen Forderung nach mehr auf ihren.

Eine Klara, die Glück kostete, nicht mehr hergeben wollte und Jarno genau das spüren ließ, indem sie dieser Forderung nachkam. Wobei sie kein bisschen vorsichtig war.

Und als das mit dem Denken wieder begann, weil ein Auto vorbeifuhr und Jarno und Klara in einem Lichtschwall duschte, fiel Klara erst auf, dass ihre Augen geschlossen und ihre Hände unter Jarnos drei Jacken und seinem Oberteil waren, sodass sie nackte Haut spüren konnte.

Sie blinzelte, bemerkte erstaunt, wie entspannt er aussah, und bemerkte dann, dass in dem Auto, das vorbeifuhr, eine Frau saß.

Sie war blond.

Und trug etwas Grünes.

* * *

Sie schaltete das Licht aus. Und dann zog sie die Vorhänge zurück, nur wenig, nur so viel, wie es brauchte, um unbemerkt auf die Straße zu schauen.

Der Kuss war in sein Hirn eingearbeitet wie Licht in Fotopapier und er wünschte sich beinah verzweifelt, jemandem dieses Bild zu zeigen; doch die Einzige, die in der Lage war, es auch zu sehen, starrte aus dem Fenster.

Er ließ Klara allein im Wohnzimmer der WG und ging in die Küche, wo Seval sich ein Tomatenbrot mit Käse überbackte.

»Also doch ein stalkender Ex?«, riet Sev und lehnte sich an den Schrank. »Hat sie ihn gesehen? Oder jemanden, der mit dem Brand zu tun hatte? Im Radio haben sie übrigens durchgegeben, dass Zeugen gesucht werden.«

Na toll. Jarno hätte zu gerne gegen die verrückte Möchtegern-

Gang ausgesagt, aber es war zu heikel, um Klaras Anwesenheit herumzulügen. »Es ist eine Frau«, sagte er.

Seval zog die Stirn kraus. »Wer ist eine Frau?«

»Na, der jemand, der Klara solche Angst macht.«

»Eine Stalkerin?«

Dicht dran, dachte Jarno. Dicht genug. Er nickte verhalten. »Sie hat sie eine Weile verfolgt und ihr Schlimmes angetan.« Schlimmes! Wie banal sich das anhörte, verglichen mit der Wahrheit. »Klara hat sich eine Ewigkeit vor ihr versteckt.«

»Und nun hat sie sie wiedergefunden?«

»Nein.« Er zog sein Zigarettenpäckchen aus der Tasche – leer. Mal wieder. Und mal wieder im ungünstigsten Moment. »Ich meine, ich weiß es eigentlich nicht. Nichts weist darauf hin, dass sie wirklich hier aufgetaucht ist. Es ist ziemlich unwahrscheinlich bis unmöglich – frag nicht, es ist eine lange, komplizierte Geschichte. Aber Klaras Gefühl sagt, dass sie da ist.«

Seval nahm einen Apfel aus der Schale und warf ihn Jarno zu. »Hier, Vitamine sind besser als Nikotin und helfen genauso gut.« Sie rieb sich grüblerisch das Kinn, während Jarno in den Apfel biss. Dann sagte sie: »Du weißt schon, dass ich an weibliche Intuition glaube?«

»Und an männliche gar nicht?« Es war nur zur Hälfte ein Scherz. Viel zu sehr hoffte er, mit seiner Meinung über die Zauberin recht zu behalten.

KAPITEL 17
Das Haus aus Rauch

In den folgenden Tagen gab es für Klara nur eine Priorität. Sie musste ihre Angst vor Elise überwinden. Fürs Erste gab sie sich damit zufrieden, die anderen denken zu lassen, sie würde es schaffen.

Jarnos neue Arbeit begann. Von einem Tag zum anderen schrumpfte die Zeit, die er für sie hatte, auf ein Minimum zusammen, was Klara fast zwangsweise dazu trieb, sich in größeren Kreisen um die Wohnung herum zu bewegen und die Stadt zu erforschen. Sich anhand des Fernsehens über Zeit, Gebräuche und Sitten zu informieren, war riskant, da im Fernsehen kaum etwas der Realität entsprach, obschon es so aussah. Sie fühlte sich verstört und überfordert; und zugleich war sie dankbar für den Druck, es allein schaffen zu müssen, da sie sich ansonsten wohl nie getraut hätte.

Seval hatte ihr einen Vorschlag gemacht, den sie begeistert angenommen hatte: Nachmittags übten sie gemeinsam in der Stadtbibliothek alles, was Klara für ihr Abitur wissen musste – die Voraussetzung, um auf ein Lehramt studieren zu dürfen. Ob und wann sie diesen Abiturstoff brauchen würde, stand in den Sternen, aber Jarno gab sich zuversichtlich, auch wenn er noch nicht ansatzweise wusste, wie es Klara gelingen sollte, sich an einer Schule anzumelden – besaß sie doch nichts, nicht einmal einen Namen auf einem amtlichen Ausweis. Und dieser Name schien weit wichtiger zu sein, als sie zunächst angenommen hatte. Oft fragte sie sich, wie sie überhaupt zu atmen vermochte und warum sie sich nicht einfach in Luft auflöste, wenn sie doch keinen Ausweis besaß, an dem in dieser Welt alles zu hängen schien.

»Uns fällt etwas ein«, sagte Jarno immer, als würde es wahrer, wenn er es oft genug wiederholte. »Bereite dich vor, überlass mir den Rest. Es gibt eine Lösung und ich finde sie.«

Nachts durchforschte er das dubiose Internet nach Lösungen, aber bisher schien die einzige darin zu bestehen, ins Ausland zu gehen, wo man leichter an die lebenswichtigen Papiere kam. Die Krux war, dass es dazu Geld brauchte, viel Geld. Und an das wiederum gelangte man nicht ohne Ausweis.

»Du hast schon lange keine Schule mehr besucht, oder?«

Es kam immer wieder vor, dass einzelne Sätze, Worte oder Bilder, die sie sah, Klaras Kartenhaus von der Zukunft so sehr ins Wanken brachten, dass sie das Gefühl hatte, sie könne es nie wieder aufbauen, weil jede einzelne Karte zerrissen und verbrannt war. Ein Haus aus Rauch würde ihr dann noch bleiben, das war nicht besonders viel.

Diesmal war es Seval. Mit schmalen Augen sah sie Klara an, biss auf das Ende ihres Bleistifts und es hätte nicht viel gefehlt, um Klara flüchten zu lassen. Vor Seval, ihren Hosen, ihrer neuerdings pinken Haarsträhne, vor dem Piercing in ihrer Unterlippe und vor allem vor dieser Anforderung, eine Stochastik zu berechnen. Klara hatte den Fehler gemacht, Seval zu fragen, wozu man das können musste.

»Nimm es mir nicht übel, aber Jarno und du, ihr habt gelogen, oder? Du warst nie auf einem Gymnasium.«

Klara musste nicht antworten, ihr hochroter Kopf sagte alles. Sie hatte Furcht, jeder in der Bibliothek würde ihr ansehen, dass sie log.

»Warum?«, fragte Seval. »Mir kann man trauen, Jarno sollte das wissen.«

»So ist es nicht.« Fieberhaft überlegte Klara, was sie Seval erzählen konnte, wie viel Wahrheit in ihrem Fall angebracht war. Menschen dieser Zeit waren so unglaublich kompliziert – jeder auf seine Weise. Jarno zum Beispiel war jemand, der jede Wahrheit schluckte und für sich behielt. Ben, sein bester Freund, vertrug ein wenig Wahrheit, aber nicht zu viel. Den meisten Menschen aber durfte sie nichts erzählen, kein einziges Wort, wenn sie nicht lügen wollte.

In welche Kategorie gehörte Seval? Seval, die mit Magie oder Zauberei so gar keine Berührungspunkte zu haben schien. Seval, die ihr half, die auf den ersten Blick eine feste, kühle Austernschale um sich herum schloss und diese so bereitwillig öffnete, wenn man nur aufrecht und ehrlich zu ihr war.

Seval, die Klara nicht anlügen wollte. Weil sie in den letzten Tagen zu einer Freundin geworden war.

»Du hast recht und irrst dich gleichzeitig«, wagte sie sich in winzigen, unverfänglichen Schritten vor. »Ich war bereits in der Lehre zur Lehrerin. Aber … das war nicht hier.«

Sevals Augen wurden noch ein wenig schmaler. »Von wo kommst du denn? Du hast einen Akzent, das ist mir schon aufgefallen, aber dein Deutsch ist ziemlich gut. Zu gut. Nämlich perfekter als bei jedem anderen, den ich kenne.«

»Ich wollte Deutsch unterrichten.« Das war gut. Es war keine Lüge. Nun schnell ausweichen, ablenken. Nur nicht lügen! »Bei uns ist alles etwas anders, man braucht weniger Mathematik, weniger Chemie und … andere Physik. Größeren Wert wird aufs Schreiben gelegt.« Sie zwinkerte. »Du musst zugeben, dass ich dir in Sachen Rechtschreibung weit voraus bin.«

»Du bist mir offenbar mehrere Rechtschreibreformen voraus«, murmelte Seval.

»Politik, Heimatkunde und Geschichte haben bei uns auch einen höheren Stellenwert und das finde ich auch gut so. Mal ehrlich, wann musst du in deinem Leben je wieder Stochastik berechnen?«

»Das klingt, als hätte ich dich gern als Lehrerin, wenn ich noch Schülerin wäre.«

»Oho, sag das nicht. Denn ich würde dich nach der Geschichte deines Landes und deiner Stadt ausfragen und dich jedes kleine Detail recherchieren lassen, das du nicht auf Anhieb nennen kannst. Und glaub nicht, ich wäre mit ein paar Jahreszahlen zufrieden. Es ginge mir auch um die Hintergründe, die Entwicklungen und die Motivationen hinter den geschichtlichen Ereignissen.«

Seval griff nach ihrem Wasserglas. Sie lächelte, aber das Lächeln blieb hart. Ihr Misstrauen legte sie nicht ab. »Kein Thema. In Geschichte bin ich top. Wo soll ich anfangen?«

»Neunzehnhundert«, sagte Klara, schneller, als sie überlegen konnte, schneller, als sie sich fragen konnte, ob sie schon bereit war, über die Jahre zu sprechen, die sie verpasst hatte.

Der Nachmittag in der Bibliothek war lang gewesen und unbemerkt in den Abend verlaufen. Zuerst hatte Klara Mühe gehabt, sich nicht anmerken zu lassen, wie verstörend die Gespräche auf sie wirkten. Natürlich hatte sie zuvor bereits in Jarnos Büchern über die letzten hundertelf Jahre recherchiert, aber die Buchstaben und Zahlen zu lesen, die zu entziffern ihr immer noch Mühe bereiteten, war etwas vollkommen anderes, als darüber zu reden, wie es zu den beiden großen Kriegen gekommen war, welche Folgen diese gehabt und welche Nachwirkungen sie bis heute auf das Land und die Menschen hatten.

Klara war erst wieder richtig zu sich gekommen, als Seval sie im Anschluss die deutschen Bundesländer, die Landeshauptstädte sowie sämtliche Ministerpräsidenten abgefragt hatte – Fakten, die auswendig zu lernen Klara leichtfielen. Die Zeit hatte sie darüber völlig vergessen. Für sie war der Winter zu plötzlich gekommen, es fiel ihr schwer, sich daran zu gewöhnen, wie früh und schnell es dämmerte. Nun, als sie bei Dunkelheit allein zurück zur WG ging, weil Seval noch einen Termin hatte, bereute sie diese Nachlässigkeit. Der Weg war ja nicht weit … aber kaum ein Mensch war noch auf den Straßen und die wenigen, auf die Klara traf, schienen sie alle anzustarren. Die Kriege, über die sie mit Seval gesprochen hatte, beschäftigten sie. Waren auch um sie herum Menschen gestorben, vielleicht Menschen, die sie kannte, während sie nur untätig herumgestanden und steinern vor sich hin gestarrt hatte? Jetzt, da sie mehr darüber wusste, war ihr, als würde sie ein Echo der Bomben hören. Ein Echo der Schreie. Der Qualm, den man auf jeder Straße roch … kam er wirklich von den Automobilen, Fabriken und Zigaretten oder war ein Teil davon das, was die Gewehrschüsse einst zurückgelassen hatten?

Und Elise … hatte sie die Kriege miterlebt, hatte auch sie gelitten oder hatte sie sich rechtzeitig in Sicherheit gebracht?

Klara bog in eine schmale Straße ein, ging an kleinen, ärmlichen Einfamilienhäusern vorbei und kam an einen Fußgängertunnel, der unter den Bahngleisen hindurchführte. Der Tunnel gaffte ihr entgegen wie ein offener Rachen. Da er eine leichte Kurve machte, sah man den Ausgang nicht. Irrte sie sich oder war er am frühen Nachmittag nicht noch beleuchtet gewesen?

Unbehaglich sah Klara sich um. Sie hätte einen Sprint über die Bahngleise lieber in Kauf genommen, als diesem finsteren Tunnelloch auch nur nahe zu kommen. Einen Zug würde man heranbrausen sehen und hören. Von einem Etwas, das sich versteckte, wurde man dagegen unweigerlich überrascht. Das Kartenhaus, das Klaras Beherrschung darstellte, schien bereits wieder in Flammen zu lodern und zu Rauch zu werden. Zu sehr dünnem Rauch, in dem man sich nicht einmal verstecken konnte.

Ob es einen anderen Weg gab?

Reiß dich zusammen!, mahnte sie sich. Bei der Suche nach einem anderen Weg verläufst du dich höchstens und dann jammerst du auch wieder herum.

So erlaubte sie sich kein weiteres Zögern und schritt zügig aus; umso schneller würde sie auch wieder draußen sein. Wenn sie doch wenigstens den Zigeunerring bei sich hätte! Er erinnerte sie an die Magie, sodass sie sich nicht traute, ihn nur anzufassen. Jetzt bereute sie ihre Feigheit.

Es fühlte sich grässlich an, bergab schnurstracks auf die Schwärze zuzulaufen, also versuchte Klara, auf den Boden zu schauen statt nach vorn. Sie passierte die letzte Laterne und verließ dann langsam deren Licht. Die Papierfetzen und der Abfall auf der Straße wurden mit jedem Schritt grauer. Der Tunneleingang schien anzuschwellen. Ein eigenartiges Summen tönte daraus wie von einer großen Hornisse, die im Dunkeln an einer Wand saß.

Großartig, du dumme Gans!, dachte Klara voll bitterer Ironie. Fantasiere noch von Rieseninsekten, das macht es dir sicher leichter. Ist dir aufgefallen, dass wir Winter haben? Da fliegen keine Hornissen herum, nicht einmal Wespen.

Sie versuchte sich abzulenken, indem sie über Seval nachdachte. Sie hatte nicht weiter nachgehakt, wo genau Klara nun herkam. Wie eigenartig; sie zählte eigentlich nicht zum Typ Frau, die sich ablenken ließ, wenn sie etwas wissen wollte, dennoch war es Klara eben mühelos gelungen. Ob Seval die Wahrheit längst ahnte?

Klaras Schuhe klackerten auf dem Boden. Schmelzwasser rann in kleinen Bächen mit ihr in den Tunnel. Ob es sich dort sammelte und sie hindurchwaten musste? Sie tauchte in die Dunkelheit ein, sogleich flogen ihr die Echos ihrer Schritte um die Ohren, als liefen ein Dutzend unsichtbarer Frauen mit ihr durch die Unterführung.

Ihr schauderte, sie holte tief Atem und bereute es sofort. Der Geruch – im ersten Moment beißend, dann eher muffig – erinnerte sie an eine Mischung aus Latrinen und einer Grabkammer. Das Summen schwoll an, langsam erkannte sie auch, aus welcher Richtung es stammte. Es kam von oben.

Das, was da summte, hockte an der Tunneldecke.

Klara sah über ihre Schulter zurück. Sie war schon einige Meter weit gekommen; es kam überhaupt nicht infrage, ängstlich kehrtzumachen und darauf zu warten, dass Jarno sie irgendwo abholte wie ein kleines Mädchen, das nicht in der Lage war, bei Dunkelheit heimzufinden. Sie zog die Nase hoch – es hörte ja doch niemand – und ging weiter. Ein paar Schritte noch, dann kam die Tunnelbiegung und danach müsste sie den Ausgang schon sehen. Ihre Füße wurden von allein schneller, der Takt der Echos nervöser. Das Summen vibrierte in der Luft, die sie kaum atmen wollte.

Klara trat in eine Pfütze, das Wasser – bitte, Gott, lass es nur Wasser sein! – schwappte ihr um die Knöchel und rann in ihre Schuhe.

In der Finsternis nahm sie die Kurve zu eng und schrammte mit der Schulter an feuchtem Gemäuer entlang.

»Der Ausgang«, flüsterte sie, um sich Mut zu machen, doch sie konnte ihn nicht sehen. Gleich über ihr hing ein schwaches Flackern aus sterbendem Licht in den letzten Zügen und summte.

Ihr entwich ein kleines, kümmerliches und erleichtertes Geräusch, als ihr gewahr wurde, dass dort, an der Decke der Unterführung, nur eine dieser langen, seltsamen Lampen kaputtgegangen war, weshalb sie nun so schaurig vor sich hin summte. Unweigerlich musste Klara an den Laternenanzünder denken, der damals durch die Stadt gezogen, Lichter entzündet und altersschwaches Material ausgetauscht hatte. Ihr Vater und Manfred hatten ihn selten verpasst, allabendlich ihr Schwätzchen mit ihm gehalten und oft auch ein Schnäpschen geteilt.

Vor Klara tat sich ein graues Rechteck am Ende der schwarzen Unterführung auf. In seiner Mitte stand ein Mann.

Ihr erster Impuls war: Lauf weg! Lauf – der ist gefährlich!

Ihr erster klarer Gedanke aber war: Es ist nicht Elise. Du musst aufhören, überall Gefahr zu sehen. Du bist jetzt sicher. Geh einfach weiter, nicke ihm zu und du wirst sehen, dir geschieht nichts.

Klara schluckte und ging weiter, jeder Schritt schwer, als wäre sie in Teer getreten statt in eine Wasserpfütze.

Der Schatten kam ihr entgegen. Sie erkannte einen zweiten daneben, den eines großen Hundes, und musste unweigerlich an den bösen Wolf aus den Märchen denken.

Der Märchenwolf kam nie in Begleitung eines Mannes, dumme Klara. Ein unnötiger Einwand, der sie nicht beruhigte: Der Jäger aus den Märchen war ihr immer viel unheimlicher vorgekommen als der Wolf.

Sie ging langsamer, ohne es zu wollen. Der Hund grollte leise, dunkel. Der Mann reagierte darauf mit einem unverständlichen Laut, der nicht klang wie ein menschliches Wort.

Wegzulaufen war eine zu verlockende Vorstellung …

Jedoch wusste Klara, wie schnell Hunde rennen konnten und dass eine Flucht die Tiere zum Jagen animierte. Weiterzugehen wurde allerdings zur Unmöglichkeit. Ihre Beine blieben stehen. Der Hund knurrte. Der Mann kam näher, redete ein paar Worte – gottlob waren es endlich Worte – zu dem Hund und kam dann noch näher. So nah, dass Klara trotz Dunkelheit erkennen konnte, dass er glänzende Ohrringe in der Nase und in der Unterlippe trug. Kein Jäger – ein Pirat. Sollte sie nun erleichtert sein? Der Wind blies ihr den Geruch des Mannes entgegen und nein, sie war überhaupt nicht erleichtert. Er roch nach faulen Zähnen, Alkohol und etwas Bitterem, das sie nicht kannte.

»Hey«, sagte der Mann mit ungewöhnlich hoher Stimme. »Du has' mein' Hund erschreckt.«

Klara machte einen Schritt zur Seite, um mehr Abstand zu gewinnen. »Tut mir leid.«

»Has' du mal 'n bissch'n Kleingeld?« Er fragte das so leise, als wäre es verboten. War es das? Durfte man in dieser Welt nicht betteln, wo man wollte, oder womöglich nicht bei Nacht?

»Ich habe nichts«, sagte Klara. Sie log nicht, aber ihre Stimme klang so dünn, als täte sie es.

Der Mann klimperte mit den Augen, die so glänzten wie die Ringe in seinem Gesicht. Sie sah mehr Details, weil sich ihre Augen an das wenige Licht gewöhnten. Sie sah die dicken, ungesunden Tränensäcke unter seinen Augen. »Na komm. Brauch 'n bissch'n Hundefutter und was für in' Magen. Tut dir doch nich' weh, was zu geb'n.«

»Gehen Sie weiter. Lassen Sie mich in Ruhe.«

»Hältst mich für Abschaum, ne?« Er stieß ein Zischen durch die Zähne und schwankte leicht. »Meinst, ich mach das hier freiwillig, Leute anpumpen und so, ne? Als hätt' ich 'ne Wahl.«

Im gleichen Moment erkannte Klara die Farbe seiner Schuhe: lindgrün … In ihrem Kopf funkte eine Erinnerung auf und ließ eine Szene vor ihrem inneren Auge ablaufen. Johan, auf der Straße vor seinem Haus. Johan, der sie beschimpfte und fortschicken wollte. Johan … Und dann Elise, die schöne, überlegene Elise, wie sie in ihrem lindgrünen Kleid aus dem Haus zu schweben schien und Klara auf eine unheimliche, stimmlose Weise ins Ohr flüsterte.

Er hat ja keine Wahl.

»Na los, komm. Hab dich nich' so und rück was –«

NEIN!, fauchte etwas in Klara; vielleicht schrie sie das Wort auch. Ihr Denken war eine unkonkrete Masse aus zusammenhanglosen Sätzen, die alle denselben Inhalt hatten: ELISE KRIEGT MICH NICHT!

Sie rammte dem Kerl beide Fäuste vor die Brust und schubste ihn quer durch den Tunnel, sodass er rückwärts über seinen Hund fiel, der wild zu bellen begann. Der Mann schien ebenfalls zu bellen, Klara hörte nichts mehr, außer Wind in den Ohren, weil sie rannte, als wäre ein Dämon hinter ihr her.

Wer weiß schon, wer weiß. Womöglich war dem ja so.

Sie rannte bis zur WG. Hinter ihr reizten Geräusche, huschende Lichter und tanzende Schatten ihre Nerven bis zum Zerreißen, während sie mit dem Schlüssel im Schloss herumstocherte. Die Tür aufzuzerren und hinter sich zuzuschlagen, war ein Gefühl, wie gerade noch mal mit dem Leben davongekommen zu sein. Sie fühlte sich unsagbar allein und zugleich, als wäre jemand in der Wohnung. Eine gefühlte Ewigkeit verbrachte sie damit, in jeden Raum zu sehen, in jeden Kleiderschrank und hinter jedes Regal. Sie würde sich erst dann beruhigen, wenn sie wusste, dass niemand dort war. Doch irgendwo, irgendwann würde Elise sie ja doch finden.

»Werde ich jetzt verrückt?«, fragte sie die Katze, die sich von ihrer Hysterie anstecken ließ, hoch auf den Wohnzimmerschrank sprang und dort verharrte wie ein weißer Geist mit grünen Augen. »Oder bin ich es schon lange? Irre? Seit hundertelf Jahren?« Sie musste unglücklich lachen, weil es klang, als wäre die Antwort eindeutig.

KAPITEL 18

Tribut für die Drachenprinzessin

Als sie später in Jarnos Bett erwachte, wusste sie nicht, ob sie ein paar Minuten gedöst oder stundenlang geschlafen hatte. Sie sah zur Tür, wo eben noch ein Streifen Licht gewesen war – die Lampe im Flur hatte sie bewusst angelassen. Für Jarno, wenn er spät nach Hause kam. Nein, eigentlich eher, weil sie etwas Licht gebraucht hatte, wenn sie ehrlich war.

Nun war es hinter der Zimmertür dunkel.

Der Schlaf hatte geholfen und die gröbsten Schrecken fortgewaschen. Sie war nicht mehr sicher, ob der Mann in der Unterführung etwas mit Elise zu tun hatte. Eben noch war sie davon überzeugt gewesen. Zu deutlich hatte sie Elises Anwesenheit gespürt, so wie man es spürt, wenn Regen in der Luft liegt. Man weiß es einfach, zweifelt es nicht an. Man schließt die Fenster im Dach und holt die Wäsche von der Leine.

Klara hatte sich nie geirrt, was den Regen betraf.

Der Mann in der Unterführung aber … Die Jugendlichen, die das Haus in Brand gesetzt hatten …

Aber sie war ja entkommen, auch ohne den Bernsteinring, und

darum verbot sie sich weiteres Grübeln. Sie war stark. In Jarnos viel zu großem Hemd, ohne Hose und Strümpfe schlich sie aus dem Zimmer in die Wohnstube. Die Katze huschte als weißer Schatten an ihr vorbei und sprang auf das Sofa. Sie landete auf einem Körper, der die Störung mit einem Grunzen beantwortete. Zufrieden rollte die Katze sich zusammen und begann zu schnurren.

Klaras Blick wanderte über Jarno, der sie im Schlaf nicht bemerkt hatte. Das Haar klebte ihm nass in der Stirn und vor dem Sofa lag noch sein Handtuch. Er musste nach dem Duschen rasch eingeschlafen sein, auf dem Tisch stand noch ein Teller mit zwei Scheiben Brot, die er nicht mehr angerührt hatte. Der Belag fehlte, vermutlich hatte die Katze sich die Wurstscheiben schon geangelt.

Jarno beschwerte sich nie, aber Klara sah jeden Tag, wie sehr ihn diese zusätzliche Arbeit anstrengte. Seine Hände waren rau und schwielig geworden und er hielt den Kopf oft, als wären seine Schultern und sein Nacken hart verspannt.

Er murmelte etwas im Schlaf, es klang wie »Klopapier, keine Taschentücher«. Plante er im Schlaf seine Einkäufe? Sie musste lächeln, trat näher und setzte sich auf die Sofakante neben ihn.

Wenn er schlief, sah er trotz langer Haare und Bartschatten überhaupt nicht mehr aus wie ein Pirat, sondern wie ein Schiffbrüchiger, der auf Hilfe wartete. Die Katze kuschelte sich als heller Halbmond auf seinen Bauch und unter seine Augen schmiegten sich Augenringe wie zwei dunkle Katzen.

Klara wurde warm im Bauch. Sie berührte zaghaft seine Wange, sah ein Lächeln über seine Lippen zucken und die Wärme begann zu kribbeln wie eine Mischung aus Honigmilch und Champagner. Sie kannte das Gefühl, es erfüllte ihren Bauch, jedes Mal wenn sie kurz davor war, ihn zu küssen. Und wenn sie es tat, flutete die Champagner-Honig-Milch ihren ganzen Körper, von den Zehenspitzen bis in ihren Kopf, von den Fingern bis zwischen ihre Beine.

Ich fühle Magie, hatte sie einmal gedacht, denn was sonst sollte es sein? Immerhin hatte er sie auch mit Magie wach geküsst aus ihrem steinernen Schlaf. Und es musste auch Magie sein, die dazu führte, dass sie in seiner Nähe keine Angst hatte. Ob es wohl *seine* Magie war? Ihre eigene wohl kaum. Oder vermischte sich etwas von ihr mit etwas von ihm, wenn sie sich küssten, und aus der Verbindung heraus entstand Magie wie eine chemische Reaktion?

Jarno rekelte sich leicht, was nicht gelang, weil das Sofa zu kurz und Jarno zu groß war. Er merkte es, stöhnte leicht und rieb sich das Genick.

»Hier ist gar kein Platz für dich«, flüsterte Klara und bekam sogleich ein schlechtes Gewissen. Seit zwei Wochen schlief sie nun jede Nacht in seinem Bett und er presste sich auf dieses alte, schmale Sofa, dessen Federn einem ins Hinterteil schossen, wenn man sich unbedacht bewegte.

Jarno zog einen Mundwinkel hoch. »Ich hatte einst ein Bett.«

»Tatsächlich? Was ist geschehen?«

»Eine verwunschene Prinzessin zog es in ihren Bann und seitdem steht es in ihrem Turm.«

Sie berührte seinen Oberarm, ließ ihre Finger seinen Muskelsträngen folgen. »Du könntest den Turm erklimmen. Du scheinst mir stark genug.«

»Da ist eine Dornenhecke um den Turm.«

»Dann schlag die Dornen mit dem Schwert entzwei.«

»Hier ist das Problem.« Er richtete sich auf, bis sein Gesicht gleich vor ihrem war, so nah, dass man sich nicht küssen musste, um zu spüren, wie warm die Lippen des anderen waren. »Denn ich bin ja kein Prinz und auch kein Ritter und darum habe ich kein Schwert.«

Klara nahm seine Hand. »Dann komm mit mir. Ich helfe dir.«

Er ließ sich zögernd von ihr auf die Beine ziehen. »Sag bloß, du hast ein Schwert?«

»Besser.« Sie lächelte. »Ich bin ein Drache, kann uns über viele Dornen hinwegfliegen und die übrigen mit meinen Klauen in Stücke reißen.«

* * *

Jarno erwartete geradezu, dass sie sich in ein Fabelwesen verwandelte. Er war eigentlich nicht mehr wach genug, um zu entscheiden, ob er überhaupt wach war oder träumte. Dass Klara nur ein Flanellhemd trug und ihre Oberschenkel nackt waren, wies auf einen Traum hin.

Er machte ein wenig Unsicherheit in ihrer Miene aus, als sie ihn in sein Schlafzimmer führte. Es war eine Grenze, die sie nicht leicht überschritt, aber sie tat es.

Ein wenig Licht von der Straßenlaterne vor dem Fenster erhellte ihre Züge.

»Leg dich hin«, verlangte sie und Jarno ließ sich einfach auf den Bauch fallen, das Gesicht ins Kissen vergraben, das nach ihr roch und ihn verrückt gemacht hätte, wenn er sich daran nicht selbst den Sauerstoff reguliert hätte, als würde er in eine Tüte atmen. Klara setzte sich neben ihn und massierte seinen Nacken. Spätestens jetzt stand fest: Er war wach. Im Traum spürt man keine Schmerzen. Ihre Finger allerdings verursachten Höllenqualen und zugleich solche Erleichterung, dass er Geräusche von sich gab, mit denen man einen Porno hätte synchronisieren konnte. Nur gut, dass Seval über Nacht bei einer Freundin war.

Er gab sich der Entspannung hin und fiel in ein glückseliges Delirium, aus dem er jäh mit einem kleinen Schock erwachte, als er statt ihrer Finger plötzlich ihren Mund an seinem Hals spürte und ihre Brüste an seinem Rücken. Ihre Finger wanderten an seine Brust, er musste sich auf die Seite rollen, damit sie ihn berühren konnte, wo sie es wollte. Als sie ihn küsste, fühlte er sich verloren und gefunden zugleich, wusste, was passieren würde, und hoffte, sie würde aufhören, ehe er etwas tat, was sie ihren Mut bereuen ließ. Er war längst hart und ihre kleinen, scheuen Blicke (scheu – oder neugierig?) forderten ihn mit jedem Lidschlag auf, etwas zu sagen.

Herrgott, er hatte keine Ahnung, was ein Mädchen aus dem frühen zwanzigsten Jahrhundert über Sex wusste oder wissen wollte. Für den Augenblick wusste er selbst nichts, sein Kopf war hohl, seine Zunge schien sich an den Worten zu stoßen und verweigerte selbst die einfachsten.

»Ich … vielleicht … möchtest du …?« Na großartig, zu lächerlichem Krächzen reichte es noch. Hätte er besser den Mund gehalten.

Klara lächelte ihn an, eine schier endlose Zeit, bis er sich etwas entspannte. »Ich weiß, wie es geht«, hauchte sie und ihm fiel ein Stein von Herzen. »Ich bin nicht mehr unschuldig.« Vermutlich hatte sie mit mehr Reaktion als still erstaunter Erleichterung gerechnet, denn sie hielt inne. »Stört dich das?«

»Warum sollte es. Ich bin es auch nicht.«

Sie lachte leise. »Aber ich bin eine Frau und du ein Mann.«

»Tatsächlich? Du bist Klara, Prinzessin und Drache in einer Frau, und ich bin kein Prinz. Der Rest ist nicht so wichtig. Es wird wunderschön werden. Wenn wir wollen.«

Sie zupfte an seinem T-Shirt, er zog es aus. »Ich bin froh, dass du das sagst. Ich hatte etwas Angst, dass du es seltsam findest.«

»Warum sollte ich? Es ist normal, dass man miteinander schläft, weil man es will, nicht weil man verheiratet ist.«

»Damals war das weniger normal.«

»Ich glaube, es war niemals anders.« Jarno öffnete die oberen Knöpfe ihres Hemdes. »Man hat nur seltener darüber geredet.«

»Man hat nie darüber geredet«, korrigierte Klara und führte seine Hand mit einer Bewegung, die unbeabsichtigt schien und alles andere als das war, noch einen Knopf tiefer. »Nie, verstehst du? Dass ich keine Jungfrau mehr bin, durfte niemand ahnen. Es hätte mich ruiniert und meinen Verlobten auch. Wir beide, Jarno, sind die einzigen Menschen auf der Welt, die Bescheid wissen.«

Er zog sie nah an sich heran und schloss sie in die Arme. »Jedes deiner Geheimnisse ist bei mir sicher. Deine alten sowie alle neuen, die wir teilen.«

»Da fällt mir schon eins ein«, wisperte sie, küsste ihn und seufzte, als er sich vorsichtig mit den Händen unter ihr Hemd wagte, um sich endlich zu vergewissern, dass sich ihre Brüste so weich anfühlten, wie sie aussahen.

»Das wäre?«

»Ich wünsche mir seit Tagen, dass du das tust.«

Ein weiterer Knopf gab nach. »Vielleicht sollten wir über unsere Wünsche sprechen, denn dann wüsstest du, dass ich seit Tagen nichts anderes will. Ich dachte, du hättest Angst davor.«

»Ich dachte, es sei vielleicht … besser, Angst zu haben? Ich sollte doch Angst haben, oder nicht?« Sie schluckte, er spürte Beklemmung aufkeimen, in ihr sowie in sich selbst, und hätte alles getan, um sie im Keim zu ersticken.

»Warum denkst du das? Weil es von manchen Sünde genannt wird?«

Sie schüttelte den Kopf. Nein, das war es nicht, er wusste bereits, dass sie ihrer Zeit zum Trotz nicht besonders religiös erzogen worden war.

»Waren deine ersten Erfahrungen nicht gut?«, wagte er sich vor. Sie senkte den Blick. Die Stimmung kippte, von einem auf den anderen Moment verlosch die Erotik und zurück blieb eine Spannung zwischen ihnen, die wie hauchdünnes Glas war. Zerbrechlich. Durchsichtig.

Und kostbar.

»Du kannst es mir erzählen. Alles, was du willst.«

Sie rieb die Lippen gegeneinander, räusperte sich, dennoch war ihre Stimme belegt, als sie zu erzählen begann. »Ich war wohl zu naiv, weißt du? Unter Frauen weiß man doch, dass es schmerzt – jede Frau bestätigt dir das. Aber Johan«, ihre Stimme brach an dem Namen, »sagte, er wäre vorsichtig und würde mir nie wehtun.«

»Aber das hat er?«

»Es lag an mir.«

»Hat er das gesagt?«

»Hm.«

So ein Arsch, dachte Jarno, sagte aber nichts, weil ihm klar war, dass Klara zu viel Respekt vor ihrem früheren Verlobten empfand.

»Vielleicht war dein Johan einfach nur ahnungslos«, presste Jarno durch die Zähne, weil er nicht glauben wollte, dass Klara einen Mann geliebt hatte, der nicht zärtlich zu ihr war.

»Danach«, flüsterte sie, »wollte ich es am liebsten nie mehr wieder tun. Johan war enttäuscht. Und dann passierte die Sache mit Elise. Alles brach zusammen und heute weiß ich nicht mehr, was ich will und was ich nicht will. Geschweige denn, was ich tun soll. Es ist alles so verwirrend. Ich habe Angst und habe sie nicht und dann bekomme ich wieder Angst, weil ich keine Angst habe, und denke, dass ich nicht mehr ganz richtig im Kopf bin.«

Ihre Stimme verriet nichts, aber in ihrem Gesicht glitzerte es, und als er sie auf die Wange küsste, schmeckte er Salz.

»Es muss nicht so sein, wie du es erlebt hast«, sagte er ihr ins Ohr. »Es darf nicht wehtun. Es muss dich glücklich machen. Und wenn es das nicht tut, sollte der Kerl, der es verbockt hat, sich bis in die Ewigkeit schämen.«

Sie zog die Nase hoch und riss trotzig die letzten Knöpfe ihres Hemdes auf. Ihr Atem war heftig und ihre Hand zitterte, als sie nach seiner griff und sie an ihre Brust presste. »Beweise es mir! Ich will, dass es anders ist.« Und leise, kaum hörbar, mehr auf seiner Haut zu fühlen, fügte sie hinzu: »Ich möchte das erleben, bevor Elise zurückkommt.«

Jarno spürte Druck in den Ohren und sein Mund wurde staubtrocken. »So nicht«, flüsterte er, uneins mit sich selbst und bis in die letzte Faser seines Körpers erregt. »Ganz langsam. Leg dich hin.« Sie gehorchte und zog umständlich an ihrem Slip herum. »Nein, lass den an. Wir sind noch nicht so weit. Man braucht Zeit dazu.« Er legte sich dicht neben sie, nahm sie in den Arm und streichelte jeden Zentimeter ihrer Haut; überrascht von sich selbst, weil ihre zunehmende Entspannung ihn zufriedener stimmte, als Sex es geschafft hätte. »Und Vertrauen, das braucht es vor allem. Vertraust du mir?«

Für einen Moment dachte er, sie würde schluchzen, aber dann erkannte er, dass sie leise gluckste. »Es ist verrückt, denn du bist jene Art von Mann, vor dem mich alle meine Freundinnen gewarnt haben. Aber ja, ausgerechnet dir vertraue ich.«

Als Drittes braucht es Liebe, dachte Jarno. Und, verdammt, er liebte sie, liebte sie wirklich, wenn er sich auch nicht erklären konnte, wann Faszination und Neugier zu etwas so Großem wie Liebe angewachsen waren. Doch der Zeitpunkt, ihr dies zu gestehen, war wohl denkbar ungünstig, denn die Tränen, die noch in ihren Wimpern hingen, galten ihrem verstorbenen Verlobten.

Also noch einmal von vorne, sagte Jarno sich still. Man braucht Zeit dafür. Und du und ich, Klara, wir haben hundert Jahre Zeit.

Später schlief er mit Klara in den Armen und dem unwirklichen Gefühl ein, vor Eifersucht auf einen Toten zu glühen.

* * *

Als Klara erwachte, blühten Eisblumen an den Fensterscheiben, die vage an ein schönes, kaltes Frauengesicht erinnerten. Sie hatte über hundert Jahre lang nicht mehr so gut geschlafen wie in dieser Nacht in Jarnos Umarmung und sie kam sich scheußlich dabei vor.

Sie war sich sicher, dass mit ihr irgendetwas nicht in Ordnung sein könne – also sollte sie sich nicht wohl- und sicher fühlen und schlafen wie eine Katze am warmen Ofen. Wenn sie die Situation ernsthaft überdachte, kamen zwei Möglichkeiten, was genau nicht mit ihr in Ordnung war, in Betracht. Entweder Elise war schon seit langer Zeit tot und begraben und niemand verfolgte sie mehr. Dann war sie wohl auf dem besten Wege dazu, hysterisch zu werden, wenn sie sich ständig einbildete, die Nähe der Zauberin zu spüren. Oder aber Elise war tatsächlich noch hinter ihr her und all ihre Bedenken waren vollkommen angebracht. Dann war sie äußerst dumm, sich von Jarnos Nähe so einlullen zu lassen und sämtliche Sorgen zu vergessen. Immerhin waren sie dann beide in höchster Gefahr.

Klara drehte sich wieder um und schmiegte ihr Gesicht an Jarnos Brust. »Ich fürchte, ich werde verrückt«, wisperte sie.

»Glaub ich nicht«, erwiderte er verschlafen. Sie hatte nicht gemerkt, dass er wach war. »Wer verrückt ist, der merkt es nicht, sondern hält sich für normal und alle anderen für die Irren.«

»Wenn ich nachmittags den Fernseher einschalte, dann denke ich das ziemlich oft.«

»Das ist etwas anderes.« Sie hörte ihn schmunzeln. »Du kannst eigentlich froh sein, dass dein Vater das Fernsehen doch nicht erfunden hat. Für dieses Erbe müsstest du dich angesichts der heutigen Privatsender wirklich schämen.«

»Du lenkst ab.«

»Entschuldige.« Er gähnte und streckte sich, dann rutschte er ein wenig von ihr weg, um sie anzusehen. »Aber ich glaube wirklich, dass mit dir alles stimmt, Klara. Du bist bloß durch den Wind und hast einen Kulturschock sondergleichen.«

»Da hast du es. Verrückt.«

»Ich würde mir große Sorgen um deinen Geisteszustand machen, wenn du es nicht wärst. Nach allem, was du durchgemacht hast, ist das vollkommen normal.«

Es sollte normal sein, verrückt zu sein? Klara konnte dieser Logik nicht folgen, aber er schien sich seiner ziemlich sicher zu sein, und das, in Verbindung mit einer festen Umarmung, machte ihr wieder etwas Mut.

»Was du brauchst, ist mehr Sicherheit«, sagte er.

Sicherheit … oh ja. Sie brauchte vor allem die Sicherheit, dass Elise ihr nicht folgte.

»Ich habe mich gestern nach der Arbeit noch mit Ben getroffen und wir haben einen Plan, wie wir dir Papiere beschaffen.«

Erstaunt sah Klara ihn an. »Wirklich? Ihr habt einen Weg gefunden? Einen erlaubten Weg?«

Er wiegte den Kopf. »Du heißt Klara Vogt. Du existierst. Was sollte an Papieren, die genau das aussagen, nicht erlaubt sein?«

* * *

Jarno war weit weniger selbstsicher, als er sich gab. Was Ben und er vorhatten, war fernab von jeder Legalität, es war eine Straftat. Aber es war und blieb nach allen Recherchen die einzige Möglichkeit, wenn er Klara der Behördenwillkür nicht aussetzen wollte. Und genau das war der Grund, warum er mit dieser Entscheidung seinen Frieden schließen konnte.

»Ich kümmere mich um alles«, versprach er ihr und küsste ihre Stirn. »Du sorgst bloß dafür, dass du so viel Schulstoff wie nötig aufholst, damit du keine weitere Zeit verlierst und schnellstmöglich deinen Schulabschluss machen kannst.« Er würde es vielleicht nicht mehr schaffen, Fotograf zu werden – zumindest nicht ohne Kamera –, aber dass sein Traum platzte, hieß ja nicht, dass das auch für ihren gelten musste.

Sich theoretisch zu entscheiden, war die eine Sache. Die praktische Umsetzung eine ganz andere. Jarno war froh, dass Ben ihn zu Daniel begleitete; hätte er seinen Freund, vor dem er nicht kneifen wollte, nicht an seiner Seite gehabt, wäre er spätestens beim Anblick des verlotterten Clubs, der sich wie ein Klotz vor ihm aufbaute und sie beide in ihrem Schatten verschlang, wieder umgekehrt.

Was machst du hier?, fragte er sich ungewollt immer wieder. Schon vergessen, dass die Jungs dich zusammengeschlagen und deine Kamera zerstört haben? Schon vergessen, was für Geschäfte die machen? Leider waren es genau diese Geschäfte, die ihn herzwangen.

Wer Menschen über Grenzen schleuste, brauchte dafür Papiere. Wer es illegal tat, fälschte diese Papiere. Und falsche Papiere waren genau das, was Klara brauchte, um ein richtiges Leben zu beginnen.

Es ist der einzige Weg, antwortete Jarno seinen Zweifeln im Stillen. Also kann es nur der richtige sein!

Ben mitzunehmen, war aus einem weiteren Grund gut gewesen. Obwohl es erst Mittag war, begegneten sie im Club einem halben Dutzend Männer, deren misstrauische Gesichter deutlich machten, dass sie Jarno allein nicht bis zu Daniel vorgelassen hätten. Ben begrüßte jeden mit Handschlag und wechselte ein paar Worte mit wenigen. Wie gut, dass er Ben als Maulwurf in diesem Laden hatte! Wenn ihr Plan zusammenbrach, da war sich Jarno sicher, würden sie sich Seite an Seite aus dem Club herausschlagen. Jarno gab sein Bestes, um sich nicht anmerken zu lassen, wie sehr ihn diese Vorstellung besorgte. Jetzt nur nichts Falsches sagen. So musste sich der Fuchs inmitten der Meute Jagdhunde vorkommen.

Daniels Bürotür war die siebte, die Ben öffnete, und die erste, an die er zuvor klopfte. Dahinter roch es nach kaltem Rauch, der Jarnos Schmacht nach einer Zigarette anfeuerte und ihn zugleich mit Ekel erfüllte.

»Ach nee«, sagte Daniel aus dem Rauch heraus. »Der Kasper. Was willst du hier?«

Jarno ging näher an den Schreibtisch heran, der klassisch inmitten des Raumes aufgebaut war. Links und rechts davon standen verdorrte Zimmerpalmen, Kippen türmten sich in den Pflanzenkübeln. Daniel gestand Ben kein Wort zu, allein mit einer Kopfbewegung schickte er ihn aus dem Büro. Ben ging erst, als Jarno ihm zunickte, nur mit den Augenlidern, für niemanden außer seinem besten Freund sichtbar.

Jarno wartete, bis die Tür wieder geschlossen war. Dann sagte er: »Ich hab nachgedacht.«

»Hat gedauert«, meinte Daniel.

Jarno zuckte mit den Schultern.

»Gut.« Daniel zündete sich eine Zigarette an und wies sodann gönnerhaft auf den Stuhl vor dem Schreibtisch. Jarno wäre lieber stehen geblieben, setzte sich aber trotzdem.

»Okay, Kasper. Warum bist du hier?«

»Ich habe über das nachgedacht, was du gesagt hast«, wiederholte Jarno. Es fiel ihm schwer, Daniel Honig ums Maul zu schmieren. »Die Dinge über das Schwarz-Weiß-Denken.«

Daniel lehnte sich vor. »So? Wie kommt das?«

»Meine Freundin hat ein Problem, das sich nicht mit Schwarz oder Weiß lösen lässt.«

»Ah, verstehe. Gutmenschentum und Gesetzestreue geraten ins Wanken, sobald persönliche Interessen ins Spiel kommen.«

Es war bitter zuzugeben, dass Daniel recht hatte. »Kann schon sein.«

»Ich würde dich jetzt gerne dafür auslachen, weil du beim letzten Mal noch große Töne gespuckt hast, aber weißt du was? Bei mir war das mal ganz ähnlich. Gestatte mir nur eine Frage: Wie kommst du auf die Idee, dass ich dir über den Weg traue?«

Auf die Frage war Jarno nicht gefasst. Er hatte sich die ganze Zeit nur gefragt, wie er Daniel auch nur ein Stück trauen sollte. Er hatte die Drohungen seinen Geschwistern gegenüber nicht vergessen. Die Canon. Alles das, was deren Zerstörung in ihm kaputt gemacht hatte. Dass auch Daniel ihm vertrauen musste, kam ihm jetzt erst in den Sinn. »Keine Ahnung«, meinte er schwach. »Ich selbst weiß auch nicht, warum ich dir noch über den Weg traue. Unser letzter Kontakt verlief reichlich unschön. Für mich. Und trotzdem mache ich mich jetzt vor dir nackt. Also solltest du mir wohl vertrauen können.«

»Du steckst mächtig tief im Dreck«, vermutete Daniel. Er schien Gefallen daran zu finden.

»Hilfst du mir? Ich wäre dir dann was schuldig.«

Daniel nickte gewichtig. »Oh ja, das wärst du. Und du würdest mit drinhängen. Sehr tief. Zu tief, um später einen auf Moralapostel zu machen.«

»Hilfst du mir?«, fragte Jarno noch einmal.

»Worum genau soll es gehen?«, fragte Daniel zurück. Das war der Moment, in dem Jarno wusste, dass der Deal galt. Es kam ihm vor, als würde er seine Seele an den Teufel verkaufen. Er hatte gedacht, dass es ihm leichtfallen würde, wenn er dabei nur fest an Klara dachte. Die Wahrheit war: Es war ein schreckliches Gefühl; ein Gefühl, als würde er etwas unsagbar Schlimmes, Gefährliches tun.

»Papiere«, murmelte er, als würde das alles erklären. Das Wort klang ganz harmlos. »Für eine junge Frau. Geburtsurkunde, Personalausweis, was man eben so braucht.« Kleine Pause. »Alles.«

Daniel notierte sich etwas auf seiner Schreibtischunterlage. »Prinzipiell ist das machbar.«

»Ich weiß«, erwiderte Jarno gereizt, »du machst so etwas ständig, warum sollte es jetzt ein Problem sein?«

»Aber ganz billig ist es nicht.«

Und hier *wurde* es zum Problem. »Wie definierst du nicht ganz billig?«

Mit einem langen Ausatmen lehnte Daniel sich weit zurück und klopfte mit seinem Kugelschreiber auf die Tischplatte. »Ich gehe nicht davon aus, dass du den Preis zahlen kannst.«

»Ich habe inzwischen einen Job«, entgegnete Jarno mit sehr viel mehr Selbstvertrauen, als angebracht war.

»Toll«, höhnte Daniel. »Das ist wunderbar, denn das Arbeitsamt wird solche Zahlungen wohl kaum übernehmen. Du könntest deine Schulden natürlich auch bei mir abarbeiten.«

Jarno biss die Zähne zusammen. »Darf ich dich daran erinnern, dass dein Rottweiler meine Kamera zerstört hat?«

Daniel lachte. »Schau mich mal an, Kasper. Und dann schau dich um. Glaubst du wirklich, ich hätte hier jemals jemanden gebraucht, der Fotos knipst? Wir finden schon was für dich.«

Jarno schüttelte den Kopf. »Wie gesagt, ich habe einen Job.« Er würde lieber in Sisyphusarbeit Steine von links nach rechts und zurück tragen, als sich in eine noch tiefere Abhängigkeit von Daniel zu begeben. Er fühlte sich so schon wie bis zum Hals im Sumpf steckend. Wenn er den Kopf hängen ließ, würde er darin absaufen.

»Ich zahle monatlich eine Summe ab, bis die Sache erledigt ist. Was willst du haben?«

Daniels Gesicht machte deutlich, wie sehr ihm der Gesprächsverlauf gefiel, und das schmerzte Jarno im Magen. »Schauen wir mal. Was kannst du denn zahlen?«

KAPITEL 19
Silberne Schuhe im Regen

Der letzte Schnee schmolz zu grauem Matsch und schwarzem Wasser und als alles Weiß weggespült war, kam zum Vorschein, wie verkommen die Stadt tatsächlich war. Sie wirkte, als hätte sie aus Scham Rotz und Wasser geheult. Die Straßen und Autos waren schmutzig, trüb und voller Streusalzreste und selbst die Fenster der Häuser erinnerten irgendwie an rot geweinte Augen.

»Kannst du eigentlich tanzen, Klara?«, schallte Sevals Stimme aus deren Zimmer.

»Ja«, rief Klara verwirrt zurück. »Natürlich. Warum fragst du?«

Seval erschien mit neuer Kurzhaarfrisur auf der Türschwelle zum Wohnzimmer, in der Hand hielt sie silberne Sandalen mit verboten hohen Absätzen. »Ich sortiere gerade ein paar Sachen aus, die ich nicht mehr brauche. Hast du Interesse an Tanzschuhen?«

Jarno sah vom Computer auf, an dem er Klara seine Fotos gezeigt hatte. »Was machst du mit Tanzschuhen, Sev?«

»Ich habe mal einen Kurs gemacht. Es blieb allerdings bei einem, es war nicht mein Ding.«

Klara beäugte die Schuhe skeptisch. »Darauf tanzt man? Um welche Art von Tanz handelt es sich denn da?« Bei den Absätzen musste es etwas äußerst Frivoles sein.

»Latein«, gab Seval ungerührt zurück. »Aber man kann darin auch einen Walzer tanzen. Magst du sie anprobieren?«

»Ich habe ja ewig nicht getanzt«, sagte Klara und bemerkte, wie Jarno lächelte. Er wusste, dass »ewig« keinesfalls übertrieben war – Seval schien es zu ahnen, sprach allerdings nicht darüber. »Ich probiere sie gerne.«

»Passen sie, Aschenbrödel?«, neckte Jarno, als sie die schmalen Riemchen schloss.

Wie angegossen. Und trotz der unvertrauten Höhe fühlte Klara sich darin auf Anhieb wohl. Der Eindruck, Fremdkörper an den Füßen zu haben, den die Sneakers und Chucks noch immer bei ihr erweckten, blieb aus.

Jarno stand vom Computer auf. »Wow. Eindeutig eine Prinzessin.«

»Na dann«, meinte Seval, schaltete den Fernseher ein und drückte auf der Fernbedienung herum, bis sie einen Musiksender gefunden hatte, der auch tatsächlich Musik spielte statt Reklamefilmchen, »ist der Ball hiermit eröffnet. Jarno kann nämlich auch tanzen, auch wenn er sich jetzt bestimmt ziert.«

Sie hatte sich geirrt, Jarno zierte sich keineswegs. Allerdings schien auch er nicht so recht zu wissen, wie man zu den hektischen Rhythmen richtig tanzte, und als er sich beim Versuch einer Drehung das Knie am Tisch anstieß, weil das kleine Wohnzimmer nun einmal nicht den Platz eines Ballsaals bot, gaben sie die Tanzversuche lachend auf.

»Du tanzt gut«, hauchte er ihr ins Ohr. »Wir wiederholen das bald. Ich sorge für bessere Bedingungen.«

»Wir gehen tanzen?« Klara erschauderte. Tanzlokale bedeuteten viele Menschen, die einem viel näher kamen, als es im Alltag üblich war. Was für ein unheimlicher Gedanke. Und gleichzeitig schürte er ihre Sehnsucht, denn auch wenn sie keinen fremden Leuten nahekommen wollte, so wollte sie gerne wieder einmal tanzen.

»Oh ja, wir werden tanzen.« Jarnos Worte waren Verheißung und Drohung zugleich.

Am Nachmittag begleitete Seval Klara zur Beratung bei einer Abendschule. Sie mussten lange warten, bis jemand Zeit für sie hatte, doch das Gespräch verlief sehr viel einfacher als gedacht; erforderte nur die winzige Lüge, dass Klara umgezogen war und ihre Papiere noch in ihrem Elternhaus lagen.

»Die brauchen Sie erst zur Anmeldung«, erklärte ihr ein freundlicher junger Mann mit Vollbart und der Statur eines Riesen.

»Das Problem sind die Zeugnisse«, warf Seval ein. »Die Zeugnismappe meiner Freundin ist irgendwo verloren gegangen – sie musste früher häufig umziehen. Sie wissen vielleicht, wie das ist?«

Klara spürte, wie ihre Ohren rot wurden.

Der Riese grinste. »Kenn ich. Meine Mutter meint immer, ich soll dringend eine ordentliche Frau heiraten, sonst lande ich noch im Gefängnis, weil ich alle meine Unterlagen verlege. Man kann den Kram aber bei den alten Schulen anfordern. Musste ich auch schon mal machen.«

»Die Schule«, sagte Klara leise, »gibt es aber nicht mehr.«

»Asbestbelastung durch alte Dächer«, warf Seval ein. »Sie mussten die Gebäude abreißen und es wurde nicht wieder neu eröffnet. Kein Mensch weiß, wohin die Unterlagen verschwunden sind, die muss jemand verschlampt haben. In ihrem Heimatort zucken sie nur die Schultern und keiner will zuständig sein.«

Klara war fasziniert bis erschüttert, wie plausibel Sevals Geschichte klang. Sie hätte ihr jedes Wort geglaubt. Der Riese schien ein wenig genervt, aber nicht über die Maßen misstrauisch. »Tja«, meinte er, »das Problem ist, dass ich Sie ohne ein Schulabschlusszeugnis nicht in die Abikurse stecken kann. Fachoberschulreife wäre kein Problem.«

»Ich möchte studieren«, sagte Klara. »Was brauche ich dafür?«

Die Frage war zu naiv gewesen, sie sah es an der Reaktion des Riesen, aber der war ein zuvorkommender Mann und er erklärte es ihr. »Sie könnten zuerst die Fachoberschulreife machen, der Lehrgang dauert zehn Monate und wird teilweise von zu Hause am Computer erledigt, teils hier in der Schule. Es gibt auch einen Abendkurs für Berufstätige. Sie müssen in beiden Fällen etwa zweiundzwanzig Wochenstunden einrechnen, die Fächer sind Deutsch, Mathematik, Englisch, Geografie, Geschichte, Politik, Biologie, Kunst und wahlweise Französisch oder Informatik. Im Anschluss besteht die Möglichkeit, einen Kurs zu belegen, bei dem Sie das Abitur nachholen können, oder, für den Fall, dass Sie noch nicht älter als einundzwanzig Jahre alt sind, in die Oberstufe an einem Gymnasium zu wechseln. Und danach«, er grinste sehr breit, »können Sie sich auf jeder beliebigen Uni eintragen, die Sie besuchen wollen.«

Und Lehrerin werden, fügte Klara in Gedanken hinzu.

»Warum willst du eigentlich unbedingt an die Schule?«, wollte Seval wissen, als sie wenig später zur Bushaltestelle zurückgingen. »Als Lehrerin, meine ich. Wieso ausgerechnet dieser Job?« Es war bereits dunkel und nachdem sie die beleuchteten Häuser hinter sich gelassen hatten, sah man kaum mehr weiter als wenige Meter. Ein paar Straßentauben waren noch unterwegs. Seval fütterte sie mit den Keksen, die in der Abendschule auf den Untertellern gelegen hatten, fein säuberlich einzeln in glänzende Folie eingeschweißt.

»Es ist mein Traumberuf, seit ich denken kann.« An Klaras Arm baumelte eine Papiertüte voller Broschüren und Kostenübersichten. Ihr klingelte der Kopf von all den Informationen. Würde sie das überhaupt schaffen? »Hast du keinen großen Traum?«

»Doch, sicher. Bis zum Himmel reichen meine Träume! Aber darf ich ehrlich sein? Ich kann mir spannendere Berufe vorstellen, als verzogenen Blagen Wissen einzuimpfen, das sie meist gar nicht haben wollen.«

Bei ihren Worten musste Klara unweigerlich an Studienrat Schlauber denken. »Vielleicht«, sagte sie, »weil zu viele Lehrer eine solche Einstellung haben. Ich glaube, dass man das anders angehen muss. Ich will ja nicht nur irgendeine Lehrerin sein, ich will eine gute Lehrerin sein.« Dennoch konnte Klara sich eines gewissen Zweifels nicht erwehren. War es wirklich immer ihr Traum gewesen? Oder hatte sie nur davon geträumt, eine berufstätige Frau zu sein – und ihre Zeit hatte ihr lediglich den Beruf der Lehrerin in Aussicht gestellt? Hätte sie sich vielleicht anders entschieden, wenn ihr andere Wege offen gewesen wären? Oder kamen all diese Bedenken nur daher, weil der Weg plötzlich so lang und weit schien und weil ihr kalt und unheimlich zumute war? Sie sehnte sich nach einer warmen Decke, einem Kakao und viel mehr noch nach Jarno, in dessen Nähe ihr jeder Schritt leichter fiel und die Dunkelheit nicht so schaurig erschien, sondern gemütlich.

»Das ehrt dich«, sagte Seval. »Ich kann mit Kindern nicht viel anfangen. Sie scheinen immer schlimmer zu werden. Frecher, lauter und unberechenbarer. Waren wir als Kinder auch so?«

»Die Jugend von heute liebt den Luxus, hat schlechte Manieren und verachtet die Autorität«, rezitierte Klara. »Sie widersprechen ihren Eltern, legen die Beine übereinander und tyrannisieren ihre Lehrer.«

»Und da willst du noch Lehrerin werden?«

»Das sage nicht ich. Sokrates hat das gesagt, gute vierhundert Jahre vor Christus.«

Seval lachte. »Mich würde das abschrecken. Es klingt ja fast, als seien Kinder von Natur aus verrückte Nervensägen.«

»Vielleicht sind sie auch die Normalen und wir sind die Verrückten. Diese Welt macht einen schon ein bisschen komisch, das musst du als politikinteressierte Frau doch zugeben.«

»Ja«, seufzte Seval, »da sagst du was! Wenn ich überlege, was in manchen Ländern vor sich geht, könnte ich nicht verrückt werden, sondern wahnsinnig. Wusstest du, dass Frauen in Saudi-Arabien bis heute nicht allein auf die Straßen gehen oder Auto fahren dürfen und …« Sie hatte weitersprechen wollen, aber etwas zog ihre Aufmerksamkeit auf sich und sie hielt sich einen Finger an die Lippen. »Psst, hast du das auch gehört?«

Klara schüttelte den Kopf, doch sofort rieselte ihr ein kalter Schauder über den Rücken. Sie konnte überhaupt nichts außer Seval und dem Gurren der aufdringlichen Tauben hören. Keine Menschen, keine weiteren Tiere, keine Autos. Keine Autos – dabei hörte man diese doch permanent!

»Da war ein Flüstern«, hauchte Seval. Sie schlich an dem Unterstand der Bushaltestelle herum, um dahinterzusehen. Klara wagte nicht zu atmen. Was, wenn dort jemand stand? Ihr war eiskalt, das Gefühl erinnerte sie mit beängstigender Intensität daran, wie sie Elise damals in ihrer Nähe gespürt hatte.

»Da ist niemand«, sagte Seval, sah auf ihre Armbanduhr und trat dann nah an die ausgehängten Fahrpläne heran, um sie lesen zu können. »Wo bleibt denn nur der verdammte Bus?« Sie wirkte unruhig und diese Unruhe färbte auf Klara weiter ab.

»Was genau hast du gehört?«

Seval schüttelte unwirsch den Kopf. »Ich habe es mir bestimmt nur eingebildet.«

Und wenn nicht? »Sag es mir, bitte!«

»Das meiste konnte ich nicht verstehen.«

»Aber du hast etwas verstanden!«

Seval holte ihr Mobiltelefon aus der Tasche, verglich die Uhrzeit mit ihrer Armbanduhr und fluchte erneut über die Verspätung des Busses.

»Seval, bitte. Was hast du gehört?« Und warum habe ich es nicht gehört?

»Mir war, als flüsterte jemand deinen Namen«, gab Seval endlich widerwillig Antwort. »Aber es ist niemand in der Nähe, vermutlich war es nur der Wind.« Sie schluckte, Klara wusste sehr genau, warum. Es war vollkommen windstill. »Oder eine dieser Tauben.«

»Eine Taube soll meinen Namen gesagt haben?«

»Was weiß ich. Ich hab mich geirrt. Bestimmt.«

»Wir müssen hier weg.« Ruhe bewahren, mahnte sich Klara. Wenn ihr eines nie geholfen hatte, dann war es Panik. Ihre Panik war Elises Waffe, sie setzte sie hemmungslos gegen sie ein. »Kannst du uns eines dieser Taxis rufen?« Ihr erster Impuls war gewesen, Jarno anzurufen, aber der war bei der Arbeit und dort hatte er kein Telefon. Es war zu dumm, dass jeder Mensch in dieser Zeit ein tragbares Telefon mit sich herumtrug – nur der Mann, den sie brauchte, der hatte keines.

Aber wer weiß, dachte Klara, vielleicht ist genau das seine Rettung.

Seval drückte auf ihrem Telefon herum. »Das darf nicht wahr sein! Wir haben hier keinen beschissenen Empfang – ich dachte, das gäbe es nur noch in Filmen!«

»Dann gehen wir ein Stück zu Fuß«, entschied Klara und Seval stimmte ihr sofort zu.

Sie gingen schweigend, versuchten beide, ihre Nervosität vor der anderen zu verbergen, und durchschauten sich doch. Klara verbot sich die Sehnsucht nach dem Bernsteinring, den sie nicht bei sich trug, weil er verhinderte, dass sie die magische Bedrohung auch nur eine Sekunde vergaß. Jetzt kam sie sich dumm und unvorbereitet vor.

»Das war so klar!«, kommentierte Seval den Bus, der vorbeifuhr, als sie gerade einen halben Kilometer von der Haltestelle entfernt waren. Sie winkte dem Fahrer zu und versuchte, ihn zum Anhalten zu bewegen, aber er tat so, als hätte er sie nicht gesehen. Klara lernte neue Beschimpfungen kennen und beschloss, sie sich zu merken, um sich von dem bösen Gefühl von Blicken im Rücken abzulenken.

Es atmete sich leichter, als sie endlich wieder Wohnhäuser mit beleuchteten Fenstern passierten, auch wenn die Außenfarben an den Häusern abblätterten, die Jalousien schief in ihren Angeln hingen und die meisten Außenlampen über den Haustüren eingeschlagen waren. Es war eine trügerische Sicherheit. Wenn Elise ihr etwas antun wollte, dann brauchte sie dazu weder Einsamkeit noch Finsternis. Woher die Zauberin ihre Macht bezog, war nicht zu erklären. Sie konnte ihre Magie sicher auch während eines fröhlichen Gartenfestes bei strahlendem Sonnenschein wirken lassen.

»Eine komische Gegend«, murmelte Seval. »Ich hatte das Gefühl, beobachtet zu werden, obwohl da niemand war.«

Klara nickte nur, sagte aber nichts, um die Furcht nicht weiter zu schüren.

»So ängstlich bin ich normalerweise nicht. Ich habe CS-Spray in der Tasche, falls mir jemand etwas will, aber ich hatte bisher noch nie das Gefühl, dass ich es brauchen würde.«

Klara wusste nicht genau, was CS-Spray bewirkte, aber ihr war klar, dass es gegen Elise nichts ausrichten würde. Ob sie Seval von der Zauberin erzählen sollte? Oder brachte sie sie damit in Gefahr – wie Johan, wie Jarno – und es war besser, wenn sie ahnungslos blieb?

»Ich habe wieder Empfang«, sagte Seval, »aber da vorne ist ein Busbahnhof. Vielleicht sparen wir uns das Geld für ein Taxi und schauen erst mal, wann der nächste Bus fährt.«

Klaras erster Gedanke war *Nein!* – ein deutliches, klares Nein mit einem Ausrufezeichen –, aber dann überlegte sie zu lange und verwarf den Widerspruch. »Du hast recht, nehmen wir einfach den nächsten Bus.«

Seval sah sich über ihre Schulter um. »Es ist sicher auch besser, wenn wir unter Menschen bleiben. Nenne mich nicht paranoid, aber dieses Gefühl des Beobachtetwerdens … das ist immer noch da.«

* * *

Jarno wusste beim Betreten des Parkplatzes, dass etwas nicht stimmte. Zwischen drei Lieferwagen und einigen Lkw-Anhängern wirkte sein kleiner Polo als einziger Kleinwagen verloren auf dem riesigen Schotterplatz. Aber irgendetwas verriet von Weitem, dass da noch mehr war … Erst als Jarno näher kam, sah er den Schlamassel: Irgendein Idiot hatte die Plastikfolie abgerissen, mit der er die zerstörte Fensterscheibe provisorisch zugeklebt hatte. Dass es der Wind gewesen war, konnte er ausschließen, er hatte starkes Tape-Band verwendet und als er mittags zur Schicht gekommen war, hatte es noch bombenfest gehalten. Außerdem war die Folie zu einem Knäuel zusammengerollt und auf dem Fahrersitz platziert worden – so etwas tat der Wind nicht. »Na toll«, stöhnte Jarno genervt. Das hatte man also davon, wenn man Überstunden machte. Ob jemand sein Auto zufällig gewählt hatte, weil es als Letztes auf dem Parkplatz stand? Oder hatte er jemanden verärgert und das war eine Racheaktion? Jarno konnte sich nicht vorstellen, wer das tun sollte, bisher hatte er zu wenigen Kollegen Kontakt und die paar, die er kennengelernt hatte, schienen ihm freundlich gesonnen zu sein.

Ärgerlicherweise hatte er weder neue Folie noch Klebeband dabei, es blieb ihm also nichts anderes übrig, als einzusteigen und ungeachtet der klirrenden Kälte mit offenem Fahrerfenster nach Hause zu fahren. Seufzend ließ er sich in den Sitz fallen und schloss die Tür, da schoss hinter ihm ein großer Schatten in die Höhe, etwas stieß gegen seine Kopfstütze und kratzte an seinem Hinterkopf. Sein erster Impuls war, dass Daniels Jungs gekommen waren, um ihn mit einem Schlag von hinten auszuschalten. Reflexartig senkte er den Kopf und schützte ihn mit den Händen. Etwas flatterte hektisch hinter ihm herum und als er sich umsah, entwich ihm ein nervöses Lachen.

Ein Vogel!

Ein Raubvogel – ob Rotmilan, Mäusebussard oder eine andere Art, konnte Jarno nicht erkennen –, der nun von Panik erfüllt versuchte, aus dem Wagen zu gelangen. Seine Krallen oder der Schnabel mussten Jarno am Hinterkopf erwischt haben; es brannte, als hätte das Vieh Widerhaken zur Verteidigung. Die Flügel peitschten ihm ins Gesicht, als er sich zur Seite lehnte, um die Beifahrertür zu öffnen. Endlich gelang es. Der Vogel prallte mit den Flügeln gegen das Wagendach, fiel in den Fußraum vor dem Beifahrersitz, stieß einen erbosten Schrei aus und hüpfte dann endlich aus dem Auto.

Jarno lehnte sich schwer atmend zurück. So ein verrückter Vogel! Was mochte ihn bewegt haben, durch das kleine Fenster ins Innere des Autos geklettert zu sein? Flogen solche Vögel nicht in den Süden? Hatte er seine Wanderung verpasst und suchte ein warmes Plätzchen? Er hatte schon ein wenig mager und zerrupft ausgesehen. Fast tat es Jarno leid, dass er ihn aufgeschreckt und so übereilt aus dem Auto gelassen hatte; vielleicht wäre ein Tierarzt oder eine Wildtierstation hilfreich gewesen.

Er sah sich noch mal nach dem Vogel um, doch der war hinter den Hecken und Bäumen verschwunden, die den Parkplatz begrenzten. So fuhr er heim.

* * *

»Sag nicht, die Kerle sind immer noch da!« Seval trug eine Kanne Tee ins Wohnzimmer, wechselte den Fernsehsender von einer Schießerei zu einer Sendung, in der nervöse Menschen Essen zubereiteten, und konnte trotz Mühe nicht verbergen, dass sie Angst hatte.

Klara klebte nah an den Vorhängen neben dem Fenster und lehnte ihre Schulter gegen die Wand. In Abständen, die sich eher in Augenblicken als in Minuten messen ließen, blickte sie vorsichtig nach draußen.

»Sie scheinen langsam ungeduldig zu werden, aber sie gehen nicht weg.« Sie, das waren zwei Männer in dicken Kapuzenjacken. Unauffällig auf den ersten Blick, aber höchst verdächtig, da sie seit einer knappen Stunde vor dem Haus im Windschatten herumlungerten, eine Zigarette nach der anderen rauchten und dabei auf jemanden zu lauern schienen. Im Dunkeln wirkte es hin und wieder, als wären sie verschwunden, doch dann leuchtete die Glut ihrer Zigaretten wieder auf oder ein Auto fuhr vorbei und das Licht gab ihre Gestalten den Blicken frei.

»Sie warten seit fast einer Stunde«, sagte Klara, obschon ihr klar war, dass Seval das wusste. »Um die Zeit kommt Jarno meist nach Hause.«

»Jarno kann auf sich aufpassen«, meinte Seval.

»Mein Gefühl ist eher, dass er Schwierigkeiten anzieht.« Sie selbst und Elise in ihrem Schatten waren das beste Beispiel. Dazu kamen der Überfall, bei dem Jarno seine geliebte Kamera verloren hatte, sowie der Brand in der Villa. Nun lungerten zwei finstere Gestalten vor seiner Tür. Klara war sich sicher, dass sie zu ihm wollten.

»Können wir nicht die Polizei rufen?«

Seval legte den Kopf schief. »Weil die da stehen? Rumstehen ist nicht verboten.«

»Aber die planen etwas!« Oder sind Teil eines Plans, dachte Klara.

Übertrieb sie? Es gab nicht den geringsten Hinweis darauf, dass Elise mit diesen Männern in Verbindung stand. Klara hatte nicht mal mehr das Gefühl, dass Elise in der Nähe war. Seit der Busfahrt am Abend war der Eindruck, beobachtet zu werden, von ihr abgefallen und hatte sich in die Vermutung gewandelt, dass sie womöglich bloß überreizt war und sich Dinge einredete. Aber seit ihrem letzten Zusammentreffen mit Elise waren hundertelf Jahre vergangen – wer wusste schon, wie sich die Gegenwart der Zauberin heute anfühlte und wozu sie fähig war? Die Sorge um Jarno steckte wie eine Klemme in ihrer Brust und drückte ihr die Luft ab.

»Den Eindruck habe ich auch«, gab Seval zu, »aber wir haben nichts in der Hand. Die Polizei würde das nicht ernst nehmen, die kämen sicher gar nicht erst her, um die Kerle zu überprüfen.«

»Und wenn wir …« Klara fiel es nicht leicht, ihre Gedanken auszusprechen, aber sie riss sich zusammen. »Wir könnten behaupten, sie hätten jemanden belästigt. Dann käme die Polizei, oder? Es würde doch schon reichen, wenn sie sie kontrollieren.«

»Wenn die nur auf Freunde warten, dann bringen wir sie in Schwierigkeiten. Und stell dir vor, wenn die wirklich etwas auf dem Kerbholz haben: Meinst du, die hätten nicht bemerkt, dass du sie die ganze Zeit beobachtest?« Seval schüttelte den Kopf. »Nein, Klara. Entweder wir machen Unschuldigen Stress oder die machen uns noch gehörig Ärger. Aber das Telefon liegt hier bereit, falls wir es brauchen.«

»Du hast recht«, murmelte Klara beschämt und bedauerte zum zweiten Mal an diesem Abend, dass Jarno keines dieser Mobiltelefone besaß. Wenn sie ihn wenigstens warnen könnte …

Ihr Puls nahm rasant an Tempo zu, als sie seinen Polo auf der Straße erkannte. Jarno parkte gegenüber, nicht weit von den beiden Männern entfernt, konnte diese aber vermutlich in der Dunkelheit nicht sehen. Klara trat vors Fenster, ungeachtet der Tatsache, dass man sie nun erkennen konnte. Sollten sie doch!

»Seval, gib mir bitte das Telefon. Und mach die zweite Lampe an, damit es heller wird!«

Die sollten sich nicht einbilden, Jarno etwas anhaben zu können, ohne dass es wahrgenommen wurde. Demonstrativ hob sie das Kinn und starrte hinaus.

Entweder hatte Jarno die Männer nicht gesehen oder er gab vor, sie nicht zu bemerken. Er stieg aus seinem Wagen, schloss ab und überquerte die Straße. Müde sah er aus, das erkannte Klara, ohne sein Gesicht zu sehen. In die Männer kam sofort Bewegung, was jede Hoffnung, sie könnten auf jemand anderen gewartet haben, zerschlug. Sie riefen ihm etwas zu, das Klara durch das geschlossene

Fenster nur vage vernahm, aber nicht verstand. Er hob den Kopf, wirkte erst überrascht, dann erschreckt. Rasch öffnete Klara das Fenster; ihre Angst war wie weggeblasen, zurück blieb nur Sorge und Entschlossenheit, Jarno zu helfen, sollte es nötig werden. Egal wie!

»Jakobi?«, rief einer der Männer. Es klang aufstachelnd. Klara ballte die Fäuste. Seval erschien neben ihr und gab ihr ein Zeichen, vorerst ganz still zu sein.

»Was'n?« Jarnos Antwort wirkte nicht weniger aggressiv. Er legte den Kopf schräg und fixierte die Männer mit unverhohlenem Argwohn und zugleich einer Arroganz im Blick, die Klara noch nie an ihm gesehen hatte. Die Männer gingen auf ihn zu, er umkreiste sie halb. Es wirkte ein wenig wie ein einstudierter Tanz; es wirkte, als wäre Jarno jeder dieser Schritte vertraut.

Einen Augenblick war Klara erschrocken und fasziniert, weil er sich in dieser Welt, die ihr bedrohlich und fremd erschien, so leichtfüßig bewegte. Als gehörte er hierher. Aber wie albern!, schimpfte sie sich selbst im Stillen, denn er gehörte doch hierher. Es war doch seine Welt!

»Jakobi, wir haben Post für dich!«, rief der erste Mann.

Der zweite murmelte undeutlich etwas von Hermes, dem Götterboten, und lachte, aber außer ihm schien es niemand lustig zu finden.

»Du wartest bestimmt schon sehnsüchtig darauf«, meinte der erste und warf Jarno einen gepolsterten Umschlag zu.

»Ihr spinnt doch herzukommen!« Der Umschlag verschwand im Inneren von Jarnos Jacke. Seval atmete so laut ein, dass Klara es hörte, und dann eine gefühlte Ewigkeit nicht mehr aus.

»Was ist?«, flüsterte Klara. »Was ist das, was macht er?«

Seval schüttelte den Kopf. Machte das Licht sie so blass?

Jarno stand auf der Straße wie versteinert. Er hatte Klara gesehen und blickte zu ihr hoch, als hätte sie ihn bei etwas Verbotenem ertappt.

»Wieso?«, fragte der erste Mann mit breitem Grinsen. »Wir haben die Sachen gefunden und dachten, dass deine Süße sie vielleicht wiederhaben will. So eine Süße. Pass gut auf sie auf. Nicht dass du sie auch noch verlierst.«

Jarno erwiderte darauf nichts mehr, sondern wandte sich grußlos ab und kam ins Haus.

Seval fing ihn an der Tür ab, Klara lauschte ihren Worten, während sie beobachtete, wie die Männer draußen abzogen. »Sag, dass du nicht mit Drogen handelst. Jarno, ich habe für alles Verständnis, aber es gibt Grenzen.«

Was Jarno antwortete, war zu leise, als dass Klara es verstehen konnte, aber sie erkannte an diesem gefährlich stillen Ton seiner Stimme, dass er wütend war – extrem wütend. Es wunderte sie nicht, dass Seval in ihr Zimmer stürmte und die Tür hinter sich zuschlug.

»Wer waren die?«, fragte Klara, ohne den Blick von der Straße abzuwenden, auf der die Männer verschwunden waren.

»Sie haben mir etwas gebracht.«

»Nichts Gutes.«

Er schnaubte leise. Es klang so müde. »Du bist ungerecht, weißt du das?«

Nun drehte sie sich doch um. »Warum?«

Er klang nicht nur müde, er sah auch so aus. Seine Haare waren verstrubbelt, als käme er gerade von einem Faustkampf. Er reichte ihr den Umschlag, der sich ganz leicht anfühlte, fast als wäre er leer.

»Was ist da drin?« Klara fragte, obwohl sie die Antwort ahnte.

Er zuckte mit den Schultern. Sie riss den Umschlag mit zitternden

Händen auf. Fast hätte sie das Papier, das darin lag, beschädigt. Neben diesem fand sie eine kleine Plastikkarte, die mit der winzigen, ernsten Fotografie versehen war, die Jarno einige Tage zuvor von ihr gemacht hatte.

»Sie haben das ziemlich geschickt gemacht«, erklärte Jarno, als er die Unterlagen genauer begutachtet hatte. »Laut dieser Geburtsurkunde wurdest du in einem kleinen Kaff geboren, in dem es wenige Wochen nach deinem Geburtstag nachweislich einen Brand gab, bei dem sehr viel zerstört wurde. Sollte also genauer nachgeforscht werden, ließe sich erklären, warum du bisher nirgendwo offiziell gemeldet warst. Du hast bis jetzt bei deinen Eltern gelebt, da fiel nicht auf, dass es um dich einen Fehler im System gab. So etwas kommt vor. Daniel meinte, es käme auch vor, dass Neugeborene aufgefordert werden, ihre Steuern zu zahlen, oder dass Hunde eine Sozialversicherungsnummer bekommen. Es passieren immer wieder Fehler.«

»Dann bin ich jetzt ein Fehler?«

»Du hast einen Ausweis, das zählt. Der Rest sind nur Formalitäten.«

Klara bedauerte, dass sie ihm nicht ganz glauben konnte. Er schien selbst nicht sicher. »Dieser Ausweis«, murmelte sie und wog die Karte in der Hand, »ist aber eine Fälschung, oder?«

»Eigentlich nicht.« Jarno legte seine Hand an Klaras Wange und streichelte ihren Mund mit seinem Daumen. »Du bist echt und du bist geboren und lebst und wirst irgendwann sterben. Warum sollte ein Dokument, das das bestätigt, eine Fälschung sein? Nur weil es die falschen Leute ausgestellt haben? Daran lässt sich nun mal nichts ändern, wenn die richtigen nicht mehr leben, du aber schon.«

»Aber ganz korrekt ist es trotzdem nicht.«

»Es ist sogar ziemlich falsch. Aber der Fehler liegt darin, dass du diese Papiere brauchst, obwohl du sie nicht haben kannst. Das ist nicht deine Schuld. Wir waren gezwungen, dafür eine Lösung zu finden.« Er tippte auf den Ausweis. »Das ist die einzige Lösung.«

Klara atmete durch und versuchte, sich an das Gefühl zu gewöhnen, einen Ausweis zu besitzen. Einen falschen. Oder einen richtigen für die falsche Situation. Schließlich nickte sie. »Ich danke dir, Jarno. Ich bin sicher, du musstest für diese Lösung bezahlen, und ich werde alles tun, um dir das möglichst bald zurückzahlen zu können.«

»Nein«, sagte er leise. »Das ist ein Geschenk.«

»Ein Geschenk, das ich nicht annehmen werde. Bitte, ich muss selbst dafür aufkommen. Anderenfalls wird das nie mein Ausweis sein, sondern immer deiner.«

Jarno überlegte kurz, dann nickte er. »Verstehe. In Ordnung.«

Sie musste lächeln. Jeder Mann, den sie aus ihrer Zeit kannte, hätte sich diesen Triumph nicht nehmen lassen und Klara in seiner Abhängigkeit gelassen. So schaurig manche Aspekte ihres neuen Lebens auch waren, sie war froh, ausgerechnet hier, in dieser Zeit, aufgewacht zu sein.

»Und jetzt darf ich dich bitten, deine Tanzschuhe anzuziehen«, sagte Jarno und schien sämtliche Ambivalenz von sich abzuschütteln, als klopfte er Staub von seiner Hose. Zurück blieben nur Schatten. »Ich werde nur schnell die kaputte Fensterscheibe flicken –«

»Oh? Was ist passiert?«

»Es hat einfach nicht gehalten. Danach will ich rasch duschen und mich umziehen.«

»Was hast du vor? Gehen wir aus?«

»Genau das.«

»Bist du sicher? Du siehst aus, als war dein Tag hart.« Und meiner war es auch, Jarno.

»Das war er auch. Gerade deswegen.«

»Okay«, sagte Klara und hoffte, dass er ihr Zögern nicht bemerkt hatte. Nach dem schlimmen Gefühl, am Abend beobachtet worden zu sein, war ihr nicht danach, wieder unter Menschen zu gehen. Am liebsten hätte sie sich verkrochen. In Jarnos Zimmer, in seinem Bett, in seinen Armen. Doch nachdem er fraglos viel auf sich genommen hatte, um ihr den wichtigen Ausweis und die Geburtsurkunde zu besorgen – zwei kleine Dinge, die riesige Unmöglichkeiten für sie möglich machten –, fühlte sie sich unfähig, ihm einen Wunsch abzuschlagen.

Er ist ja bei mir, dachte sie. Wie sollte mir etwas geschehen?

War es ihre eigene Stimme, die sie ganz weit hinten in ihren Gedanken flüsternd ein naives, kleines Mädchen schalt, das nichts wusste von der Welt, in die es hineingeraten war?

Oder sprach da jemand anders? Jemand, der es besser wusste?

* * *

Klara hatte nicht nur die Schuhe angezogen, sie hatte sich auch von Seval ein Kleid geliehen. Jarno staunte, dass Seval überhaupt ein Kleid besaß. Der dünne Stoff flatterte um Klaras schlanke Beine und der Stilbruch durch die Winterjacke, die sie darüberzog, machte das Outfit nur hübscher. Nebenbei auch zweckmäßiger.

Klara zupfte unsicher an dem Kleid. »Ich wusste ja nicht, wohin wir gehen. Meinst du, das ist für den Anlass gut genug?«

»Du siehst viel zu schön aus, aber bitte bleib doch einfach so.« Der Anlass hätte nach Gummistiefeln verlangt, denn es hatte zu regnen begonnen, aber das sagte Jarno ihr noch nicht.

»Wohin genau gehen wir denn?«

»Das wirst du sehen.« Er führte Klara in die Küche. Seine Vorbereitungen waren abgeschlossen, er musste nur noch die Tischleuchte, die er neben der Stereoanlage auf die Fensterbank gestellt hatte, einschalten und um hundertachtzig Grad drehen. Zuletzt öffnete er das Fenster und schaltete die Musik ein. Oasis mit *Heart of a star*. Er hoffte, es würde ihr gefallen, er hatte tagelang nach dem richtigen Lied gesucht. Passend, modern und walzertauglich. Es war perfekt.

»Wir gehen … in die Küche?«

»Wir gehen tanzen«, sagte er und bemerkte, dass er heiser klang. Er ließ ihre Hand los, kletterte aufs Fensterbrett und sprang in den Hof, den die kleine Leuchte, die er aufgestellt hatte, in ein diffuses Licht tauchte. Es tanzte auf dem nassen Asphalt.

»Kommst du?« Er hielt ihr die Hand hin und obwohl er genau wusste, dass sie nicht ablehnen würde, befürchtete er es dennoch, bis sie sie ergriff. Die Lampe blendete ihn, er konnte ihr Gesicht nicht erkennen. Sie stieg auf die Fensterbank, sortierte den Rock um ihre Beine und sprang ihm dann in die Arme, sodass sie gleich lostanzen konnten. Ob es ihr gefiel?

Ihm gefiel ihr Körper in der dicken, wattierten Jacke nah an seiner Brust. Jeder Schritt im Takt der Musik. Und viele kleine Regentropfen, die Klaras Haare glitzern ließen.

Er musste sie ein paar Schritte führen, ehe er es wagte, sie anzusehen, und dann musste er durchatmen.

»Was ist?« Ihre Stimme klang, wie ihr Lächeln aussah. Amüsiert. Vielleicht sogar richtig glücklich.

»Ich bin erleichtert, weil du mich nicht für verrückt erklärst.«

»Weil ich auf silbernen Sandalen mit dir im Regen tanze? Jarno!« Sie lachte, es tönte über die Musik hinweg. »Du bist vollkommen verrückt. Und das liebe ich!«

Er zog sie etwas enger an sich. »Das ist eine sehr gute Ausgangslage.« Sie tanzten, bis das Lied zu Ende war, und dann tanzten sie noch einmal und ein weiteres Mal, denn Jarno hatte die Stereoanlage darauf programmiert, das Stück zu wiederholen.

»Tanzen wir die ganze Nacht?«, fragte Klara. Ihre Schritte waren ein wenig träger geworden, aber ihr Gesicht ruhte nun an seiner Brust und das fühlte sich zu gut an, um eine Pause zu machen oder gar aufzuhören.

»Ich hatte mir überlegt«, erwiderte Jarno, »dass wir tanzen, bis du deinen Schuh verlierst.«

»Und dann verschwinde ich und du suchst mich in der ganzen Stadt?«

»Genau.«

Klara versuchte, sich ein Gähnen zu verkneifen. »Das klingt sehr anstrengend.«

»Ja, mag sein. Aber es garantiert ein Happy End.«

KAPITEL 20

Elise

Elise Delanneau war eine geduldige Frau. Dennoch fühlte sie große Erleichterung, dass ihre Suche nicht lange angedauert hatte. Es war nichtsdestotrotz eine schwierige Suche gewesen. Elise nutzte gern die Augen von Tieren, aber von denen gab es in dieser Stadt nicht viele und die meisten lebten äußerst eingeschränkt. Hunde, die einfältig und leicht zu lenken waren, streunten nicht mehr umher. Katzen waren schwierig zu beeinflussen und interessierten sich selten für das, was Elise sehen wollte. Wie schon so oft waren es die Vögel gewesen, die ihr am nützlichsten waren. Tauben galten als dumm, ließen sich leicht einlullen und fielen niemandem ins Auge. Nicht einmal ihrem Liebsten.

Als kleiner Glücksgriff hatte sich allerdings ein kränklicher Mäusebussard herausgestellt. Es war verboten einfach gewesen, in seinen Geist einzudringen. Sie hatte ihn sogar dazu zwingen können, sich ganz in die Nähe des jungen Mannes zu hocken, der ihr ihr Liebstes weggenommen hatte. Leider war der blöde Vogel am Ende doch zu verstört gewesen, um sie ruhig durch seine Augen sehen zu lassen, aber immerhin war der Bussard dem Wagen gefolgt und hatte sie beobachten lassen, wohin der junge Mann gefahren war, ehe der Vogel dann auf irgendeinem nahen Dach zusammengebrochen und in der Regenrinne verreckt war.

Was für ein wunderbarer Abend! Und dabei hatte sie sich kurz zuvor noch geärgert, da sie ihr Liebstes durch die Taubenaugen endlich gefunden und dann doch wieder verloren hatte.

Ein weiteres Mal würde sie ihre Spur nicht verlieren! Der junge Mann mochte sie aus der Villa fortgeschafft haben, aber diesmal hatte er keine Chance.

Elise Delanneau war bereit, in Erscheinung zu treten, um sich zu holen, was ihr gehörte. Und, bei Gott und allen hohen Mächten, es gefiel ihr, ihr Liebstes in dieser Zeit zu jagen. Sie strich mit den Fingerspitzen über den Lederbezug des Lenkrads und rekelte sich wohlig auf dem geheizten Sitz. Das kümmerliche Gefährt des jungen Mannes stand in ihrem Blickfeld. Sie wusste zwar noch nicht, wo ihr Liebstes war – sie konnte es nicht spüren, woran mochte das liegen? –, aber der junge Mann würde sie schon hinführen. Sie schaltete das Radio ein und genoss die Jazzmusik, die den Wagen erfüllte wie Wärme oder ein wohliger Geruch.

Elise Delanneau war eine geduldige Frau. Vor allem, wenn sie wusste, dass sie ihr Ziel schon bald erreicht haben würde.

TEIL III

Der Prinz jedoch …

KAPITEL 21
Monster

Die Geldscheine in Jarnos Tasche schienen schwer wie Goldbarren. Es war nur eine kleine Anzahlung. Jarno hatte gar nicht damit gerechnet, dass Daniel ihm die Papiere ohne diese Sicherheit überlassen würde. Die beiden Jungs, die sie ihm gebracht hatten, waren eine Überraschung gewesen und zugleich wohl eine Duftmarke von Daniel. *Ich weiß, wo du wohnst.* Dass der andere in Vorleistung gegangen war, brachte Jarno nun in Zugzwang. Er wollte Daniel nicht mehr schuldig sein als unbedingt notwendig. Daher fuhr er früher los, um ihm die erste Rate noch vor der Arbeit zu bringen. Umso schneller würde er es hinter sich haben.

Ben war nicht im Club, trotzdem machte heute niemand Anstalten, Jarno aufzuhalten, als er zielstrebig zu Daniels Büro ging. Einige begrüßten ihn sogar, als gehörte er zu ihnen. Ein unschönes Gefühl, er mied jeden Augenkontakt.

Ich gehöre nicht zu euch. Ich bin aus einem anderen Grund hier. Einem wichtigen.

Wie vermutlich jeder, der hier im Sumpf festhing. Wer geriet schon freiwillig und gerne auf die schiefe Bahn?

Mit Nachdruck klopfte Jarno an Daniels Tür. Es kam keine Antwort. Er klopfte ein weiteres Mal. Eine ältere Frau kam vorbei und blieb dicht neben ihm stehen. Sie roch nach zu viel Parfum.

»Suchst du nach Daniel? Der ist noch nicht da.«

»Dann warte ich.« Ungern, aber er wartete.

Daniel kam nicht. Jarno schlug die Zeit tot, indem er Löcher in die Luft starrte, um niemanden ansehen zu müssen, und abwechselnd fror und schwitzte. Schließlich fragte er sich zu den Toiletten durch. Die Männertoilette lag unmittelbar neben der für die Frauen. Kratzer in der Wand ließen vermuten, dass der ein oder andere Spanner bereits versucht hatte, sich ein Guckloch zu bohren. Offenbar erfolglos. Dafür hörte man jedes Geräusch aus der Kabine nebenan.

Und Jarno erkannte eine Stimme.

Er verharrte still und bewegte sich nicht, um seinerseits nicht gehört zu werden. Mit angehaltenem Atem lauschte er der jungen Frau, die den vermeintlichen Schutz der Damentoilette offenbar nur aufgesucht hatte, um ein Telefonat zu führen.

»Wo bist du?« Ihre Worte waren leise, aber nicht weniger anklagend. »Du hast gesagt, du kommst her und redest mit mir!«

Eine Pause dehnte sich aus.

»Das hast du schon beim letzten Mal gesagt. Ich glaube dir nicht länger, Daniel. Ich will, dass du sofort kommst. Wir müssen reden. Wir müssen das jetzt klären. Heute! Sofort!«

Sie zog die Nase hoch. Weinte sie?

»Nein, so läuft das nicht länger. Ich bespreche das nicht mehr am Telefon. Auf dein Wort ist kein Verlass. Wer das sagt? Die Mädchen sagen das!« Ihre Stimme wurde lauter, nun war deutlich zu hören, dass sie mit den Tränen kämpfte. »Ich will, dass du sofort herkommst und das mit mir klärst!«

Jarno wurde ein wenig flau, er atmete tief durch – so tief es lautlos eben möglich war.

»Verkauf mich nicht länger für dumm! Ich will deine scheinheiligen Ausreden nicht hören. Die »besondere Vereinbarung«, wie du es nennst, galt für Antonina. Sie hat sich einverstanden erklärt, weil sie auch in Weißrussland keine bessere Wahl gehabt hätte. Aber für ihre Schwester galten andere Absprachen.«

Kurze Pause. Dann schrie die Frau plötzlich: »Daniel, der Kunde akzeptiert es aber nicht!« Sofort riss sie sich wieder zusammen, flüsterte nur mehr: »Er will sie beide an Männer verkaufen – allein nach seinen Bedingungen, es ist ihm scheißegal, dass wir etwas anderes besprochen haben. Er hört nicht auf mich, er sagt mir, es ginge mich nicht länger etwas an, und grinst dabei in mein Gesicht. Aber es geht mich etwas an, denn ich habe dir Antonina vorgestellt und du hast ihr die Arbeit vermittelt. Sie war einverstanden. Aber jetzt will der Kunde ihre Schwester. Daniel, das Mädchen ist sechzehn Jahre alt!«

Es knirschte kaum vernehmlich, als Jarno sich an die Wand lehnte, weil er glaubte, nicht mehr frei stehen zu können.

»Das kann dir aber nicht egal sein! Du musst etwas tun können! Du warst es, der Antonina versprochen hat, dass Kinder in Deutschland geschützt werden.«

Jarno wurde klar, wie ernsthaft der Wunsch sein konnte, der Boden möge sich auftun und einen verschlucken. Die Scham traf ihn wie ein Tritt ins Gesicht. Er hatte sich etwas vorgemacht, indem er sich eingebildet – nein, eingeredet – hatte, Daniel würde diesen Frauen wirklich helfen und ihnen eine Chance geben.

Er verkaufte Mädchen. Mädchen, die nicht älter als seine Schwester Lisa waren. Mädchen, die nicht gewusst hatten, wie hoch der Preis einer illegalen Einwanderung sein konnte.

Jarno wurde übel, der Würgereiz verstopfte seine Kehle und schnürte ihm die Luft ab.

»Daniel? Daniel?« Justina schlug gegen die Wand, offenbar hatte Daniel aufgelegt. Sie fluchte auf Russisch, dann hörte Jarno, wie sie die Toilettentür aufschloss und hinausstürmte. Eine Tür knallte, ihre Absätze trommelten wild über den Boden.

In Jarnos Ohren baute sich der Druck, der ihn schwindeln ließ, nur langsam ab. Der Schock über das, was er gehört hatte, verschwand zu schnell und ließ ihn mit der fassungslosen Feststellung zurück, dass er nun etwas tun musste.

Es gab keine Entschuldigung mehr, keine Ausrede und keine Möglichkeit, sich herauszuwinden. Er hatte nichts falsch verstanden oder fehlinterpretiert, er übertrieb auch nicht und spätestens seitdem er Geld in der Tasche hatte, das er Daniel geben würde, konnte er sich nicht mal selbst weismachen, dass all das nicht sein Problem war.

Er steckte mittendrin in diesem Monstrum, tief in seinen stinkenden Eingeweiden. Und die einzige Chance, Mensch zu bleiben, bestand nun darin, es zu sprengen, egal welche Konsequenzen das haben würde.

Klara geisterte ihm durch den Kopf. Vorbei war der Traum, Schwierigkeiten von ihr fernzuhalten. Seine idiotischen Pläne hatten auch sie in dieses Loch hereingezogen. Er hätte einiges auf sich laden können, um ihr zu helfen, er war durchaus bereit, Schuld zu tragen. Aber das, was er gehört hatte, ging zu weit.

Fahrig strich er sich über die Stirn, die kalt und nass geschwitzt war, und verließ dann die Toilette. Er stürmte durch die Gänge nach draußen und gab nichts auf die irritierten Blicke; nichts auf die Gesichter, die wieder misstrauischer wurden. Einen Mann, der ihn aufhalten wollte, stieß er grob zur Seite.

Man ließ ihn gehen und er fragte sich, wie viele dieser Leute, die hier so harmlos zu arbeiten schienen, Bescheid wussten.

Er lief zum Parkplatz an der fensterlosen Rückseite des Clubs. Dort entdeckte er Justina, wie sie gerade in einen Mercedes einstieg, der vor sehr vielen Jahren vermutlich einmal sehr viel Geld gekostet hatte.

»Justina – warte!«

Sie schrak zusammen, als sie ihn erkannte, und schien regelrecht in ihren Wagen zu flüchten. Er erreichte sie, ehe sie die Tür schließen und wegfahren konnte, was sie ansonsten zweifelsfrei getan hätte.

»Der Fotograf? Was tust du hier? Daniel sagte, du arbeitest nicht mehr für ihn.«

»Das habe ich nie.« Jarno beschloss, sofort zur Sache zu kommen. Noch schien sie aufgewühlt. Verschmierte Wimperntusche hatte Streifen unter ihre Lider gemalt. Die Chance, dass sie ihm in ihrer Wut etwas verriet, was ihm helfen würde – wobei auch immer –, war größer, als wenn er ihr Zeit ließ, um sich zu sammeln. »Ich habe dein Gespräch mit angehört.«

»Mein … Gespräch? Welches Gespräch?«

»Ich war zufällig auf der Toilette nebenan. Reg dich wieder ab, Justina, ich will dir helfen.«

Sie verdrehte die Augen und sah zu ihm auf. »Natürlich«, höhnte sie. »Helfen willst du. Das wollen alle. Ich wollte auch nur helfen, weißt du? Den Frauen aus meiner Stadt, aus meinem Land. Und du hast gehört, wohin es geführt hat.«

»Aber das hier ist Deutschland. Hier können wir dagegen angehen!«

»Nichts kannst du. Und jetzt verschwinde, lass mich gehen.« Sie ruckte an der Autotür, stieß damit Jarno schmerzhaft in die Hüfte, aber er blieb stehen, griff nach ihrem Autoschlüssel und zog ihn aus dem Zündschloss, sodass sie nicht starten konnte.

»Justina, hör mir wenigstens zu. Wir können sehr wohl etwas tun. Wir gehen zur Polizei, wir beide. Du musst das nicht allein tun.« Um ehrlich zu sein, auch er wollte es nicht alleine durchstehen. Justinas Aussage würde seine Glaubwürdigkeit untermauern.

»Vergiss es. Vergiss die ganze Angelegenheit, es ist nicht deine Sache!«

»Jetzt schon.«

»Nein!« Wütend funkelte sie ihn an. Aber da funkelte auch Angst in ihren Augen, Jarno sah sie aufschimmern, wann immer Justina kurze Blicke in Richtung Club warf. »Glaub doch nicht, es hätte noch niemand versucht. Die Mädchen, die solchen Machenschaften zum Opfer fallen, haben Väter, Brüder, Freunde. Meinst du, die wären alle untätig?«

»Scheinbar bewirken sie ja zu wenig, sonst würdest du dir doch keine Sorgen um Antoninas Schwester machen!«

»Sie bewirken gar nichts, Jarno. Gar nichts! Sie werden bedroht, mundtot gemacht oder im schlimmsten Fall …« Ein Zucken ihrer Lippen beendete den Satz äußerst effektiv.

»Daniel mag ein Arsch sein«, sagte Jarno, »aber ich glaube kaum, dass er über Leichen geht.«

»Das zeigt, dass du keine Ahnung hast, wovon du redest. Vielleicht liegst du richtig und Daniel kennt Skrupel. Ich denke ebenso, sonst wäre ich nicht hier. Ich bin nicht lebensmüde. Doch du vergisst, dass Daniel ein sehr kleines Licht ist in einer lange Kette von Männern, die auf ihn nur herabspucken.«

Organisiertes Verbrechen? Es hätte Jarno nicht wundern dürfen, er wusste doch, dass Daniel mit anderen Leuten Geschäfte machte.

Die Leute, die Klaras Papiere gefälscht hatten, waren da sicher nicht die einzigen. Vor seinem inneren Auge baute der Mann, den er eben noch bekämpfen wollte, sich zu einem Riesen auf. Und wenn Justina recht hatte, dann stand hinter diesem Riesen ein Heer aus weit größeren Riesen.

»Jarno«, sagte sie, es klang versöhnlich. »Du bist ein freundlicher junger Mann und hast mit alldem nichts zu tun. Ich habe gleich gemerkt, dass du nicht dazugehörst, und ich kenne das Geschäft, glaube mir. Ich kenne es besser, als ich es je kennen wollte. Ich bin ein Teil davon. Wenn ich zur Polizei ginge, dann müsste ich für sehr lange ins Gefängnis gehen für das, was ich getan habe. Vielleicht zu Recht. Aber höchstwahrscheinlich würde ich gar nicht lange genug leben, um im Gefängnis anzukommen. Es geht hier um Geld, um sehr, sehr große Mengen von Geld.« Sie seufzte. »Geh fort. Du kannst hier nicht helfen und wenn du es versuchst, erreichst du im besten Fall nichts. Im schlimmsten Fall bringst du dich und alle, die dir etwas bedeuten, in große Gefahr. In Lebensgefahr.«

Damit nahm sie ihm die Schlüssel aus der Hand, startete den Motor und fuhr los. Jarno konnte nichts weiter tun, als die Autotür loszulassen. Er wollte auf das Kennzeichen achten, doch Justina hatte es mit Schmutz überschmiert. Während sie fuhr, zog sie die Tür zu und dann verschwand der alte Mercedes vom Parkplatz, bog nach links, in Richtung Bundesstraße ab und überfuhr eine Taube.

* * *

»Ich habe wunderbare Neuigkeiten!« Klara konnte keine Sekunde länger warten. Sie musste Jarno um den Hals fallen, kaum dass dieser die Wohnung betreten hatte.

Er schnupperte in die Luft. »Ich rieche, dass du Zwiebelsoße kochen kannst. Das ist wirklich wunderbar.«

Sein Scherz schien irgendwo in der Luft zwischen ihnen zu zerbrechen, denn er erreichte Klara nicht. Jarno schien zu weit weg.

»Ist etwas mit dir, Jarno? Du wirkst ganz bekümmert.« An seinem Lächeln sah sie, dass sie mal wieder ein recht altmodisches Wort bemüht hatte. Er amüsierte sich jedes Mal darüber, vor allem, seit sie ihm erzählt hatte, wie viel Mühe sie sich gab, modern und zeitgemäß zu sprechen. Nur zu diesem Zweck verbrachte Klara Stunden vor dem Fernseher und danach vor dem Spiegel, um dort herauszufinden, dass ihr »Boah nee, Alte, geh!« wirklich nicht zu Gesicht stand. Sie war lieber altmodisch als albern.

»Lass uns später darüber reden«, sagte er und küsste sie auf die Nase. »Erzähl mir erst von deinen Neuigkeiten.«

»Du hast recht, ich habe wirklich gekocht. Seval meint, es sei nicht in Ordnung, so etwas zu essen, aber …«

»Es riecht, als wäre Fleisch drin. Mach dir nichts draus, Sev ist Vegetarierin.«

Jarno war das nicht, er lud sich den Teller randvoll, probierte schon beim Auftragen und seufzte genüsslich. »Schade, dass du nicht zum Heimchen am Herd taugst. Ich könnte mich daran gewöhnen, dass das Essen fertig ist, wenn ich von der Arbeit komme.«

»Das kannst du jederzeit haben«, zwitscherte Klara. »Solange du danach spülst.«

»Ich hatte es befürchtet. Diese Emanzipation hat düstere Schattenseiten. Aber ich kenne einen guten Hausmannstrick: Schmutziges Geschirr schimmelt nicht, wenn man es einfriert.« Er holte eine Flasche Cola aus dem Kühlschrank. »Und was sind die anderen Neuigkeiten?«

Klara straffte den Rücken. Vermutlich grinste sie wie ein Honigkuchenpferd – wieder eine Formulierung, die Jarno immer amüsierte –, aber sie hatte auch allen Grund dazu. »Ich«, sagte sie gewichtig, »bin ab der nächsten Woche eine berufstätige Frau.«

»Wirklich? Erzähl!«

»Seval hat mir geholfen. In dem Geschäft, wo sie arbeitet, ist eine Aushilfsstelle frei geworden und ich habe mich heute vorgestellt und bin sofort genommen worden«

»Du im Getümmel an einer H&M-Kasse?«

»Ja.« Sie zögerte. »Ist das nicht gut?«

»Ähm ... doch, das ist bestens. Toll. Ich bin bloß ein bisschen neidisch. Ich renne mir die Hacken ab nach Arbeit und du spazierst in einen Laden und kommst mit einem Job wieder heraus.«

»Vielleicht haben Frauen es heutzutage leichter.«

Jarno antwortete mit einem halb ernsten »Pfft«.

»Aber das ist nur gerecht!« Darauf musste sie bestehen! »Früher hatten sie es schließlich ungleich schwerer. Und die Arbeit ist toll. Ich habe die Option auf Teil- oder Vollzeit, wenn ich mich gut anstelle. Je nachdem, wie viel Zeit ich haben werde, wenn für mich die Abendschule anfängt und später das Studium. Das ist alles machbar, sagt meine Chefin. Sie meinte, sie unterstütze am liebsten junge Frauen mit Zielen.«

»Ich freue mich total für dich, Klara. Das ist grandios.«

Seine Freude war ehrlich, wenn auch von irgendetwas überschattet, das sie noch nicht genau erkennen konnte. »Hilfst du mir denn beim Lernen der verschiedenen Größen und Fachbegriffe? Ich kenne mich überhaupt nicht mit Mode aus. Seval meinte, es sei nicht schwer, aber ...«

Jarno grinste, räumte seinen Teller in die Spüle und drehte das Wasser auf. »Ich weiß bloß, was eine Jeans ist und in welcher Größe ich diese brauche. Aber Sev wird dich bestimmt mit Freude coachen.«

»Und wie war dein Tag? Du warst ein bisschen früher als sonst zurück.«

Sein nächster Atemzug war tiefer als die anderen. »Ich war nicht bei der Arbeit. Habe mich krankgemeldet.«

Was hatte er? »Aber … du bist doch nicht krank. Oder?«

»Nein.«

»Und warum … wo warst du stattdessen?«

Noch einer dieser tiefen, tiefen Atemzüge. Als müsste er sich auf eine schwere Anstrengung vorbereiten. »Bei der Polizei.«

Etwas an diesen Worten ließ Klara die Knie weich werden, sie musste sich wieder an den Küchentisch setzen. »Warum?«

Er sagte nichts. Schluckte nur.

»Jarno – was ist passiert? Hast du Schwierigkeiten?«

Er stützte sich mit beiden Händen neben der Spüle ab, sein Kopf hing tief zwischen seinen Schultern. »Die Papiere … deine Papiere … Fuck, ich weiß nicht, wie ich es dir sagen soll.«

»Wie, ist mir egal. Nur sag es.«

»Ich habe sie bei einem Mann gekauft, der krumme Geschäfte macht. Er beschafft Frauen aus Weißrussland Arbeit in Deutschland. Illegal. Mit gefälschten Papieren.«

Illegal. Das Wort brannte sich in Klaras Geist, es gab dem diffusen Gefühl, dass etwas an ihr falsch war, einen Namen. Sie, Klara und ihre ganze Existenz waren auch illegal.

»Ich fand das nicht verwerflich, denn in Weißrussland haben diese Frauen keine Perspektive und leben unter schlimmen Bedingungen. Aber heute habe ich erfahren, dass er sie zu Arbeit zwingt, die sie nicht machen wollen.«

»Zu welcher Art von Arbeit?«, fragte Klara, dabei war sie nicht so naiv, infrage zu stellen, was er meinte. Verarmte Frauen, die ihre Zukunft in den Städten suchten, waren auch zu ihrer Zeit in den Hurenhäusern gelandet.

»Prostitution«, sagte Jarno. »Und mindestens eine dieser Frauen ist noch ein Mädchen, nicht älter als meine Schwester.«

Klara atmete ein. Klara atmete aus.

»Ich wusste es nicht, das musst du mir glauben. Ich meine … ich wusste es schon, aber nicht, dass …«

Klara ging zu ihm, umarmte ihn von hinten. Sie legte ihr Gesicht an seinen Rücken und spürte ihn tief in seinem Inneren zittern.

»Das kann der doch nicht machen!«, sagte Jarno hilflos.

»Nein«, sagte Klara. Ihr war, als würden sich ihre neuen Papiere in ihren Händen in Luft auflösen und damit auch ihre Aushilfsstelle und die Schule und das Abitur und das Studium. »Nein«, wiederholte Klara, »du hast recht. Das geht nicht.«

* * *

Ich war blind, dachte Jarno. Sie haben meine Kamera zerstört und mich blind gemacht.

Der Gedanke war im ersten Moment tröstlich und im zweiten so ärgerlich, dass Jarno die Zähne zusammenbeißen und die Fäuste ballen musste, um nicht wild um sich zu schlagen.

»Ich war so verbohrt, so verbissen in meinen Traum, dass ich Dinge wichtiger genommen habe als Menschen. Ich dachte, ein Teil von mir wäre ermordet worden, als sie mir meine Kamera genommen haben, aber ich habe diesen Teil einfach nur verrecken lassen in meinem Selbstmitleid.«

Klara schwieg. Sie hielt ihn nur fest, vermutlich wusste sie nichts zu sagen, seine Worte mussten ziemlich wirr für sie klingen. Um ehrlich zu sein, klangen sie für ihn selbst wirr. Sein Kopf fühlte sich wirr an.

»Aber du hast es jetzt der Polizei gesagt, oder? Du hast etwas getan.«

»Ich hab's versucht«, korrigierte Jarno. Es fühlte sich dadurch allerdings nicht besser an.

Der Kommissar hieß Andreas Bachmeier. Er hatte muntere grüne Augen, einen kleinen Bauchansatz, ohne dabei zu dick zu sein, und in seinem Büro hingen Postkarten und kleine Schilder mit humorigen Sprüchen. Er sah aus wie ein glücklicher Mann und Jarno zweifelte irgendwie daran, dass er Erfahrungen in diesem Bereich seiner Arbeit hatte. Konnte man mit diesem Elend umgehen und dabei ein vergnügter Mensch bleiben?

»Solche Aussagen fallen niemandem leicht«, sagte Bachmeier, legte Kugelschreiber und seine Brille auf den Tisch und lehnte sich zurück. »Fangen Sie einfach irgendwo zu erzählen an. Wir sortieren das später in Ruhe auseinander.«

Und Jarno erzählte Dinge, ließ Dinge weg, erzählte andere Dinge, beantwortete Fragen wahrheitsgemäß, beantwortete Fragen mit Lügen.

»Warten Sie«, sagte Bachmeier. Er hatte unbemerkt nach seinem Kuli gegriffen und begonnen, sich Notizen zu machen. »Ich möchte das nicht falsch verstehen, Herr Jakobi. Sie sind diesem Daniel Karman nach den Drohungen, die er gegen Ihre Geschwister ausgesprochen hat, aus dem Weg gegangen, sagten Sie.« Bachmeier konnte nicht nur vergnügt gucken. Er konnte auch mit ehrlicher

Freundlichkeit lächeln und gleichzeitig Zweifel mit seinem Blick verstreuen. »Und dann berichten Sie mir von dieser Justina, der Vermittlerfrau. Wo und aus welchem Grund haben Sie die denn wiedergetroffen? War das reiner Zufall?«

Ja zu sagen, wäre leicht gewesen und schmeckte verlockend. »Nein, kein Zufall. Nicht direkt. Ich war in Karmans Club, um ihn zu treffen, und diese Justina –«

»Aus welchem Grund genau waren Sie dort?«

Jarno fühlte sich wie ein Schneemann in der Sonne. Seine Entschlossenheit schmolz und rann als Schweiß an ihm herab. »Schulde ihm Geld.«

»Wofür genau?«

Er zuckte mit den Schultern und spürte sich im Stuhl kleiner werden. »Hatte mir was von ihm geliehen.«

»Er hat Ihnen einfach so Geld geliehen? Nach der Sache mit Ihrer Kamera und den Drohungen oder vorher schon?«

Jarno musste überlegen, welche Antwort glaubwürdig war, und spürte mit jedem Sekundenbruchteil, dass er zu lange überlegte. Er hatte sich vorher so viele Erklärungen zurechtgelegt, aber sein Kopf war wie leer gefegt.

»Sehen Sie«, sagte Bachmeier, drückte auf den hinteren Teil seines Kulis, um die Mine einzufahren, und legte ihn auf den Tisch, »wir werden selbstverständlich ermitteln. Verlassen Sie sich darauf, dass wir Ihre Angaben sehr ernst nehmen und uns darum kümmern werden. Aber bisher ist Ihre Zeugenaussage sehr vage. Sie haben nicht mehr als ein paar Informationen aus dritter Hand.« Er nickte nachdenklich. »Das ist definitiv genug, um hinzuschauen – um sehr genau hinzuschauen –, aber Sie machen es uns leichter, wenn Sie in Ihrer Zeugenaussage etwas offener werden.« Dann lächelte er wieder, diesmal nicht vergnügt, sondern äußerst mitfühlend. »Mal ehrlich, Herr Jakobi. Uns ist ohnehin jetzt schon klar, dass Sie da irgendwie mit drinstecken.«

»Ich habe kein Wort von dir verraten, Klara«, sagte Jarno und wandte sich zu ihr um. »Aber er weiß, dass da mehr ist, als ich gesagt habe. Und er wird nachforschen, was das ist.«

Klara hatte ihn nicht losgelassen, ihre Hände lagen auf seinen Oberarmen, fest. Aber sie war blass geworden und ihr Schulterzucken war Schauspiel.

»Es ist möglich, dass sich die Unannehmlichkeiten, vor denen ich dich beschützen wollte, nun nicht mehr vermeiden lassen. Vermutlich werden sie schnell herausfinden, dass deine Papiere nicht echt sind.«

Klara nickte. »Wenn es so kommt, dann kommt es eben so.«

»Ich wollte das nicht. Das sollst du wissen.«

»Du hast das Richtige getan.«

Ja, vielleicht hatte er endlich einmal das Richtige getan. Warum nur fühlte es sich so falsch an? In letzter Zeit hatte er viel Falsches getan, was sich so viel richtiger angefühlt hatte.

Geriet man so auf die Seite der wirklich schlechten Menschen? Indem man Entscheidungen treffen musste, bei denen sich die richtige Entscheidung falsch anfühlte und die falsche richtig?

»Es gibt natürlich noch eine Alternative«, sagte Jarno. »Die Polizei wird in meinem Umfeld Steine umdrehen. Nicht im ganzen Land. Wir könnten dich irgendwo anders hinbringen, wo du ganz unauffällig weiterlebst und niemand auf die Idee kommt, auch bei dir Steine umzudrehen. Du könntest deinen Job annehmen, deine Schule machen und danach dein Studium.«

Klara dachte über seine Worte nach und es beruhigte Jarno, dass sie sich nicht gleich dagegen entschied. Nein, sie überlegte sehr genau, schien das Für und Wider zu überdenken. Als sie schließlich den Kopf schüttelte, hätte Jarno vor Erleichterung am liebsten geheult.

»Träume zu erfüllen, hat immer seinen Preis«, sagte Klara, »aber dieser wäre zu hoch. Du hattest unrecht, als du sagtest, es würde nur diesen einen Weg geben, um mein Ziel zu erreichen. Es gibt immer mehrere Wege, man muss sie nur suchen. Wir finden unseren. Sollen sie alle Steine umdrehen und daran verzweifeln, die Wahrheit über mich zu klären.«

»Das klingt nach einem äußerst steinigen Weg für uns.«

Klara schob die Unterlippe vor, sie sah auf entzückende Weise trotzig aus. »Ist mir egal«, flüsterte sie. »Ich liebe dich.«

* * *

In dieser Nacht hatten sie Zeit, sehr viel Zeit, Vertrauen – alles Vertrauen – und Liebe. Vor allem das.

Klara wollte weinen, weil es so anders war, als sie es kannte, und weil es nicht wehtat, sondern ihren Körper heilte.

Und Jarno wollte weinen, weil es so anders war, als er es kannte, und *weil* es so wehtat, nicht körperlich, sondern viel tiefer in ihm drin.

»Morgen«, flüsterte er, als er sicher war, dass sie schon schlief, »frage ich dich, ob du mich heiratest. Irgendwann mal.«

Aber wie das so ist mit den Plänen und Vorsätzen und leisen Versprechen … Oft kommt man nicht mehr dazu, sie wahr zu machen.

KAPITEL 22
Sturm

In dieser Nacht tobte ein Sturm vor der Wohnungstür. Das zumindest geschah in Jarnos Traum. Beim Aufwachen realisierte er, dass das Telefon klingelte. Es war halb sechs Uhr morgens. Das konnte nur Ben sein, der getrunken hatte und ein Taxi brauchte.

»Ich gehe schon, Klara, bleib liegen.« Schlaftrunken torkelte er in den Flur und nahm ab. »Ja?«

»Willst du immer noch helfen?«

»Justina?« Er erkannte sie sofort an ihrem Akzent.

»Willst du?«

»Ja.«

»Dann hast du jetzt deine Chance. Ich hole Antonina und das Mädchen an diesem Morgen, wenn alle noch schlafen, aus dem Loch heraus, in dem sie sich befinden. Es ist alles organisiert. Du kannst sie danach sicher zur Polizei bringen und denen alles erklären. Die Mädchen sprechen leider kein Deutsch.«

»Warum ich?«

»Weil man mich nicht mehr gehen lassen würde, deshalb.« Sie klang, als würde sie lächeln. »Da gibt es diesen Haftbefehl …«

»Oh. Verstehe.«

»Wenn du bei der Polizei bist, sitze ich beim Frühstück und stoße mit Sekt auf meine gute Tat an.«

»Ich hoffe, du wirst dabei an mich denken.«

»Natürlich. Wirst du es tun? Hilfst du mir?«

War es naiv, Justina zu vertrauen? Es fühlte sich so an, aber er würde nicht kneifen. »Klar. Es kann nicht so schwierig sein, zwei junge Frauen zur Polizei zu bringen.«

Sie schwieg eine Weile, er dachte schon, die Verbindung wäre abgebrochen. Dann sagte sie: »Danke« und nach einem weiteren Schweigen nannte sie die Adresse, wo sie ihn treffen wollte. »Das Hotel hat einen zweiten Eingang, hinten im Hof. Dort steht die Tür offen. Komm direkt hoch in den ersten Stock, Zimmer 14. Wir bereden dort alles Weitere.«

»Bin gleich da.«

»Lass dir Zeit, ich gehe jetzt selbst erst dorthin zurück. Ich bin in einer Telefonzelle. Komm in einer Stunde, das ist früh genug.«

»Du führst mich nicht hinters Licht, oder?«

»Ist das deine größte Sorge? Wie passend, denn was dich betrifft, befürchte ich dasselbe. Vielleicht verstehen wir uns deshalb. Bis später.«

Eine Dusche und drei Tassen Kaffee später saß Jarno im Auto. Er hatte Klara angelogen, ihr die Geschichte vom versumpften Ben erzählt, der nach Hause gefahren werden musste, und sein schlechtes Gewissen vom Lügen hockte auf dem Beifahrersitz und grinste, wissend und hämisch.

Das Hotel war leicht zu finden. Seine Fassade war von Rissen durchzogen wie die Wand einer vertrockneten Sandburg, die irgendwann einfach in sich zusammenbrechen würde. Das Wort »Hotel« war in blauen Leuchtbuchstaben daran angebracht, es leuchteten allerdings nur noch das O und das L durch den dunklen Wintermorgen. Jarno parkte ein paar Meter entfernt und fand den Hinterhof auf Anhieb. Er kannte solche Etablissements aus seinem eigenen Viertel. Die Hintertür stand nicht grundlos bei jedem Wetter die ganze Nacht lang auf, sondern damit die Prostituierten und ihre Freier nicht jedes Mal klingeln mussten. Auf dem Gang war der Teppich klebrig. Niemand begegnete Jarno, im Untergeschoss hörte er aus Richtung der Rezeption einen Fernseher und leises Schnarchen. Er ging nach oben. Hier war es still. Die Nacht war zu Ende. Während die Stadt draußen langsam erwachte, fielen Hotels wie dieses in einen erschöpften Schlaf.

Zimmer 12, 13, 14.

Er klopfte leise, nichts geschah.

Er klopfte lauter, nichts geschah.

Er legte das Ohr an die Tür; vielleicht duschte sie, vielleicht hatte sie den Fernseher eingeschaltet. Nichts.

Der Gang begann sich vor Jarnos Auge zu wandeln, als würde er länger werden, endlos, und bekam damit etwas Albtraumartiges.

Er klopfte ein letztes Mal, dann drückte er die Klinke runter. Offen. Dahinter war Licht.

Jarno sprach kein Wort. Er sah Bilder. Wie Fotos, eine Reihe vieler Fotos. Aus irgendeiner Ecke seines Unterbewusstseins drangen zahllose Flüsterworte, die alle dasselbe sagten: Es sind Bilder. Bilder, Jarno. Nur Bilder. Bilder. Bilder. Nur Bilder.

Justina saß auf einem Stuhl, der verloren im Raum stand, etwas vor dem Bett mit Abstand zum Schrank, dort, wo man normalerweise keinen Stuhl hinstellte, weil es keinen Sinn ergab.

Sie war komplett angezogen, trug ihre hohen Schuhe, neben dem Stuhl stand ihr Koffer, ihr Wintermantel war darüber abgelegt. Sie hatte die Haare bereits hochgesteckt. Bereit loszugehen, wohin auch immer.

Sie würde nirgendwohin mehr gehen.

Ihre Fußgelenke waren mit Klebeband an den Stuhlbeinen fixiert. Die Arme auf den Rücken gedreht und dort an die hölzerne Lehne gefesselt. Über ihrem Mund klebte ein breiter Streifen desselben Tapebandes. Ihr Kopf fiel nach hinten über die Lehne, unter ihren offenen Augen war die Wimperntusche von Tränen über grauer, aufgequollener Haut verschmiert.

Unterhalb ihrer Kehle war nur Blut.

Es durchtränkte ihre Bluse, ihre Weste, ihren Schoß und war sogar ihre Beine herabgelaufen, in die Jeans gesickert und auf ihre Schuhe getropft.

Bilder, sagte etwas in Jarno. Ganz ruhig. Nur Bilder.

Er sah genauer hin und fand im Zentrum der größten Blutmengen die Einschusslöcher. Eins im Unterleib. Eins in der Brust, aber nicht dort, wo das Herz zu finden war, sondern auf der anderen Seite. Eins in ihrer Kehle. Das Etwas sagte ihm sachlich, dass die Schüsse in dieser Reihenfolge abgegeben worden waren und dass erst der letzte sie getötet hatte. Aufgesetzte Schüsse mit Schalldämpfer waren in den Filmen beinah lautlos, aber konnte das der Realität entsprechen? Wie lange war sie tot, wenn sie vor einer Stunde noch mit ihm telefoniert hatte?

Und wo waren ihre Mörder?

Es war dieser Gedanke, der Jarno aus seiner schockstarren Ruhe riss. Plötzlich war sein Gesicht nass, sein Herz polterte und in seinen Ohren war ein solcher Lärm, dass er nicht erkennen konnte, ob er hysterisch wurde oder das Hotel abgerissen wurde und in Flammen stand. Er würgte, bekam sauren Kaffee in den Hals und schluckte ihn wieder herunter.

Abregen – als Erstes musste er sich abregen. Ruhig überlegen.

Er schlug sich mit der flachen Hand ins Gesicht, in der Hoffnung, dass es ihn klarer machte.

Okay. Nachdenken.

Polizei. Guter Gedanke – festhalten!

Er musste die Polizei rufen. Allerdings würden die ihn womöglich erst mal auf der Wache behalten – und was war dann mit Klara, mit Sev, Lisa und den Jungs? Daniels Drohung schwang im Raum, vermischte sich mit dem Geruch von Blut und machte Jarnos Kopf schwer und wattig und …

Zusammenreißen! Justina hatte ihn aus einer Telefonzelle heraus angerufen, aber wer sagte, dass ihre Mörder nicht nachgefragt hatten, wen sie als Letztes kontaktiert hatte?

Bachmeier, er musste zu Kommissar Bachmeier. Der hatte ihm versprochen, alles zu tun, um im Falle einer Zeugenaussage für den Schutz seiner Familie zu sorgen, und Jarno hatte ihm geglaubt, allein deswegen, weil Bachmeier Jarno eben *nicht* alles geglaubt hatte. Der Mann war kein Idiot. Er machte seinen Job vernünftig.

Jarno warf einen letzten Blick auf Justinas Leichnam, diesmal gelang es ihm nicht, Bilder und nur Bilder zu sehen. Er sah eine junge Frau, mit der er geredet und ein klein wenig geflirtet hatte, die das Richtige hatte tun wollen und Fehler gemacht hatte, die unter entsetzlichen Qualen gestorben war. Hingerichtet worden war.

Er hätte ihr so gern versprochen, dass er ihren Tod aufklären würde und sie nicht umsonst gestorben war. Aber was sollte ihr das nützen? Und – überhaupt – wie sollte er das schaffen?

Er ging ohne ein Wort.

Mit jedem Schritt durch den Hotelflur Richtung Ausgang hatte er das Gefühl, die Erde müsse unter ihm einstürzen und ihn verschlingen. Die Mörder konnten zurückkehren. Jemand konnte ihn sehen. Die Polizei konnte eintreffen und ihn, den Kerl, der sich vom Tatort wegschlich, für den Mörder halten.

Verdammt, war er wirklich ganz allein in dieser abgewrackten Gegend oder saßen Angreifer in den Ecken, Schatten und Winkeln?

Er hatte Justina nicht berührt, aber er wurde das Gefühl nicht los, dass ihr Blut überall an ihm klebte und irgendwer dem Geruch folgte wie ein Hund der Fährte. Im Flur hing ein Spiegel mit Bruchstellen an der Unterkante, er zeigte Jarno allenfalls zu blass, seine Augen zu dunkel, doch selbst sein Spiegelbild konnte ihn nicht davon abbringen, dass man ihm ansah, was er gesehen hatte.

Was er wusste.

Es war so tief in ihm, es musste mit Sicherheit aus ihm herausstrahlen.

Niemand begegnete ihm, er erreichte seinen Wagen offenbar ungesehen. Die Fensterfolie hatte sich an der Seite schon wieder gelöst, Jarno hatte keine Ahnung, ob das während der Hinfahrt passiert war oder ob der Wind dafür verantwortlich sein konnte. Er sah auf die Rückbank, hinter die Sitze und in den kleinen Kofferraum. Leere Pizzakartons und eine kleine, flache Schachtel, aus der das Duplikat des hässlichen Bernsteinrings herausrutschte, als er sie aufhob. Er steckte den Ring in die Jackentasche. Ansonsten war da nichts.

Dennoch wurde er das Gefühl nicht los, dass jemand oder etwas hinter ihm hockte, als er nach Hause fuhr. Es atmete ihm in den Nacken. Und er nahm es mit.

KAPITEL 23
Schuldfragen

Als Jarno unten die Haustür aufschloss, hörte er oben aus seiner Wohnung Geschrei.

Der Schlüssel wurde in seiner Hand ganz glitschig und begann zu zucken wie ein Zitteraal. Er bekam ihn kaum ins Schloss, schaffte es nur quälend langsam, ihn umzudrehen und die Tür zu öffnen. An der Wohnungstür versuchte er es gar nicht erst, er schlug mit den Fäusten dagegen, bis ihm endlich jemand aufmachte.

Sie konnten nicht hier sein – sie durften nicht hier sein.

Sie waren nicht hier.

Es war seine Mutter.

Ihr Gesicht war rot geweint. Sie trug eine schlabberige Jeans und ein Schlafanzugoberteil. In ihrer Hand hielt sie ein Mobiltelefon.

»Lisa!«, schrie sie durchs Treppenhaus, in dem er wie angenagelt stand. Sie schrie, als hätte Jarnos Schwester sich hier irgendwo versteckt. »Lisa, Lisa!«

»Was ist passiert?« Jarno schob seine Mutter in die Wohnung, als die Nachbarin gerade ihre Nase zur Tür herausstreckte. »Wo ist Lisa? Beruhige dich – sag mir, was passiert ist!«

Sie stammelte etwas, das er nicht verstand, und presste ihm das Handy zwischen die Finger. Er erkannte es und hätte es beinah fallen gelassen. Es war sein eigenes. Das, das Daniel ihm weggenommen hatte.

»Sie haben ... die Kinder abgefangen. Auf dem Weg zur Schule. Malte und Lars. Sie ...«

»Wo sind sie?« Jarno hätte seine Mutter am liebsten geschüttelt. »Mama! Wo – sind – die Jungs?«

»Zu Hause. Sie haben sie laufen lassen. Aber Lisa ... sie haben sie mitgenommen.«

»Wer, verdammt?«

»Männer!« Sie schrie das Wort, als wäre es doch offensichtlich. Daniels Männer, schoss es Jarno durch den Kopf. Oder Justinas Mörder, wenn es nicht sogar dieselben waren. Der Gedanke schmerzte in seinem Kopf wie eine Explosion, die alles in Fetzen riss. Er fühlte Blut unter seinen Augen, wischte es mit den Fingern ab und merkte, dass es kein Blut war, sondern eine Träne.

Klara, die schreckensbleich im Türrahmen stand und sich an diesem festhielt, sagte: »Es war Elise!«

Jarnos Mutter deutete auf das Handy. »Lies!«

Erst jetzt sah er die SMS.

Jarno, habe besuch von deiner hübschen kleinen schwester. Gesell dich doch zu uns. Bring die suesse klara mit.

Er starrte auf das Display, bis er die Augen voller Tränen hatte, die die Buchstaben verschwimmen und wackeln ließen. Am Inhalt der Nachricht änderte sich nichts. Es gab keine Absendernummer, die Nachricht war von einer Internetseite aus verschickt worden.

»Er weiß es«, sagte irgendjemand, vielleicht war es Jarno, der zu sich selbst sprach. »Und jetzt macht er ernst.«

Er spürte Klaras Hände, sie stabilisierten seinen Arm, damit er weniger zitterte. Klara las die Nachricht langsam wie ein Kind, jeden Buchstaben leise betonend. Dann las sie in seinem Gesicht.

»Würde dieser Mann das tun? Ein Mädchen entführen?«

Jarno wusste es nicht.

Die Drohung war offensichtlich gewesen. Aber ob er ernst machen würde …

Justina war tot. Aber ob Daniel es gewesen war …

»Oder kann nicht doch Elise dahinterstecken? Jarno!«

»Was redet ihr nur?«, brüllte Jarnos Mutter dazwischen. »Ihr seht doch, dass er es tut! Wie könnt ihr rumstehen und reden – er hat mein kleines Mädchen!«

»Beruhige dich, Mama«, sagte Jarno, da schlug sie ihm ins Gesicht. Erst mit der Handfläche, dann mit der Faust. Anschließend schlug sie nach Klara, die versuchte, sie festzuhalten.

Jarno fühlte nichts. Er hörte das Durcheinanderschreien der Frauen, die Anschuldigung, dass alles seine Schuld sei, aber alles klang, als wäre es weit weg. Nachdenken, er musste nachdenken. War es richtig, auf die Forderung einzugehen, oder war es richtig, die Polizei zu schicken? Was hatte Bachmeier ihm gestern alles gesagt über die Risiken einer Zeugenaussage vor Gericht und die Möglichkeiten, diesen Risiken zu begegnen? Was fühlte sich richtig an und war falsch, was fühlte sich falsch an und war richtig?

Jarno fühlte nichts, was ihm weiterhalf, er fühlte nur die Bilder von Justina.

Seval mischte sich in das Geschrei mit ein, Jarno hatte nicht bemerkt, dass sie dazugekommen war. Es sah skurril aus, wie sie in ihrem langen, karierten Flanellnachthemd und zerzauster Kurzhaarfrisur zur Entscheidungsträgerin heranwuchs und mit deutlicher Stimme sowohl Klara als auch seine Mutter zum Schweigen brachte.

»Ihr werdet nirgendwohin gehen«, verkündete sie. Ganz überzeugt, ganz die werdende Politikerin. »Wir übergeben das an die Polizei. Die sind für solche Fälle gerüstet und werden wissen, was zu tun ist.« Seval machte einen Schritt in Richtung Telefon, da sprang Jarnos Mutter wie ein überdimensionales Raubtier dazwischen.

»Aber das dürfen wir nicht!« Sie war kaum zu verstehen, so sehr schluchzte sie. »Lars hat gesagt, die Männer erschießen Lisa als Erstes, wenn irgendwer die Polizei ruft. Erst Lisa, dann Lars und Malte. Und am Ende Jarno.«

Um mir am meisten wehzutun, dachte Jarno. Und dann dachte er nur noch: Ich hole uns Lisa zurück.

»Ich komme mit dir«, sagte Klara. »Seval, kümmerst du dich um Frau Jakobi? Sie bricht gleich zusammen, hole ihr bitte ein Wasser und, wenn ihr habt, einen Schnaps.« Sie nickte Jarno zu und wirkte plötzlich wie ein Fels in der Brandung, als hätte sie Situationen wie diese schon hundertelfmal überstanden. »Lass uns keine Zeit verlieren.«

»Du solltest nicht mitkommen«, sagte Jarno, während sie zum Auto liefen. »Es ist gefährlicher, als du denkst. Ich war heute Nacht nicht bei Ben.«

Sie warf ihm einen entsetzten Blick zu.

»Ich wollte eine Frau treffen. Sie ist tot. Erschossen.« Er bekam die Worte kaum aus dem Mund, jedes davon war ein dicker, spitzer, scharfkantiger Stein, den er durch den Hals hochwürgen musste. »Ich habe mich in etwas zu Großes eingemischt. Es ist meine Schuld.«

Sie erwiderte etwas, doch sie sprach undeutlich und ihr offenes

Haar fiel ihr vors Gesicht, sodass er nur undeutlich an ihren Lippen ablesen konnte, was sie gesagt hatte.

Nein, nein. Oder: Nein, meine.

In jedem Fall stieg sie ins Auto und Jarno hatte weder Zeit noch Kraft, sie wieder herauszuziehen.

* * *

Es gab für alles auf der Welt einen Preis, wusste Klara. Und jeder Preis der Welt hatte eine Grenze, die zu zahlen nicht mehr richtig war.

Ihr Leben war ihr so viel wert. So schrecklich viel, seit sie sich in dieser neuen Welt besser zurechtfand. So unerträglich viel, seit sie Jarno hatte.

In der letzten Nacht, als er geflüstert hatte und sie schlafend glaubte, hatte auch sie etwas geflüstert. So leise, dass er es nicht hatte hören, aber womöglich trotzdem spüren können.

»Stein zu sein, war kein Fluch«, hatte sie in die Nacht gewispert, hinein in den Geruch, der entstanden war, als sie beide eins wurden. »Elise hat mich zu dir gebracht, wo ich hingehöre, weil es dich in meiner Zeit nicht gab.«

Klara hätte viel dafür gegeben, um zu bleiben, wo sie hingehörte – zu Jarno –, aber nicht das Leben eines jungen Mädchens. Was Elise nun verlangte, war zu viel.

»Ich nehme dich unter dieser einen Bedingung mit«, sagte Jarno, als sie den Sicherheitsgurt schloss. Der Wind riss laut knisternd an der Folie, mit der er das kaputte Fenster verschlossen hatte. Sie hing nur noch halb im Fensterrahmen. »Du kümmerst dich um Lisa, sobald wir sie haben, und bringst sie nach Hause.«

Ich kann nicht Auto fahren, wollte Klara sagen. Ich kenne nicht einmal den Weg. Doch sie schwieg, denn sie ging nicht davon aus, dass Elise sie gehen lassen würde. All ihre Sorge drehte sich um die Frage, ob sie Jarno und Lisa gehen lassen würde. Vielleicht … wenn sie kooperierte … wenn sie Elise keinen Grund gab, die beiden als Druckmittel benutzen zu müssen …

»Klara!«, sagte Jarno. Er hatte den Gang eingelegt, aber fuhr nicht los. Er wartete auf ihre Antwort.

Sie nickte, bejahte. Wenn man log, war es egal, wie man es tat.

Die Reifen drehten durch, als er losbretterte. Klaras Blick fiel auf den Ring an ihrer Hand. Wie seltsam, warum trug sie ihn überhaupt? Sie konnte sich nicht erinnern, ihn übergestreift zu haben, normalerweise ignorierte sie die Tatsache, dass es ihn gab.

Langsam nahm sie ihn vom Finger. Er war vermutlich nur ein kleiner Talisman, womöglich vollkommen wertlos im Kampf gegen Elise. Auf der anderen Seite war er alles, was sie hatte. Sie griff zu Jarno herüber, streichelte seinen Arm, seine Brust. Beruhigend. Für ihn und für sich selbst, denn der Ring rutschte dabei in die Tasche einer seiner drei Jacken.

»Danke«, flüsterte sie.

»Wofür?«, gab er fahrig zurück.

»Dass du mich wachgeküsst hast. Es war alles wert.«

Er hielt an einem roten Schild, griff ihr in den Nacken und ins Haar, zog sie zu sich und küsste sie kurz und so hart, dass ihre Lippe danach pochte.

»Wir holen Lisa da raus«, sagte er. »Und dann gehen wir zur Polizei. Daniel ist zu weit gegangen. Was er getan hat, rechtfertigt ein Zeugenschutzprogramm für uns, wenn wir aussagen. Er hat einen Fehler gemacht. Ich kriege ihn am Arsch. Für Justina.«

Er klang entschlossen. Als würde er sich das zutrauen. Er glaubte an sich.

Und Klara gönnte sich die restliche Fahrt über den Luxus, ihm auch zu glauben, als gäbe es keine Elise, als sei sie lange tot und begraben und zu Asche und Staub geworden.

* * *

Der Parkplatz vor dem Club war leer, sah man von dem Müll ab, der von der letzten Nacht übrig geblieben war. Kein Mensch war zu sehen und kein Auto und kein Daniel und auch keine Lisa.

Alle Türen waren dicht. Es sah aus, als wäre niemand da.

Jarno sprang aus dem Wagen. Hämmerte gegen die Eingangstür. Trat gegen die Eingangstür.

Keine Reaktion, nicht die geringste.

In den Hecken um den Parkplatz herum zwitscherten ein paar Vögel und warteten auf den Frühling.

Von irgendwoher kam ein leises Motorengeräusch. Jarno lief zur Straße, die verlassen dalag und zu beiden Seiten in grauen Dunst führte wie auf direktem Weg in Regenwolken hinein. Aus einer dieser Wolken kam eine uralte babyblaue Vespa. Seval.

Sie fuhr einen Bogen um den Kadaver einer Taube, die auf der Straße lag, hielt neben Jarno und nahm den Helm ab.

»Wo ist meine Mutter?«, fragte Jarno. »Du solltest doch –«

»Ich habe sie zu unserer Nachbarin gebracht. Du hast das Handy vergessen.«

Er hatte das Gefühl, er hätte weit Wichtigeres vergessen als ein scheiß Handy, aber Sevals Blick sagte ihm, dass es wichtig war. Er sah noch einmal in die SMS und fand dort eine neue.

Bahnstraße. Alte stanzerei. Du und klara. Allein!

Verdammt, er hätte an das Handy denken müssen. Er fühlte sich überfordert von der Verantwortung, überfordert von der toten Justina in dem abgewrackten Hotel, überfordert von der Angst um seine Schwester, überfordert von der ganzen verfluchten Situation. Er war kein Held, er war doch bloß ein verfluchter verpeilter, erfolgloser Fotograf!

Und noch während er das dachte, wurde ihm klar, dass das eben nicht mehr genug war. Es hatte bis heute gereicht, verpeilter Fotograf zu sein – er war zurechtgekommen, irgendwie. Nun war das nicht mehr der Fall. Er musste nun mehr sein. Sich zusammenreißen. Tun, was getan werden musste.

Nicht länger in Bildern. In Taten.

Zur alten Stanzerei also. Jarno kannte den Ort. Vor Jahren war er zum Fotografieren dort gewesen. Das rhythmische Stampfen der Maschinen hatte ihn hergelockt, weil es klang, als hätte er das schlagende Herz der Stadt gefunden, mitten in ihr drin zwischen Wohnblöcken, verwilderten Schrebergärten, einem verwahrlosten Industriegebiet und dem Kanal. Er hatte viele Fotos dort geschossen und kannte jeden Winkel, jedes Versteck, jede schmutzige Ecke, in der die Schatten herumlungerten. Ob es für einen Vorteil ausreichte, war ihm unklar. Seit sie die Stanzerei geschlossen hatten, war er nicht mehr dort gewesen. Mit dem Herzschlag hatte die Gegend ihren Zauber verloren, ihr Leben; die neueren Fotos zeigten nur noch Grau und Tod.

»Wie weit ist es?«, fragte Klara, als sie wieder im Auto saßen.

»Zehn Minuten.« Wenn die Bahnschranke offen war. Wenn sie geschlossen war, länger.

Die Schranke war geschlossen, kein Zug war zu sehen. Im Radio, das niemand ein- und niemand ausgeschaltet hatte, lief ein A-capella-Song, der Sänger sang davon, kein Held sein zu wollen. In dem Auto, das vor ihnen wartete, wurde das Seitenfenster heruntergelassen und eine Zigarette herausgeworfen. Jarno stieg aus und ging hin.

»Sie haben was verloren«, sagte er und überreichte dem Fahrer die Kippe. Perplex nahm dieser sie an und Jarno ging zurück zum Wagen. Der Zug kam, endlich, hoffentlich war er schnell vorbei.

»Du hast vielleicht gute Nerven«, meinte Klara.

»Lisa macht das immer«, erwiderte er. Fast hätte er in der Vergangenheit gesprochen. In seinem Inneren war ein Bild von Lisa und viel Blut.

Nein, sie irrte, er hatte keine guten Nerven. Er versuchte nur alles, um die wenigen, die er hatte, am Leben zu erhalten.

* * *

Die Gegend, in die sie fuhren, lag im Schmelzwasser wie eine Wasserleiche am Ufer. Alles hier schien tot. Die Fabriken, die brachliegenden Gärten und selbst der Kanal, der in der Zeit, aus der Klara kam, noch ein Fluss gewesen war, in dem Fische und Bieber geschwommen waren. Heute war da kein Fluss mehr, nur noch ein Strom aus grauem Wasser in einem grauen Bett aus Stein und darüber ein grauer Regenwolkenhimmel.

Jarno bog auf das Fabrikgelände ein, das eingezäunt war, allerdings fehlte das Tor. Das Auto rappelte über schmale Schienen, die über den ganzen Hof führten. Unter einem Vordach standen noch zwei der Wagen, die früher diese Schienen entlanggefahren waren, vermutlich um Werkstoffe zu transportieren. Jarno fuhr langsam, seine Blicke suchten die vergitterten Fenster ab, hinter denen alles so grau schien, als seien allein ein paar Regenwolken in der Fabrik und würden dort eng beieinanderstehen und aus den Fenstern schauen.

»Seval ist ganz in der Nähe«, sagte Jarno so leise, als würde jemand auf der Rückbank hocken und sie belauschen. Er gab Klara das Telefon. »Kannst du damit umgehen?«

»Seval hat es mir gezeigt.« Klaras Hände zitterten, als sie das flache Gerät in ihre Socke schob. Das hatte sie in einem Film gesehen. In dem Film hatten sie das, was hier vor sich ging, einen Geiselaustausch genannt. Und es war nicht gut ausgegangen, gar nicht gut, für niemanden der Beteiligten.

Vor einem Hintereingang, der über eine rostige Metalltreppe zu erreichen war, parkten zwei Autos. Jarno bremste seines in einiger Entfernung, schaltete den Motor ab und stieg aus. Der Schlüssel blieb stecken und Klara nahm dieses Detail übergroß in sich auf. Jarno drückte ihre Hand, als sie neben ihn trat. Aus dem Himmelgrau regnete es winzige, gefrierende Tröpfchen.

Ein Mann öffnete ihnen. Jarno kannte ihn, das war zu sehen, obwohl keiner der beiden ein Wort sagte. Sie starrten sich abwartend an. Dann trat der Mann zur Seite und deutete ihnen mit einer Kopfbewegung, einzutreten. »Reden wir«, meinte er, als wären sie gekommen, um gleichberechtigt irgendetwas auszudiskutieren.

»Lass erst meine Schwester gehen«, erwiderte Jarno sehr leise und dabei sehr entschlossen.

»Nein.«

Das Nein war äußerst klar, äußerst entschieden. Und Jarno gab nach und trat ins Innere der stillen, alten Fabrik. Klara folgte ihm, hinter ihr fiel die Tür zu. Die Deckenbeleuchtung war schwach und es fühlte sich an, als wären sie in die Nacht getreten. Klaras Knie waren ganz weich.

Scheinbar aus schwarzem Nichts kam ein weiterer Mann mit einem breiten Gesicht. Er tastete erst Klara ab und dann Jarno. Das Telefon in ihrem Strumpf fand er sofort. Was noch schlimmer war – er fand auch den Ring in Jarnos Tasche und obwohl es nicht den Anschein hatte, dass er von dessen Bedeutung wusste, nahm er ihn an sich.

»Was willst du, Daniel?«, fragte Jarno. »Wo ist Lisa?«

Dieser Daniel antwortete nicht, er trat nur an ihnen vorbei und ging vor ihnen den Gang entlang, sich darauf verlassend, dass sie ihm folgen würden, statt wieder nach draußen zu fliehen. Vielleicht war die Tür auch verschlossen?

Klara erschauderte, aber sie ging mit. Was blieb ihr auch anderes übrig? Das Mädchen musste nach Hause; es war die einzige Unschuldige und damit das Wichtigste.

Der Raum, in den der Mann sie schickte, hatte ein vergittertes Fenster und war karg mit einer Holzbank eingerichtet. In der Ecke hingen zwei Waschbecken, unter deren Abflussrohren sich Pfützen gebildet hatten. Die Wände wiesen helle Schatten an den Stellen auf, wo früher vielleicht Spinde und Schränke gehangen hatten.

Lisa saß zusammengekauert auf der Bank und blickte aus tellergroßen Augen zu ihnen auf. Als sie Jarno erkannte, atmete sie mit weit offenem Mund ein und dann quollen ein paar erleichterte Tränen aus ihren Augen. Klara sah Jarnos Hände unterdrückt zittern, während er sie umarmte und ihren Rücken streichelte.

»Wird alles gut«, sagte Jarno. Klara bewunderte ihn dafür, wie zuversichtlich er klang.

»Die Jungs?«, schluchzte Lisa. »Sind sie okay?«

»Sind wohlbehalten zu Hause angekommen. Bist du in Ordnung?«

Sie nickte und zog die Nase hoch.

»Verpasst du gerade wenigstens Mathe?«

Lisa zog eine schiefe Grimasse. »Religion.«

»Braucht eh kein Mensch.« Jarno wandte sich an Daniel. »Lass sie gehen. Du kannst hier doch kein Mädchen reinziehen.«

Daniel behielt seine harte Mimik, die den Anschein machte, als hätte er mit der Sache nichts zu tun. Klara hatte erst den Eindruck, er wollte gar nichts erwidern, dann sagte er: »Wir besprechen es«, verließ den Raum und schloss von außen zu.

»Was machen wir denn jetzt?«, fragte Lisa.

»Erst einmal abwarten«, sagte Jarno und ließ sich auf der Bank neben Lisa nieder. »Erzähl mir, was heute Morgen passiert ist.«

Lisa berichtete, anfangs stockend, dann durch Jarnos Ruhe zunehmend angesteckt, dass die beiden Männer sie und die Zwillinge auf dem Weg zur Schule angesprochen und festgehalten hatten. Die Männer hatten die Jungs in ein Auto gezerrt, Lisa gezwungen, in ein anderes zu steigen, und waren losgefahren. Nach ein paar Minuten war der Wagen mit den Jungs in eine andere Straße eingebogen. Lisa hatte man hierhergebracht und eingesperrt.

»Hat dir jemand wehgetan?«, fragte Jarno.

»Nur am Arm, als ich versuchte, mich loszureißen.« Lisa zog ihren Anorak aus und krempelte den Ärmel ihres Pullovers hoch. Man sah Abdrücke, aber die schienen nicht besorgniserregend.

»Du behältst einen blauen Fleck als Andenken«, sagte Jarno.

»Hast du zufällig auch eine Frau gesehen?«, fragte Klara. »Oder haben sie von ihr gesprochen? Von Elise?«

Lisa schüttelte erst den Kopf und zuckte dann mit den Schultern. »Sie haben telefoniert, aber ich weiß nicht, mit wem. Der eine hat am Handy gesagt, dass sie mich haben und Jarno sicher kommen wird.«

»Sonst nichts?«, hakte Klara nach. »Gar nichts?«

»Sie sagten noch: *Die* bestimmt auch.«

»Elise.« Für Klara stand die Sache fest. Sie wusste nicht, ob rachsüchtige Menschenhändler und Mörder die größere Gefahr für Jarno und sie gewesen wären, es war ihr auch egal. Die Gewissheit, dass Elise kam, dass sie nah war, dass sie sie ein weiteres Mal in die Hände bekäme, ließ ihren Körper steif werden, als würde ihr Blut bereits zu versteinern beginnen. »Sie will nur mich«, kam es aus ihrem Mund. »Du musst mir versprechen, dass du alles tust, was sie sagt. Du darfst dich ihr nicht widersetzen, Jarno. Vielleicht lässt sie euch dann gehen.«

Jarno atmete durch. Sie erwartete bereits, dass er wieder einmal behauptete, sie würde sich irren und Elise wäre tot, doch er sagte nichts dergleichen.

»Von wem redet ihr denn?«, wollte Lisa verstört wissen. »Wer ist diese Elise?«

»Nur eine Frau«, antwortete Jarno.

Und dann kam Daniel zurück. »Das Mädchen kann gehen.«

»Klara bringt sie nach Hause«, sagte Jarno, als stünde das fest. »Dann können wir … über alles reden.«

»Vergiss es. Es ist nicht nötig, irgendetwas zu bereden. Klara bleibt.«

Klara spürte, wie Jarno sich vor Wut versteifte, obwohl er versuchte, sich nichts anmerken zu lassen. Daniel schubste Lisa den langen, dunklen Korridor entlang Richtung Ausgang. Sie ging widerwillig und zögerte vor jedem Schritt.

»Wenn ihr etwas passiert …«, rief ihm Jarno hinterher, doch der zuckte nur mit den Schultern und öffnete Lisa am Ende des Ganges die Tür. Klara hörte noch durch die geschlossene Zimmertür, wie er sie weiterhin bedrohte. »Keine Polizei. Sag das auch deiner Mutter, hörst du? Ihr sagt niemandem ein Wort, wenn du nicht willst, dass wir deinen Bruder vom Hals bis zu den Eiern aufschlitzen – und danach dich und deine Klon-Brüder holen, um die Leiche wieder zuzunähen. Verstanden?«

Klara wurde übel, wenn sie sich ausmalte, was Lisa durchmachen musste. Jarnos Gesicht war weiß und sah versteinert aus. Er schlug mit der Faust gegen die Wand neben der Tür. Blutschlieren blieben dort zurück. Es wurde ganz still.

Klara wollte zu ihm gehen, um ihn zu trösten, aber die Scham hielt sie fest. Das alles war ihre Schuld. Sie hätte nicht bei Jarno bleiben dürfen. Sie hatte doch gewusst, dass Elise kommen würde. Warum hatte sie Jarnos Beschwichtigungen immerzu Glauben geschenkt?

KAPITEL 24
Das Schwert

Daniel war nicht er selbst.

Allein das war es, was Jarno letztlich überzeugte, dass Klara recht hatte; recht haben musste. Klaras Ängste hätte er sich mit dem Trauma, das sie davongetragen hatte, erklären können. Aber der Daniel, der heute vor ihm stand, war nicht der Mann, den er kennengelernt hatte. Daniel hatte sich immerzu erklärt, hatte argumentiert und versucht, ihn auf seine Seite zu ziehen, selbst dann noch, als längst klar war, dass er ihn zusammenschlagen und an einer polnischen Bahnlinie liegen lassen würde. Daniel war jemand, der Verbrechen beging, weil er sich im Recht glaubte, und es war ihm wichtig, dass andere dies ebenso sahen. Ein Daniel, der ein Kind bedrohte, ohne sich selbst dafür vor Zeugen Absolution zu erteilen, war ein vollkommen verwackeltes Bild.

Als Daniel zurückkehrte und so viel Zeit vergangen war, dass Jarno annehmen konnte, Seval hätte Lisa gefunden und weit genug fortgebracht, sagte er den Namen. Er sagte: »Justina« und kein Wort mehr.

»Was ist mit der?«, fragte Daniel und das sagte genug.

Denn Jarno war ein guter Lügner und er mochte viel nicht verstehen und zu viel nicht entscheiden können, aber er vermochte eine Lüge zu erkennen, wenn sie ihm aufgetischt wurde.

»Sie ist tot.«

Etwas in Daniels gleichgültiger Miene brach und ein Riss entstand, durch den sich erkennen ließ, dass Daniel weder mit ihrem Tod zu tun hatte noch davon wusste. Mehr noch, es schien ihn zu bewegen …

Für Jarno schoben sich kleine Puzzleteile ineinander, die das Bild, das er eben noch gehabt hatte, gleich wieder zunichtemachten.

»Sie wurde heute Morgen erschossen«, sagte er. »Du wusstest das nicht.«

»Aber wie …?« Daniel brach ab.

»Scheint, dass du dich mit den Falschen verbündet hast, Daniel. Ich weiß nicht, wer dahintersteckt, aber für diese Leute scheint es keine Grenzen zu geben.«

Jarno gab sich ruhig, überlegen, aber in ihm rotierten die Fragen. Wenn Lisas Entführung gar nichts damit zu tun hatte, dass er Justina hatte helfen wollen – womit dann? »Was soll das hier alles? Warum sind wir hier? Warum hast du meine Schwester –«

Daniel erwachte mit einem Mal aus seiner Starre. »Halt dein verfluchtes Maul!« Er schlug mit der Faust nach Jarno, aber der konnte ausweichen und der Schlag streifte ihn bloß an der Schläfe. Daniel machte auf dem Absatz kehrt, sein Rottweiler schloss die Tür und Jarno hörte die beiden im Korridor reden und sich entfernen.

»Er wusste es nicht«, sagte Jarno leise, halb zu Klara, halb zu sich selbst, weil er es immer noch nicht glauben konnte. »Sie wurde von Leuten getötet, die weiter oben stehen. Offenbar wusste sie sehr viel mehr, als sie zugeben wollte. Und konnte damit ganz anderen Kalibern gefährlich werden. Sie hatte recht: Daniel ist nur ein kleiner Fisch, der denkt, er wäre ein Hai. Aber all das erklärt nicht, warum wir jetzt hier sind.«

Klara trat zu ihm. »Er tut, was *sie* ihm sagt.«

»Elise?«

Sie nickte. »Ich weiß, du hast deine Zweifel. Aber ich nicht. Ich«, sie erzitterte, »spüre ihre Magie.«

Jarno wusste nicht mehr, was er glauben sollte, also glaubte er Klara und schämte sich, weil er es so lange nicht getan hatte. Musste man sich nicht vertrauen, wenn man sich liebte, auch wenn die Sachlage eindeutig dagegensprach? »Was können wir tun?«

»Es gibt sehr wichtige Dinge für dich zu tun«, sagte Klara. Sie schien nun von absoluter Ruhe erfüllt zu sein; einer Ruhe, die von ihr abfärbte, als verfügte sie selbst über Magie. »Du musst es hier hinausschaffen, zur Polizei gehen und aussagen, damit diesen Verbrechern, die junge Mädchen verkaufen und die die Frau getötet haben, Einhalt geboten wird. Glaubst du ans Schicksal, Jarno? Ich schon. Ohne ein Schicksal wäre ich nicht hier. Ich bin hier, in dieser Zeit, weil du hier bist. Weil ich dich finden sollte. Und weil du durch mich herausfinden solltest, was für schreckliche Verbrechen hier vor sich gehen. Du bist jetzt der eine Wissende, der übrig ist. Der eine, den es braucht, um allem ein Ende zu setzen. Begreifst du das?«

Er versuchte, sie zu unterbrechen. Was sie sagte, klang viel zu bedrohlich nach Abschied, um zuzulassen, dass sie weitersprach. Aber er konnte ihr nicht widersprechen, er konnte ihr nur zuhören, als hinge seine Fähigkeit zu atmen von ihren Worten ab.

»Was immer geschieht, Jarno. Du musst hier rauskommen. Du musst an Elise vorbei und die Gerechtigkeit in deiner realen Welt wiederherstellen.«

»Und du?«, bekam er heiser über die Lippen.

»Ich …«, sagte sie und lächelte. »Ich gehöre in eine andere Zeit, vielleicht in eine andere Welt. Genauso wie die Zauberin. Elise ist damit mein Problem.«

»Und du meinst auf einmal, dass du mit diesem Problem zurechtkommst?«

»Ich bin auf meiner Seite die einzige Wissende. Wenn jemand Elise gegenübertreten kann, dann bin ich das. Wir haben beide unsere Aufgabe vor uns. Und unsere Verantwortung. Du deine, ich meine.«

* * *

Daniel und der Mann, den Jarno Daniels Rottweiler nannte, kamen bald zurück. Daniel sagte keinen Ton. Er war wieder vollkommen verschlossen. Nein, Klara konnte das besser benennen: Er war wieder verschlossen worden, nachdem die Nachricht von Justinas Tod ihn kurz aufgerüttelt hatte.

Nun waren seine Augen starr und leer. Und in der Hand hielt er eine Pistole. Elise war gegenwärtig, als stünde sie mit ihnen im Raum. Wenn Jarno doch wenigstens den Ring noch hätte! Klara hielt danach Ausschau, doch die Taschen des Rottweilers zeigten keine Ausbeulungen. Er musste den Ring und das Mobiltelefon irgendwo abgelegt haben.

Klara und Jarno wurden durch eine Halle geführt, in der früher vermutlich die Maschinen gestanden hatten. Heute war die Fabrik wie ein ausgeweidetes Tier, das zum Verwesen liegen gelassen worden war. Es ging Steintreppen hinauf, an denen Moos und Pilze wuchsen. Im Gebälk hockten struppige Vögel, die sich vor dem Winter zu verstecken versuchten. Eine Galerie führte über die Halle hinweg und vorbei an einem kleinen, schmutzigen Fenster, durch das Klara auf den Hof sehen konnte. Dort stand nun ein weiteres Auto – ein sehr, sehr teures Auto, soweit sie das richtig einschätzte. Ein Auto, wie Elise es fahren würde. Sie war also hier.

»Tut, was immer sie sagt«, flüsterte Klara und meinte damit nicht nur Jarno. Die anderen beiden waren zweifelsfrei Ganoven, aber das rechtfertigte nicht, ihnen einen sinnlosen Tod durch Elises Hand zu wünschen. Jedes Opfer war eines zu viel und würde Klaras Schuld erschweren. Sie ignorierten sie allerdings, als hätten sie sie nicht gehört. Nur Jarno, der den Lauf der Waffe im Rücken hatte, nahm ihre Hand und drückte sie. Wie kalt er war. Ein Glück, dass er zitterte, sonst wäre es ihr vorgekommen, als sei er schon tot.

Der Weg endete in einem Raum unter dem Dach. Hier hatte ein umgestürzter Baum die Fensterscheiben an einer Seite eingeschlagen. Die Äste hingen durch beide Fensterrahmen ins Gebäude hinein, wurden zu dünnen Zweigen und erinnerten an Hände, die nach etwas tasteten. Der Wind fuhr in eisigen Böen hindurch und pfiff in den Ritzen des Daches.

Elise stand inmitten dieser kahlen Äste, wodurch es den Anschein hatte, als greife der Baum sehnend nach ihr. Sie trug ein grünes, langes Kleid, nicht mehr lindgrün, sondern tannenfarben und schimmernd. Der Wind ließ den Stoff um ihre Beine und ihr Haar um ihre Schultern flattern.

Sie sah wahrhaftig aus wie eine Zauberin, aber man hätte ein Gemälde von ihr sicher »Die gute Zauberin« genannt. Hundertelf Jahre später war sie noch immer zum Sterben schön.

Klara wagte einen Blick zu Jarno. Sein Mund stand leicht offen, er atmete schwer, was am Treppensteigen liegen konnte oder daran, dass er eine Waffe ins Kreuz gedrückt bekam. Klara ahnte jedoch, dass etwas anderes der Grund war. Und das machte ihr mehr Angst, als jede Waffe es vermocht hätte.

»Du hast mich wiedergefunden«, sagte Klara und machte einen Schritt nach vorn auf Elise zu. »Damit musste ich rechnen. Was willst du diesmal?«

»Ich will zurückhaben, was mir gehört, mein Liebstes«, erwiderte Elise. Sie lächelte wieder das Frostlächeln, das warm aussah, aber in Klara Eiseskälte verursachte. »Dich. Du hältst mich jung, weißt du? Aber nur solange auch du nicht älter wirst.«

Das also war der Grund für die Versteinerung? Durch bösen Zauber machte der Fluch Elise unsterblich? Unsterblich wie Stein?

»Es war nicht leicht, dich zu finden. Am alten Haus habe ich dich verloren. Danach musste ich durch die Augen vieler Tiere sehen, bis ich wieder auf deiner Spur war. Den Rest allerdings«, sie warf den Männern hinter Jarno einen abschätzigen Blick zu, »habt ihr mir sehr leicht gemacht.«

»Tatsächlich?«

»Sag«, rief Elise und Klara begriff, dass sie nun mit Jarno sprach, auch wenn sie weiterhin sie ansah, »warum stiehlst du mein Liebstes, nimmst so viel Mühe auf dich, um es aus dem Stein zu brechen, und umgibst dich dann mit derart schwachen Menschen, nach denen ich nur verlangen muss – und schon gehören sie mir?«

»In meiner Welt gehören Frauen ab einem gewissen Alter unter die Erde«, antwortete Jarno. »Da hab ich dich auch vermutet, Hexe.«

Elises Lächeln wurde breiter und Klara sah die Gefahr darin aufleuchten.

»Er wusste von nichts«, sagte sie. »Er war ahnungslos und hat mich nie befreien wollen. Es war ein Versehen.«

»Niemand«, sagte Elise kühl, während ihr Lächeln schwand,

»bricht meinen Zauber aus Versehen.« Sie trat einen Schritt zur Seite, um an Klara vorbeisehen zu können.

Klara trat ihr erneut in den Weg. »Du hast doch gewonnen. Was willst du noch?«

»Keine Sorge. Ich sehe ihn mir doch nur an. Ich würde dir gerne eine Geschichte erzählen, mein Liebstes. Willst du sie hören?«

Klara spekulierte nicht ernsthaft auf ein Wunder, aber sie konnte auch nicht vollkommen die Hoffnung darauf aufgeben. Zeit zu schinden, konnte nicht schaden, nur nützen.

»Erinnerst du dich noch an den Mann, den du damals so angehimmelt hast? Wie hieß er gleich, Klara?«

»Johan«, flüsterte Klara. Nur in Gedanken wagte sie es, die Frage zu stellen: Ist es wahr? Hast du ihn getötet?

»Johan, richtig. Er war eine harte Nuss, musst du wissen. Es war schwer für mich, ihn einzunehmen. Ich war so unerfahren damals, so jung. Nicht viel älter, als du selbst es warst. Er hat sich lange gegen mich wehren können.«

»Warum erzählst du mir das?«

»Weil ich ihn letztlich doch besiegt habe. Weißt du auch wie? Ich habe ihn zwischen meine Beine gelockt und da war sein Widerstand plötzlich dahin. Die Sache war nur die: In mir blieb etwas zurück. Ein Wesen.«

Klara schwindelte. Ein Kind? Johan hatte der Zauberin ein Kind gemacht?

»Ich sehe, du begreifst. Ja, ich habe einen Sohn bekommen. Ich habe es erst viel später erfahren, sonst hätte ich dir damals schon davon erzählt.«

Davon konnte Klara ausgehen. Und wenn es nur gewesen wäre, um ihr wehzutun.

»Er war niedlich. Er war mein kleiner Prinz. Aber um ehrlich zu sein, hatte ich damals, als ich gerade lernte, dich für meine Magie zu nutzen, anderes im Kopf als ein schreiendes Bündel, egal wie edel sein Blut sein mochte. Ich habe es einer Schäferin gegeben.«

»Und warum erzählst du mir das?«

Wieder trat Elise ein Stück zur Seite, um Jarno besser ansehen zu können. Klara widerstand dem Drang, sich nach ihm umzudrehen. Ihr Gesicht würde viel zu viel verraten und sie noch angreifbarer machen, als sie es ohnehin schon war.

»Mein Prinz muss seinerseits Kinder gezeugt haben. Und diese wiederum. Ist dir gar nicht aufgefallen, dass dein Retter mir ähnelt?«

WAS? Nein – das war unmöglich! Da war keinerlei Ähnlichkeit. Jarnos Haar war dunkel, nicht hellblond. Seine Augen waren braun, nicht grün. Und doch … die Form seiner Augen … die Linie, die seine Wangenknochen formten …

Konnte Elise die Wahrheit sprechen?

»Und selbst Johan sehe ich in ihm. Wenn auch nur ein wenig.«

Johan hatte dunkles Haar gehabt, braun marmoriert. Wie Jarno. Johans Augen waren hellbraun gewesen. Wie Jarnos.

»Willst du mir erzählen«, fragte Jarno heiser, »dass du dich für meine Ururgroßmutter hältst?«

»Mein kleiner Prinz«, antwortete Elise, »war dein Vorfahre. Ganz recht.«

»Woher willst du das wissen?«, warf er zurück. »Es gibt Tausende von Menschen, die aussehen wie ich.«

»Es braucht meine Magie, um meine Magie zu lösen. Andere Kundige können sie zerstören, dem ist wohl so. Andere, liebste Klara, hätten dich beim Versuch, dich aus dem Stein zu stehlen, schlichtweg getötet. Den Zauber auflösen kann nur mein direkter Nachfahre. Ich habe diesen Zauber geflochten und gebunden. Ich weiß, welche Knoten man ziehen muss, damit er sich öffnen kann.«

»Dann bin ich also dein Erbe, oder?«, bemerkte Jarno. »Und ich dachte immer, mein Erbgut könnte nicht erbärmlicher sein.«

Klara wünschte, er würde still sein und Elise nicht weiter provozieren. Ob die Geschichte wahr war oder nicht, ihre Aussichten, dass die Zauberin Jarno einfach gehen lassen würde, schwanden.

Elise selbst fasste es in Worte: »Nun verstehst du sicher, dass ich Bedenken habe, mein Liebstes. Wer garantiert mir denn, dass dieser Dieb dich nicht einfach erneut stiehlt?«

Klara zuckte zusammen, als Jarno hinter ihr leise lachte. Daniel, der noch immer die Pistole hielt, herrschte ihn an, das Maul zu halten, aber Jarno schien ihn komplett zu ignorieren.

»Hexe, ich fürchte, da bist du zu spät. Du hast die anderen Kundigen erwähnt. Tja, wir haben sie vor dir gefunden. Und sie werden dich kein weiteres Mal entkommen lassen, jetzt, da sie endlich viele sind. Und stark.«

Er bluffte und Elise musste das doch ahnen. Doch Klara glaubte, ein Zucken in ihrer Mimik zu erkennen, ein kurzes Zweifeln. Wenn Jarno wirklich von ihrem Blut war, schien sie vielleicht zu denken, dann sei ihm alles zuzutrauen.

»Es wäre wohl am einfachsten, wir erschießen ihn gleich!«, rief Elise ihren Handlangern zu.

Klara schrie auf, als sie ein leises Knacken hörte, das aus der Pistole zu kommen schien. Sie sah sich um und erkannte trotz der Kälte Schweiß auf Jarnos Stirn.

»Andererseits«, sagte Elise, »brauchen wir ihn noch. Ihn und seine Geschwister.« Ihr Ton wurde bösartig. »Und die dachte ich hier anzutreffen.«

Daniel keuchte auf, dann zielte er mit der Waffe plötzlich auf den anderen Mann, den Jarno den Rottweiler genannt hatte. »Er wollte es!«, rief Daniel. »Er bestand darauf, dass wir die Kinder gehen lassen! Ich hätte sie hierbehalten, wie Sie es verlangt haben, Elise.«

Klara verstand und dieses Verstehen traf sie stechend. Daniel wurde von Elise wie eine Marionette an Fäden gelenkt. Aber er versuchte, sich davon zu befreien. Hin und wieder gelang ihm dies und er schaffte es, eigene Entscheidungen zu treffen. Zum Beispiel Jarnos Geschwister gehen zu lassen.

Der Rottweiler starrte Daniel nur fassungslos an und erwiderte etwas auf Russisch.

»Ich weiß, dass er lügt«, sagte Elise und wieder lächelte sie. »Töte ihn.«

Es war unmöglich zu sagen, wem der Befehl galt. Beide Männer schienen ihn für sich zu beanspruchen und beide nahmen ihn ernst. Ein Schuss dröhnte durch das Dach und echote tausendfach aus der Halle wider. Der Rottweiler war viel wendiger, als seine massige Statur vermuten ließ, und konnte irgendwie ausweichen. Daniel verlor Sekunden bei dem Versuch, die Waffe erneut auf den anderen anzulegen, und diese Sekunden reichten dem Rottweiler. Er packte Daniels Hand, verbog sie in einem anatomisch nicht möglichen Winkel und die Pistole fiel scheppernd zu Boden. Er kickte sie mit dem Fuß weg. Daniel, der einen Moment ganz still gewesen war, begann zu schreien. Der Rottweiler trat ihm gegen die Brust, er fiel zu Boden und der andere stürzte sich auf ihn.

Das Ende des Kampfes kam viel zu schnell. Der Rottweiler packte Daniel ins Haar und unters Kinn, ein Knirschen ertönte und dann herrschte Stille. Der Rottweiler stand auf, gab ein stöhnendes Geräusch von sich und sah Elise abwartend an.

Die würdigte ihn keines Blickes. Sie lächelte Jarno an. »Siehst du? Und darum bin ich so sicher, dass du von meinem Blut bist.«

Und erst jetzt erkannte Klara, dass es Jarno irgendwie gelungen war, die Pistole an sich zu nehmen.

* * *

Im Film war es kein Problem, einen Gegner auf fünf, sechs Meter Entfernung zu treffen. Im Film allerdings hatte man nicht zum ersten Mal in seinem Leben eine Pistole in der Hand. Die Hände zitterten nicht. Und man spürte vermutlich auch keine Skrupel.

»Geh, Klara! Verschwinde hier!«, sagte Jarno. Wenigstens klang seine Stimme ruhig. Das war hilfreich, denn wenn sie einen Funken Angst fand, würde sie ihn schüren.

»Du weißt, dass das keine gute Idee ist«, raunte Elise Klara zu. »Du weißt genau, dass ich längst gewonnen habe. Mach es nicht noch schlimmer. Er –«

»Klara – tu, was ich sage! Und du, Hexe, sei still. In dieser Welt ist eine Kugel zwischen den Augen immer noch ein Todesurteil, egal welchen faulen Zauber man draufhat.«

Elise hob wie in einem Ausdruckstanz die Hände. Die Geste hatte etwas Höhnisches.

Klara zögerte eine gefühlte Ewigkeit, aber schließlich tat sie, was er wollte, und lief die Treppen hinab. Sie würde Hilfe holen. Jarno war nicht sicher, dass er es über sich brachte, Elise einfach zu erschießen, wobei das, nüchtern betrachtet, vermutlich das Klügste gewesen wäre. Aber nüchtern betrachtet blieb in dem Fall auch eine Mordwaffe mit seinen Fingerabdrücken zurück und mit Notwehr gegen eine Zauberin brauchte er der Polizei wohl nicht kommen.

Der fensterlose Raum, in dem er eben mit Klara und Lisa eingesperrt gewesen war, kam ihm in den Sinn. Es gab dort einen Schlüssel für die Tür. Er musste Elise lediglich dort hineinbekommen. Einen Moment wartete er noch, damit Klara einen sicheren Vorsprung hatte. Dann deutete er auf die Tür.

»Wir gehen nach unten. Ihr beide geht vor.«

Elise lächelte bloß, dachte aber nicht daran, sich vom Fleck zu bewegen. »Du glaubst wirklich, diese Waffe wäre dein Vorteil? Ich verrate dir ein Geheimnis: Sie ist meiner.«

Jarno musste nicht nachfragen, was sie meinte. Er spürte ein kaltes Prickeln auf der Kopfhaut, das er sich mit Nervosität hätte erklären können. Doch zugleich wurde in seiner Tasche etwas warm und schien in pulsierendem Rhythmus Hitze auszustrahlen. Diese Hitze kroch ihm das Rückgrat hoch, legte sich über das Prickeln und besänftigte die Kälte. Es war wie ein Schutzfilm, der sich über seinen Körper zog.

Er verstand nicht, was vor sich ging. Als er die Waffe in eine Hand nahm und mit der anderen unauffällig an seine Seite tastete, bemerkte er dort einen kleinen, unauffälligen Knubbel in einer seiner vielen Jackentaschen. Und dann begriff er doch: Klara musste ihm ihren Ring untergeschoben haben. Den echten. Das, was man ihm abgenommen hatte, war das Duplikat gewesen.

Vollkommen unerwartet schrie Elise einen Befehl und im gleichen Moment stürzte sich der Russe auf Jarno. Der Sicherheitsabstand, eben noch eine feste Größe, verlor sich in Sekunden in nichts und ehe Jarno reagieren konnte, hatte der Hüne ihn von den Beinen gerissen und war auf ihn gestürzt. Der Aufprall presste Jarno die Luft aus den Lungen. Ob er bewusst schoss oder der Schuss sich löste, konnte Jarno nicht sagen. In jedem Fall floss Blut aus einer massigen Schulter, was den Russen nicht davon abbrachte, Schläge auf Jarno herabsausen zu lassen, denen er nur zum Teil ausweichen konnte. Zurückzuschlagen war unmöglich, alles, was er tun konnte, war Schadensregulation, um nicht zu schwer getroffen zu werden und die Pistole den zupackenden Griffen des Gegners immer wieder zu entreißen. Er war hinüber, wenn er die Knarre losließ.

Schrott.

Sein Gegner war stärker. Doch diesmal kämpfte Jarno nicht um eine Kamera. Er kämpfte um sein Leben, um das Leben von Lisa, Lars und Malte und nicht zuletzt für Klara. Ohne bewusst an sie zu denken, hatte er sie immerzu im Kopf und ihm war, als würde sie ihn bei jedem Schlag, den der Russe tat, vorwarnen, sodass er ausweichen konnte. Und dann kam der Moment, den er gebraucht hatte. Der Unterleib des Russen war ungeschützt und Jarno zögerte mit dem Tritt keinen Augenblick. Der Russe stöhnte und verdrehte seine Augen und Jarno riss die Pistole hoch und rammte sie ihm mit aller noch verbliebenen Kraft genau zwischen die Augen. Es knallte, als hätte er geschossen, und sein Gegner sackte mit einer großen Platzwunde an der Stirn zusammen und fiel auf ihn.

Nur mit Mühe konnte Jarno ihn von sich schieben. Der andere regte sich; Jarno ging kein Risiko ein und versetzte ihm einen Fausthieb gegen die Schläfe, der ihn endgültig ins Reich der Träume beförderte.

Schwankend arbeitete sich Jarno auf die Füße. Er spürte sein Auge zuschwellen und seine Glieder fühlten sich allesamt zerschlagen an. Die Waffe war kaum noch zu halten, er richtete sie mit größter Anstrengung auf Elise.

»So. Ich wiederhole mich nur dies einzige Mal, Lady. Geh nach unten!«

»Großartig!«, sagte sie und klatschte langsam und akzentuiert in die Hände. Blanker, bösartiger Hohn. »Bring es zu Ende.«

Wieder spürte er das Kribbeln. Wieder die Wärme aus dem Ring, die dagegen vorging. »Was?«

»Bring es zu Ende. Erschieß ihn.«

Jarno entsicherte die Waffe und zielte auf Elise. »Wir sind hier nicht bei *Charmed – Widerliche Hexen*. Du hast nichts mehr zu melden.«

Es hätte nicht möglich sein dürfen, aber der Russe sprang aus seiner Ohnmacht heraus erneut auf die Füße, als wäre nichts gewesen. Er schwankte und seine Augen waren unfokussiert wie bei Zombies in Filmen, aber er hielt ohne ein Zögern auf Jarno zu, packte ihn und schleuderte ihn gegen die Wand.

»Schieß«, flüsterte Elise.

Jarno konnte nicht. Der Mann war nicht er selbst, vermutlich war er nicht einmal bei Bewusstsein. Abzudrücken wäre so fair gewesen, wie einen Schlafenden zu erschießen.

Der Schlag gegen die Wand hatte ihn langsam gemacht. Der Raum drehte sich. Elise lächelte. Der Russe erwischte ihn an der Kehle und drückte zu.

»Schieß.«

Jarno konnte nicht.

»Schieß.«

Jarno schoss in dem Moment, in dem er die Besinnung zu verlieren schien. Er fiel nach vorne, kippte auf den Russen, mitten hinein in die Blutlache, die sich auf dessen Brust ausbreitete. Angewidert von sich selbst und seiner Tat, rappelte er sich auf, stolperte, fiel wieder hin.

Weiche Arme fingen ihn auf. »Gut gemacht«, flüsterte Elise. »Das hast du sehr gut gemacht.« Sie streichelte sein Gesicht, seine Haare, seine bebenden Schultern. Sie machte leise, tröstende Geräusche.

Und Jarno setzte die Waffe an ihre Brust und drückte ab.

»Mein Prinz«, hauchte sie, ihr Atem war kühl an seinem heißen Ohr und die Waffe an seinem Hals war kalt wie ihre Worte, »deine Macht ist tödlich, aber begrenzt. Dein Magazin ist leer. Meines nicht.«

* * *

Es musste hier irgendwo sein!

Klara brach die dritte Tür auf. Irgendwo hier mussten Daniel und sein Rottweiler den Ring abgelegt haben. Sie brauchte den Ring, er war der einzige Schutzschild gegen Elises Magie. Die Geräusche aus dem Dach fraßen wie ausgehungerte Tiere an ihren Nerven. Da waren Schüsse gewesen; erst einer und kurz darauf noch einer. Weiterhin Kampfgeräusche. Aber solange Elise nicht mit ihrem widerlichen Lächeln die Treppen herabgeschwebt kam, hatte sie auch noch nicht gewonnen, und so lange bestand für Klara die Chance einzugreifen. Dazu brauchte sie den Ring, der Elises Magie abwehrte.

Sie fand einen Raum, in dem Kaffeetassen und eine Kanne auf einem Tisch standen. Über Stuhllehnen hingen zwei Männerjacken. Klara zerfetzte den Stoff förmlich bei der Suche. Und sie wurde fündig. Der Ring war da und das Mobiltelefon ebenso.

Klara rief nicht die eingespeicherte Nummer von Seval an, sondern gleich den Notruf der Polizei. Sie stammelte, bekam die Informationen kaum zusammen und beschränkte sich darauf, in die Leitung zu flüstern, dass es eine Schießerei an der alten Stanzerei gab. Einen Toten. Und Geiseln. Die Beamtin, die ihren Notruf entgegennahm, stellte Fragen, die Klara nur zur Hälfte verstand und zur anderen nicht beantworten konnte. Wie viele Verdächtige? – Woher sollte sie wissen, über wen Elise noch herrschte? Wie viele Waffen? – Als wären die Waffen die größte Gefahr. Gibt es bereits Tote? Verletzte? – Verdammt, sie sollte keine Fragen stellen, sondern endlich herkommen!

Klara drückte das Gespräch weg, als ihr bewusst wurde, dass es oben ganz still geworden war. Sie steckte sich den Ring an, schlich auf den Korridor und zur Treppe. Zum Lauschen hielt sie die Luft an. Nichts. Nichts?

Die Sorge war ein reißendes Tier in ihrer Brust. Sie wartete nicht ab – worauf sollte sie warten? –, sondern eilte lautlos die Treppen hinauf. Oben angekommen wünschte sie, sie hätte es nicht getan. Die Entführer waren beide tot, soweit sie das erkennen konnte. Jarno hockte zusammengekauert auf dem Boden wie ein verstörtes Kind. Elise stand vor ihm, eine Pistole in der Hand haltend, die viel kleiner war als die, die in Jarnos Händen ruhte – offenbar nutzlos geworden. Er sah seine Waffe an wie eine Verbündete, die ihn verraten hatte.

»Ihr macht es mir zu leicht«, sagte Elise, als sie Klara entdeckte. »Man könnte beinah den Spaß daran verlieren. Beinahe.« Damit kniete sie sich zu Jarno auf den Boden, hob sein Kinn mit zwei Fingern an und küsste ihn auf den Mund. Erst mit geschlossenen Augen, dann, als er den Kuss erwiderte, als gäbe er ihm etwas, das er zum Überleben brauchte, sah sie Klara dabei unumwunden an.

Siehst du, dass ich gewonnen habe?

Klara nickte resigniert als Antwort auf die stille Frage. »Du bekommst doch, was du willst. Warum tust du das? Was willst du noch?«

Elise ließ von Jarno ab. »Soll ich ihn etwa gehen lassen?«

»Du verlangst sehr viel von mir, und das, obwohl ich dir nie etwas zuleide getan habe. Ich bin dir nichts schuldig, aber du nimmst mir trotzdem alles, was du willst.«

»Ich brauche dein Leben, mein Liebstes. Ohne kann ich nicht leben.«

»Du meist: Ohne mich kannst du nicht *ewig* leben. Aber das bedeutet nicht, dass es dir zusteht.«

»Oh, du irrst. Du bist so dumm, kleine Klara. Ich habe teuer dafür bezahlt.«

»Und was habe ich davon?«, fragte Klara. »Alles hat seinen Preis. Zahl mir meinen und du bist zumindest diesmal keine Diebin.«

»Und du willst, dass ich ihn gehen lasse? Damit er dich erneut stehlen kann?«

Klara spürte kaum noch Angst. Sie war viel zu müde. Sie spürte nicht einmal mehr die Hitze des Bernsteinrings an ihrer Hand. Hatte er seine Kraft verloren? War er nichts weiter als ein einfaches Schmuckstück mit einem nutzlosen Stein daran? Klaras Gedanken, so schien es, wurden ebenfalls Stein, einer nach dem anderen. Die lebendigen stießen gegen die toten und zerbrachen an ihnen. »Er wird es nicht tun. Er hat es mir versprochen.«

»Das tut mir leid, mein Liebstes«, erwiderte Elise, »aber was er dir versprach, hat keinen Wert mehr. Er gehört jetzt mir. Und ich kann ihn nicht gehen lassen, denn ich brauche seine Hilfe.« Sie nahm Jarnos Hand und gemeinsam standen sie auf. »Wir sollten jetzt aufbrechen. Du hast sicher die Polizei gerufen, mein Liebstes, nicht wahr? Dann wird es Zeit, denn was wäre, wenn sie uns hier erwischten? Dann muss unser Prinz uns retten und uns mit dem Schwert«, sie deutete auf ihre Pistole, »den Weg freikämpfen. Und das müssen wir ihm wirklich nicht zumuten, oder?«

KAPITEL 25
Ein Grab aus Stein

Die Pistole war das Schlimmste. Klara hatte keinerlei Zweifel daran, dass Elise Jarno tatsächlich zwingen würde, damit auf Polizisten zu schießen. Sie rannte beinah die Treppen herab, eilte zu Elises Wagen und knetete ihre Hände, weil es so lange dauerte, bis auch Jarno und Elise eingestiegen waren und der Wagen vom Hof rollte.

Jarno fuhr. Klara saß auf dem Beifahrersitz gleich neben ihm und versuchte, einen Blick von ihm einzufangen, doch er starrte bloß auf die Straße. Elise saß auf dem Rücksitz, gab ab und an eine Richtung vor und sah rechts und links aus den Fenstern, als machten sie eine Spazierfahrt. Die Pistole ruhte in ihrem Schoß; sie wussten alle, dass sie sie nicht mehr länger brauchte.

Jarno fuhr, als säße ihm ein Teufel im Genick, den er abzuschütteln vermochte, wenn er nur schnell genug war. Waren es die Polizeisirenen, die ihn hetzten? Sie waren bereits viel zu weit von der Stanzerei entfernt, um noch auffällig zu wirken.

»Wohin fahren wir?«, fragte Klara irgendwann. In diesem Teil der Stadt war sie noch nie gewesen. Nicht in dieser Welt. Früher hatten hier bloß Wälder gestanden, zumindest, wenn sie sich richtig erinnerte.

»An einen Ort, wo du geborgen sein wirst«, sagte Elise. »Wo niemand dich mir mehr wegnehmen kann. Ich werde diesmal auf Nummer sicher gehen.«

»Sag mir wenigstens, wie es funktioniert. Ich werde Stein und du … bist unsterblich?«

»Dummes Ding«, schalt Elise. »Natürlich nicht. Doch der Stein, zu dem du wirst, hat gewisse Kräfte. Er hält das Altern auf, wenn man ihn pulverisiert einnimmt. Er kann sogar verjüngen.«

»Warum ich? Nur, weil ich als neugeborenes Kind einen Atemaussetzer hatte und reanimiert wurde? Es ist gar kein Fluch und auch kein schlechtes Omen. Es ist medizinisch erklärbar. Ich habe es herausgefunden – ich habe es *gegoogelt*!«

Elise machte ein gleichgültig klingendes Geräusch. »Alle Omen lassen sich früher oder später wissenschaftlich erklären.«

»Und irgendwann«, sagte Klara, »wird sich wohl auch Magie wissenschaftlich erklären lassen.«

»Was ich miterleben werde. Ich bin sehr gespannt auf diese Erkenntnisse.«

»Und dafür gehst du über Leichen.«

»Tz-tz-tz«, machte Elise. »Habe ich dich denn getötet? Nein, das habe ich nicht. Und du wirst auch diesmal nicht sterben. Ich werde gut auf dich aufpassen.«

»Wohin bringst du mich?« Klara war nicht sicher, ob sie es wissen wollte. Sie sah sich bereits versteinert in einem See versenkt oder in einer Gruft vergraben.

»Ahnst du es?«, fragte Elise Jarno. »Du musst gleich links abbiegen.«

»Sie bauen dort einen Supermarkt, richtig?«

Es fühlte sich merkwürdig an, Jarno sprechen zu hören. Er klang vollkommen normal. Aber was erwartete sie? Dass Johan unter Elises Einfluss stand, hatte sie damals nicht einmal bemerkt.

»Sie werden heute das Fundament gießen. Darunter, Klara, wird deine Ruhestätte sein. Für immer und ewig, wenn du so willst. Niemand wird dich da finden und deinen Schlaf stören, egal wie viele Nachkommen mein einstiger Prinz gezeugt und mit meiner Magie gefüttert hat.«

»Du kommst dann nicht mehr an sie heran«, warf Jarno ein. »Sagtest du nicht, du würdest sie brauchen, um nicht zu altern?«

Elise seufzte. Für einen Moment klang ihre Stimme ehrlich bekümmert. »Im Kofferraum liegt eine Axt. Wir werden meinem Liebsten eines seiner Gliedmaßen nehmen, sobald sie Stein ist. Das wird mir genug Magie sein, um die nächsten tausend Jahre damit auszukommen.«

»Dann vergiss über diese tausend Jahre nicht, wo du mich gefangen hältst«, sagte Klara bitter. »Sonst bekommst du noch Falten und das wäre doch schrecklich.«

»Liebstes, bitte. Meinst du nicht, in tausend Jahren würde ich genug Menschen finden, die sind wie du? Ich kann dich ersetzen.«

Warum tust du es nicht?, wollte Klara schreien. Warum suchst du dir nicht jemand anders? Aber dann kam ihr der Gedanke töricht und egoistisch vor. »Warum ausgerechnet sie?« war eine gute Frage. Doch: »Warum ausgerechnet jemand anders?« keine schlechtere. Niemand wollte so enden. Und dass Elise sie nie freigeben würde, lag auf der Hand. Allein die Tatsache, dass jemand versucht hatte, Klara zu retten, hatte den Jagdtrieb der Zauberin angeregt und hochgepuscht. Sie wollte Klara vor allem, weil sie nicht verlieren konnte.

»Fahr hier rechts rein«, wies Elise Jarno an. »Halte an der Baugrube nach etwa zwanzig Metern.«

Der Wagen rollte wie eine sich anschleichende Bedrohung an der Grube vorbei. Es ging etwa fünf Meter in die Tiefe. Stahlbolzen und dicke Drähte waren schon in den Boden gerammt worden, um das Fundament, das gegossen werden sollte, zu sichern.

»Es ist niemand hier«, stellte Klara ängstlich fest.

»Natürlich nicht«, erwiderte Elise. Jarno hielt an und sie öffnete die Tür. »Ich habe uns etwas Zeit verschafft. Sie werden kommen, sobald ich mit dir fertig bin und du vergraben bist.«

Ein Grab unter einem Supermarktfundament. Klara hätte geweint, aber sie war zu traurig dazu. »Du hast gewonnen«, wiederholte sie noch einmal, als sie ausgestiegen war. »Lässt du wenigstens Jarno gehen? Du hast es selbst gesagt – er kann mich gar nicht mehr befreien.« Selbst er würde es nicht durchgesetzt bekommen, dass ein teurer Supermarkt abgerissen wurde, weil jemand behauptete, eine versteinerte Frau läge darunter. Er konnte sich nicht durch Beton graben. Sie sah zu ihm herüber. Er wirkte niedergeschlagen, aber gefasst. Zumindest hatte es nicht den Anschein, dass sie ihn über alle Maßen quälte.

»Tröstet es dich denn nicht«, sagte Elise leise, zuckersüß und gefährlich und schmiegte sich an Jarnos Brust, »dass er ganz in deiner Nähe schlafen wird? Bei jedem Einkauf im Billigladen werde ich daran denken: Hier ruhen die liebste Klara und ihr Prinz. Das ist romantisch. Und ihr damit unsterblich, denn ich werde euch nie vergessen.«

»Und das werden wir dir auch nie vergessen«, sagte Jarno. Und im gleichen Augenblick riss er seine Faust hoch und brach mit einem schmatzenden Geräusch Elises Nase.

Für eine Sekunde sah Klara nur graue Flecken auf dem grünen Kleid. Grün und Rot neutralisieren sich. Es schien, als wären diese Blutflecken farblos, als wäre Elises Blut anders als das von normalen Menschen.

Dann begriff sie endlich. Jarno hatte sich irgendwie von der Zauberin befreit. War das seine Magie? Nun rang er mit ihr. Elise wand sich hin und her. Ihr Haar flog um sie herum und nahm Klara die Sicht. Sie hatte doch immer noch die Pistole!

Jarno versuchte, sie ihr abzunehmen. Er griff nach ihren Armen, bog sie ihr auseinander, aber Elise schien nun mit Magie zu antworten. Klara fühlte sie eisig in der Luft flimmern. Sie wollte sich einreden, dass der Zauber Jarno nichts anhaben konnte, aber sein verzerrtes Gesicht sprach eine andere Sprache. Elise versuchte nun, mit Brutalität in seinen Geist zu gelangen, und auch wenn Jarno es schaffte, irgendwie standhaft zu bleiben und sie abzuwehren, so schien es ihn zumindest zu schwächen.

»Klara, lauf!«, rief er ihr zu.

Oh nein! Sie würde nicht weglaufen. Nie wieder wollte sie weglaufen!

Doch noch während sie die Fäuste ballte, spürte sie, dass diese Gedanken, so heroisch sie waren, nicht ihre eigenen waren. Sie floh nicht, aber nicht, weil sie mutig war. Sie konnte nicht mehr fliehen. Wo Elise bei Jarno scheiterte – bei Klara gelang es ihr.

Ein Stöhnen brach über ihre Lippen, als sie glaubte zu fühlen, wie ihr Herz hart und kalt wurde. Wie damals. So etwas vergisst man nicht, nicht einmal in hundertelf Jahren Stein.

»Klara!«, brüllte Jarno. Er schien die Konzentration zu verlieren, es gelang Elise, ihn abzuschütteln, und dann hatte sie plötzlich die Pistole schussbereit in der Hand.

»Klara!« Jarno stand genau vor Elises Waffe. Doch sein Blick galt ihr, Klara. Er griff in seine Jackentasche und warf etwas, Klara konnte es nicht sehen und wusste dennoch sofort, was es war. Es kam ihr vor, als würde ihr Arm brechen und jeder Muskel zersplittern, als sie die Hand hochriss, um den Ring aufzufangen.

Sie war zu langsam. Elise zu stark.

Ihre Fingerkuppen berührten den Bernstein, sie spürte seine Wärme. Er war beinah heiß vor Energie und Magie und pumpte diese in einer gewaltigen Welle, die sie aus dem sich zuschnürenden Bann befreite, durch ihren Körper. Aber schon im nächsten Moment entglitt er ihr, fiel zu Boden, prallte dort irgendwo ab und sprang davon. Wohin? Er konnte nicht weg sein. Er musste irgendwo liegen!

Klara warf sich auf die Knie, tastete nach dem Ring und wagte es dabei nicht, den Blick von Jarno und Elise abzuwenden, die sich langsam umkreisten. Schritt für Schritt. Elise bewaffnet mit Zauber und der Pistole. Jarno mit nicht mehr als Mut.

Mut kann sehr viel sein, wenn man sonst nichts hat.

Elise schoss. Jarno fiel zu Boden. Klara schrie. Doch da rollte er sich schon ab, kam wieder auf die Füße und pfefferte Elise eine Handvoll Splitt, Dreck und kleine Steine ins Gesicht. Sie musste ihn verfehlt haben, er dagegen hatte genau getroffen. Fluchend wischte sich die große Zauberin die Augen und der kurze Moment ihrer Unachtsamkeit reichte Jarno, um ihr die Füße unter dem Körper wegzutreten. Sie fiel elegant wie eine Tänzerin; es sah aus wie gewollt. Jarno krachte auf ihren Körper und Klara sah nicht mehr als umherwirbelnde Arme und strampelnde Beine.

Ungeachtet dessen spürte sie, dass Elises Bann erneut nach ihr tastete, ihre Gedanken und Bewegungen tranig machte, ihre Welt kalt und finster. Sie musste den Ring finden, wenn sie Jarno helfen wollte. Und sie musste Jarno helfen. Elises Bann war voll von überlegenem Hochmut. Er flüsterte ihr ein, dass der Kampf bedeutungslos sei und Elise ihn jederzeit gewinnen konnte. Ihre Finger ließen sich kaum noch bewegen, ihre Augen wurden blind und ihre Ohren beinah taub. Hilflos patschte sie auf den Boden. Der echte Ring musste irgendwo sein.

Die Kampfgeräusche verstummten abrupt. Elise lachte. Jarno keuchte. Es klang verzweifelt.

Klara stieß mit dem Kopf gegen eine Ecke des Autos. Ihre Hände tasteten darunter und fanden etwas, das sich zunächst wie ein Stein anfühlte. Aber es war warm. Es sandte ein Leuchten durch ihre Fingerspitzen, ein Leuchten, das ihr bis in den Kopf strahlte und die Dunkelheit von ihren Augen nahm. Sie hockte hinter dem Wagen, zitternd und nach Luft schnappend. Blut rann aus ihrer Nase und sie hatte sich in die Hose gemacht, aber in ihren Händen lag der Ring.

Als sie am Auto vorbeisah, quollen ihr Tränen der Erleichterung aus den Augen, denn Elise kniete am Boden und hob wie in einer bettelnden Geste ihre Hände und Jarno hielt die Pistole.

Wir haben es geschafft, dachte sie.

Und dann dachte sie nichts mehr, denn Jarno richtete den Lauf erst auf Elise, dann über ihren Kopf hinweg, schließlich gen Himmel und schlussendlich gegen seine eigene Kehle.

Ein winziger Gedanke funkte durch ihren Kopf. Eine kleine Erinnerung. Sie riss den Kofferraum des Wagens auf. Da lag sie. Sie packte zu, der Griff war warm wie lebendiges Fleisch und Klaras Denken war heiß wie wilder Wahn.

Klara wusste, wie man ein solches Werkzeug benutzte, sie hatte der Mamsell oft genug beim Holzhacken geholfen. Und Elise –

hochmütige, arrogante Elise – war den Bruchteil eines Gedankens zu langsam.

Die Axt war schwer und scharf. Sie spaltete den Kopf der Zauberin beinah ohne einen Laut. Vielleicht war dieser aber auch bloß nicht zu hören, weil Jarno im gleichen Moment abdrückte.

Im Märchen hätte Jarno vorbeigeschossen. Doch dies ist nicht diese Art von Märchen.

Jarno traf sich selbst und damit Klara mitten ins Herz.

TEIL IV

Und wenn sie nicht gestorben sind …

KAPITEL 26
Lupenreines Happy End

Das K meines Vornamens sieht aus, als hätte der Absender zuerst einen anderen Buchstaben schreiben wollen. Ein J vielleicht …?

Solche kleinen Auffälligkeiten sind genug Grund, um die Polizei anzurufen. Jeder kleinste Verdacht muss abgeklärt werden. Auch wenn man annimmt, die Handschrift auf dem DIN-A4-Polsterumschlag schon einmal gesehen zu haben.

Dann erst recht.

»Vanessa?«, rufe ich. Es ist schwer, sie so zu nennen. Der Name passt nicht zu ihr. Und er ist schwer für mich auszusprechen, die 9-mm-Kugel, die mir quer durch den Unterkiefer gegangen ist, hat einigen Schaden angerichtet. Die plastische Chirurgie heutzutage hat es wirklich drauf, aber von einer Karriere als Modell brauche ich nicht mehr träumen. Allerdings gehöre ich ohnehin hinter die Kamera, also was soll's? Ach, es hätte alles deutlich schlimmer kommen können. Barbara, zum Beispiel, wäre wirklich übel gewesen.

Wir haben uns darauf geeinigt, die unpassenden Namen auch zu Hause nicht abzulegen und permanent zu tragen. Umso schneller gewöhnen wir uns daran. Umso geringer ist das Risiko, uns in einem unachtsamen Moment in der Uni, beim Einkaufen oder beim Ausgehen zu verraten.

Unsere Namen sind so gut wie real. Unter diesem Namen wurden vor achtzehn und neunzehn Jahren zwei Kinder bei unterschiedlichen Standesämtern angemeldet. Alles wurde dokumentiert: Impfungen, Schulbesuche, Zeugnisse, ein ziemlich gutes und ein mit Ach und Krach bestandenes Abitur, Steuernummern.

Nur, dass die Menschen hinter diesen Namen nie existierten. Ihre Plätze waren frei, bis wir kamen und sie ausfüllten. Unsicher, wackelig, uns an allen Ecken stoßend.

Doch wie man neue Schuhe einträgt oder es lernt, mit einem viermal operierten Kiefer zu essen, zu sprechen und zu küssen, so kann man sich auch an eine neue Identität gewöhnen und irgendwann – ich hoffe, bald – merkt man kaum noch einen Unterschied.

Sie kommt aus dem Wohnzimmer in unsere enge Küche, bleibt stehen, als sie den Umschlag sieht, und tritt einen Schritt zurück. »Was ist das?«

»Jemand hat die Regeln gebrochen«, sage ich.

»Könnte es von deinen Geschwistern sein?«

Die Hoffnung hatte ich auch gehabt. Die Furcht. Sie waren tief involviert gewesen, Lisa und die Zwillinge. Daniels Handy hatte ihre Bilder gezeigt. Auch sie hatten Masken bekommen. Ich hatte eine Großfamilie sowie eine Frau ohne Identität ins Zeugenschutzprogramm geführt wie Moses sein Volk in die Wüste – zumindest genauso stur und unnachgiebig, wenn man etwas auf Kommissar Bachmeiers Worte gab. Meine Aussage war wertvoll genug gewesen, um einiges möglich zu machen, was zuvor als nicht machbar galt – aber ein Wunder, umfassend und mächtig genug für ein strahlendes Happy End, hatte ich nicht aushandeln können: Meine Mutter, Lisa und die Jungs waren in ein anderes Programm gekommen. Sie haben einen neuen Anfang bekommen, genau wie wir. Ich weiß nicht, wo sie heute leben, so ist es sicherer für sie. Sollte ich es je erfahren, ist vermutlich etwas schiefgelaufen.

Und genau hier liegt das Problem. Denn jemand hat erfahren, wo ich lebe. Jemand, den ich kenne. Jemand, der mich niemals bewusst in den Dreck reiten würde. Aber versehentlich ...

»Ben«, erkläre ich. »Es ist von Ben.«

Meine Freundin, die für mich noch nicht zu Vanessa geworden ist, bekommt kreisrunde Augen. »Wie konnte er dich finden?«

»Ich habe nicht die geringste Ahnung.« Zwei Studenten, fasse ich unsere Situation in Gedanken zusammen. Deutsch und Geschichte auf Lehramt die eine, Kunst der andere. Ich habe einen anonymen Account in einer Fotocommunity. Urban Exploring. Landschaften. Und Porträts – aber nie von uns. Nicht mal von der Katze.

Sind wir so leicht zu durchschauen?

»Wirst du es öffnen?«

»Natürlich. Wenn drinsteht, dass er mich für Geld an den Kopf des Mädchenhändlerringes verraten hat, den wir durch unsere Aussagen damals in Stücke zerschlagen haben, dann will ich es wissen.« Sie weiß, dass ich scherze, und schaudert trotzdem.

Ein Drohbrief ist nicht in dem Umschlag. Ich finde etwas ganz anderes. Ein Foto.

Meine Freundin schlägt ihre Hände vor den Mund, um nicht laut aufzuschreien, trotzdem dringt ein Laut heraus. Halb geschockt, halb glücklich.

Das Foto zeigt sie. Klara. Und mich. Jarno.

Das Foto zeigt die beiden, die wir waren.

Sie ist Stein und ich bin gefangen von dem Moment, in dem ich sie beinah küsse, in dem sich unsere Lippen fast berühren. In dem wir uns mit aller Macht nacheinander sehnen.

Sehnsucht nach Wärme.

Ich muss das verdammte Foto mit Bens Kamera mittels des Selbstauslösers geschossen haben. Es war mir hinterher nur flüchtig aufgefallen. Ich fand es nicht gut.

Zwei weitere Stücke Papier fallen aus dem Umschlag, als ich ihn umdrehe. Das eine ist ein kleiner Zettel, schräg von einem Block abgerissen und fast unleserlich bekritzelt. Ben ist nicht der Typ, der sich für so etwas auch nur ein bisschen Mühe gibt. Ich habe das immer schon durchschaut und sein Versuch, viel cooler zu wirken, als er es ist, rührt mich an und treibt mir Tränen in die Augen. Ein frisch operierter Kiefer hat einen Vorteil: Man hat aus nachvollziehbaren Gründen immer ein Taschentuch griffbereit. Wie praktisch, wenn man zwischendurch heulen muss wie eine Sissy.

Es tut mir leid, steht da. *Ich weiß, dass ich das nicht tun sollte, aber ich weiß zu gut, dass du lebst. Sev (die euch grüßen lässt und momentan einen Pixiecut trägt) hat das Bild beim Wettbewerb eingeschickt und ich dachte … du musst es wissen. Du bist der Beste, jetzt ist es amtlich und du brauchst nicht länger daran zweifeln.*

Ich weiß, wer trotz allem immer mein bester Freund sein wird.

Das zweite Papier ist ein auf säuberliche Drittel gefaltetes Schreiben. Meine Freundin öffnet es, liest es, dann strahlt sie mich an.

»Jarno Jakobi hat die Ausschreibung und damit den Ausbildungsplatz gewonnen. Herzlichen Glückwunsch. Das steht hier.«

Ich fühle mich leicht und frei und glücklich mit dieser Frau an meiner Seite und meiner Katze an den Füßen.

Eigentlich, denke ich, ist das ein lupenreines Happy End, oder? Schade bloß, dass dieser Jarno Jakobi tot ist.

Danksagung
UND SO WEITER

Mit einem Kuss endet das Märchen vom Dornröschen glücklich. Und hinterlässt so manches Kind ratlos ob der Fragen, wie sich denn das arme Dornröschen in der Welt zurechtfinden soll, wenn es hundert Jahre verschlafen und sicher so manchen Fortschritt verpasst hat. (»Kennt sie schon Klos? Fernseher? Facebook?«) Und was denn aus den dreizehn Feen geworden sein mag – wie lange leben eigentlich Feen? Und was, wenn Dornröschen und der Prinz feststellen, dass sie zwar gut küssen können, aber sich im Wachzustand nur zanken? Wird die Geschichte nach dem Kuss nicht erst richtig spannend?

Mein erster Dank geht an meine Uroma, die es aufgrund solcher Fragen zwar irgendwann leid wurde, mir Märchen zu erzählen, mich dafür aber ermutigte, mir einfach Fortsetzungen auszudenken. (Ja, so war das zu der Zeit, bevor Disney zu jeder Verfilmung noch einen zweiten Teil beisteuerte.)

Weiterhin danke ich meinen Kindern dafür, dass sie mich von solchen Fragen verschonen. Und mich mal wieder – ganz ohne ernsthaften Nervenzusammenbruch – ein Buch haben schreiben lassen.

(Den Jüngsten müsste ich hier ausklammern, er hat mich schrecklich abgelenkt, war dabei aber wenigstens ausgesprochen niedlich.)

Vielen Dank auch wieder an alle, die mir hilfreich zur Seite standen, egal ob es um Plotverbesserungen, Recherchefragen, Korrektur- oder Testlesen ging.

Unbedingt erwähnen muss ich einen Haufen wundervoller Rabenmütter, die auf ganz kreative Weise die richtige Motivation für mich fanden, als zwischenzeitlich mal gar nichts ging und ich nur noch stolperte, stolperte, stolperte. Sowie natürlich das Team von script5/Loewe, das aus Geschichten Bücher macht und aus komischen, verplanten Leuten professionelle Autoren (zumindest wirkt es meistens so). Und meinen Agenten Bastian Schlück, der immer noch überzeugend so tut, als würde ich ihm niemals auf den Nerven herumtrampeln, sowie meine Lektorin Kerstin Kipker, die zum Glück immer den Überblick behielt, wer nun welchen Ring bei sich trug. Danke euch allen.

Danke an Jarno und Klara. Weil ihr zu mir gekommen seid.